나를 찾는 밤

나를 찾는 밤 1

초판 1쇄 발행 2020년 6월 17일

지은이 | 비설

발행인 | 김성룡
기획, 편집 | (주)스마트빅(쉼표)
교정 | 김은희
표지디자인 | 우물
출판등록 | 제2014-000017호 (2011년 6월 30일)

펴낸곳 | 도서출판 가연
주 소 | 서울시마포구 월드컵북로 4길 77, 3층 (동교동 ANT빌딩)
전 화 | 02-858-2217
팩 스 | 02-858-2219
ISBN | 978-89-6897-066-5 03810

나를 찾는 밤

The night she comes to me

1

비설 장편소설

차 례

1. 조우

막 영업 팀에 다녀온 박 과장이 씨근덕대며 들어왔다. 성큼성큼 걸어오는 그의 붉어진 얼굴에 수영은 왠지 불길한 기분부터 들었다.

"야, 차수영! 컨테이너 아직 안 들어온 거야?"

역시 예감은 틀리질 않는다. 그러나 그녀는 반듯한 발음으로 대꾸했다.

"선적 서류가 아직 준비되지 않아서 통관 진행이 안 되고 있습니다."

"뭐야? 그게 언제 적 진행 상황인데 아직도 그따위야?"

박 과장의 원래도 붉은 얼굴이 조절되지 않는 분노로 더욱 타들어 갔다.

"지난번에 과장님께서 급한 건이 아니라고 하시면서 목재 건 먼저 진행하라고 하셔……."

부드러운 어조로 이전에 그가 한 말을 곱씹어 주었지만, 그녀의 말은 끝나기도 전에 씹혀 들어갔다.

"야! 그래서 지금 그게 내 탓이라는 거야? 어?"

그가 버럭 내지르자 수영은 그저 입을 다물었다. 분명 영업 팀에서 깨지고 돌아온 듯했으니 어떻게든 아랫사람을 탓하고 싶은 거겠지. 수영은 순간 말문을 잃고는 박 과장의 둥그런 얼굴만 맥없이 쳐다보았다.

"뭐 해? 빨리빨리 처리 안 해!"

"네."

그제야 박 과장은 휙 돌아섰다. 자기 자리를 향해 걸어가며 그는 혼잣말처럼 중얼거렸다.

"에휴, 저 등신은 대체 언제 그만두는 거야……."

수영은 저도 모르게 날카로운 표정이 되어 그의 뒤통수를 쳐다보았다. 안 들릴 줄 알고 하는 소린지, 아니면 일부러 들리라고 하는 소린지는 알 수가 없었으나 물어볼 수도 없었다. 근처의 직원들이 저를 흘끗 쳐다보는 걸 보면 그들에게도 들린 게 틀림없었으니 아마 박 과장은 들리든지 말든지 상관없었던 게 틀림없었다. 아니, 들으라고 한 말일지도.

등신이라는 말을 들을 이유라도 있었다면 기분은 나빴어도 억울하지나 않았을 텐데. 더구나 자신은 1년 계약직이어서 아마도 오래 보게 될 사이는 아닌데도 박 과장은 입버릇처럼 자신이 언제 그만두는지에 대해 중얼댔다. 부서 내에서 가장 만만한 게 서였으니 만년 과장의 온갖 스트레스를 참아 내야 하는 분노받이가 따로 없었다. 이 생활이 어느덧 몇 달째였다. JN 그룹에 계약직으로 입사할 무렵부터 꿈꿨던 정규식 전환은 이렇듯 하루하루 더 멀어져 가는 것만 같았다.

"하······."

절로 나오는 한숨을 내쉬려다가 그마저 조심스러워 끊고 입을 앙다물었다. 화가 난 얼굴도 잠시, 수영은 곧 감정을 지웠다. 수영은 지금 여기서 자신이 넘어지지 않는 것만을 생각했다. 어떤 더러운 꼴에도 붙어 있을 수밖에 없는 게 제 처지였으니 오늘도 군말 없이 그녀는 모든 일을 감당했다.

* * *

출장에서 돌아온 다음 날 아침이었다. 고요한 전용 주차장에 도착한 뒤 수행 기사가 차 문을 열어주자 유안이 내렸다. 임지선 차장은 주차장과 통하는 임원 엘리베이터 앞에서 버튼을 누른 채 대기 중이었다.

"어서 오십시오, 이사님."

"안녕하세요."

유안은 정갈하게 인사를 건네며 곧장 안으로 발을 들였다.

"회장님께 먼저 들르실 거죠?"

"네, 그러죠."

유안이 한숨처럼 대답을 내뱉었다. 지선은 곧 권호찬 회장의 집무실이 있는 24층 버튼을 눌렀다. 유안은 2년 전 본사에 입사함과 동시에 부모님과 살던 집을 떠나 독립을 했고 대신 매일 아침이면 이렇게 회장실을 찾아 문안 인사를 드려야 했다. 저는 별생각이 없었으나 어머니인 미경이 그런 임무를 지워서였다. 그래서 권호찬 회장도 출근 직후엔 아들과 독대하기 위해 스케줄을 비워 두었다.

"오늘따라 참 뵙기가 싫네요."

유안의 냉랭한 말에 지선이 조용히 웃었다. 중년에 접어든 그녀의 눈가가 미소로 자잘하게 패었다.

"겨우 사이가 좀 나아지는가 싶더니 또 마찰이네요."

유안은 아버지보다 어머니의 말을 더 잘 듣는 편이었으므로 군말 없이 아침마다 회장실을 찾긴 했지만, 요즘엔 그리 내키지가 않았다.

"그러게요."

그 이유는 요즘 들어 유독 권 회장이 참견하는 어떤 문제가 있기 때문이었다.

"TF 진행은 어떻게 되고 있나요?"

유안은 문득 화제를 돌리며 물었다. 프로젝트 S라 불리는 업무를 감당하게 될 TF의 팀원 차출에 관해 묻는 것이었다.

"일단 부서별로 어느 정도 후보가 정해진 것 같습니다. 인사부에 관련 사항 보고하라고 할까요?"

"네, 그렇게 하세요."

최근 긴밀하게 진행될 예정인 신 프로젝트가 있었고 이번 TF를 이끌 리더가 권유안 이사였다. 유안은 직접 이 프로젝트를 기획하고 꾸리는 만큼 세세한 부분까지 공을 많이 들이고 있었다.

한편 직원용 엘리베이터는 임원용과 달리 주위에서부터 붐비고 있었다. 수영은 멀리서 엘리베이터가 열리는 모습이 보이자 서둘러 달려갔다. 하지만 꽤 이른 출근 시간이었는데도 금세 만원이 되어서 하는 수 없이 다음 차례에 타기로 하고 포기했다. 습관적으로 시간을 확인했다. 늘 과한 업무량 때문에 이런 기다림도 시간이 아까웠다.

"인사 안 해?"

심드렁한 목소리가 들려서 돌아보니 박 과장이었다. 제 뒤통수에 눈이 달린 것도 아닌데 어떻게 그를 보고 인사를 한단 말인가. 그냥 평범하게 아는 척할 수는 없는 건가. 말 한마디도 좋게 얘기하는 법이 없는 인간이다. 이 직장에서의 하루를 견딘다는 의미는 이 인간을 참아 내는 것도 포함하고 있었다.

"안녕하십니까, 과장님."

수영은 오늘도 그림 같은 미소를 지으며 그를 대했다. 비록 그녀의 미소엔 누구도 모를 인내가 배어 있었지만.

"웃지 마. 네가 맨날 그렇게 웃고 다니니까 생각이 없어 보이는 거야."

그림 같은 미소마저 순식간에 흐트러졌다.

이제 웃는 것 가지고도 꼬투리네.

무안함 속에 미소를 지우는 사이 엘리베이터가 다시 도착했다. 그 앞엔 하필 다른 직원도 없었다. 정말 싫은 상황이었지만 엘리베이터에 오를 수밖에 없었다. 안으로 들어서고 문이 닫히자 박 과장이 벽에 비스듬히 기댔다. 또 무슨 말이 하고 싶은 건지 그는 가자미 같은 눈초리로 수영을 보았다.

"차수영 씨는 남자 친구 있어?"

"아니요."

밀폐된 곳이라 더한 막말이 나오기라도 할까 봐 수영은 내심 불안했다.

"왜 없어? 이렇게 예쁘고 몸매도 좋은데."

무슨 저의로 저런 말을 하는지는 모르겠으나 본인 딴엔 칭찬을 해 줬다고 착각하고 있을지도 몰랐다. 수영은 아무런 대꾸도 하지 않았다. 무시가 상책이었다.

"우리 차수영 씨는……. 사이즈가 어떻게 되려나?"

일순 수영의 속눈썹이 잘게 떨렸다. 하마터면 육성으로 욕지거리가 나갈 뻔했다. 불안한 촉이 올 때면 꼭 그 이상의 엿을 먹이는 놈. 차라리 또 등신이라고 하는 게 낫겠다. 저도 모르게 이를 꾹 물던 수영은 모른 척 엘리베이터 문짝만 바라본 채 박 과장에게 시선을 돌리지도 않았다. 저놈의 느끼한 눈동자가 어디를 보고 있는지 확인하지 않아도 알 수 있었으니까. 참을 수 없는 수치심이 치밀어 머릿속에서 여러 가지 욕설들이 떠다녔지만, 행여나 밖으로 튀어 나가지 않게 입을 꾹 다물었다. 그저 엘리베이터가 빨리 도착하기만을 기다릴 뿐이었다.

인사과로 당장 달려가서 신고하고 싶은 마음이 굴뚝같았다. 하지만 막상 실행에 옮기는 데는 주춤하게 되었다. 작년에 자신을 덮친 암전 이후로는 도무지 미래란 보이지 않았다. 벌어들이는 모든 돈은 블랙홀이 삼키듯 사라져 갔다. 아버지는 생사도 알 수 없는 상황이었고 어머니는 오랜 세월 경제 활동을 쉬어 왔던 터라 마땅한 일자리를 구하기가 힘들었다. 현재 어머니는 어쩔 수 없이 고된 아르바이트만 하고 있었다. 그렇지 않으면 고등학생인 둘째 딸이 저도 아르바이트를 한다고 나서니까.

대한민국 사회에서 현재 저의 스물일곱 살 인생은 애매했다. 신입으로도 경력으로도. 대학 졸업 후 아버지가 운영하던 작은 공장이 어려워져서 그 일을 돕다가 시간을 보냈고 그 후 우여곡절 끝에 겨우 들어오게 된 곳이 이 JN 계약직이었다. 이곳에선 이제 겨우 몇 달간 일했을 뿐이다. 졸업 후 보냈던 시간들은 제 인생에 별 특별한 이력을 남기지 못한 것이다.

비록 계약직이었지만 힘겹게 입사한 JN의 이름이 저에겐 절실했다. 혹시라도 정규직이 되면 대우가 나아지고 이런 일이 있을 때 이렇게 당하고만 있지는 않을 것이다. 적어도 시한부 같은 계약직이 아니라면 함부로 저를 이 회사 밖으로 끊어 낼 수 없을 테니 말이다. 그때는 저놈을 가만두지 않을 것이다. 그때까지만이라도 참자.

19층에 도착하고 내리기까지 수영도, 박 과장도 아무 말 하지 않았다. 그러다 사무실 입구에 들어서고 나서야 박 과장이 다시 수영을 불렀다.

"차수영, 나 커피 좀 부탁해."

"네. 뜨거운 거로 탈까요?"

수영이 얌전히 물었다. 처음 심부름을 받았을 때 뜨거운 커피를 탔더니 자긴 뜨거운 거 싫어한다며 나무라서 찬 커피로 다시 타

갔었다. 그 말을 기억하곤 그다음 번엔 차가운 커피를 탔더니 날도 쌀쌀한데 아침부터 차가운 게 넘어가냐며 혼내서 다시 뜨거운 커피로 타 갔었다. 다른 직원들에게는 시키지도 않는 본인 커피 심부름을 제게만 시키는 것도 불만스러운데 일부러 사람을 가지고 노는 건지 뭐 하는 건지. 그런 식으로 여러 번 혈압을 오르게 했던 터라 이제 커피를 타기 전에 꼭 확인을 거친다.

"아니, 내려가서 따뜻한 라떼 한 잔만 사 와."

그러나 돌아온 대답에 맥이 풀렸다. 박 과장이 지갑에서 뺀 카드를 내밀었고 수영은 힘 빠진 손으로 순순히 받았다.

"네."

이럴 거면 올라오기 전에 진작 1층에서 말하지. 오늘따라 엘리베이터도 한참이나 기다려서 탔건만. 내려가는 엘리베이터에 다시 오른 수영은 마침 혼자였기에 숨통을 트듯 중얼거렸다. 저 또라이는 진짜, 바빠 죽겠는데…….

* * *

유안은 권호찬 회장과 길지 않은 대화를 마치고 회장실 밖으로 나왔다. 권 회장과 독대할 때만 해도 사뭇 굳어 있던 그의 표정이 문을 나서는 동시에 거짓말처럼 감추어졌다. 언제 그랬냐는 듯한 유안의 여유로운 표정을 보며 지선은 한편으론 안심했고 또 한편으론 걱정했다.

"재무 팀 박 상무님한테 좀 들러 보죠."

다시 임원 엘리베이터에 오르며 유안이 말했다.

"네, 이사님."

잠시 후 19층에 도착한 엘리베이터 문이 조용히 열렸다. 밖으로 내린 두 사람은 청회색 카펫이 깔린 긴 복도 위에서 소리 없이 발걸음을 옮겼다. 그러나 말없이 걷던 두 사람이 몇 걸음 떼지 않았을 때였다. 유안의 걸음이 갑자기 잦아들더니 멈추기에 이르렀다. 덩달아 멈춘 지선은 무언가에 약긴 당황하며 입을 벌렸다. 그녀가 유안을 올려다보자 유안은 자신의 검지를 제 입 앞에 올렸다. 지선은 그의 지시대로 침묵하며 그와 함께 앞에서 보이는 어느 광경에 주목했다.

그들이 서 있던 곳에서 조금 떨어진 벽 모퉁이에서 어느 여자 한 명이 뒤돌아서 있었다. 구매팀으로 가는 길목에 서 있던 그녀는 고개를 살짝 돌리고 있어서 옆모습이 얼핏 보였다. 그러나 뒤에서 발소리도 없이 막 나타난 유안과 임 비서의 기척은 알지 못하는 것 같았다. 그래서 유안은 그녀가 방금 한 놀랄만한 행동을 고스란히 다 보고 말았다. 설핏, 그의 입가가 올라갔다. 방금 그녀는 테이크아웃 종이컵에 담긴 음료 뚜껑을 열고 그 안에 침을 뱉어 넣고 있었다. 그 모습을 보는 순간 유안의 눈동자가 예리하게 빛났다. 한 사람의 절대 들켜서는 안 될 은밀한 장난을 목격한 쫄깃함이었다.

손가락을 들어 왜인지 비서에게도 침묵을 요구하곤 그는 모른 척 조용히 그녀의 행동을 관찰했다. 그 장면을 놓치고 싶지 않은 것처럼.

가느다란 몸집의 뒷모습이었다. 포니테일로 깔끔하게 묶인 머리칼 덕에 옆얼굴의 턱 선이 잘 보였다. 구매 팀 사무실을 들여다보는 건지 흘끗흘끗 눈치를 엿보는 눈매가 여기서도 다 보였다. 여자는 음료 컵 뚜껑을 꾹꾹 닫고 나서 다시 발을 떼며 제 갈 길을 갔다. 그녀가 모퉁이를 돌아 모습이 보이지 않자 유안은 그제야 다시 걸음을 옮겼다. 그리고 여자가 떠나간 모퉁이를 지나칠 때쯤 유안은 그녀가 사라진 방향을 눈으로 좇았다. 예상대로 여자는 구매 팀 사무실로 들어가고 있었다.

다시 걸음을 멈춰 선 유안은 곧 사무실 유리 벽 너머로 움직이고 있는 그 여자의 뒷모습을 발견할 수 있었다. 재미난 구경을 하듯 그의 눈빛이 기대감에 반짝이고 있었다. 지선도 흥미로운지 옆에서 작게 속삭였다.

"누구에게 주는 걸까요?"

"그러게요."

여자가 조심스레 들고 간 음료는 어느 중년 사내에게 전해졌다. 상사로 보이던 남자는 못마땅한 얼굴로 인상을 구기며 음료 컵을 받아 들었다. 지선은 손으로 입을 가리고 쿡쿡 웃었다.

"하하, 박 과장이네요. 저 사람 도대체 아래 직원에게 어떻게 했길래……."

하지만 지선이 웃던 그 순간 유안은 진지한 얼굴로 더욱 눈동자를 빛내고 있었다. 문득 눈을 더욱 크게 뜬 그는 커피를 주고 돌아선 여자의 얼굴에 시선을 고정했다. 아까는 뒷모습에 가까운 옆모습만 보였었지만 돌아서자 이제 얼굴이 잘 보였다. 단정한 미인이었는데 의외로 그녀의 얼굴은 그런 짓이라곤 하지 못할 것처럼 올곧은 표정을 하고 있었다. 앞머리 없이 넘겨진 이마는 멀리서도 깔끔하고 단아했다. 그녀는 어찌 보면 반듯하고 강직한 인상이었으나 어딘가 조금 새초롬한 느낌도 있었다.

　아주 가까운 거리는 아니었으나 투명한 유리 벽 너머로 유안은 보았다. 그 여자의 입가에 미미하게 번지는 만족스러운 미소를. 미운 상사에게 엿을 먹이고도 무사히 넘어갔다는 데에 작은 희열을 느끼는 것이겠지. 그걸 지켜보며 유안은 픽 웃었다.

"이만 가죠."

"네."

　유안은 다시 앞을 향해 걸어갔다. 그의 선선한 발걸음을 지선이 뒤따랐다. 여기엔 수많은 직원들이 있었으니 수많은 이야기가 존재했다. 그래서 여기서 벌어지는 별별 일들 중 지극히 소소한 일 하나를 구경했을 뿐이었다. 그것은 유안에게 잠깐 업무를 잊게 해 주는 오락거리가 되어 주었다.

　걸음을 옮기는 유안의 입가에는 나른한 미소가 계속 머물고 있었다. 그럼에도 왜인지, 그런 소소한 오락거리로 치부하기엔 시선을 끌 만큼 매력적인 여자의 발칙한 모습이 꽤나 인상적이었던 것 같다. 어쩐지 쉽게 잊히지 않을지도 모르겠다는 생각이 아주 잠깐 들기도 했다. 하지만 그것뿐이었다. 그래봐야 저 여자를 다시 볼 일은 없을 것이라고, 그러므로 결국엔 잊어버릴 것이라고 생각하니 그저 허무하고 부질없을 뿐이었다.

　자리에 돌아와 앉은 수영은 모니터 화면을 응시하다 말고 박 과장을 흘끗 보았다. 아무것도 모르고 라떼를 맛있게 음미하는 꼴이 눈에 들어왔다. 맛있니? 저도 모르게 웃음이 나왔다. 그런데 너무 만족스러운 미소를 짓고 있었던 걸까. 옆에 있던 김 대리가 몸을 쭉 기울이며 가까이 오더니 귓가에 속삭였다.

"수영 씨. 왜 그렇게 박 과장님을 흐뭇하게 쳐다봐?"

"네?"

"차수영 씨 정말 착하다. 과장님이 맨날 그렇게 갈구는데도 미소가 지어져?"

"아, 그냥……. 제가 사다 드린 커피를 잘 드시는 모습에 뿌듯했나 봐요."

달리 할 수 있는 말이 없던 수영은 대충 농담처럼 둘러대며 푸스스 웃었다.

"성격도 좋아……."

수영을 신기하게 바라보던 김 대리는 다시 몸을 반듯이 세우고는 자기 업무로 돌아갔다. 수영 스스로 생각해도 참 한심한 웃음밖에 안 나왔다. 가뜩이나 암전 속에 사는 저를 더 괴롭게 만드는 괴물 같은 놈에게 소심한 복수나 하고는 이럴 때나 겨우 웃음을 지을 수 있는 자신이 우스웠다. 수영은 쓸쓸한 미소를 입가에 머금은 채 다시 모니터로 눈을 돌렸다. 밑 빠진 독에 물을 붓듯 오늘도 또 혹독한 일정이 시작되었다.

* * *

어느 쌀쌀한 날이었다. 꽃샘추위가 찾아왔는지 체감 온도가 제법 낮고 추웠다. 점심을 먹은 지 얼마 되지 않았던 수영은 점심시간이 끝나기도 전에 물리적 힘을 쓰고 있었다. 그녀는 두 팔에 가득 차는 무거운 물품을 들고 아래층으로 급하게 내려가는 중이었다. 팔이 떨어질 것 같았지만 물건이 떨어지면 더욱 안 되었기에 있는 대로 힘을 썼다. 이렇게 무거운 줄 알았다면 다른 직원에게 도와 달라고 할 걸. 쓰레기같이 성희롱을 던졌던 박 과장이 자긴 남녀 역차별은 안 한다면서 저에게 무리한 걸 들게 했다. 어쨌든 자신에게 시킨 일이었고 다들 바빠 보이기도 했으니 수영은 군말 없이 들고 나왔다. 빠르게 처리해야 할 일이기도 했다.

점심 식사 후 1층에 들렀던 유안은 지선과 함께 엘리베이터로 향했다. 가는 길에 더 가까운 엘리베이터가 임원용이 아닌 직원 용이어서 그쪽으로 걸어가고 있었다. 그때 여러 대 중에 맨 끝에 있는 엘리베이터가 열렸고 몇 명의 사람들이 내렸다. 그리고 무심코 보고 있던 유안의 눈동자가 마지막에 내리는 한 사람에게 집중되었다.

그녀는 베이지색 블라우스에 검정 펜슬 스커트를 입고 적당한 높이의 힐이 붙은 구두를 신고 있었는데 포멀한 복장에는 다소 불편할 수 있는 일을 수행 중이었다. 그런데 문득 유안이 눈동자를 또렷하게 빛냈다. 낯익은 얼굴. 유안은 금세 그 얼굴을 기억해 냈다. 며칠 전에 보았던 그 직원이었다. 테이크아웃 음료 컵에 침을 뱉던 직원.

그 직원이 내리자 엘리베이터 앞에 섰던 사람들이 길을 터 주었다. 하지만 그들은 곧 자기 갈 길을 위해 엘리베이터에 올랐고 내려서 걸어가던 그녀에게 더는 시선을 두지 않았다. 아무도 관심 없는 여자의 모습에 유안의 눈길이 머물렀다. 그녀는 낭창한 몸선과 대비되도록 지나치게 커다란 짐을 들고 있었다. 무슨 중요한 물건이라도 들고 있는 건지 얇은 팔로 악착같이 부여안고서 부러질 듯 걸어갔다.

엘리베이터를 향해 걸어가는 유안과 그곳을 떠나 걸어오는 여자는 서로를 마주 보며 걷고 있었지만 조금 떨어진 곳에 있어서 여자는 유안을 의식하지 못하고 있었다. 1층은 넓었고 사람은 많았다. 일에 집중하고 있는 여자의 걸음은 퍽 부지런했다. 구두를 신은 발치고는 빠른 걸음이었다. 더구나 무거워 보이는 짐까지 들었는데도 말이다. 뭐가 그리 급한 건지 본인의 일에만 몰입하고 있는 그녀의 눈엔 주변의 다른 광경들은 들어오지도 않는 듯 보였다. 기억력이 꽤 좋은 지선 역시 그녀를 알아본 모양이었다. 유안의 옆에서 함께 걸어가던 지선이 속삭였다.

"저번에 본 그 친구네요."

그때였다. 갑자기 여자의 가느다란 발목이 삐끗하며 그녀의 몸이 크게 휘청거렸다. 들고 있던 짐의 무게 때문인지 휘청거리는 각이 꽤 컸다. 순간 지선이 작게 탄식했다.

"어머."

여자는 하마터면 짐을 떨어뜨릴 뻔했지만 가까스로 놓치지 않는 데에 성공한 듯 보였다. 좀 전까지 기계처럼 걷던 여자는 자의와 상관없이 걸음을 멈추고 말았다. 큰 짐이 아래 시야를 가리는 바람에 고개를 옆으로 숙여 발을 내려다봐야 했던 여자는 이내 구두의 상태를 보고 고운 이마를 찌푸렸다. 구두 굽이 빠지면서 발이 꺾였던 것이다. 밑창에 겨우 붙어 있던 구두 굽이 떨어질 듯 말 듯 덜렁거리고 있었다. 곤란한 표정을 짓던 여자는 오래 고민할 틈도 없는 듯이 다시 걸음을 옮겼다. 당연히 아까처럼 부지런한 걸음일 순 없었다. 굽이 떨어진 쪽의 발뒤꿈치를 들고 걷고 있었으니 걸음이 절뚝거렸다. 함께 눈을 떼지 못하던 지선이 안타까웠는지 중얼거렸다.

"도와줘야 하나……."

그러나 그 말이 끝나기가 무섭게 여자가 또 한 번 삐끗거리는 모습이 보였다. 그러자 여자는 이제 별 망설임 없이 짐도 내려놓지 않은 채 신발을 벗어 던졌다. 여자의 두 발에서 벗겨진 구두가 바닥에 툭툭 떨어져 나뒹굴었다. 그 모습을 우연히 보게 된 주위 사람들이 놀라워하는 눈빛으로 흘끗거리며 수군댔다. 그러나 그런 건 당사자인 여자에게는 보이지도 않는 건지 그녀는 신경도 쓰지 않는 눈치였다. 그 표정이 비장하기까지 했다.

유안의 굳어진 눈빛은 그녀의 얼굴에서 떨어지지 않았다. 맨발이 된 여자는 차라리 홀가분해진 몸짓으로 오히려 처음보다도 더 빠른 걸음으로 움직였다.

"글쎄요, 도와줄 틈도 없어 보이네요."

유안이 조금 늦은 타이밍에 대꾸했다.

그사이 앞만 보고 직행하던 여자는 마주 보고 걸어가던 유안의 옆으로부터 불과 몇 미터 떨어진 곳을 지나갔다. 거리가 좁혀지자 지난번에 봤을 때보다 얼굴이 더 잘 들여다보였다. 희고 매끈한 얼굴선이 선명했다. 커다란 눈망울을 가진 여자였다. 표정이 쉽게 읽힐 정도로 커다란 눈매였다. 자칫하면 감정이 훤히 드러나 보일 수도 있을 만큼 풍부한 눈빛을 가진 느낌이었다. 유안은 짧은 순간 그녀의 눈동자를 응시했다. 그러나 여자는 마치 경주마처럼 유안을 비롯한 다른 어떤 것에도 눈길을 주지 않고 빠르게 지나쳐 갔다.

유안은 저도 모르게 고개를 돌리며 여자의 움직임을 억척스러운 눈으로 따라갔다. 그가 걸음을 멈추고 여자를 바라보자 지선도 함께 발을 멈추었다. 지선은 유안의 얼굴과 그의 시선이 닿아 있는 여자의 뒷모습을 번갈아 가며 쳐다보았다. 자신이 생각해도 방금 저 직원이 좀 인상적인 모습을 보여 주긴 했으니 유안의 눈에 신기해 보일 만도 했다. 지난번 음료 컵 일도 그랬고.

가만히 서 있던 유안은 잠자코 여자의 자취에 몰두했다. 그의 눈동자에는 곧 건물 출입구를 나서는 여자의 상이 맺혀 있었다. 그녀가 유리로 된 현관문 밖으로 나가자 어깨를 덮고 있던 머리칼이 급작스러운 바람에 요란하게 흩날렸다. 뭐가 그리 급해서 겉옷도 입지 않고 나왔는지 찬 공기에 노출되자 순간적으로 어깨를 움츠리는 모습이 보였다. 공중에서 춤을 추는 몇 가닥의 머리칼을 보며 바람이 세기를 가늠할 수 있었다. 바람이 머리칼을 치워내자 여자의 목덜미가 휑하게 드러났다.

어제에 비해 부쩍 공기가 쌀쌀해진 날이었는데도 여자의 맨발은 얼음장같이 차디찬 바닥에 주저 없이 닿고 있었다. 여자의 그런 모습은 유안에게 신기하고도 묘했다. 솔직히, 썩 이상하게 보였다. 성실하다 못해 치열했다. 아니, 치열하다 못해 초조했다. 그런데 그게 이상했다. 유안의 눈에는 사소한 일에도 목숨을 걸듯 전투적으로 임하는 그녀의 근성이 묘하게 불안해 보였다.

심드렁한 유안의 눈이 JN 본사 사옥의 거대한 현관문 밖에 한동안 머물렀다. 그러나 무거운 짐을 들고 종종걸음을 걷고 있는 여자의 모습은 유리문이 끝나는 지점에서 곧 사라지고 말았다.

불투명한 벽 뒤로 여자가 사라진 뒤에도 유안은 잠시 동안 텅 빈자리를 바라보았다. 지선이 그를 올려다보며 기다리는 것을 느끼고 나서야 유안은 천천히 몸을 돌렸다.

"이만 갈까요."

유안의 묵묵한 얼굴을 바라보던 지선은 그가 움직이자 말없이 그를 따랐다. 그들이 직원용 엘리베이터 앞에 다다르자 유안을 알아본 직원들 몇이 고개를 꾸벅 숙이며 인사를 해 왔다.

"안녕하십니까."

"안녕하세요, 이사님."

그러자 이내 다른 직원들도 평소와 다른 분위기를 눈치채고는 조심스레 길을 터 주었다. 좀 전까지만 해도 그 앞에는 웅성거리는 소리가 가득했었는데 금세 분위기가 엄숙하게 다운되어 있었다. 갑자기 등장한 이사의 모습에 직원들은 괜히 목소리를 낮추며 말을 아꼈다.

사실 유안은 가끔 직원용 엘리베이터를 이용하곤 했으나 다른 임원들에겐 좀처럼 그런 일이 없었다. 그래서 아직 대부분의 직원들에게는 사내에서 임원과 마주치는 일이 썩 자연스럽지 않은 모양이었다. 괜히 바쁜 시간에 직원들 불편하게 여길 이용했나 싶었다. 최근 권위적 문화를 없애고 혁신을 꾀한다며 임원 전용 엘리베이터를 없애는 기업들이 생겨나고 있었지만 아직 JN 직원들에게 있어서는 저 같은 윗대가리들이 불편한 게 사실인 것 같았다.

그 시간의 엘리베이터는 바빴다. 여러 사람이 이용하는 것인 만큼 더 많은 층에 섰다. 그래서 유안에겐 다소 기다림의 시간이 느리게 가고 있었다.

주변 직원들이 유안이 서 있는 곳에서 조금 물러나 있는 바람에 그와 지선은 어색하게 뚫린 공간에 마치 섬처럼 떨어져 있었다. 유안이 내려오고 있는 충수를 말없이 눈으로 바라보고 있을 때였다. 그의 시야 한편에서 뚫린 공간을 침범하고 들어오는 하나의 움직임이 보였다. 베이지색 블라우스, 바람에 조금 흐트러진 머리칼, 지쳐 멍해진 얼굴. 바빴던 걸음에 숨이 찼는지 약간 가쁜 호흡을 내쉬고 있는 여자가 보였다. 동시에 어떤 모르는 향이 곁에서 은근하게 풍겨 올라왔다. 지쳐 그런 건지 안색이 조금 창백해져 있었다. 어느새 여기까지 빠르게 다시 온 걸 보면 또 뛰듯이 걸어왔나 보다.

그때 엘리베이터 문이 열렸다. 곁눈으로 여자를 보던 유안은 이내 눈을 돌리며 엘리베이터 안으로 들어갔다. 뒤돌아서 다시 밖을 향해 섰을 때 그는 자신과 지선만이 타고 있다는 사실을 발견했다. 지선은 다른 직원들이 탈 수 있게 열림 버튼을 누르고 있었지만 밖에 서 있는 직원들은 눈치만 보고 있었다.

맨발이었던 여자만이 맨 앞까지 다가왔지만 다른 직원들이 타지 않아서 그런지 그녀 또한 주위를 돌아보며 주춤거렸다. 그녀는 유안과 지선의 얼굴을 흘끔 살폈다가 다시 주변 직원들을 의아한 눈으로 보며 머뭇거렸다. 표정을 보니 유안이 누구인지 알아보지 못해서 다른 사람들이 왜 눈치를 보며 안 타는지 이해를 못 하는 것 같았다. 엘리베이터 한가운데 서 있던 유안은 한쪽 옆으로 비켜서 주며 말했다.

"뭐 해요, 안 타고들."

그리고 밖에 있는 그들을 향해 씩 웃었지만, 직원들은 그럼에도 선뜻 타지 못했다. 맨 앞에 서 있던 수영은 이 상황이 의아했다. 어쨌든 안에 타고 있는 사람들의 타라는 권유가 있었으니 그녀는 조금 쭈뼛거리며 발을 들였다. 수영은 먼저 탄 남자와 옆으로 조금 떨어진 위치에 선 뒤 19층 버튼을 눌렀다. 그리고 곧 다시 앞을 본 그녀는 그때까지 저 외의 다른 직원들이 여전히 아무도 타지 않고 있다는 걸 깨달았다. 순간 수영은 자신이 타서는 안 되는 곳에 타기라도 한 건가 싶어 눈을 조금 크게 떴다. 그러나 내릴 타이밍도 놓치게 되었다. 끝내 더 타는 사람이 없자 함께 탄 중년 여성이 그냥 닫힘 버튼을 눌러 버린 것이다. 수영은 뒤늦게 민망함을 느꼈다. 왜 그러지. 이 사람들이 엄청 대단한 중역이라도 돼서 어려워들 한 건가. 내가 못 알아본 건가.

이 회사에 몇 달 다니지 않은 자신은 아직 많은 임원들의 얼굴을 아는 건 아니었다. 뭐, 상관없겠지. 못 탈 데 탄 것도 아니고. 난 바쁘니까 빨리 올라가야 하기도 하고. 그러나 그렇게 편하게 생각하려 해도 그리 편하진 않았다. 엘리베이터 안은 지나치게 조용했고 19층이라는 고층까지 올라가는 시간은 짧지 않았다. 옆면에 기대 있던 임원인지 누구인지 모를 남자는 저를 향해 서 있었는데 기분에 꼭 그 얼굴이 저를 향해 있는 것만 같았다. 왠지 모를 시선이 느껴지는 거 같아 수영은 고개를 천천히 옆으로 돌려 보았다. 그러다 곧 흠칫 놀라고 말았다.

순간 가슴이 서늘해졌다. 그 남자는 정말 저를 보고 있었다. 그것도 깜짝 놀랄 만큼 매우 빤히. 표정 없이 저를 내려다보고 있던 남자는 타인을 빤히 보다 눈이 마주쳤음에도 불구하고 약간의 당황함도 보이지 않았다. 거기에 오히려 수영이 당황했다. 탈 때도 얼핏 보았지만 그는 젊은 남자였다. 그것도 한눈에 보기에도 도드라질 만큼 훌륭한 외형을 가진 남자였다. 그의 옷차림과 헤어스타일 모두 정갈하지 않은 부분이 없었다. 그런데 무엇보다 튀는 건 그가 내뿜고 있는 강한 기였다. 딱히 그가 저에게 고압적으로 굴고 있는 상황도 아니었는데 묘하게 제압당할 것 같은 분위기가 맴돌고 있었다. 수영 혼자서만 어색해져서는 시선을 피했다. 다시 정면만 보고 선 그녀는 괜히 기분이 이상했다.

왜 쳐다보지? 높은 분인 듯한 사람 앞이어서 괜히 더 떨리는 기분이 드는 건지 수영은 앞만 보면서도 눈동자를 가만히 두질 못했다. 그 뒤로 여러 가지 생각이 들었다. 괜히 탄 건가, 자신이 뭘 잘못했나, 기분이 혼란스러웠다. 와중에도 남자의 시선은 계속 느껴지는 듯했다. 설마 아직도 쳐다보나? 수영은 바닥을 향해 내리간 눈동자를 옆으로 조금만 돌려 보았다. 먼지 한 톨 없는 매끈한 남자 구두가 보였다. 그것은 하필 자신의 너저분해진 맨발과 한 시야에 들어왔다. 그러자 문득 지금껏 못 느끼고 있던 창피한 기분이 몰려들었다. 어쩌면 이런 몰골로 다니는 게 이상해서 쳐다본 것일 수도 있겠다는 생각도 들었다. 지금의 저는 누가 신기하게 안 보는 게 이상할 정도의 몰골이었으니.

눈동자를 찬찬히 올려 보니 남자의 구김 없는 바지부터 시작해서 쓰리피스 정장이 보였다. 이윽고 더 시선을 올려 남자의 얼굴을 다시 보았는데 순간 가슴이 푹 꺼져 내릴 뻔하였다. 여전히 저를 뚫어지게 내려다보고 있는 남자와 정통으로 눈이 마주쳤다. 수영은 너무 당황해서 또 반사적으로 시선을 회피하듯 고개를 획 돌리고 말았다. 누구신지, 왜 그렇게 보시는지 물어보고 싶었지만 입이 떨어지지 않았다. 지금 여기서 자신이 그런 질문을 하는 것도 이상한 일이었다.

유안은 여자의 당황하고 또 생각하는 표정을 유심히 바라보았다. 엄숙한 분위기 탓에 얼어 있는 건지 얼굴이 굳어져서 그 표정 변화가 미묘하긴 했지만, 그럼에도 여자의 얼굴은 그 나름의 다양한 감정을 보여 주는 듯했다.

유안은 문득 눈동자를 아래로 떨어뜨렸다. 그의 시선이 여자의 발에 머물렀다. 갑자기 서늘해진 날씨임에도 얇은 스타킹을 신고 있던 여자의 발은 흙과 먼지로 더럽혀져 있었다. 여자의 손에는 굽이 너덜너덜해진 구두가 들려 있었다. 저걸 고쳐 신기엔 무리일 것으로 보일 만큼 망가진 구두였다. 검은 구두를 들고 있는 손은 유난히 희었다. 지금은 아까 본 안색처럼 창백하지도 않아서인지 원래 이 여자의 피부가 흰 편인가 하는 생각이 들었다.

남자의 끈질긴 시선을 이해할 수 없던 수영은 남자와 반대편으로 눈을 돌려 중년 여성을 보았다. 진회색 투피스 바지 정장을 입고 있던 여자는 깔끔하게 앞만 보고 있을 뿐이었다. 1초가 100초같이 길었다. 눈동자를 초조하게 움직이던 수영은 아무래도 너무 이상한 기분이 들었다. 그래서 이번엔 도무지 오래 참지 못하고 다시 남자를 휙 쳐다보았다. 하지만 세 번째로 그의 얼굴을 확인한 수영의 눈동자는 곧 휘둥그레지고 말았다. 이번에 마주친 남자는 저를 보며 희미하게 웃고 있었다. 수영은 시선을 회피하는 것도 잊고 커진 눈으로 그를 올려다보았다. 그의 얼굴에는 분명 모호하고도 옅은 미소가 걸려 있었다.

왜 웃는지 그 이유를 몰라 친근함인지 비웃음인지 모를 표정이었다. 당혹감을 감추지 못한 수영은 오래 보기가 불편해서 곧 시선을 떨구었다. 때마침 엘리베이터가 19층에 도착했다는 알림이 들렸다. 문이 열리자 수영은 잠시 주춤했다. 누군지는 모르겠으나 왠지 예의를 차려 인사는 해야 할 것 같은 기분이 들었던 것이다. 결국 수영은 내리기 전 유안을 향해 정중하게 고개를 숙였다. 그러나 눈도 마주치지 않고 묵례만 하고는 도망치듯 내렸다.

유안의 눈치를 슬쩍 본 지선은 엘리베이터의 문을 닫지 않았다. 그가 끝까지 여자를 주시하고 있는 모습을 보았기 때문이다. 엘리베이터 밖으로 나간 여자는 갑자기 우뚝 발을 멈추더니 들고 있던 구두를 뒤집어 보았다. 낮은 한숨을 들썩이는 등이 보였다. 그녀는 이내 엘리베이터 앞에 있는 휴지통에 구두를 버렸다. 그러고는 뒤도 돌아보지 않고 걸어갔다.

수영이 사무실로 복귀했지만 다들 제 일에 바빠 아무도 신경 쓰지 않았다. 그래서 그녀가 신발을 신고 있지 않다는 사실을 아무도 알아채지 못했다. 자리에 빠르게 앉은 수영은 지금 급하게 처리해야 할 일을 마치는 대로 구두부터 주문해야겠다고 생각했다. 당장엔 앉아 있어도 되었으니 이 일만 처리하고 퀵 서비스로 주문을 하면 오후 중에 받을 수 있을 것 같았다.

컴퓨터 앞에 죽치고 있던 수영은 한 시간 뒤쯤 드디어 하던 일을 처리했다. 이제 서둘러 구두를 주문할 차례였다. 그러나 집을 나선 이후 화장실도 한 번 가지 않고 일을 했던 그녀는 어쩔 수 없이 일어나야 했다. 구두가 오기까지 생리적 현상을 참기는 어려웠다. 빨리 다녀와서 주문을 해야겠다고 생각하며 자리를 떠나는데 그제야 발견한 김 대리가 눈을 휘둥그렇게 떴다.

"어! 차수영 씨, 왜 신발 안 신었어?"

"예? 아…… . 망가져서 버렸어요."

"뭐? 저런. 그럼 어떡해?"

적지 않게 놀란 김 대리는 함께 걱정을 해 주었다.

"안 그래도 지금 주문하려고요. 가까운 데서 퀵으로 시키면 금방 오겠죠."

"어어, 그래. 어서 사. 근데 지금은 그 발로 어디 가는데?"

"화장실이요."

수영의 대답에 김 대리는 애잔하다는 눈빛을 보냈다.

"그럼 내 거 잠깐 신고 다녀와. 발 젖으면 어떡해."

"아, 감사합니다."

"진작 말을 하지. 수영 씨도 가만 보면 참 도움 요청할 줄 몰라."

"하하……."

김 대리가 벗어 준 신발을 신고 수영은 사무실을 떠났다. 사이즈가 제 발보다 커서 헐렁거렸다.

사무실로 다시 들어온 수영은 김 대리에게 다시 신을 벗어 주었다. 그 후 제 자리로 돌아오던 수영은 순간 멈칫하게 되었다.

"어, 이게 뭐지?"

책상 위에 웬 상자 하나가 놓여 있었다.

"참, 누가 두고 가더라."

돌려받은 제 신발을 도로 신으며 김 대리가 말해 주었다.

"누가요?"

"모르겠어. 앳된 사원이었던 거 같은데 거기가 차수영 씨 자리 맞냐고 묻더라고. 뭐냐고 물으니까 본인도 누구 심부름이라 잘 모른대."

"그래요?"

수영은 고개를 갸웃하며 상자 뚜껑을 열었다. 놀랍게도 상자 안에는 검정 가죽 구두와 작은 카드 편지가 들어 있었다.

"구두네. 벌써 산 거였어?"

김 대리가 옆에서 물었고 수영은 놀라 벙해진 얼굴로 고개를 저었다.

"아니요."

아리송해진 눈으로 구두를 내려다보던 수영은 카드를 집어 들었다.

대체 누굴까.

그녀는 아무것도 쓰여 있지 않은 흰 봉투에서 카드를 꺼내 열어 보았다.

[열심히 일하는 당신에게 선물합니다.]

문구를 바라보는 수영의 눈동자가 언뜻 흔들렸다. 그 문구가 전부였다. 카드에라도 보낸 이가 쓰여 있을 줄 알았는데. 친절하면서도 불친절한 한 줄짜리 간단한 메시지는 혼란만 가중했다. 누구지. 아까 1층에서 자신이 신발을 벗어 던졌을 땐 주변에 사람이 꽤 많았다. 저의 맨발을 본 사람은 한두 사람이 아니었을 것이다. 그중에 자신을 아는 사람이 선물했을 가능성이 높은데 딱히 그럴 만한 사람이 떠오르진 않았다. 누가 이곳에서 저에게 이렇게까지 호의를 보인단 말인가.

* * *

오후 회의를 마치고 돌아온 유안은 이번 TF 팀의 인사 기록을 확인했다. 회의를 토대로 팀원 명단을 이대로 마무리 지어도 좋을지 최종 검토를 하고 있었다.

나른한 오후였다. 유안은 잠시 하던 일을 멈추고 등받이에 몸을 기대며 피로해진 눈을 깜박였다. 모니터를 피해 의자를 빙글 돌리자 살짝 걷힌 블라인드 사이로 들이치는 나른한 햇빛이 보였다. 온화하게 쏟아지는 늦은 오후의 빛깔을 바라보고 있을 때 그는 문득 아까 그 여자를 떠올렸다. 그 여자에게서 느껴지던 색은 신기했다. 과할 정도로 열심이긴 하나 그녀의 얼굴에서 보이는 느낌이 조금 독특했다. 신입의 얼굴에서 느껴지는 패기나 열정과도 달랐다. 그런 종류의 색이 아니었다. 유안은 그게 무엇일까 골똘히 생각했다. 누구보다 빠릿빠릿했지만 누구보다 지쳐 보였던. 강인해 보이고도 또한 처연한 보이던. 자신이 왜 이렇게 느끼는지는 모르겠으나 여자의 애잔할 만큼 필사적이던 모습이 어딘가 위태로워 보이는 것이었다.

똑똑. 노크 소리에 상념이 깨어졌다.

"네."

달칵 문이 열리며 지선이 들어왔다.

"이만 이동하실까요?"

"그러죠."

유안은 등을 떼고 몸을 일으켰다. 그가 재킷을 걸쳐 입는 동안 지선은 그의 컴퓨터를 끄고 있었다.

"참, 이사님. 차수영 씨에게는 잘 전달했습니다."

"차수영?"

유안이 가볍게 되물었다.

"아까 엘리베이터에서 본 그 친구요."

"아. 그 맨발."

이름의 주인이 누군지 듣자 순식간에 유안의 눈이 짙어졌다.

"네."

"이름이 차수영이군요."

유안은 느린 손으로 정장 재킷 단추를 채우며 그녀의 이름을 골몰하듯 되뇌었다. 아까 엘리베이터에서 내려 집무실로 돌아오자마자 그가 지시했었다. '아까 그 친구 구두 하나 사다 주세요.' 부담 가지면 안 받을지도 모르니 누군지 모르게 주라는 지시가 함께였다. 덕분에 아까 지선은 다시 19층으로 내려와 남몰래 구두 사이즈 확인을 위해 휴지통을 뒤져야 했다. 곧바로 근처 백화점에 가서는 손수 편하고 튼튼한 구두를 골랐다. 구매 팀 인사 기록에서 이름도 찾아냈었다. 산타클로스 노릇을 하던 제 모습을 다시금 떠올리며 지선이 빙긋이 웃고 있는데 유안이 말했다.

"그 친구 인사 기록 좀 볼게요."

"안 그래도 찾아 뒀습니다."

유안은 그 말에 의문을 느끼며 지선을 빤히 바라보았다.

"찾아 뒀다고요? 왜요?"

"왠지 이사님이 보고 싶어 하실 것 같아서요."

여유롭게 대꾸하는 지선을 보며 유안은 픽 웃고 말았다.

"난 요즘 회장님보다 임 차장님이 더 무서워요. 나를 너무 잘 알아."

"가면서 보여 드리겠습니다. 가시죠."

수행 기사가 1층 현관 앞에서 커다란 세단을 대기시키고 있었다. 그러나 1층으로 내려간 유안은 차에 타기 전에 잠시 걸음을 돌렸다.

"커피 한 잔씩 들고 가죠."

"예, 뭘로 사다 드릴까요?"

지선이 제꺽 물었다.

"같이 가서 골라 봐요."

유안은 선선한 걸음으로 지선과 함께 1층 카페로 향했다. 해지기 전 카페는 적당히 붐비고 있었다.

"임 차장님은 뭐 드실 거예요?"

"저는 핫초코요."

"당 떨어질 때만 드시는 메뉴 맞죠? 힘드시군요."

"네, 조금."

유안의 능청스런 물음에 지선이 피식 웃었다. 자신의 메뉴도 고른 유안은 직접 주문을 하기 위해 줄을 서러 갔다. 그리고 거기서 그의 시선이 또 멎었다. 또 그 여자를 발견했다.

차수영. 본인의 차례가 된 여자는 막 주문을 하고 있었다. 꽤 밝은 톤의 목소리가 유안의 귀를 파고 들어왔다.

"모카 프라푸치노 하나요."

그녀의 뒷모습에 머문 유안의 눈동자가 반짝 흥미롭게 빛났다.

자꾸 눈에 띄네.

수영의 바로 뒤에 서게 된 유안은 음료값을 계산하고 있는 그녀의 뒤통수에 시선을 내리꽂았다. 아까에 비해 여자의 머리칼은 차분히 정돈되어 있었다. 내려다보이는 가지런한 정수리 위에는 가마가 조금 왼쪽으로 나 있었다. 유안은 곧 눈을 내려 그녀의 발을 보았다. 아까는 헐벗은 채 사라졌던 발이 지금은 깨끗한 구두 속에 들어 있었다. 선물을 받아 준 것인가. 임 차장의 안목은 역시 믿을 만했다. 먼저 신고 있던 구두보다 지금 디자인이 훨씬 더 편해 보였다.

계산을 마친 차수영이란 여자는 음료를 받기 위해 옆으로 움직였다. 스쳐 가는 여자의 옆모습을 가만히 지켜보는 순간 미미한 향이 풍겨 났다. 유안은 저와 지선의 메뉴를 주문한 뒤 음료가 나오는 바를 향해 걸음을 옮겼다. 아직 차수영이 거기 있었다. 마침 그녀의 메뉴가 나와서 가져가는 모습이 보였다. 그녀는 기대감에 부푼 얼굴로 모카 프라푸치노를 손에 들기가 무섭게 입에 빨대를 물며 돌아섰다. 입 안에 퍼진 음료의 맛에 그녀는 만족스러운 표정을 지었다. 그녀가 카페를 나서기 위해 걸음을 옮길 때 그곳에 다가온 유안과 옷깃이 살짝 스쳤다. 그를 보지 못한 차수영은 그를 비롯한 주변의 타인들과 부딪치지 않게 조심스레 음료를 들고 카페를 빠져나갔다.

2. 의문

"이게 보고서냐? 니 눈엔 이딴 게 괜찮아?"

아침부터 수영은 떨리는 입술을 질끈 물었다. 어제 분명 퇴근하기 전에 박 과장은 같은 보고서를 검토했었다. 나쁘지 않다며 내일 아침에 다시 한 번 보고 나서 결재를 올리겠다고 했다. 그래서 퇴근했고 방금 출근하자마자 토씨 하나 틀리지 않은 보고서를 다시 검토 받았던 건데 하루 사이에 쓰레기 취급이라니. 수영은 평소와 달리 눈을 똑바로 뜨고 박 과장을 쳐다보았다. 이제 더는 참기가 어려웠다. 진짜 다 뒤집어엎어 버리고 확 때려치워야 하나.

"뭐 해? 빨리 다시 해 와!"

그러나 그 말만을 던진 박 과장은 제 볼일을 위해 사무실을 나가 버렸다. 우뚝 남겨진 수영의 손이 미미하게 떨려 왔다. 어차피 저놈이 저에 대한 평가를 잘 해 줄 리 만무하니 정규직 전환 따위도 물 건너갔다는 건 스스로도 알 수 있었다. 어차피 더 있어 봐야 배울 것도 없어 보이고 열심히 일해도 욕만 하는 저딴 상사 밑에서 뭐 하러 더 다니나 싶었다. 지금 당장 박차고 나가 사직서를 제출해 버릴까, 그리고 다시 구직할까. 처음으로 진지하게 고민이 되었다.

제 책상으로 돌아오는데 힘이 하나도 없었다. 자포자기하는 심정으로 정말 때려치울까 생각하니 모든 의욕이 사라지는 것 같았다. 그때 갑자기 그녀의 책상 위에서 내선 전화기가 울렸다. 수영은 전화고 나발이고 받지 말까 생각하다가 결국 한숨과 함께 받았다. 발신 번호를 봐도 누군지 몰라서 우선 받아 보기로 했다.

"네, 차수영입니다."

-차수영 씨?

"네."

번호도 그랬지만 역시 낯선 목소리였다.

-임지선 차장입니다.

임지선 차장이 누구지?

"예. 말씀하십시오."

수영은 누군지도 모르는 발신자의 말에 귀를 쫑긋 세웠다.

-지금 이사님 집무실 방문 가능한가요?

"예?"

수영은 난데없는 소리에 놀라 되물었다. 지금 이사님이라고 들은 게 맞나.

—23층 권유안 이사님 집무실로 올라오세요.

더럭 겁이 났다. 권유안 이사? 권유안 이사라면 회장님의 아들이라고 들은 적만 있었지, 누군지는 정확히 몰랐다. 본 적이나 있는 얼굴이려나. 그런데 그분이 왜 자신을 호출한단 말인가.

"네, 알겠습니다."

무슨 일인지는 당최 모르겠으나 그녀는 받아들일 수밖에 없었다.

—차수영 씨, 올라올 때……

그런데 전화를 끊기 전 임지선 차장이라는 여자는 수영에게 무언가 지시를 내렸다.

* * *

처음 올라와 본 23층은 고요했고 엄숙했다. 임원들만 있는 층이라 다니는 사람이 적어 그런지 분위기부터가 무거웠다. 수영은 괜스레 잔뜩 긴장이 되었다. 방금까지 때려치울까 말까 고민하고 있던 제게 더 고민할 틈도 없이 이게 무슨 상황인가 싶었다. 사실 때려치운다고 생각하면 긴장할 것도 없었지만 이 분위기에 압도되는 건 어쩔 수가 없었다. 그러나 회장님 아들이 아니라 회장님이라고 해도 무서울 건 또 뭐란 말인가. 저는 딱히 잘못한 일도 없었고 이 기업을 위해 열심히 일해 온 게 전부였으니 떳떳하지 않을 이유가 없었다. 수영은 심드렁한 표정으로 테이크아웃 음료 컵을 든 채 걸음을 옮겼다. 아까 전화로 권 이사의 비서가 1층 카페에서 모카 프라푸치노를 사 오라고 지시했었다. 참으로 어리둥절했다. 회장님 아들이 본 적도 없는 저에게 대체 왜 이런 커피 심부름을 시키는지 이해할 수가 없는 상황이었다. 아니면, 사실은 저를 본 적이 있는 걸까?

잠시 그런 생각이 들었지만 본 적이 있든 말든 커피 심부름을 시키는 건 맘에 들지 않았다. 23층엔 비서들도 많이 있을 텐데 왜 저에게? 같은 부서 박 과장도 모자라 이제 다른 층에 있는 임원이 마실 음료까지 퍼 날라야 한단 말인가. 풀리지 않는 의문을 안고 권유안 이사의 집무실 앞으로 가자 비서로 보이는 사람이 그녀를 맞아 주었다.

"차수영 씨, 이쪽으로 오세요. 이사님이 기다리고 계십니다."

전화와 같은 말투와 목소리였다. 이분이 임지선 차장님? 수영은 고개를 꾸벅 숙이며 대답했다.

"네."

그런데 이분 초면이 아니었다. 요새 하도 정신없이 살아서 모든 사람을 다 기억해 낼 수도 없었지만 가물가물한 듯 낯이 익었다. 어쨌든 임지선 차장이라는 이 사람이 권유안 이사의 비서라는 것은 방금 알게 되었으니 이제부터라도 기억을 잘 해 두어야겠다고 생각했다. 임 차장은 권 이사의 집무실 앞으로 수영을 안내하더니 어두운 원목으로 된 문을 살짝 두드렸다.

"네."

안에서 중저음의 목소리가 짧은 대꾸를 했다. 임 차장은 문을 달각 여는 동시에 수영에게 속삭였다.

"들어가 봐요."

"예."

수영이 조심스레 발을 들이자 임 비서는 들어오지 않고 밖에서 문을 탁 닫았다. 곧장 수영의 두 눈은 책상에 앉아 있는 권유안 이사를 향했다. 그런데 그녀에게 눈길을 주지 않고 모니터만 바라보고 있던 남자의 얼굴을 확인하는 순간 수영은 두 다리를 멈추어야 했다. 오싹한 기운이 등줄기를 스치고 올라왔다. 심장이 쿵쿵 널뛰기 시작했다. 며칠 전 엘리베이터에서 마주쳤던 그 남자였다. 탈 때부터 내릴 때까지 당혹스러울 정도로 저를 빤히 보던 그남자. 그가 권유안 이사였다. JN의 오너 권호찬 회장의 유일한 아들이자 후계자인 권유안.

그날처럼 가슴이 서늘하게 내려앉았다. 그날의 당황했던 기분이 고스란히 재현되어 몸이 꼿꼿하게 굳었다. 그가 그날 자신을 그렇게 보았던 것도 기이해서 여전히 풀리지 않는 의문이었는데 그가 저를 잊지 않고 개인적으로 호출을 했다는 것이 충격으로 다가왔다. 오늘도 남자는 그날처럼 흐트러짐 없이 말끔한 모습이었다. 다만 그날은 저에게서 무례할 만큼 시선을 떼지 않았었는데 지금은 눈길도 주지 않고 업무만 하고 있다는 점이 달랐다.

심부름시켜 놓고 왜 쳐다도 안 보지. 입구에 서 있던 수영은 선뜻 그의 책상 앞까지 다가가지 못하고 머뭇대고 있었다. 바빠 보이는 임원 앞에서 먼저 말도 걸지 못한 채 문 앞에서 이러지도 저러지도 못하고 서 있었다. 그때 이윽고 남자가 고개를 들었다. 그러자 또 그날처럼 직선적인 눈빛과 마주쳤다. 잘못한 것도 없는데 흠칫 놀란 수영은 고개를 꾸벅 숙이며 인사를 했다. 표정 없이 그녀를 보는 남자의 긴 눈매에는 이유 모를 예리함이 깃들어 있었다.

　수영은 꼭 꾸중을 들으러 온 아이처럼 묘하게 겁을 먹고 있었다. 그녀가 이상한 건지 아니면 남자가 지나치게 공격적인 인상을 주는 건지 알 수가 없었다. 수영은 신중하게 걸음을 떼며 커피를 주기 위해 조용히 그에게 다가갔다. 남자는 다가오는 그녀를 가만히 주시하고 있었다. 널찍한 집무실에 흐르고 있는 침묵에 수영은 바짝 긴장감을 느꼈다.

　"표정이 별로 안 좋네요."

　불쑥 던져진 남자의 첫말은 매우 의외였다.

　"네?"

　화들짝 놀란 수영은 수습하듯 표정을 가다듬었다. 담담한 얼굴로 쳐다보는가 싶던 남자가 그새 자신의 표정을 살핀 거였던가. 수영도 자신이 표정 관리를 잘 못 한다는 건 알고 있다. 그래도 처음 본 사람이 대놓고 지적한 적은 처음이어서 무안함이 이루 말할 데가 없었다. 박 과장 때문에 기분이 최악일 때 알 수 없는 호출을 당한 데다 지시를 내린 자가 엘리베이터에서 구면이었던 남자란 사실에 놀라 멍한 기분이 들긴 했지만 그렇다고 제 표정이 그렇게나 썩어 있었던가.

　"얼굴에 불만이 가득한데요."

　권유안 이사는 계속 그녀의 얼굴을 유심히 관찰하며 말했다.

　"아……. 아닙니다."

　당황한 수영이 눈을 내리깔았다.

　"아닌 게 아닌 거 같은데."

　남자의 얼굴에 미묘하게 웃음기가 번졌다. 수영은 입을 아름거렸지만 끝내 말문이 막혀 버렸다.

"……."

"궁금하네요."

어쩔 줄을 모르고 있던 그녀에게 권 이사가 거침없이 말했다.

"무슨 생각을 하며 들어왔길래 그런 표정을 하고 있었는지."

이 남자는 지난번엔 빤히 보기만 하고 말을 안 해서 당황하게 하더니 오늘은 말을 해서 당황하게 했다. 그날 요상한 시선을 던질 때도 그랬지만, 수영은 지금도 역시 자신이 이 사람에게 뭔가 잘못한 일이라도 있었는지 곰곰이 기억을 떠올려 보았다. 하지만 그런 게 있을 리가 없었다. 같은 사내에 근무하곤 있지만 이제 겨우 경력이라곤 몇 개월 남짓한 말단 사원인 저에게 23층은 사내에서도 사는 세계가 다른 곳이었다. 그렇게 닿지도 못할 그에게 자신이 감히 무슨 잘못 따위를 할 수가 있단 말인가.

수영은 이게 무슨 상황인지 이해할 수는 없었지만 그래도 저는 떳떳했으므로 주눅 들지 않으려고 애썼다. 그래서 침착하게 정신을 차리고는 필터링 없는 그의 시선을 저 역시 똑바로 마주하려 애썼다. 생각해 보면 그랬다. 어차피 때려치울 고민을 하고 있는 마당이 아닌가. 이제 더 다닐지 어쩔지도 모르겠는 기업의 임원 앞이라고 해서 주눅 들 필요가 있을까. 그런 생각을 하니까 새삼 모든 게 회의적으로 느껴졌다. 어차피 그가 물어보았으니 저도 할 말은 해야겠다고 다짐했다. 수영은 아름대던 입을 쭈뼛거리며 뗐다. 비록 목소리는 기어들어 갔지만.

"그게…… 이사님을 보필하는 일이 주 업무인 비서분들도 계신데 왜 굳이 저에게 이런 걸 시키셨는지 솔직히 모르겠습니다."

솔직하게 질러 봤자 쫓겨나기밖에 더하겠는가.

"그날 엘리베이터에서 제가 뭐 잘못한 일이라도 있었던 건
지……."

표정 관리도 포기한 얼굴로 대꾸했는데 오히려 권 이사의 입가
는 미묘하게 올라가고 있었다. 그런 그의 모습에 수영은 더욱 두
려운 마음이 들었다. 표정 지적이나 하고 있는 상황에서 저 미소
는 분명 호의적인 의미는 아닐 터였다. 아마도 어이가 없어서 웃
는 거겠지. 마침 그가 질문했다.

"이런 거 시켜서 기분 나쁩니까?"

남자는 대한민국 재계 순위에서 한 손가락 안에 꼽히는 기업,
JN의 차기 총수였다. 상대가 상대인지라 무서웠는데도 불구하
고, 그의 질문에 수영은 적당히 예의를 갖추어 제 할 말을 했다.

"솔직히…… 기분이 좋진 않습니다."

한 번 솔직하게 뚫린 발언은 이후에도 터져 나오고 말았다.

"물론, 저는 기업의 영리를 위해서라면 얼마든지 최선을 다할
수 있는 열정을 가지고 있습니다. 어떤 일이든 열심히 할 준비가
되어 있고요."

"알고 있습니다. 그렇게 보이거든요."

권 이사가 고개를 작게 끄덕이며 말했다. 수영은 잠시 어리둥절
했다. 그렇게 보인다고? 대체 언제 봤길래. 잠시 머뭇대던 수영은
하던 말을 다시 조심스레 이어 갔다.

"그래도 솔직히 이런 심부름은 별로예요. 차라리 힘쓰는 막일
이 나을 것 같아요."

"아, 힘쓰는 거 은근히 좋아하나……."

그가 중얼대는 말에 수영은 또 조금 주춤했지만, 곧 다시 대꾸했다.

"그것도 업무의 연장선상이라면 제힘 닿는 데까진 해보려고 하니까요."

속으로는 스스로를 말리고 있으면서도 수영은 그동안 묵은 체증을 발산하듯 술술 내뱉고 있었다.

심장은 튀어 나갈 듯이 뛰고 있는데도 그녀는 지나치게 투명하게 그에게 응수했다. 그동안 박 과장에게 맺힌 한이 하필 여기서 터지기라도 한 듯 그랬다. 하필 박 과장보다 백 배나 더 어려운 상대 앞에서 말이다. 그러나 저의 이런 언어에 권유안 이사는 가렵지도 않은 건지 그 태도에 별 미동이 없었다. 그는 그저 고개를 살짝 끄덕였다.

"그렇군요."

수영은 머리로는 썩 당당했지만 몸은 호랑이 앞에 선 강아지처럼 본능적인 공포를 느끼고 있었다. 그래서인지 목소리가 자꾸 떨리게 나왔다. 그럼에도 무슨 일인지 스스로도 말을 멈출 수가 없었다.

"마시는 거 정도는 직접 알아서들 갖다 마시면 안 되는 건지. 왜 이렇게 직원들을 무수리같이 부려먹는 건지."

수영은 스스로 말해 놓고도 표현이 좀 심한 거 같아 아차 싶었다. 관리 못 한 표정 좀 들켰다고 속을 이리도 다 까 버리다니. 몇 달간 성격 죽이고 잘만 지내다가 왜 하필 여기서.

"무수리요?"

유안이 웃음기가 밴 목소리로 되물었다. 생각보다 그는 별로 화가 난 얼굴을 보여 주진 않았다. 그만큼 이런 말을 하고 있는 자신이 가소롭고 우스워서 그런 걸까.

"저는 좀 더 생산적인 업무에 기여하기 위해 이 기업에 입사한 겁니다."

허무한 건 몇 달간 일해 온 결과 이대로는 이곳에서 자신의 능력을 활용할 기회란 좀처럼 닿지 않을 것 같단 거였다. 인생에 별로 발전이 없을 온갖 잡일로 분주했고 이 상태는 남은 계약 기간 내내 이어질 게 뻔했다. 생각하면 울적하지만 이렇게 사는 말단 계약직이 어디 세상에 저 하나뿐이겠는가. 그렇게 위로하며 바쁜 하루하루를 견디어왔다. 하지만 오늘은 그 모든 걸 놔버리고 싶은 충동이 드는 날이었던 것이다.

"윗분들 궁녀 노릇이나 하려고 들어온 게 아닙니다."

그래서 권 이사의 시선을 피한 채 또 조곤조곤 토해 내고 말았다.

차수영, 미쳤니. 이건 미친 거야.

"말단 계약직도…… 자긍심은 지키고 싶습니다."

말을 하면서 얼마나 많은 기가 빠져나간 건지 서 있는 것도 힘들 지경이었다.

"그런…… 생각을 하면서 들어왔습니다. 표정 관리 못 해서 죄송합니다."

눈앞의 권 이사를 차마 못 보고 있던 수영은 눈동자를 흘끗 들어 그의 눈치를 살폈다. 이내 난감함이 밀려들었다. 방금까지 그의 얼굴에 미미하게 걸려 있던 미소가 완전히 사라져 있던 것이다. 급격하게 후회가 되었다. 상사가 웃어 주는 것도 어느 정도지 방금 뱉은 저의 말에는 언짢지 않을 리가 없을 것이다.

이제 혼날 일만 남은 건가. 생각 없이 저질러 놓고는 후환이 두려웠다. 이러다 큰일 나는 건 아닐까. 그만두고 나가서 다시 구직하는 데에 혹여 문제가 되는 건 아닐까, 이 사람의 권력으로 이 바닥에 발도 못 붙이게 만드는 건 아닐까, 뒤늦게 겁이 덜컥 났다. 그런데 권 이사라는 남자는 무슨 생각을 하는 건지 모를 심각한 얼굴로 그녀를 물끄러미 쳐다보기만 했다. 그 시선이 찌를 듯이 뾰족하게 느껴졌다. 그러나 막상 튀어나온 그의 목소리는 이상하게도 꽤 부드러웠다.

"이상하네."

그리고 그 말 뒤에 이어진 말에 수영은 자신의 귀를 믿을 수가 없었다.

"궁녀라니……. 난 변태라 그런 말 하면 이상한 생각부터 드는데."

남자는 그 말끝에 픽 웃었다. 순간 수영은 심장이 발밑까지 뚝 하강하는 기분을 느꼈다.

"……예?"

멍해진 표정으로 되물었다. 삽시간에 심장 박동 수가 상승해 있었다. 방금 무슨 말을 들은 건지 모르겠다. 잘못 들은 건가. 하지만 애석하게도 그럴 일은 없었다. 사실 남자의 발음은 아주 정확했다. 남자는 분명 스스로를 변태라고 했다. 입이 벌어진 채 할 말을 잃은 그녀를 보며 남자의 입가가 조금 더 올라갔다. 남자는 분명 웃고 있는데 왜 수영은 그가 저를 노려보고 있는 것보다도 더 두려운 기분이 드는 건지 알 수가 없었다. 제 의지와 상관없이 시선이 얽매인 듯 그에게서 눈이 떼어지지 않았다.

뒤늦게 남자의 출중한 외모가 그녀의 눈동자에 들어찼다. 무엇 하나 빠짐없이 잘난 사람이었다. 사실 잘났다는 말로는 부족할 만큼 그 이상의 어떤 극적인 매력을 뿜어내는 사람이었다. 그는 JN의 왕자님이라는 타이틀에 심하게 잘 어울릴 만큼 고급스러운 인물을 지니고 있었다. 그런데 이상했다. 그 고급스러운 얼굴에 나른한 미소가 덧칠해지자 묘한 퇴폐미가 느껴졌다. 그리고 곤란하게도 그 요사스럽고 혼란한 미소는 다름 아닌 저를 향하고 있었다.

"커피…… 두고 가겠습니다."

마치 방금 그의 말은 못 들은 사람처럼 수영은 그저 손에 들고 있는 커피를 그의 책상 위에 올려 두었다.

"카악푸치노예요?"

그러나 별안간 알 수 없는 소리에 또다시 수영은 놀라서 그를 보았다.

"네?"

"여기에도 침 뱉었어요?"

"……."

일순 경직된 수영은 그녀를 빤히 보며 답을 기다리고 있는 남자를 보고 아무 말도 하지 못했다. 정말 이 사람이 그걸 보았단 말인가. 그래서 엘리베이터에서도 저를 그렇게 이상하게 본 거였었나. 수영은 제 얼굴이 붉어지고 있는 걸 느꼈다. 그러나 권유안은 자비가 없었다. 그런 그녀의 얼굴을 반듯하게 쳐다보며 구태여 또박또박 묻는 것이었다.

"무수리로 들어온 것도 아닌데 이딴 심부름시키는 내가 꼴 보기 싫어서 카악푸치노 만들어 왔냐고요."

그는 담담한 얼굴로 추궁했고 수영은 벌어진 입만 어물거렸을 뿐이었다. 꼬리가 길면 밟힌다고 했던가. 박 과장 놈 줄 커피에 몇 번 그러긴 했지만 그걸 들켰을 줄이야. 그것도 하필 회장님 아들에게. 죄송하다고 사과해야 하나. 엄숙한 사내에서 상사를 상대로 그런 나쁜 짓을 저질러서? 하지만 이 사람에게 한 것도 아닌데 그렇게까지 해야 할까? 그러긴 싫었다. 궁지에 몰린 수영은 결국 기어들어 가는 소리로 대답했다.

"아니요……. 이번엔 안 그랬습니다."

유안은 눈앞의 곤란해 보이는 여자를 보며 작게 소리 내어 웃었다.

"이번엔 안 그랬다니. 그럼 전에 그랬던 건 인정한다는 말인데."

"……네."

유안은 유심히 수영을 살폈다. 그녀는 들킨 걸 부정하지 않고 있었다. 솔직하고 표정 관리도 안 되고 임기응변도 안 하고. 목소리 톤은 낭랑하고 여린 듯한데 말의 내용은 거침없었다. 표정은 풍부한데 또 말투는 잔잔한 호수처럼 차분해서 묘한 기품이 느껴지기도 했다. 재미있다. 그녀와의 대면은 기대했던 것 이상으로 흥미로운 일이었다. 당황하여 어쩔 줄을 모르는 여자를 그대로 둔 채 유안은 다시 모니터를 보았다. 그가 업무에 눈을 돌리는 듯하자 수영은 그 타이밍을 놓치지 않았다.

"저, 그럼 이사님. 바쁘신 거 같은데 전 이만 가 보겠습니다."

얼른 빠져나가야 한다. 무섭고 민망하고. 너무 긴장을 하고 있어서 여기 더 있다가는 바보가 될 것 같았다.

"누구 맘대로 바쁘대요. 별로 안 바빠요."

그러나 그가 다시 그녀의 발목을 잡았다.

"지금 차수영 씨 인사 기록 체크하고 있었습니다."

"네?"

한층 더 두려운 기분이 스몄다. 임 차장도, 이 사람도 너무 자연스럽게 제 이름을 알고 있는 것도 좀 그랬고 이렇게 호출을 한 것도 이상했지만 인적 사항까지 확인하다니. 자신이 대체 뭘 어쨌길래. 박 과장에게 카악푸치노를 선사한 것? 해서는 안 될 일인 건 맞지만 그게 그렇게 죽을죄인가. 수영은 혼란스러운 표정으로 눈만 깜빡였다. 그때 돌연 권 이사가 책상 위에 있던 모카 프라푸치노를 들어 그녀에게 내밀었다.

"아, 이건 차수영 씨 거예요."

그걸 내려다보는 수영은 속절없이 얼굴이 화끈거려 왔다.

"아……. 이사님, 이건 정말 카악푸치노 아닙니다. 믿어 주세요."

그가 저를 못 믿어서 주는 거라 생각한 수영은 그가 내민 커피를 차마 받지 못했다.

"알아요. 못 믿어서 주는 거 아니에요. 난 원래 이런 단거 별로 안 좋아해요. 이건 차수영 씨가 좋아하는 메뉴잖아요."

별안간 수영의 눈이 휘둥그레졌다. 자신이 좋아하는 메뉴까지 알고 있다고? 연신 서늘한 기운이 가슴을 관통했다. 이 남자는 자신의 인사 기록에 나오지도 않는 지극히 사적인 취향까지 알고 있었고 또 그걸 아무렇지도 않게 언급했다. 마치 나는 널 이만큼 알고 있다는 걸 과시하기라도 하듯. 아마도 이 상황을 즐기고 있는 것 같았다. 머릿속이 울렁거렸다. 차라리 박 과장 커피에 장난한 거에 대해 혼을 내는 게 나을 것 같았다. 그러고 보니 이 커피가 제 것이라면 오늘 그는 커피 심부름을 위해 저를 부른 것도 아니었던 것이다. 그런 사람에게 뭐라고 했더라. 본인들 커피는 직접 가져다 마시라는 둥, 무수리처럼 부려 먹었다는 둥 도대체 무슨 말을.

받을 생각을 안 하자 권 이사가 조금 더 손을 뻗어 커피를 내밀었고 결국 수영은 엉겁결에 커피를 받았다.

"개의치 말고 마셔요."

그 말을 마친 동시에 권 이사는 자신도 앞에 놓인 생수를 따서 마셨다. 그가 물을 마시는 모습을 본 수영은 얼떨떨한 얼굴을 한 채 빨대를 입으로 가져갔다. 평소에 좋아하는 모카 프라푸치노였지만 지금은 입으로 들어가는지 코로 들어가는지 모르겠다. 혼자서 오버를 떨었으니 창피해 죽을 것 같았지만 일단은 마시라니까 시키는 대로 하고 있었다. 그럼 대관절 이 호출의 동기는 무엇이란 말인가. 갈수록 혼란이었다.

유안은 수영이 커피를 마시는 모습에서 눈을 떼지 않았다. 그 와중에도 눈앞의 여자는 내리깐 눈동자를 한군데 두지 못하며 혼란스러운 얼굴을 하고 있었다. 역시나 표정을 감추지 못한다. 문득 유안의 시선이 빨대를 빠느라 오므라든 여자의 입술에 머물렀다. 그녀는 붉은 혈색이 감도는 입술을 약간 내밀며 커피를 빨아들이고 있었다. 꽃처럼 동글게 모아진 붉고 도톰한 입술이 유난히 몰캉해 보였다. 느리게 흐르는 듯한 찰나의 시간 동안 그것만이 시야에 들어오는 듯했다.

혼란하게 눈동자를 움직이던 여자는 무언가 이상하단 걸 감지

했는지 곧 눈동자를 올려 유안의 얼굴을 보았다. 제 입술을 뚫어
지도록 보고 있는 남자의 시선에 놀랐는지 그녀는 눈을 크게 떴
다. 당황했는지 빠는 행위를 멈춘 여자의 입술이 그새 조금 벌어
져 있었다. 함초롬하니 벌어진 아랫입술에는 여전히 빨대가 붙어
있었다. 의아한 얼굴로 마주 보고 있는 여자의 눈빛 속에는 어쩌
지 못하는 불안함이 감돌았다. 그대로 서로 마주 보고 있는 시간
이 길어졌다. 유안은 이내 태연하게 시선을 돌려 모니터를 보았다.

"스페인어를 복수 전공했네요."

그가 갑자기 수영의 이력 중 일부를 읊었다.

"네네."

그의 말에 수영은 곧장 빨대를 떼고 대답했다. 그러자 그가 좀
더 구체적인 질문을 던졌다.

"스페인 어학연수도 다녀왔던데 그럼 어느 정도 자유로운 회화
도 가능합니까?"

"네. 가능합니다."

수영은 거듭 어리둥절했다. 갑자기 면접과도 같은 분위기가 되
었다. 스페인어에 매력을 느껴서 열심히 배워 두었지만 아직까지
업무에서 활용한 적은 없었다. 이런 질문을 받자 내심 기대감이
일어날 것만 같았다.

"해외 거래 진행해 본 적은 있습니까?"

"스페인어권은 아니고 영어권과 중국 쪽이었습니다."

아버지 공장 일을 도울 때 소소하지만 해외 거래처와의 미팅을
한 경험은 있었다.

"그렇군요. 알겠습니다."

권 이사는 고개를 천천히 끄덕였고 수영은 혹시 방금의 질문이 오늘 저를 부른 이유와 관련이 있는 것인지 궁금했다. 그녀는 모니터를 보고 있는 권 이사를 보며 조심스레 물었다.

"저, 이사님. 실례지만 오늘 저를 부르신 이유에 대해서 여쭤 봐도 될까요?"

그러자 권 이사는 까만 눈을 들어 수영을 바로 보았다. 그러더니 무심한 표정으로 대답을 툭 던지는 것이었다.

"차수영 씨랑 얘기해 보고 싶었습니다."

"……."

수영은 방금 들은 말에 확신이 서지 않아 눈을 몇 번 깜빡였다.

얘기를 하고 싶었다니? 전에 봤을 때부터 자꾸만 제게 고정하던 시선도 묘했는데. 얘기해 보고 싶었다는 그의 말을 대체 뭐라고 받아들여야 하는 건지. 호기심?

더불어 면접에서나 나올 법했던 앞선 질문들에 다른 종류의 희망을 가졌었는데. 그 기분이 무색하도록 모호한 답이기도 했다. 얘기해 보고 싶었다는 말은 면접식의 미팅에서 쓰기엔 적절한 단어가 아니다. 솔직히 그보다 훨씬 개인적이고 사적인 관심을 내포하고 있는 일종의 친근함이 아닌가.

"그런데 오늘 얘기를 해 보니……."

다음 순간 말을 이어가는 남자의 표정이 의미심장했다.

"앞으로도 또 얘기할 기회가 있었으면 좋겠네요."

수영은 의아함을 감추지 못한 커다란 눈으로 그를 바라보았다.

"이제 그만 나가 보세요."

더 물어볼 새도 없이 그가 말했다.

"내가 좀 전까지는 별로 안 바빴는데 이제부터는 정말 바빠질 예정이니까."

그게 권유안이 뱉은 마지막 말이었고 그는 다시 모니터로 눈을 돌렸다.

"네. 가보겠습니다."

수영은 순순히 고개를 숙여 인사를 건네고는 권 이사의 집무실을 나왔다.

그 후 어떻게 제 자리로 돌아왔는지도 모르겠다. 혼이 쏙 빠진 채 구매 팀 사무실로 들어오고 있는데 그녀에게 한마디가 날아왔다.

"권유안 이사님은 너를 뭐 하러 부르신 거야?"

제 자리로 돌아오고 있는 수영을 향해 박 과장이 못마땅한 얼굴로 물었다. 비아냥거림이 밴 말투였다. 대체 회장님 아들이 왜 저 같은 신입 따위를 불렀는지 별일 다 보겠다는 식의 비아냥거림인 것이다.

"그게…… 저도 정확히는 잘 모르겠습니다."

"모른다고? 넌 그걸 지금 대답이라고 하는 거야?"

박 과장은 금세 갑갑하단 표정으로 쏘아붙였다. 그러나 수영도 그 이유를 정말 알 수가 없었다. 권 이사 본인의 말대로 저와 얘기해 보고 싶었다고, 그런 말 같지도 않은 답을 박 과장에게 들려줄 순 없지 않은가.

"제 이력서 보면서 몇 마디 물으시긴 했지만, 별거 없었습니다."

"이력을 물었다고?"

그 말에 박 과장은 눈을 크게 치뜨며 고개를 비뚜름하게 기울였다.

"네."

"뭐라고 물어보셨는데?"

"그냥 어학 스펙이랑 해외 미팅 경력 관련해서 간단하게 물어보신 게 다예요."

"그런 걸? 너한테 왜?"

박 과장은 다소 과민하게 목소리를 높였다. 그의 그런 태도는 꼭 회사 내에서 그리 잘나가지 못하는 만년 과장의 시기심과 견제로 보이기도 했다.

"그걸 저도 모르겠습니다."

그는 뭔가 맘에 들지 않아 하는 표정으로 고개를 갸웃거렸지만 다행히 다시 묻지는 않았다. 수영은 그제야 자리에 풀썩 앉았다. 중노동이라도 한 듯 온 힘이 빠져나간 것만 같았다.

* * *

그날로부터 며칠이 지난 어느 날이었다. 김 대리가 수영에게 다가와 말을 전해주었다.

"수영 씨, 부장님이 보자고 하시네."

"네."

수영이 소속된 구매 팀 최 부장은 좀처럼 그녀를 따로 부르는 일이 자주 없었는데 무슨 일로 불렀는지 의아했다. 그것도 19층 소회의실에서 단둘만 있던 자리였다.

"차수영 씨. 혹시 내가 모르는 빽이라도 있어?"

다짜고짜 최 부장이 너스레를 떨며 물어 왔다.

"네?"

갑작스레 부서장이 던진 말에 수영은 덜컥 놀라고 있었다. 박 과장에게 까이기나 하는 계약직 사원에게 빽이라니.

"위에서 지시가 내려왔어."

"무슨 지시요?"

그녀는 도통 영문을 알 수가 없었다.

"이번에 TF 구성될 거란 거 들었어? 위에서 조용히 진행하고 싶어 하는 사업이라고 해. 일명 프로젝트 S라고."

얼마 전부터 사내에는 JN 건설의 유럽 진출을 위한 프로젝트가 진행될 거라는 정보가 돌고 있었다. 그걸 위한 TF가 구성될 거라는 소식이 들리기 시작한 건 수영도 알고 있었다.

"네, 들어 봤습니다."

"드러내 놓고 진행되는 사업이 아니라 자세한 사항은 관계자들만 아시는 것 같고. 그런데, 거기에 차수영 씨가 차출될 거 같아."

"네에?"

별안간 수영은 어안이 벙벙해졌다. 워낙 저와는 관계없을 사항이어서 크게 관심을 두지도 않았던 소문이었다.

"제가요?"

거기에 왜 자신이? 상상도 하지 못했던 소식에 머리를 한 대 맞은 것 같았다. 분명 쉽지 않은 프로젝트가 될 터였다. 대체 누가 그런 중요한 팀에 자신을 넣었단 말인가.

"팀원들 진작 다 정해지고 인사 발령만 아직이라고 들었는데 차수영 씨만 뒤늦게 합류시킨 거 같아. 일찍이 내정자는 아니었던 거 같고."

"어쩌다 제가⋯⋯."

놀라움을 금치 못하는 수영을 보며 최 부장도 아리송한 얼굴을 했다.

"그러게. 내가 수영 씨에게 묻고 싶은 말이었는데. 나한테만 말해 봐. 누구 라인이야?"

"아니요, 그런 게 있을 리가요."

수영은 잔뜩 당황해서 손사래를 쳤다.

"솔직히 말해 봐, 혹시 뭐 위장 계약직 그런 건 아니야?"

부장이 능청스레 농담을 건넸지만 수영은 웃지 못했다.

"그럴 리가 있겠습니까."

정말 너무 갑작스럽고 뭔가 좀 이상했다.

"하하, 농담이고! 뭐, 차수영 씨 어학 능력도 좋고 그 스펙에 솔직히 여기서 능력 발휘 못 하고 있는 거 아깝긴 했어."

"거기서도 잡일 담당할 막내 직원은 필요할 테니까 뽑혔을 수도 있죠."

어디서든 그런 역할은 필요할 테니 말이다.

"뭐가 되었든 차수영 씨에겐 여기서 하는 일보단 거기서 하는 일이 나을 수도 있지. 그 사업이 잘만 풀리면 좀 더 비전 있는 일을 하게 될 좋은 기회일지 모르니까 열심히 해 봐."

"네, 말씀 감사합니다."

"내가 듣자 하니 해외 기업들과 파트너 협약을 추진할 것 같더라고. 그런 부분에서 차수영 씨가 하기에 따라 적절한 인재가 될 수도 있지."

부장이 막상 그렇게 격려하자 조금은 벅찬 기분이 들기도 했다.

"아무튼, 며칠 안에 발령 날 거야. 하던 일 차질 없게 잘 마무리하고 넘어가."

"네, 부장님."

고개를 꾸벅 숙이고 회의실을 나선 후에도 수영은 여전히 어안이 벙벙했다. 과연 이게 그저 좋아할 일이 맞는 걸까. 좋으면서도 왠지 모를 싸한 기분이 들었다. 그래도 어쨌든 당분간 박 과장 놈을 덜 봐도 되었으니 그것만으로도 잘된 일인 건 확실했다. 그리고 며칠 뒤 사내 게시판에 그 인사 발령 공고가 뜨기에 이르렀다. 수영은 거기에서 정말 자신의 이름을 찾을 수 있었다.

[구매 팀 사원 차수영.]

왜인지 발령 공고에 팀장의 이름은 보이지 않았었다. 누구일지 조금 궁금하긴 했지만 어차피 며칠 뒤면 알게 될 인물이었다.

* * *

첫 TF 회의가 있는 날이었다. 아직은 구매 팀 업무 중 마무리되지 않은 것들이 많아서 수영은 자리를 뜨기 직전까지 정신없이 일했다. 시간을 확인한 그녀는 회의가 시작하기 전에 시간을 넉넉하게 두고 들어가기 위해 미리 일어났다. 부지런한 걸음으로 22층 메인 회의실에 도착해 보니 아직 두어 명의 직원들만 앉아 있었다.

"안녕하십니까."

수영은 조금은 어색한 분위기 속에서 먼저 인사를 건네며 고개를 꾸벅 숙였다. 그러고는 적당히 뒤쪽으로 가서 앉았다.

시간이 지나자 하나둘 팀원들이 들어왔다. 자리가 거의 다 찼을 때 수영은 회의실에 앉은 사람들을 유심히 둘러보았다. 아무리 봐도 자신이 최연소 같았다. 다들 보기에 적어 봐야 삼십대였고 대부분은 경력 많은 사십대로 보이는 직원들이었다.

후······.

엄숙한 분위기 가운데 수영은 심호흡을 했다. 아직 팀을 이끌 팀장은 들어오지 않았다. 5분이 채 남지 않았을 때 회의실 문이 열렸다. 드디어 팀장이 들어오나 보다 생각했다. 마침내 열린 문에서 한 남자와 비서 두 명이 모습을 드러냈다. 무심코 그 광경을 바라보던 수영은 맨 앞에 들어오는 남자를 보는 순간 아연실색하고 말았다 그녀는 두 눈이 화등잔만 해진 채 남자를 바라보았다. 순식간에 자신이 여기에 있는 이유를 이해하게 된 것 같았다. 밀려드는 당혹감에 가슴이 뛰었다. 그간 자신에게 일어난 이상한 일에 대한 의문이 풀리는 순간이었다. 불현듯 며칠 전 권유안 이사와 어학 능력 관련된 대화를 나누었던 일이 생각난 것이다.

앉아 있던 팀원들은 그 남자가 들어오자 반사적으로 자리에서 일어났다. 벙한 얼굴의 수영도 벌떡 일어났다. 그리고 다른 팀원들과 함께 그 남자를 향해 허리를 꺾었다. 고개를 다시 들었을 때 그 남자는 하필 수영을 보고 있었다. 수영 혼자서만 멈칫했을 뿐 남자는 담담했다. 딱히 아는 얼굴을 보는 반색 따위도 느껴지지 않는 무표정이었다.

그 남자가 자리에 앉자 다른 팀원들이 자리에 앉았고 수영도 주섬주섬 앉았다. 이내 비서실에서 나온 젊은 남자 비서가 팀원들에게 자료를 나눠 주기 시작했다. 나눠 준 자료의 첫 장에는 프로젝트의 이름이 쓰여 있었다. 한 장을 넘기니 거기에는 팀원들의 이름이 적혀 있었다. 그리고 이름들 중 맨 위에는 그 TF를 지휘할 리더의 이름이 적혀 있었다.

[TF 팀장 : 전략 기획 본부 이사 권유안.]

"반갑습니다. 여러분과 이번 TF를 함께 진행해 나갈 권유안입니다."

마침 그가 첫말을 뗐다. 수영은 눈동자를 슬쩍 들어 그를 쳐다보았다. 그리고 또였다. 또 눈이 마주쳤다. 그는 여러 팀원들 중 수영을 빤히 보며 말하고 있었다.

"앞으로 잘 부탁드리겠습니다."

수영은 어쩐지 얼굴에 열감이 일어날 것만 같아 조용히 시선을 내렸다.

이후 경영 지원 팀 유 실장이라는 사람이 PPT와 함께 브리핑을 진행했다.

"초기에 방향을 제안하고 코디네이팅하는 단계부터 그 세부적인 시공까지 복합적인 컨설팅을 필요로 하고 있는 사업입니다. 내년에 발주가 예정되어 있고 우리 JN도 그 파트너 중 하나가 되어 시장에 진출하는 것이 현재의 목표입니다."

유 실장의 또랑또랑한 목소리가 회의실에 울려 퍼지는 와중에도 수영은 권유안과 여러 번 눈이 마주쳤다.

"수주에 성공하면 이대로 긴 시간 동안 진행될 것이고 이번에 성공하지 못하면 잠정적으로 다음 기회를 기다려야 하겠죠. 그러면 여러분들은 오래가지 않아 각자의 자리로 복귀하게 될지도 모릅니다."

어쩌다 눈이 여러 번 마주친 정도가 아니었다. 사실상 권유안에게 시선을 던질 때마다 어김없이 눈동자가 부딪쳤다. 솔직히 그가 내내 저를 바라보고 있지 않은 이상 이럴 수는 없는 거였다. 그런 확신이 들자 묘하게 소름이 돋았다.

"다음 달 바르셀로나에서 있을 건설 협력 포럼이 기대되는 상황입니다."

수영은 유 실장의 목소리를 듣는 동시에 한편에선 자꾸 떨쳐 내지 못하는 생각에 사로잡혀 있었다. 저 권 이사가 날 TF에 넣은 건 틀림없는데. 도대체 왜……. 왜 나를 여기에 앉혀다 놓고 저렇게 관찰하는 것일까. 그렇다고 알은체를 하는 눈빛을 보내는 것도 아니고 반가운 척도 없는 얼굴로 왜 저렇게 응시만 하는 것일까.

"스페인은 특히나 해외 건설 시장에서 활발한 두각을 나타내는 건설 강국이기 때문에 우리가 좋은 협력 관계를 맺는 게 가능하다면 상호 간에 더 극적인 이익을 증대할 수 있는 기회가 될 것입니다."

예상했던 대로 역시 스페인 진출을 주력으로 하는 사업 기획이었음이 첫 회의에서 드러났다. 프로젝트 S의 'S'가 스페인을 말하는 것이었나. 수영은 며칠간 저에게 일어난 일들이 참으로 갑작스러웠으므로 회의 시간 내내 머릿속이 복잡했다. 그리고 회의가 끝날 때까지 그녀는 여러 번 더 유안과 눈이 마주쳤다.

* * *

팀 내 막내였던 수영은 스스로 의무감을 의식하고는 그녀와 같은 이십대 남자 비서가 자리를 정돈하는 일까지 함께 돕고 회의실을 나왔다.

"고마워요. 차수영 씨. 다음엔 안 도와주셔도 돼요. 오늘 수고하셨어요."

해사하게 웃던 비서는 그녀와 반대 방향으로 볼일이 있는지 그리로 사라졌다. 몸을 돌린 수영은 아무도 없는 적막한 복도를 걸었다. 이제는 아침 회의에서 만난 사람들과 함께 근무하게 될 새로운 사무실로 가면 되는 것이었다. 빈 복도를 터덜터덜 걸으며 그녀는 생각했다. 그러니까 이제 앞으로는 권유안 이사도 좀 더 자주 보게 될 것이 확실했다. 예전이라면 단 한 번 마주치기도 어려웠던 그 사람을. 그 사람은 다음에 자신을 봐도 또 그렇게 당황하게 만들려나. 그때 수영이 지나고 있던 복도 옆에서 불현듯 드르륵 소리와 함께 유리로 된 자동문이 열렸다. 그곳은 또 다른 작은 회의실이었는데 몇 사람의 팀장과 과장들이 밖으로 나오고 있었다.

"야, 차수영."

개중엔 박 과장도 껴 있었다.

"네, 과장님."

수영은 최대한 정중하게 고개를 숙여 인사했다. 불길하게도 박 과장의 표정이 그다지 좋지 않았다.

"다른 일 하니까 좋냐?"

특히 TF 인사 발령 이후 그는 더욱 수영에게 아니꼽게 굴어 왔다.

"오늘 첫 출근이니 일은 해봐야…… 알겠죠."

발령 소식을 처음 들었을 때 믿지 못하는 표정으로 이죽거리던 그 얼굴이 아직도 생생했다.

"거기 들어갔으니 이제 전보다 우아한 일 하게 되는 건가? 그래서 그런가, 너도 왠지 더 우아해진 거 같은데?"

그 이죽거리는 표정이 다시금 튀어나왔다. 수영은 씁쓸하게 웃어 보이기만 했다. 이 인간이 회의실 안에서 다른 팀장들과 무슨 일이 있었는지는 몰라도 저에게 시비조인 걸 보니 저기압인 게 분명했다.

"우리 팀 일은 다 마무리하고 넘어간 거야?"

"아니요. 넘어가고 나서도 당분간은 제가 더 처리해야 할 구매팀 일이 있긴 해요. 나머지는……."

"그걸 왜 거기까지 끌고 가. 진작 진작 좀 해 놓든가, 가기 전에 감당을 못 하면 일을 넘기든가 해야지."

종종 그렇듯 박 과장은 또 수영의 말을 끊고 야단이었다.

"안 그래도 이 주임님이 인수할 건들이 있어서 이따 뵙기로 했습니다."

"그걸 왜 이제 하냐고! 발령이 뭐 오늘 났어?"

그러더니 끝내 버럭 소리를 내지르는 것이었다. 수영은 주위를 흘끔 보았다. 다행인 건지 다른 직원들은 다 사라져 있어서 창피하게 혼나는 장면을 남에게 보일 일은 없는 듯했다.

"최대한 제가 마무리해 보려다 그랬습니다."

"지난주엔 뭐 했는데."

이제 다른 팀이 된 수영을 당분간 못 잡아먹게 될 거라 그런 건지 박 과장이 오늘은 유독 꼬치꼬치 캐물었다.

"지난주엔 아시다시피 이 주임님께서 갑자기 조모상을 당하셔서 수목금 내내 뵐 수가 없었습니다."

수영은 또 늘 그렇듯 조곤조곤 제 할 말은 했다. 제가 좀처럼 기죽지 않으니 박 과장이 더 날뛰는 걸 알고도 이유 없이 기를 꺾기는 싫었다.

"그러면 나한테라도 말을 해야 될 거 아니야! 나는 투명 인간이야? 처리 안 된 일 때문에 내가 먼저 너를 찾는 일이 생겨야 되겠냐? 어?"

"그럴 일은 없게 할 테니 걱정 안 하셔도 됩니다."

늘 예의 바르고 절도 있게 박 과장을 감당하는 수영의 모습을 보며 김 대리는 참 독하다고 표현했었다.

"허……. 오늘따라 뭐 이렇게 꼿꼿해? 네가 좀 우아해졌다고 뭐라도 된 거 같아? 너 솔직히 말해 봐. 나랑 한 번이라도 말 안 섞고 싶어서 나한테 말 안 했지?"

이제 그냥 의미 없는 인신공격으로 흘러가고 있었다. 수영은 이미 시비를 작정한 자와 더 말을 섞어 봐야 비생산적인 일일 뿐이라는 생각을 했다.

"저, 과장님. 정말 죄송하지만 제가 사무실로 들어가 봐야 해서 이만 가보겠습니다. 지금이 그쪽 첫 출근이라……."

그렇게 내뱉은 수영은 묵례를 하며 박 과장을 지나치려 했다. 그러나 그럴 수가 없었다.

"야! 말 안 끝났는데 어딜 가!"

박 과장은 발끈 내지르며 수영의 어깨를 휙 밀쳤다. 그를 지나치려던 수영은 그 탓에 휘청대며 뒷걸음치고 말았다. 깜짝 놀란 수영은 저도 모르게 박 과장을 향해 눈을 치켜떴다.

"적당히 좀 하시죠."

제 몸에 손을 대기에 이르자 더는 참을 수가 없었다.

"뭐어?"

이번 TF가 진행하는 프로젝트 S는 멀리 보고 시작할 사업이 될 터였다. 진출이 실패해도 최소 몇 달은 걸릴 사업이었고 성공하면 이대로 정식 부서가 될지도 모르니 그때 가선 구매 팀으로 복귀할 일이 없을 가능성도 농후했다.

"너 지금 뭐라고 했어?"

설령 진출이 실패해도 그때쯤엔 저의 계약직도 만기에 가까울 테니 이 박 과장 놈의 얼굴을 사실상 앞으로 볼 일도 별로 없는 것이다. 그러니 따지고 보면 그렇게 무서울 것도 없었다.

"제가 비록 과장님 아래에서 일했던 직원이긴 하지만 이렇게 함부로 대해도 되는 사람은 아닙니다."

비굴해지는 것도 여기까지만 하고 싶었다.

"이게 돌았나. 권 이사님한테 불려 가고 난 다음부터 이상하게 시건방져졌네, 이게. 너 진짜 그분이랑 뭐 있어?"

"그런 거 없습니다. 말조심하십시오."

울컥 차오르는 화를 내리누르며 수영은 눈을 똑바로 떴다.

"그럼 너 같은 게 그 팀엔 어떻게 들어간 거야? 네가 어딜 봐서 내밀 만한 게 있는지를 봐. 젊고 반반한 거 말곤 거기서 쓸 게 뭐 있어?"

잡일만 하기엔 아까운 스펙이라고 말해줬던 부장님과는 전혀 다른 반응. 정작 이런 반응을 하는 박 과장은 객관적으로도 다른 과장들보다 가진 스펙이 더 적었다.

"뭐 진짜 얼굴로 뽑힌 거야, 몸으로 뽑힌 거야?"

박 과장은 그 말과 동시에 검지로 수영의 이마를 툭툭 밀었다.

"건들지 마세요."

머리가 튕겨지던 수영이 돌연 낮게 말했다.

"뭐?"

그녀의 살벌한 목소리에 박 과장은 잔뜩 당황하는 모습을 보였다.

"뭐라고? 건들지 마?"

그는 그러면서 이번엔 손가락으로 그녀의 흉골을 꾹꾹 눌러 댔다. 가슴골 바로 윗부분이라 순간 수영은 움찔 놀랐다.

"야. 건드리면 어쩔 건데? 응?"

"건드리지 말라고!"

급기야 수영은 버럭 외치며 거칠게 그의 팔을 탁 치워 냈다. 박 과장은 놀라서 눈알을 부라렸다. 그러나 폭발해 버린 수영은 그를 뾰족하게 노려보며 내뱉었다. 기가 찬지 입을 허 벌린 박 과장을 향해 그녀는 되는 대로 퍼부었다.

"당신은 내가 우습지?"

이건 엄연히 폭력이었다. 설령 하극상으로 꼬투리가 잡힌다 해도 저 역시 폭력과 추행으로 같이 걸고넘어지고 말겠다 생각했다.

"근데 그거 알아요? 나도 당신이 썩 존경스럽지는 않다는 거. 나야말로 당신 같은 인간이 이 회사에 어떻게 들어왔는지가 참 궁금하거든요. 꼭 양아치 같은 인간이."

"이게 미쳤나!"

분노한 박 과장은 눈동자를 희번덕거리며 수영에게 위협적인 모습으로 성큼 더 다가왔다. 그러나 수영은 눈 하나 깜짝하지 않고 계속해서 쏘아붙였다. 전부터 속으로는 수백 번도 더 했던 말이 토해져 나왔다.

"당신이 이 모양이니까 만년 과장인 거야. 본인 못나서 못 나가는 게 꼭 남 탓 같죠?"

"너 죽고 싶냐?"

"열등감만 똘똘 뭉쳐 가지고. 내가 회장님 아들이랑 일하게 된 게 그렇게 부러워요?"

"야!"

순간 수영은 눈을 질끈 감았다. 육중한 사내의 팔이 공중으로 휙 올라가는 순간이었다. 차라리 맞으면 이 인간을 다시는 이곳에서 안 볼 수 있을까. 간담이 서늘했던 순간에 그런 생각을 했다. 그런데 둔탁함이 느껴질 타이밍이 지났다. 수영은 눈을 슬그머니 떴다. 남자의 팔은 여전히 공중에 있었다. 그리고 그 팔을 잡은 다른 손이 보였다. 그 손의 주인을 본 수영의 두 눈이 휘둥그레졌다. 그건 박 과장도 마찬가지였다. 박 과장은 어물거리던 입 밖으로 기어들어 갈 것 같은 소리를 냈다.

"이, 이사님."

박 과장의 팔을 꽉 붙잡은 채 그를 노려보고 서 있던 남자는 권유안 이사였다. 박 과장은 유안의 손에서 팔을 빼 보려고 했으나 빠지지가 않았다. 움직일수록 단단하게 조여 오는 족쇄처럼 유안은 그의 팔을 짓눌렀다.

"이사님, 저 그게……."

박 과장의 팔이 부들부들 떨렸다. 그는 저를 잡아먹을 듯 노려보는 유안의 눈치를 보며 안절부절못했다. 박 과장만큼이나 당황하고 있던 수영은 그 자리에서 굳어진 채 유안의 싸늘한 얼굴만 보고 있었다. 그는 묵묵하게 베일 듯한 눈빛으로 박 과장을 죽일 듯 내려다볼 뿐 꿈쩍 않고 있었다. 일자로 다물고 있던 그의 입술이 어느 순간 희미하게 비틀어졌다. 그러더니 마침내 느릿하게 열렸다.

"내 거에 손을 대면 안 되지."

일순 그에게 고정되어 있던 수영의 눈동자가 얼음처럼 경직되었다. 낮게 가라앉은 목소리로 던져진 말이었지만 분명하게 들렸다. 그럼에도 그녀는 방금 무슨 말을 들은 것인지 자신의 귀를 믿을 수가 없었다. 그 말을 들은 박 과장의 입도 떡 하니 벌어져 있었다.

"이 손모가지 잘라 버릴까?"

안 그래도 쩔쩔매던 박 과장은 발작적으로 고개를 숙였다.

"죄송합니다."

유안은 박 과장의 팔을 쥐고 있던 손에 힘을 풀었다. 그러자 그가 놓은 살찐 남자의 팔이 툭 떨어졌다. 수영은 유안이 보여주는 너무도 극단적인 모습에 경악한 채 어쩔 줄을 몰랐다. 수영은 이 상황에서 차마 어떻게 나서야 할지 몰라 박 과장과 유안을 번갈아 가며 쳐다보기만 했다. 그 와중에 박 과장은 거듭 머리를 조아리고 있었다.

"죄송합니다, 이사님. 제가 잘 몰랐습니다."

박 과장은 대체 무얼 어떻게 오해하고 사과를 하는 것인지. 그는 저보다 스무 살 가까이 어린 유안을 향해 허리를 수직으로 꺾고 있었다.

수영은 박 과장이 누구에게도 저렇게까지 하는 걸 본 적이 없었다. 지금 그가 굽히는 모습이 다름 아닌 자신에게 한 잘못으로 인한 것이라는 게 참으로 기가 막혔다. 이 인간이 가장 얕보던 저에게 저지른 행동 때문에 저렇게까지 비굴해질 수도 있을 줄이야.

"이 여자한테 또 한 번 손대면 정말 손모가지 잘릴 줄 알아."

유안이 나지막하게 경고했다. 수영은 그가 그답지 않게 거친 언어를 써서 더욱 놀라웠다. 박 과장은 고개를 조아린 채 눈을 들지도 못하고 있었다.

"혹시라도 궁금하면 또 한 번 해 보든지. 깨끗하게 잘라 줄 테니까. 그러면 우리 계열 병원의 저명한 교수님께서 아주 예쁘게 다시 봉합해 주실 거야."

고개 숙인 박 과장을 내려다보던 유안이 싱긋 웃으며 내뱉는 말에는 더욱 기함했다.

"증거가 남을 일은 없을 테니 합의금은 받기 어려울 거고. 아래 직원 혼내다가 벌어진 일이 업무라고 생각된다면 산재 처리는 해 줄게."

그 말을 듣던 수영은 저도 모르게 이마를 구겼다. 저렇게까지 이상하게 말하지 않아도 박 과장은 충분히 납작해졌는데 왜. 도와준 건 고맙지만 자신 때문에 그가 이렇게 권력을 휘두르고 있다는 게 심히 두려웠다.

"죄송합니다. 앞으로 조심하겠습니다."

"그럼 이만 가 보세요. 박 과장님."

유안은 더 볼일이 없다는 듯 나른하게 말했다. 그러나 박 과장은 권유안 이사가 자신이 누군지 정확히 알고 있다는 것에 또 한 번 흠칫 놀랐다.

"네, 이사님. 이만 물러가 보겠습니다."

그는 죽을상을 한 채 꾸벅 인사를 했다. 가뜩이나 만년 과장인데 오너가에 찍히기까지 했으니 제 앞길이 깜깜한 것이다. 그는 힘없이 돌아서 그 자리를 떴다.

수영은 박 과장의 축 처진 뒷모습을 멍하게 바라보았다. 유안과 둘만 남은 자리에는 무거운 침묵이 돌았다. 그 분위기가 어색하고도 무안했다.

"괜찮습니까?"

유안이 묻자 수영은 그에게 눈을 돌렸다. 저를 보고 있는 그의 얼굴이 진지했다. 기분이 혼란스러웠다. 박 과장은 이제 다시는 저에게 함부로 할 수 없겠지만 대신 그에겐 오해가 남겨졌다. 그것도 실로 엄청난 오해가.

"도와주셔서…… 감사합니다."

수영은 막막한 마음으로 감사를 표하긴 했지만 이 남자의 진지한 얼굴을 보고 있자니 오싹한 기분을 지울 수가 없었다. 그가 좀 전에 박 과장에게 뱉어 내던 말들을 듣는 동안 처음부터 끝까지 내내 소름이 돋았다. 더불어 회의 시간 내내 부딪혀 오던 그의 시선도 떠올라 새삼 그를 대하기가 어려웠다. 너무 어색했지만 수영은 내색하지 않았다. 그녀는 민망함을 감추기 위해 오히려 멋쩍게 웃으며 농담 비슷한 말을 건네기까지 했다.

"근데……. 왜 그러셨어요. 그냥 한 대 맞았으면 폭행죄로 제대로 신고할 수 있었는데……."

그러나 그 말을 들은 유안의 얼굴은 더욱 싸늘해져 갔다.

"그걸 지금 말이라고 하는 거예요?"

"네?"

지나치게 진지하게 받아치는 유안을 보며 수영은 잠시 놀랐지만 다시 입가를 올려 보였다.

"아니, 그냥……. 그랬으면 제대로 처벌을 받게 하든, 아니면 합의금을 두둑하게 뜯어내든 했을 테니까요."

수영은 말끝에 너털웃음을 지었지만 유안의 미간은 미세하게 구겨져 있었다.

"차수영 씨."

그러자 그의 표정을 살핀 수영의 입가에도 웃음이 지워졌다.

"네."

"그래도 맞는 건 좋지 않아요. 어쨌든 잊기 어려운 상처가 되니까."

그는 엄격한 얼굴로 수영을 타일렀다.

"……."

수영은 순간 말문을 잃고 그를 반듯하게 올려다보았다. 묘하게 가슴이 시큰거렸다.

"아무리 차수영 씨가 가진 게 없어도 누군가의 폭력을 수단으로 삼지는 않길 바랍니다."

그의 말투가 냉정할 만큼 단호했다. 표정도 엄하다 못해 무서웠다.

"아아……. 네에."

수영은 꾸중 들은 아이 같은 얼굴로 고분고분 대답했다. 잠시 그녀의 얼굴을 유심히 살피던 유안은 문득 손을 들어 시계를 보았다.

"난 이만 가 봐야겠네요."

"네, 이사님."

그 말에 수영은 유안에게 눈짓으로 인사를 했지만, 그는 그녀의 인사를 끝까지 받지도 않고 지나쳐 갔다. 박 과장에게 '내 거'라고 말했던 사람치곤 참으로 담백한 퇴장이었다. 그는 의문만 잔뜩 던져 놓고는 금세 사라져 버렸다.

* * *

수영은 겨우 정신을 차리고 서둘러 새로운 사무실로 향했다.

"안녕하세요."

와중에도 이미 와 있던 팀원들에게 인사를 하며 들어갔다.

"어서 오세요."

아까 프레젠테이션을 했던 유 실장이 가장 먼저 반겨 주었고 이내 수영은 자신의 자리로 갔다. 옆에 앉은 다른 직원들에게 묵례로 인사를 건넨 뒤 그녀는 드디어 제 책상에 앉아 컴퓨터를 켰다. 부팅이 되는 동안 아까 받아 온 회의 자료를 넘겨보고 있었지만 요상한 기분이 진정 되지는 않았다.

오늘 출근 후 스트레이트로 권유안 때문에 혼이 빠질 지경이었다. 박 과장과 막말을 던지며 싸웠던 자신의 모습을 다시금 떠올려도 난감했고 박 과장이 자신을 때릴 뻔했던 일도 정말 무서운 일이었다. 그런데 그 상황보다도 그 후에 나타난 권유안의 행동이 더 충격이었다. 솔직히 박 과장에게 맞을 뻔한 것보다도 권유안이 했던 말들이 더 저를 떨게 하고 있었다.

'내 거에 손을 대면 안 되지.'

특히 가장 충격적이었던 그 말이 떠오르자 수영은 뒤늦게 얼굴이 붉어질 것 같았다. 그녀는 들고 있던 서류로 부채질을 했다. 박 과장에게 엿 먹이려고 했던 말인 거야? 그런 거치고도 너무 과하잖아. 하지만 실제 그는 그런 말을 내뱉은 사람치곤 박 과장이 사라진 뒤에 너무도 태연자약하기만 했던 것이다. 박 과장이 소문이라도 내면 어쩌려고. 아닌가? 그 인간은 어쩌면 오늘 일이 무서워서 권 이사에 관한 모든 것에 함구할지도 모른다.

"자, 우리 잠깐 다시 모여 볼까요?"

그때 유 실장이 커다란 테이블로 와서 앉으며 직원들에게 외쳤다. 퍼뜩 놀란 수영은 정신을 차렸다. 그녀는 자리에서 일어나며 머리를 비우려 애썼다. 집중하자, 집중. 오늘은 새 팀에서의 새로운 시작의 날이니까.

* * *

새 팀에서 근무한 지 사흘째가 되는 날이었다. 상사의 심부름 때문에 다른 부서에 다녀온 수영은 제 사무실로 돌아가기 위해 엘리베이터에 타고 있었다. 이 팀에서도 아직은 막내인 저에겐 당연히 잡무가 많았다. 그래도 구매 팀에 비하면 꽤나 무난한 나날들이었다.

큰 프로젝트가 이제 막 시작된 만큼 매일 아침은 팀 내 회의로 시작했다. 그 회의는 대부분 유 실장이 이끌었다. 권유안 이사는 전체 회의를 하는 날에만 참석했고 전체 회의는 주 1회로 정해져 있었다. 그래서 수영은 아직 첫 회의 이후 그를 본 적이 없었다. 정확히 말하자면 그가 박 과장에게 엿 먹인 그 순간 이후로 본 적이 없었다.

'내 거에 손을 대면 안 되지.'

불쑥불쑥 튀어나오는 그 장면은 여전히 제어되지 않았다. 그리고 그 순간을 떠올리는 찰나마다 덜컥 가슴이 조여 왔다. 내 거. 내 거라니. 고장 난 플레이어같이 반복 재생되는 그 목소리에 수영은 정신이 혼미했다.

지잉, 지잉. 문득 진동이 울렸다. 엘리베이터에서 내리며 수영은 핸드폰으로 시선을 옮겼다. 메신저로 전송되고 있는 메시지들이었다. 팝업으로 떠 있는 발신자를 보는 순간 수영의 눈빛이 짙어졌다. 채팅창에는 여러 장의 사진들이 전송되고 있었다. 갑작스럽게 사진을 보내고 있는 사람은 한재하였다. 그늘진 얼굴을 하던 수영은 하는 수 없이 복도 위에서 걸음을 멈추고 메신저를 열었다. 사진 속에는 진달래가 가득했다. 산 전체가 진달래로 덮인 분홍 산의 모습도 있었고 꽃을 클로즈업해서 찍은 사진들도 있었다.

[수영아, 진달래가 완전히 만개다. 진달래 연분홍이 네가 좋아하는 색이잖아. 생각나서 찍어 봤어.]

수영은 낮은 숨을 내쉬었다. 기억한다. 꽃분홍도 종류가 여러 가지인데 얇은 진달래 꽃잎의 연한 핑크가 너무 예쁘다고 그런 말을 한 적이 있었다. 왜 올해는 거길 혼자 올라가서 청승인지. 사람 미안하게. 미안하라고 이러나.

[꽃 보니까 힐링 된다. 4월 벚꽃 필 땐 같이 볼래?]

답장을 안 하고 있는데 이어서 또 메시지가 왔다. 수영이 지금 읽고 있는 줄을 아니까 그런 것이다.

[주말에 한번 집에 내려올 예정 없어? 네가 못 오면 내가 서울로 나들이 가도 되는데. 여의도 벚꽃 좋잖아.]

난감한 눈으로 가만히 읽고만 있던 수영은 이내 손가락을 움직였다.

[오빠. 이제 꽃구경은 다른 사람 찾아서 가. 나한테 이런 사진 보내지도 말고.]

그 답장 한마디만을 보내고 전화기 화면을 잠갔다. 그러나 손을 내리기가 무섭게 전화가 왔다. 다시 본 액정에는 역시 '재하 오빠'라고 쓰여 있었다. 수영은 잠시 고민하다 결국 받았다. 어차피 이렇게 된 거, 한 번 더 대화를 할 필요도 있다고 느꼈다.

"오빠……."

-고맙다, 받아 줘서.

저편에서 친숙한 목소리가 들려왔다.

"오빠. 이제 연락하지 말자고 했잖아."

고맙다고 말하는 그를 수영은 적당히 쌀쌀한 말투로 잘라 냈다.

-너는 꼭 그렇게 매몰차게 말해야만 하냐?

그러나 재하는 늘 그렇듯 능청스레 붙잡고 늘어졌다.

-……어떻게 지냈어?

그가 수영에게 이어서 물었다. 그 목소리엔 염려가 그득하게 묻어나고 있었다.

"난 잘 지내니까 내 걱정은 하지 말고 오빠나 잘 지내."

사실 수영 역시 그와 그의 가족의 안부를 묻고 싶었지만 그런 친근함 같은 건 일부러 표현하지 않으려 애썼다.

-생각이 나는데 어떡하냐.

재하가 쓸쓸한 목소리로 말끝을 끌었다. 그런 그의 어투 때문에 그가 하는 말에는 더욱 특유의 다정함이 묻어나곤 했다. 1년이 다 되어 갔다. 그를 떠나온 지도. 어릴 적부터 알고 지냈던 세월은 길었고 연인으로 받아들였던 시간은 1년, 그리고 이별 후 보낸 시간도 1년이었다. 그런데 이별의 날에도 끝을 받아들이지 못하던 그는 아직도 그대로였다.

"생각나도 생각하지 마."

미련 없이 떨쳐 내고 그를 떠나 왔었다. 그가 자꾸 만나자고 해서 참으로 모질게 대한 적도 많았다. 저에게 그런 대우를 받을 이유가 하나도 없는 사람에게 그랬다. 미안할수록 더 끊어 버려야 할 사람이기에 그랬다. 서울에서 일하며 살기 바쁘다고 쌀쌀맞게 내치기를 반복하니 그도 연락하는 횟수가 뜸해지긴 했지만 아직 완벽하게 끊어지진 않았다.

"그리고 오빠, 이제 우리 집 일에 신경 쓰지 마."

오늘 수영이 받지 않으려다 받은 이유는 다른 게 아니었다.

"우리 엄마 찾아가지도 말고 안부도 묻지 마."

더욱 확실히 끊어 내기 위함이었다. 저뿐만 아니라, 저 없는 곳에서 그가 챙기는 제 가족과도.

-어떻게 알았어? 어머니가 그러셔? 너한테 말하지 말랬는데.

"우리 엄마 거짓말 잘 못 하잖아. 해도 들통 나."

-하긴.

"그러니까 이제 제발 우리한테 신경 꺼. 나은이 용돈도 주지 말고."

─안 그래도 나은이가 내 돈 안 받더라. 네가 얼마나 애를 잡았으면…….

소소하게 나은을 챙겨 주던 사실을 들켜 버리자 재하가 변명하듯 실토했다.

─나은이 걔 고등학생이잖아. 사춘기라 한창 옷 입는 것도 신경 쓸 때인데 올해 옷 한 벌을 제대로 못 사길래 봄맞이 쇼핑이나 하라고 쪼끔 쥐여 준 거뿐이야. 그런데 그걸 안 받고 도망가더라.

"……."

수영은 잠깐 동안 말을 잇지 못했다. 그래, 맞다. 이 사람은 이런 사람이었다. 제 동생의 옷차림까지 알아챌 정도로 세심하고 자상하고.

"오빠가 그런 걸 어떻게 알아? 그걸 다 알 정도로 나은이랑 엄마를 자주 본 거야?"

수영은 너무 곤란해서 손으로 이마를 짚었다. 엄마가 비록 거짓말을 잘 못 하지만 그것도 갑자기 없던 물건이 생긴다거나 무언가 현재 형편에 안 맞는 소비의 흔적이 있을 때나 누군가 도와줬다는 걸 눈치챌 수 있을 뿐이었다. 얼마나 재하가 그들을 자주 챙기는지는 서울에서 정신없이 사는 자신이 다 알 수 없는 것이다.

"오빠. 제발 내가 그만 좀 미안하게 해 주라."

─수영아. 네 일이 내 일이고 네 가족이 내 가족인데 그게 대체 뭐가 미안해. 난 네가 미안해하는 게 제일 서운하다니까.

"그만해. 나 일하러 가야 돼. 끊을게."

수영은 더 들을수록 자꾸 마음이 약해질 거 같아서 그대로 끊어 버렸다. 누구에게도 기대면 안 된다. 기대는 것도 기댈 만해야 기대는 것이다. 저는 미안해해야 할 사람을 한 명이라도 줄여야 하는 게 맞았다.

수영은 복도 위에서 멈췄던 발길을 다시 옮겼다. 내쳐지고 무너지고 있을 한 남자의 순정에 마음이 가라앉았다. 그럼에도 어쩔 수 없었다. 재하의 말을 더 들었다간 눈물만 왈칵 튀어나올지도 모른다. 그러나 이제 그런 자기 연민도 그만둘 때가 되었다. 1년 동안 울고불고 신세 한탄은 실컷 했던 저였다. 이제는 울 힘도 없었다. 더구나 여기는 회사다. 수영은 겨우 감정을 가다듬으며 걸음을 재촉했다.

* * *

"출장에서 다녀왔으면 집에 좀 먼저 들르지, 며칠이 지나도록 감감무소식인 건 너무하지 않니."

"죄송해요."

"내 상전은 회장님이 아니라 유안이 너다. 아주 그냥 주상 전하 알현도 이보단 쉽겠어."

본가에 들러 식사를 함께 하자는 미경의 성화에 유안은 퇴근 후 권호찬 회장 두 내외와 한 식탁에 앉아 있었다. 원래도 얼굴에 웃음기가 많은 미경이 접힌 눈으로 유안을 흘겼다.

"너 바쁜 건 알지만. 그래도 솔직히 요샌 좀 서운하더라."

그 말에 방금까진 대충 눈을 맞추던 유안이 젓가락질을 멈추곤 또렷해진 눈빛으로 미경을 보았다. 그가 무슨 말을 하기도 전에 권 회장이 끼어들었다.

"당신은 뭘 또 그래요. 당신이 서운하면 난 죽어야지. 이놈이 나보다 당신이랑 통화도 훨씬 더 많이 하고 사는데. 내 말은 안 들어도 당신 말은 좀 듣잖아요."

"당신이야 회사에서 얼굴은 보잖아요."

미경이 유안에게 고개를 돌리며 그 대꾸를 했다. 똑바로 눈을 맞추던 유안은 이내 말없이 옅게 웃어 보였다.

"너도 나이 먹어 봐라. 알면서도 별게 다 서운해지지."

멋쩍게 미소 짓던 미경이 괜히 음식을 향해 시선을 내리며 푸념했다.

"알았어요. 자주는 아니어도 가끔 주말에 찾아뵐게요."

"자주는 아니고 가끔? 비싼 얼굴인 건 알지만……."

마지못해 나온 유안의 말에도 미경은 억척스러웠다. 그녀가 이런 노력을 하는 가장 큰 이유는 사실 다른 게 아니었다. 유안이 권 회장을 좀 더 가까이하게 하려는 생각에서였다. 살갑지 않은 정도가 아니라 그들 사이에는 무슨 살이라도 낀 것처럼 남만도 못한 분위기가 맴돌았다.

어릴 적부터 가족에게 상처가 많은 아들이 완연한 어른이 되어버리니 그 이후론 더 이상 부모란 존재가 필요하지 않은 것 같았다. 함께 살던 집을 떠나기까지 하니 그야말로 남처럼 멀어지는 것만 같아 미경은 쓸쓸함을 느꼈다. 요즘엔 아버지도 아들의 속을 알 수가 없어 갈수록 어려워하는 것이 보였다. 그런 걸 보면 자신만 비단 유안의 속을 알 수 없는 것도 아니라는 걸 안다.

"죄송해요, 어머니."

그런 부모 앞에서 유안은 그저 가볍게 웃어 보일 뿐이었다. 그때 국을 떠넘기며 입을 축이던 권 회장이 불쑥 운을 뗐다.

"희정이는 잘 지내고 있고?"

멈칫하며 아버지의 얼굴을 살핀 유안은 곧 다시 젓가락질을 하며 답했다.

"아……. 그렇겠죠, 뭐."

아들의 성의 없는 대답이 권 회장은 마음에 차지 않는 눈치였다.

"좀 만나는 보고 있는 거야?"

슬슬 권 회장의 독촉이 시작되자 옆에 앉은 미경이 초조해했다. 하지만 정작 눈치를 봐야 할 유안은 그런 기색도 없었다. 물 컵을 들고 물 한 모금을 넘긴 그는 짤막한 대답만 했다.

"아니요."

"넌 좀, 바빠도 종종 연락도 하고 시간 내서 만나기도 하고 그래 봐야지. 그래 가지고 희정이 마음을 사겠어?"

답답해진 권 회장이 타박하자 가만히 듣던 미경이 보다 못해 나섰다.

"뭐, 알아서들 하겠죠. 한두 살 먹은 애들도 아닌데. 남녀 문제까지 뭘 그렇게 걱정하셔요."

"이게 남녀 문제야?"

"여보……."

아버지의 얼굴을 쳐다보고 있지 않던 유안은 묵묵히 식사를 이어 가기만 했다. 권 회장은 아들을 못마땅하게 바라보다가 문득 물었다.

"아니면 뭐, 다른 여자라도 있는 거야?"

"지금은 없어요."

유안이 무성의하게 대답했다.

"그럼, 혹여나 사랑하는 여자 만나서 결혼하겠다는 꿈이라도 꾸는 거야?"

어울리지도 않는 사랑놀이나 할 놈이 아닌 거 아는데 왜 이 문제에 서두르지 않는 건지 모르겠다. 권 회장은 한숨을 쉬다가 다시 입을 열었다.

"사랑해서 결혼하지 않아도 결혼 먼저 하고 사랑하면 되지. 애초에 서로 어울리는 사람을 골라 사랑하는 게 현명한 길이야."

권 회장은 자신의 결혼관에 대해 매우 확신에 차 있었다.

"사랑해서 결혼해 봐야 별것도 없어. 결국 서로 맞지 않는 사람끼리 살아 봐야 후회만 남는 거야."

아버지의 말투가 지나치게 단호했다. 아직 식지도 않은 남은 밥을 바라보던 유안은 조용히 젓가락을 놓았다.

"아버지 경험담이세요?"

유안의 입술에 희미한 조소가 걸려 있었다. 순간 권 회장의 눈이 휘둥그레 떠졌다. 미경의 낯빛도 사색이 되었다. 미경이 말리듯 유안을 불렀다.

"유안아……."

"왜요, 어머니. 잘 들어 보면 결국엔 아버지가 어머니를 사랑하게 되셨다는 말씀인데."

권 회장의 미간이 꿈틀거렸다. 좌불안석이던 미경은 서둘러 초조한 목소리로 그를 끊었다.

"유안아, 내가 미안하다. 오늘 너 억지로 데려와서 밥 먹이는 게 아니었는데, 내가……. 그냥 내가 잘못했다."

"사과하지 마세요, 어머니."

어쩔 줄을 모르던 미경을 향해 유안이 딱딱하게 내뱉었다.

"이 집안에서 유일하게 아무 결점 없는 분이 어머니인데 왜 맨날 어머니가 사과하세요."

유안은 어머니가 아닌 아버지를 보며 그 말을 했다. 미경의 눈동자가 곤란함으로 가득했지만, 그녀는 더는 무슨 말도 하질 못했다.

"어머니, 우리 아버지랑 빨리 좀 만나시지 그랬어요."

유안만이 홀로 여유롭게 웃었다.

"아버지가 어머니랑 먼저 결혼하셨다면 아버지 삶에 후회도, 오점도 없었을 텐데."

권 회장의 눈빛에는 노기가 차올랐지만, 그는 아들의 시선을 회피하고 있었다. 미경은 눈이 약간 촉촉해진 채 제 심중을 전했다.

"그랬었다면, 네가 태어나지 않았을 거잖니."

차분한 음성으로 읊조리는 말에 유안의 눈가에 머물던 여유로운 미소도 희미해져 갔다.

"……"

유안은 잠시 가만한 눈으로 미경의 얼굴을 바라보았다.

"……제가 태어나지 않았다면 적어도 이 집안의 근심이 하나는 줄었겠죠."

그러나 유안은 곧 다시 유들유들한 목소리로 돌아왔다.

"혹시 또 아나요. 어머니 똑 닮은 착한 아들이라도 태어났다면 지금쯤 그 아들이, 제가 못 해 드리고 있는 온갖 효를 대신 해 주고 있을지.”

“나는 그런 거 필요 없다.”

미경이 딱 잘라 말했다. 그러고는 간곡한 눈빛으로 유안을 빤히 쳐다보았다. 그녀는 종종 사람을 꿰뚫었다. 기어코 비집고 들어와 바닥을 들여다보기를 잘했다. 보여 주기도 싫고 스스로도 보기 싫은 밑바닥을. 미경을 물끄러미 바라보던 유안이 입을 뗐다.

“죄송해요, 어머니. 저 먼저 일어날게요.”

유안은 말을 끝내기도 전에 자리에서 일어났다. 권 회장은 아들을 향해 눈을 치켜 올렸지만 미경이 곁에 있어서 아들에게 하고 싶은 말을 참는 듯한 표정이었다. 그리고 여기서 더 말을 했다가 아들과의 다툼이 시작될까 걱정도 되었다. 삽시간에 사늘해져 버린 식탁 위에서 미경은 부질없이 아들을 붙잡았다.

“식사는 다 마쳐야지.”

식탁 위엔 장기 출장 후 오랜만에 방문한 아들을 위해 그가 좋아하는 것들이 푸짐하게 차려져 있었다. 오후부터 두세 명의 사용인들이 내내 주방에 붙어서 정성을 갈아 넣은 것이었다.

“배가 불러서요.”

옅게 웃던 유안은 이내 고개를 조금 돌려 권 회장을 보았다.

“그럼 내일 뵙겠습니다, 회장님.”

뚝뚝하게 내뱉고 난 유안은 돌아서 나갔고 미경은 부랴부랴 일어나 그를 배웅했다.

3. 미궁

새 일을 시작한 지 일주일이 지났다. 새로운 월요일은 전체 회의가 있는 날이었다. 일주일 전과 같이 팀원들은 ㄷ 자 모양의 테이블에 둘러앉았고 권유안은 맨 앞에 따로 배치된 메인테이블에 혼자서 앉아 있었다.

오늘 그는 지난번과는 달리 시종일관 진지한 얼굴로 회의 내용에만 집중했다. 그도 그럴 것이 이 사업을 밀어붙이게 된 것이 권유안이었으니 첫 회의 내용이야 그에게 있어선 다소 형식적이고 뻔했을지도 모른다. 다른 팀원들만 잔뜩 긴장했을 뿐, 그는 나른했고 이상하리만큼 수영에게 시선을 두었다. 그러나 오늘은 전혀 다른 모습이었다. 유 실장이 진행하는 일주일간의 진행 사항 브리핑부터 시작해서 크고 작은 안건을 의논하기까지 그는 바빴다. 덕분에 수영은 회의에만 집중할 수 있었지만 솔직히 이 또한 기분이 묘했다. 지난주 월요일에 보았던 그의 모습과 괴리가 영 심했던 것이었다. 지난주와 다른 건 비단 권유안 하나만이 아니었다. 수영 자신도 그때와는 달랐다. 그건 바로 그사이에 자신이 들었던 어떤 말 때문이었다. 의문스러워서 견딜 수가 없는 그의 말 때문에 저는 저 남자가 더욱 신경이 쓰이게 되었는데 그는 오늘 딴판이었으니 더욱 의문은 가중되고 것이었다.

그렇게 회의가 끝난 뒤 유안은 무엇에 그리 골몰했는지 펜을 잡은 채 꿈쩍을 않고 있었다.

"먼저들 나가 보세요."

그는 마치 그 자리에서 고민을 좀 더 하려는 것처럼 보였다.

"네, 먼저 가보겠습니다."

"내려가 보겠습니다, 이사님."

모두들 인사를 건네며 하나둘 떠나갔다. 수영은 또 마지막까지 남자 비서를 도와 주변 정돈을 살피다가 문이 있는 앞쪽으로 슬슬 걸어갔다. 자료를 펼쳐 놓고 태블릿 PC를 들여다보는 유안의 모습이 점점 더 가까워지고 있었다. 또 가슴이 속절없이 뛰었다. 그를 가까이서 보자 더욱 그에게 묻고 싶은 충동에 사로잡혔다. 솔직히 그저 가벼이 던진 말 같다는 확신이 거의 들긴 했다. 지금 제게 눈길도 주지 않고 있는 그를 보니 더 그런 생각이 들었다.

"이사님."

수영은 결국 참지 못하고 물었다.

"그날 왜 그러셨습니까."

비서가 곁에 있었으므로 에둘러 묻긴 했어도.

"뭐가요?"

유안은 자료를 내려다보던 눈을 움직이지 않은 채 물었다.

"……."

그가 시큰둥하자 수영은 더욱 기분이 떨렸다. 과연 그는 자신이 그 말을 했던 걸 기억이나 하고 있을까. 저는 그 말 때문에 일주일 내내 신경이 쓰였는데 그런 것도 알 리가 없겠지.

"그날…… 하셨던 말씀이 계속 마음에 걸립니다."

그러나 조금 망설이던 수영은 이내 반듯하게 말했다. 그러자 유안은 수영을 보는 대신 고개를 돌려 임 차장을 보았다. 유안의 눈짓에 임 차장은 자리를 정돈하고 있던 남자 비서를 나가라고 했다. 그리고 그녀 자신은 그대로 남아서 유안과 수영을 계속 지켜보았다. 임 차장의 눈치를 보며 수영은 잠깐 머뭇댔다. 임 비서님은 뭐든지 들어도 되는 건가. 한 번 더 물으면 그가 임 차장마저 자리를 무르게 하고 답해줄지도 모른다는 생각이 얼핏 들었다.

"그날 왜 그런 말을 하셨나요."

"무슨 말이요."

하지만 유안은 태블릿 PC 화면을 손가락으로 넘기며 담담하게 말했다. 수영은 바로 대답이 나오지 않아서 눈을 좌우로 굴렸다. 호기롭게 먼저 물어 놓고 차마 직접 그 말을 하기가 어려웠다. 그만큼 그건 제 입에 담기에 너무도 이상한 말이었으니까. 더구나 임 비서도 곁에 유령처럼 서 있었고.

그런 이상한 말을 할 때는 언제고 오늘은 그저 고고한 상사 그 이상도 그 이하도 아니어서 수영은 그의 심중을 알 수가 없었다. 수영은 나중에 둘만 있게 될 일이 있으면 다시 물어봐야겠다고 생각했다. 그런 기회가 과연 있게 될지는 모르겠지만. 그런데 그때 유안이 스스로 먼저 입을 뗐다.

"그놈의 손모가지를 잘라 버린다는 말?"

"……."

수영은 그냥 입을 다물어 버렸다. 그가 기억하지 못하면 그만이다.

"아니면."

그러나 유안의 입이 다시 떨어졌다.

"네가 내 거라는 말?"

그 말과 동시에, 자료만 보았던 그의 눈이 마침내 수영을 향했다. 그의 얼굴에는 미미한 미소가 번지고 있었다. 수영은 그 말을 유안에게서 직접 듣자 얼굴이 달아오를 것 같았다. 그와 마주 보는 커다란 눈동자가 정처 없이 흔들렸다. 지금 그가 보이고 있는 여유로운 표정에 저 혼자만 바보가 된 기분이었다. 멀쩡히 기억하고 있으면서 태연했던 그는 그런 말을 왜 했는지는 말해 주지도 않고 옅게 웃고만 있었다. 박 과장을 혼내려 했대도 굳이 그렇게까지 말할 필요는 없지 않았나.

"저…… 그럼……."

머뭇대던 수영이 조심스레 물었다.

"원래 그런 말씀을…… 그렇게 쉽게 하세요?"

"아니요."

의의로 꽤 단호한 대답이 공백 없이 들려왔다. 더욱 커진 수영의 눈빛에 혼란한 기색이 스쳤다. 지금 유안의 표정을 보면 그 말을 믿어야 할지 말아야 할지 확신이 서지 않았다. 진심이라고 하기엔 너무 태연해서 진지한 태도인지 아닌지 헷갈렸다. 이 사람을 대할 때마다 한 번도 쉬운 적이 없었다. 늘 저 혼자만 무안했고 어려웠다. 게다가 늘 저를 빤히 보는 저 눈빛. 누군가에게 대놓고 저런 시선을 받아 보는 건 난생처음이었다.

　"네. 알겠습니다."

　장난이야, 뭐야. 도대체가……. 여러 가지로 의문투성이인 남자였지만 대화를 하면 할수록 더욱 미궁으로 빠지는 느낌이었다.

　"그럼 저도 이만 내려가 보겠습니다."

　수영은 더 어색해지기 전에 대화를 멈췄다. 그와의 대화는 늘 혼돈으로 끝이 났다. 수영이 나가 버렸고 유안과 지선은 그녀가 사라지는 모습을 눈으로 좇았다. 회의실 문이 닫히자 지선의 입이 열렸다.

　"내 거라는 말을 하셨었나 보죠?"

　유안은 대답 대신 작게 소리 내어 웃었다. 그를 못 말린다는 듯 지선은 고개를 설레설레 저었다. 그러나 유안은 여전히 흥미로워하며 말했다.

　"가까이 두고 보는 즐거움이 있네요."

　지선은 유안의 얼굴을 살피다 잔잔한 미소를 걸었다.

　"볼수록 어여쁘긴 하네요. 은근히 대범한 친구 같기도 하고. 궁금한 건 물어봐야 하나 봐요."

　"네, 꽤나 그렇더라고요."

유안은 싱긋 웃으며 동조하더니 이내 지선에게 지시했다.

"다음 주 스페인에서 있을 포럼, 차수영도 함께 참석하게 하세요."

지선은 그 말에 표정은 크게 변하지 않았으나 평소보다 조금 뜸을 들이다 대답했다.

"네, 그렇게 하겠습니다."

"이번 출장은 유난히 기대가 되네요."

유안은 만족스러운 미소 끝에 다시 업무에 집중했다.

* * *

웬일로 미경이 아닌 권 회장이 먼저 연락을 해서 집으로 호출을 했다. 지난번에 분위기가 한 번 싸해진 이후로 아침 문안 인사 때도 둘 사이는 냉랭하기만 했다. 그런데 모처럼 직접 호출을 하는 걸 보며 아들을 집으로 불러서 식사나 하며 분위기를 풀어 보려는 화해의 손길인가 싶었다. 썩 내키진 않았지만 나이 든 아버지가 그런 노력을 하는데 모른 척할 수만은 없어서 유안도 순순히 응했다. 지난번엔 솔직히 자신이 심하게 말한 것도 있어서 저 역시 마음이 그리 좋지만은 않았고. 6시가 조금 안 되었을 무렵 유안은 본가에 도착했다.

"유안이 왔니?"

그런데 현관 앞에서 그를 맞아 주는 미경의 표정이 어쩐지 좋지가 않았다. 유안이 오면 늘 반가움을 숨기지 못하던 그녀였는데 말이다.

"네, 어머니. 별일 없으세요?"

"으응. 그렇지."

의아했던 유안은 집 안으로 성큼 들어섰다. 그리고 짧은 복도를 지나 거실이 나왔을 때 그는 이유를 곧 깨닫게 되었다.

"왔구나."

"오빠, 안녕?"

소파에 앉아 있던 두 사람이 연달아 저를 맞이했다.

"……."

유안은 그 인사에 대꾸를 하지 않았다. 좀처럼 웃지 않는 권 회장의 얼굴이 오늘은 밝았다.

"저한텐 아무 예고 안 하신 걸로 알고 있는데요."

유안이 딱딱하게 뱉어냈다. 이래서 미경이 전화도 따로 안 하고 방금의 태도도 미지근했던 거였나.

"희정이가 한번 봤으면 좋겠다고 하길래 집에서 저녁이나 먹자고 불렀다."

권 회장은 대수롭지 않게 받아쳤다.

"오빠가 하도 바빠서 만나기가 어려우니까 우리 권 회장님 찾아뵈려고 왔지."

그 말을 하며 희정은 환하게 웃고 있었다. 유안은 자신이 이 상황을 환영하지 않는다는 걸 모르지 않을 텐데도 저런 웃음이 어떻게 나오는 건지 신기했다. 그녀가 잘 보이고자 전전긍긍하는 권호찬 회장 내외 앞이니 그럴 만한 건 알지만 표정 관리가 참으로 완벽했다. 유안이 물끄러미 그 광경을 바라보며 서 있기만 하자 과묵한 권 회장이 다시 입을 뗐다.

"그러고 서 있지만 말고 와서 앉아."

"저는 아버지가 회사에서 말 못 할 중요한 말씀이라도 하실 줄 알고 왔네요."

하지만 유안은 앉을 생각은 전혀 없는 듯 그 자리에 서서 할 말만 했다.

"전 가서 일이나 더 해야겠어요. 사실 요즘 생각해야 할 일이 아주 많아서 머리가 복잡하거든요."

대놓고 비협조적인 태도를 보이는 유안을 보며 권 회장과 희정의 표정이 마침내 흐트러지고 있었다.

"뭐? 그럼 지금 다시 나가겠다는 거야?"

권 회장의 얼굴이 순식간에 굳어졌다.

"오빠, 저녁은 먹고 일해야지."

그러자 희정이 곧 구슬리듯 나섰다.

"글쎄. 별로 생각이 없네."

"에이, 왜 그래. 나랑 오랜만에 밥 한 끼 먹는 게 그렇게 어려워?"

희정의 목소리에 서운함이 잔뜩 배어 있었지만 그녀의 얼굴엔 여전히 미소가 걸려 있었다.

"가긴 어딜 가. 희정이 보자마자."

"그러게 왜 저에게 말씀도 안 하고 마음대로 약속을 잡으셨어요."

"음식 준비 거의 다 되었으니 식사는 하고 가라. 그동안 희정이가 너한테 할 말도 많이 쌓인 모양인데."

이미 얼굴이 구겨진 권 회장은 성격을 이기지 못하고 유안을 타박했다.

"희정아."

유안은 아버지에게 대꾸를 하는 대신 희정을 불렀다.

"응?"

"우리 아버지 뵈러 온 거라며. 그럼 아버지랑 밥 맛있게 먹고 가라."

희정의 눈빛이 그 말에 날카롭게 빛났다. 그러나 유안은 희정의 표정을 확인할 새도 없이 돌아섰다.

"권유안! 너 이 자식, 귀한 손님 앉혀 놓고 뭐 하는 짓이야?"

그의 뒷모습에 대고 권 회장의 호통이 이어졌지만 유안은 돌아보지 않았다. 나가는 길에 마주친 미경은 곤란한 얼굴로 유안을 보았지만 아무런 말도 하지 않았다. 순식간에 가라앉은 분위기 속에서 권 회장과 희정 둘만 거실에 남게 되었다. 화가 난 얼굴을 감추지 못하는 권 회장에게 희정이 먼저 말을 걸었다.

"회장님, 저 괜찮아요. 오빠가 많이 바쁜가 보죠."

희정의 살가운 말투에 권 회장은 더욱 미안한 얼굴을 했다.

"오늘은 제가 오빠한테 말도 안 하고 와서 이렇게 된 건데 어쩔 수 없죠. 오늘은 회장님 뵈러 온 거니까 오빠 말대로 저녁 맛있게 먹고 갈게요."

"그래. 네 마음이 넓어서 다행이다."

"마음이 넓긴요. 저 되게 이기적인데 유안 오빠라서 뭐든지 이해하는 거예요."

희정은 말끝에 소탈하게 웃어 보였다. 그러자 권 회장은 꽤나 만족스러운 얼굴로 끄덕였다. 희정은 분위기를 겨우 조금 회복시켜 놓고는 아무도 모르게 안도했다. 사실 권 회장보다 더욱 화가 나는 사람은 그녀였다. 그건 비교를 할 수가 없는 정도였다. 명실상부 대한민국 재계 최고라는 타이틀은 물론이고 최근엔 다국적 기업으로 서기까지 한 온강 그룹. 온강의 총수 강민식 회장의 딸이 희정이었다. 그리고 그녀는 이제껏 지독히도 남성 중심의 기업이었던 온강에서 이미 많은 능력을 검증받아 벌써 부사장 자리에 안착했다. 강민식 회장에겐 희정 위로 아들도 한 명 있었지만, 경영 능력에 관해선 딸이 더 자질을 보이고 있었다.

어릴 땐 다른 여자 사촌들처럼 경영에서 멀찍이 떨어져 예술가의 길을 걷기를 바라던 집안 어르신들의 뜻도 있었지만 그녀는 미술이나 음악에는 일말의 재능도, 소질도 없었고 하기도 싫었다. 일찍이 후계자에 대한 야심이 더 컸다. 그녀는 지금도 자신의 가문의 남자들과 치열한 경쟁 중에 놓여 있었다. 자신의 오빠, 강 회장의 남자 형제들, 그리고 그들의 아들들과.

자신을 닮은 딸의 능력을 알아본 강 회장은 그녀를 지지하고 있었고 금지옥엽 딸내미의 짝으로서 흠 없이 완벽한 남자를 원하고 있었다. 그는 아직 유안에 대해서는 잘 알지 못했다. 사실 학창 시절 유안은 공부만 하던 모범생이라곤 할 수 없었다. 어릴 때부터 영리한 학생이었으나 최고가 되는 데에 욕심이 있어 보이지도 않았고 공부에 목을 매는 모습은 아니었다. 재밌는 것을 찾아 노는 걸 더 좋아하는 것처럼 보이기도 했지만 물론 성적 관리는 확실히 했다. 그는 고등학교 때 미국 유학을 갔다. 부모님이 붙여 준 특출난 개인 교사들이 있었으니 해외 유명 대학교에도 무리 없이 입학했고 좋은 성적으로 공부를 마치고 돌아왔다.

그러나 한국으로 돌아와 본사의 경영진이 되었을 때만 해도 그는 사업에 관심이 크게 있어 보이진 않았다. 늘 나른한 얼굴에 세상사에 크게 연연하지 않는 듯 보였고 무엇에도 안달하지 않는 것 같았으니까. 그러나 결과는 달랐다. 자신이 맡은 일에 대해 별 긴장을 하지 않는 듯 임하던 그였지만 그의 업적을 분석해 보면 사실상 굉장한 호재를 이루었던 것이다.

알고 보면 과감한 사업조차 별 잡음 없이 이루어 놓은 것들이 꽤 많았다. 그리고 어느새 그에 대한 사내 신뢰도가 정말 순식간에 수직 상승해 있던 것이다. 그는 스스로 무섭도록 빠르게 성장했고 그를 안일하게 구경하고 있던 세력들을 놀라게 했다. 다소 무상해 보이는 표정으로 속내를 감추고 있었을 뿐 실상 그는 여우였다. 좀처럼 적을 만들지 않는 평화롭고 안온하고 우아한 여우. 그래서 더 무서운.

희정은 유안의 그런 면을 잘 알고 있었다. 또 거기에 표현할 수 없는 매력을 느꼈다. 공식적, 비공식적 자리를 모두 포함하여 유안을 몇 번 만나 본 게 전부였던 강민식 회장은 유안에 대해 무슨 생각을 하는지 알 수 없는 녀석이라고 표현했다. 하지만 딸이 그렇게 좋아하는 남자였으니 그 역시 이 혼사를 긍정적으로 보고 있었다.

희정은 유안의 아버지인 권호찬 회장을 직접 찾아가 작업을 해둔 터였다. 권 회장은 다행히 그녀를 환영했다. 그녀의 아버지 강민식 회장은 그간 권 회장과 서먹했지만 최근엔 먼저 연락하여 골프 약속까지 잡아 둔 상태였다. 그런데 권유안만큼은 희정의 마음대로 되질 않았다. 비록 그녀가 원하는 정략결혼은 차질 없이 순항 중인 듯했어도 그의 마음만은 멀고 멀었다.

*　*　*

출근 후 업무를 막 시작한 수영은 김 대리에게서 메시지를 받았다.

[수영 씨, 봤어? 박 과장님 인사 발령 떴다.]

수영은 한동안 동작을 멈춘 채 답장을 보내지 못했다.

[그래요? 몰랐네요.]

답장 후 곧바로 컴퓨터로 눈을 돌렸다. 게시판에 접속해 보니 김 대리의 말대로 인사 발령 공고가 떠 있었다. 수상쩍은 기분을 지울 수 없었던 수영은 공고 내용을 확인하는 순간 놀라움을 금할 수가 없었다. 박 과장은 본사가 아닌 계열사로 이동하게 되었는데 근무지가 서울과는 멀리 떨어진 지방에 있는 공장이었던 것이다.

어떻게 이렇게 극단적일 수가 있지…….

그때 김 대리의 답장이 이어졌다.

[너무 갑작스러워서 우리 팀 다 멘붕이야. 박 과장님 지금 완전 죽을상이다.]

수영은 그 말에 멈칫했다. 자신이 보내는 것도 아니었으니 뜨끔할 이유가 없는데도 괜히 불안하게 두근거렸다. 그녀가 이렇게까지 놀라는 이유는 아마 박 과장과 권 이사만이 알고 있을 것이다.

설마. 설마 진짜 그것 때문에?

수영은 그의 새 근무지에 대해 검색을 해 보았다. 계열사가 가진 작은 공장 중 하나로 매우 외진 곳에 위치하고 있었다. 비루한 만년 과장의 승진에 대한 오랜 꿈은 이대로 짓밟힌 듯 보였다. 그나마 기회가 많은 본사에 붙어 있는 게 유일한 희망이었으나 그는 좌천되었다. 아래 직원을 괴롭혔던 일이 임원에게 들켰으니 이런 발령이 부당하다 항의도 못 할 것이다. 자업자득이니 고소했고 제 눈앞에서 치워진다는 사실엔 후련했다. 그러나 그것과 별개로 그 누군가 때문에 당황스러워서 식은땀이 나려는 것이었다. 가뜩이나 의문거리가 많은 남자에게 또 하나의 질문할 게 생겨 버렸다.

"차수영 씨."

그때 갑작스러운 유 실장의 부름에 수영은 퍼뜩 정신을 차렸다.

"네!"

"잠깐 좀 봐요."

벌떡 일어나 유 실장의 자리 앞으로 가자 그가 고개를 들었다.

"이번 달 스페인 출장 말인데, 차수영 씨가 다녀와야 할 것 같아요."

"아……. 네, 알겠습니다."

수영은 순순히 대답했지만 상당히 놀라고 있었다. 스페인어를 구사할 줄 알아서 보내는 건 알겠지만 꽤 중요한 행사일 텐데 이쪽 일에 경험이 적은 저를 보내다니 부담이 컸다.

"주요 일정 때는 전문 통역관이 있을 테니 그렇게 어려운 여정은 아닐 거야."

그녀가 부담을 느끼고 있는 것을 간파했는지 유 실장이 덧붙였다.

"행사나 미팅 때는 역량껏 하면 됩니다. 이사님이 스페인에 머무르시는 동안 비즈니스 업무 외의 시간을 보내시는 데 수월하도록 그쪽 언어가 되는 차수영 씨가 돕는다고 생각하면 될 거예요."

그러나 그 말을 듣는 순간 수영의 안면이 굳어졌다.

"이사님께서 직접 방문하시는 거군요."

수영은 당황한 나머지 반사적으로 중얼거렸다.

"그럼…… 유 실장님께서도 함께 참석하시나요?"

그녀는 뒤이어 황급히 확인 질문을 했다.

"아니. 나는 이번엔 안 갑니다. 원래 이사님도 여러 명 주렁주렁 달고 다니는 거 별로 안 좋아하시고요."

머리를 한 대 맞은 것처럼 눈앞이 새하얘지는 것 같았다.

또 권유안.

어느 날부터인가 자꾸만 그에게 지나치게 얽혀 들어가는 것 같았다. 그게 자꾸 묘했다. 단둘이 출장에 가게 될 생각을 하니 벌써부터 초조해지는 기분이었다. 그래도 임 비서님이 동행하실 테니 너무 걱정할 필요는 없을 거라고 긴장을 억눌러 보았다.

* * *

집무실에 들어온 지선이 스페인 출장 일정을 유안에게 보여 주며 말했다.

"그럼 세 사람으로 예약 진행하겠습니다."

그러자 유안이 일정을 보며 대답했다.

"아니요, 차수영이랑 둘이 다녀올게요. 이번엔 임 차장님이 수행 안 하셔도 됩니다."

그의 말에 지선은 잠시 정적을 흘리며 유안의 얼굴을 바라보았다.

"아, 그러시겠습니까?"

그녀가 조금 느릿하게 되물었다. 유안은 눈을 들어 지선의 얼굴을 보며 씩 웃었다.

"혹시 같이 안 가게 되어서 서운하신 건 아니죠?"

그를 마주 보던 지선은 이내 생긋 웃고 말았다. 대답 없는 그녀에게 유안이 말했다.

"해외 출장 따라가면 힘드시잖아요. 저 없는 동안 모처럼 한가한 시간도 좀 보내고 그러세요."

"꼭 저 생각해서 안 데려가는 거처럼 말씀하시네요."

지선이 능청스레 그의 심중을 떠보자 유안이 낮게 웃었다. 이어지는 지선의 말에는 작은 한숨이 섞여 있었다.

"저야…… 가도 안 가도 상관없지만 조금 걱정이 되어 그렇지요."

"걱정하지 마세요, 임 차장님."

"걱정됩니다."

그러나 그의 말에도 지선의 목소리는 단호했다. 유안은 그녀의 묘하게 수심 어린 미소를 살피다가 차분하게 다시 입을 열었다.

"내가 그동안 우리 임 차장님께 걱정을 많이 끼치긴 했지만 이번엔 걱정하지 말고 기다려 주세요."

"이사님이 아니라 차수영 씨가 걱정됩니다."

"……."

지선의 온화하고도 힘 있는 목소리에 뼈가 느껴졌다. 유안은 좀 전보다 진지해진 얼굴로 그녀를 응시했다. 그러자 지선이 말을 이었다.

"지금은 연애를 하실 상황도 아니지 않습니까. 온강에서 혼담이 오가면서 그 집안에서도 그렇고 지켜보는 눈들이 많습니다."

"임 차장님까지 제 남녀 문제를 언급하시다니, 지켜보는 눈이 많아지긴 했네요."

크게 동요하지 않은 유안이 그녀의 말을 따라 했다. 지선은 짐짓 더욱 신중한 얼굴을 했다.

"뭐……. 연애를 하실 수는 있지만, 연애를 하셔도 차수영 씨 같은 사람은 적절해 보이지 않거든요."

"왜죠? 그 여자에 대해 뭐 아시는 거라도 있어요?"

"대충 들어 본 바로도 그래요. 형편이 많이 어려워서 힘들게 사는 친구입니다. 그런 친구 삶에 근심을 더하지 마셨으면 좋겠네요."

일순 유안의 얼굴이 약간 굳어졌다 풀어졌다. 그는 곧 다시 여유로운 표정으로 돌아와 조금은 가벼워진 분위기로 말했다.

"그렇게 말씀하시니까 제가 되게 나쁜 놈 같습니다."

지선은 픽 웃으며 고개를 약간 갸웃댔다.

"음, 솔직히 이사님이 좋은 상사인 건 맞지만 좋은 남자인지는 모르겠거든요."

"아, 그렇군요. 근데 임 차장님은 누구 편이에요?"

유안이 빤한 미소를 걸며 물었다.

"저야 당연히 우리 권 이사님 편이죠."

그리고 지선은 1초의 고민도 없이 대답했다.

"이사님이 누구를 만나도, 어떤 길을 가서도 저는 늘 이사님 편입니다."

빙긋 웃는 그녀의 눈빛에는 교감이 충분했다.

"그건 언제나 변함이 없을 겁니다, 이사님."

그 눈을 바라보던 유안은 말이 없었다. 그의 희미한 미소는 유독 친근하고도 복잡했다.

* * *

저음 타 보는 일등석은 과연 편했다. 그러나 지금 수영에겐 몸의 편안함과 정신적인 긴장은 무관한 것이었다.

권 이사와 나란히 앉아 있는 자리였다. 오늘이 오기 전 지선이 은밀히 불러 귀띔을 했었다. 본래 저에게 나오는 출장비로 일반석이 예매되었지만 권 이사님이 개인적으로 저를 위해 한 자리를 더 사 주었다는 것이다. 그게 지금의 이 자리였다. 권 이사가 그렇게 한 이유에 대한 임 비서의 전달은 단순했다. 떨어져 앉으면 나누지 못할 업무에 관한 대화도 가까이 있으면 수월하게 나눌 수 있다는 것이다. 그러나 그날 대화 중 마지막으로 임 비서는 다른 직원들에겐 이것을 함구하라는 말도 했다. 그것도 꽤 강조하는 어투로.

수영은 임 비서에게 전해들은 말을 곧이곧대로 믿고 싶었지만 묘한 기분을 지울 수가 없었다. 아무리 부자라도 왜 저를 위해 이 비싼 좌석을 사비로.

유안은 탑승한 지 얼마 지나지 않아 노트북을 펴서 들여다보았고 임 차장의 말대로 업무에 관한 대화는 간혹 이루어지고 있었다. 수영은 이 과분한 호사를 누릴 핑계를 스스로 찾지 못해 영

좌불안석이었다. 지금 유안은 메뉴를 보며 승무원과 와인에 대한 대화를 나누고 있었다.

"로버트 몬다비 샤도네이로 할게요."

와인을 고른 유안은 수영에게 고개를 돌렸다.

"차수영 씨, 와인 한잔할래요?"

"아, 저는 괜찮습니다."

수영은 정중한 말투로 대꾸했다. 이 상황에서 주류가 편히 넘어가진 않을 것 같아서였다. 업무 중이라는 생각 때문에 더 그랬다. 그것도 아주 어려운 상사 옆에서.

"왜요, 여기 와인 괜찮은데. 혹시 와인 싫어해요?"

"그건 아니지만 지금은 좀……."

"내가 불편해서 그래요? 그런 거 신경 쓰지 말고 편하게 있어요. 맛있는 와인도 많으니까 맛도 좀 보고."

그녀가 너무 각 잡힌 자세로 반듯하게 앉아 있자 유안은 그것을 깨려는 건지 거듭 와인을 권했다.

"그럼 저도 이사님이 고르신 화이트 와인으로 하겠습니다."

수영은 계속 팅기기도 뭐해서 그렇게 말했다. 이내 와인이 제공되었고 그녀는 유안의 곁에서 와인 잔을 들었다.

훌륭한 맛의 화이트 와인으로 목을 축이며 수영은 유안의 자리를 향해 곁눈질을 했다. 그는 노트북을 닫고 있었다. 와인 맛을 오로지 즐기고 있는 권유안을 보자 그가 업무에 열중하지 않는 틈을 타 수영은 그에게 묻고 싶었던 질문을 떠올렸다.

"이사님."

퍽 조심스러운 부름에 유안은 눈을 돌려 그녀를 보았다. 그를 흘끗 올려다보던 수영은 눈이 마주치자 괜히 다시 시선을 내려 와인을 보며 물었다.

"박 과장님 좌천…… 이사님이 하신 건가요?"

"그랬죠."

매우 쉽게 들려오는 대답에 와인을 들여다보던 수영의 눈동자가 흔들렸다. 곧 유안의 말이 이어졌다.

"그 인간은 솔직히 잘리지 않은 게 다행인 거죠. 스스로 그만두려나 했는데 그럴 기색도 없이 악착같이 다니길래 치워 버렸죠."

수영은 괜히 와인 잔을 꾹 잡으며 흔들리는 눈을 깜빡였다. 새삼 그의 엄격함이 두렵다는 생각이 들었다.

"그게 문제가 되었나요?"

유안이 문득 그렇게 묻자 수영은 덜컥 놀라 얼른 답했다.

"아닙니다."

다만 사정을 모르는 사람들이 좀 의아해했던 건 사실이었다. 무슨 일이 있겠거니 그들끼리 이런저런 추측을 할 때마다 제 가슴이 뜨끔거렸다. 수영의 얼굴을 살피던 유안은 그녀가 묻지 않은 것까지 말해 주었다.

"그 일을 내가 이슈화하면 그만두게 하는 것도 가능하겠지만 그러면 차수영 씨도 함께 드러나야 하니까, 그건 차수영 씨가 원하지 않을 거 같아서 그냥 되도록 멀리 보냈죠."

수영은 그가 저를 생각보다 더 배려하고 있었다는 사실에 놀랐다. 그러자 이상하게도 가슴이 뛰었다.

"네에. 감사합니다."

그제야 그가 무슨 생각으로 그렇게 했는지 알 수는 있었으나 여전히 풀리지 않는 것이 남아 있었다. 그것은 차마 물을 수 없는 것이었다. 그러니까 대체 왜 이런 배려를 그가 저에게 해 주냐는 것이었다.

첫 번째 기내식을 마쳤지만 여전히 비행시간은 많이 남아 있었다. 수영은 내내 긴장감에 싸여서 그러기도 했지만 나름의 애사심과 의무감으로 일부러 먼저 업무 이야기를 근근이 끄집어냈다. 그때마다 유안은 사뭇 진중한 얼굴로 그녀와 대화를 나누었다. 어색하기 싫었던 수영이 먼저 일 관련된 대화의 시작은 했지만 이야기를 하다 보면 어느새 유안이 대화를 주도하고 이끌고 있었다.

"근데, 이제 그만 걱정하고 좀 쉬어요."

그러다 어느 대화 끝에 그가 권했다. 그녀가 걱정하는 걸 눈치 챈 듯이.

"네."

수영은 다시 앞을 보고 앉았지만 눈을 말똥말똥 뜨고 있을 뿐이었다.

"잠을 좀 자 둬요. 거기 가면 피곤하니까."

그러나 수영은 대답뿐 막상 잠을 잘 생각은 하지 않았다. 유안이 또 노트북을 열고 있었다. 정작 그는 잠 안 자고 일을 생각하는데 저 혼자 그럴 순 없었다.

"나 신경 쓰지 말고 편히 쉬어요."

유안이 노트북을 보며 수영에게 툭 던진 말이었다.

"저는 괜찮습니다."

수영은 잔잔하게 미소 지으며 대꾸했다. 그러자 유안은 화면으로부터 눈을 떼고 수영을 바라보았다. 그는 저를 보는 수영의 또 렷한 눈을 가만히 보다가 문득 자리에서 일어났다. 고개가 꺾이 도록 그를 올려다보던 수영에게 그가 다가왔다. 불쑥 허리를 숙 인 그는 수영의 자리에 있던 양쪽 팔걸이에 두 손을 올렸다. 순간 수영은 바짝 당황하여 그를 쳐다보았다. 예고 없이 급작스럽게 남 자가 가까워지자 말문이 턱 막히는 기분이었다.

"내가 안 괜찮아요."

"네?"

그때 갑자기 등받이가 부드럽게 뒤로 젖혀지며 수영의 몸이 눕 혀졌다. 그가 어느새 조절 버튼을 누른 것이다. 깜짝 놀란 수영이 몸을 일으키려 했다. 그러나 유안의 손이 그녀의 어깨를 눌러 그 녀의 몸을 시트에 붙였다.

"내 눈치 보지 말고 쉬라니까."

수영을 내려다보며 유안이 나지막하게 말했다.

"……."

평평한 침대가 되어 버린 일등석 시트 위에서 수영의 입이 작게 벌어져 있었다. 이런 식으로 누워서 그를 올려다보게 될 줄은 몰 랐기 때문에.

"첫날 일정은 쉴 시간이 많이 없어요. 피곤하면 비즈니스에 집 중을 하기가 어려워집니다. 능률적인 업무를 위해 제대로 쉬세 요."

여전히 그녀를 내려다보던 유안은 눈을 반듯하게 맞추며 또박 또박 지시했다.

"회사를 위해섭니다."

유안은 몸을 일으키더니 수영의 어메니티 키트를 열어 안대를 꺼냈다. 그러더니 그녀에게 친히 씌워 주었다. 동그래진 수영의 눈이 그의 손에 잡힌 안대에 가려지기 직전 그는 손을 멈추고 짧게 그녀와 눈을 맞추었다. 그리고 곧 수영의 눈앞에는 암전이 들이닥쳤다.

"잘 자요."

눈앞이 깜깜해진 채 수영은 그의 나지막한 저음의 목소리를 들었다.

그대로 얼마의 시간이 지났는지 모른다. 잠은 오지 않았다. 요샌 머리만 닿으면 자는 저였기에 혼자였으면 잠들었겠지만 지금은 도무지 그럴 수가 없었다.

30분은 지났으려나. 근데 저분은 언제 자는 걸까.

깜깜한 안대 속에서 혼자 여러 가지 생각을 하던 수영은 문득 궁금해졌다. 잠도 안 오는데 눈만 가리고 있는 것이 이쯤 되니 답답하기도 해서 손으로 슬그머니 안대를 내리고 옆을 보았다. 그런데 그 순간 그녀의 시야에 예상치 못한 광경이 들어왔다. 아예 그녀를 향해 고개를 틀고 앉아 있는 유안과 눈동자가 맞부딪친 것이다. 불 꺼진 비행기 안에서 고요하게 저를 내려다보던 남자는 눈이 마주치자 입가를 서서히 올렸다. 좀 어둡긴 했어도 그의 표정이 잘 보일 정도의 조명은 있었다. 누운 채 아래에서 올려다보니 그의 깎아 놓은 듯한 턱 선이 유독 눈길을 끌었다.

남자는 아무 말도 하지 않았고 그렇다고 시선을 치우지도 않았다. 눈을 맞춘 채 계속되는 침묵에 수영은 숨이 막혔다. 숨이 막히는 건 저 혼자뿐인 듯 남자는 아무렇지도 않게 혼연했다. 결국 막힌 숨을 토해 내듯 먼저 입을 연 수영이 느릿하게 물었다.

"이사님은…… 안 주무세요?"

"이제 자려고요."

그는 여상하게 대답했다. 어두운 밤의 공기 때문인 걸까. 그와 마주 보며 이상하게 붕 뜨는 기분이 들었다.

"피곤하시겠어요……. 어서 주무세요."

담담한 척 잔잔한 미소를 보인 수영은 이내 그의 시선에서 달아나듯 스스로 안대를 내렸다. 그녀를 바라보던 남자의 길고 깊은 눈이 안대 밖으로 사라졌다.

* * *

첫날의 조찬 설명회부터 시작하여 둘째 날까지 여러 미팅들로 일정이 빠듯했다. 셋째 날에는 건설 협력 포럼이 있었고 그 후 한 기업과의 미팅이 주선되어 있었다.

"한국 건설이 특히 강세를 보이는 중동에서 최근 수주액이 가장 큰 프로젝트를 진행한 기업이 JN 건설이었습니다."

요즘 스페인에서 새롭게 떠오르는 관광 도시 산업이 뜨거운 감자였다. JN의 관심도 그 인프라 개발과 관련된 다양한 건설 분야였다. 처음부터 큰 프로젝트로 진출하는 건 쉽지 않았기에 현재로서는 이들 기업과 제휴 관계를 맺어 이들이 약세인 영역에서의 공급을 JN이 담당하는 것까지 목표로 하고 있었다. 유안이 JN의 강점에 대해 어필을 할 때 곁에서 듣던 수영도 짬짬이 대화에

참여할 수 있었다.

"그 도시의 건축물 공사를 위해선 시행할 기업의 예술에 대한 관심과 이해도가 중요하다고 여겨집니다."

그녀는 저 나름의 방식으로 접근을 하려 했다.

"관광객들이 그곳에 갖는 이미지에는 예술이 빠지지 않기 때문이죠. 작지만 아름다운 건축 유적지들과 젊은 스페인 미술가의 거리들이 그 대표적인 매력 포인트고요."

유안은 예상했던 것 이상으로 수영의 언어 능력이 좋다는 걸 이곳에 와서 깨달았다. 단순히 언어의 유창함을 떠나 미팅에서의 화술을 구사하는 데도 자연스러웠다.

"JN은 예술과 문화 산업에 오래전부터 많은 투자를 해 왔고 국내 예술가의 발굴에 기여도가 큰 기업입니다. 최근에는 건축 부문에서도 예술과의 조화를 위해 공을 많이 들이고 있는데 마침 최근에 카타르에 지어질 대형 미술관과 주변 시설 공사도 JN이 진행하게 되었어요. 그 프로젝트는 유럽의 유명 디자이너와의 협업이 될 것입니다."

차분하게 어필하는 수영에게 상대 기업 담당자가 웃으며 반응을 보였다. 상대는 루카스라는 이름의 남자였다.

"아하, 흥미롭군요."

그는 친근한 편이어서 만남의 분위기가 딱딱하지 않았다. 덕분에 수영도 다른 미팅에서보다 꽤 자유롭게 대화를 하고 있었다. 그는 마침 디자인에 관심이 있는 사람이었는지 불현듯 어느 자국 디자이너에 대해서도 언급을 했다.

"스페인에도 재미있는 건축 디자이너들이 많습니다. 그중 아직 세계적인 인지도가 높진 않지만 파베르 루이즈라는 젊은 아티스트가 있어요. 조금 독특한 구석이 있어서 호불호가 있기는 하나, 은근한 위트가 재미있는 친구죠. 기회가 있다면 그 친구의 작품을 보시라고 추천하고 싶네요."

그 말을 들은 수영이 밝게 미소를 지었다.

"저도 그분이 디자인한 건물을 직접 본 적이 있습니다."

"아, 정말입니까?"

그게 의외였는지 루카스의 눈이 불현듯 반짝였다.

"네, 제가 대학생 때 마드리드에 머물던 시절이 있었는데 어느 브랜드 숍 건물이 지어지는 모습을 본 적이 있었어요. 말씀하신 대로 독특한 디자인이 멋지다고 생각했었는데 완공된 직후 마침 그 앞을 지나다가 디자이너와 의뢰인이 밖에서 건물을 보며 하는 대화를 듣게 되었어요."

"그를 직접 본 적이 있었군요."

루카스의 눈빛이 한층 더 흥미로움으로 물들었다.

"네, 당시에 누군지 궁금했었는데 나중에 구글링을 해서 알게 되었어요."

공통으로 아는 소재가 나오자 둘 사이에 금세 친근해진 분위기가 돌았다. 수영도 한결 편해진 표정으로 대화를 나누고 있었다. 그 모습을 바라보던 유안도 수영에게 잠시 대화의 기회를 넘기고는 침착하게 기다렸다.

"혹시 루이즈에게 의뢰할 일이 생긴다면 제가 연결시켜 드릴 수도 있어요."

주 업무와는 약간 벗어난 대화였지만 담당자는 즐거웠는지 꽤 의욕적이었다. 그의 말에 수영은 환하게 웃었다.

"정말 감사한 말씀이네요."

"필요할 때면 언제든 연락해도 돼요."

적어도 언제든 흔쾌히 연락할 수 있는 기회를 준 것에서 긍정적인 기운이 풍겨났다. 덕분에 이후 남은 미팅 시간 동안 유안이 사업에 대한 구체적인 대화를 진행할 때에도 훨씬 수월한 분위기 속에서 시도할 수 있었다.

* * *

넷째 날은 마드리드에 있었다. 내일은 한국으로 복귀하는 날이었다. 업무 관련된 일정은 모두 끝이 났고 느지막한 오후부턴 자유로운 시간이었다.

"차수영 씨 잘 가던 음식점 있어요?"

유안이 불쑥 물었다.

"예?"

이런 흔한 질문도 그에게서 들으니 좀 생소했다.

"마드리드에 어학연수 왔었다면서요. 차수영 씨가 좋아하는 음식점 하나쯤은 있었을 거 아니에요."

"네. 많았죠."

"그럼 오늘 저녁 식사는 거기서 해요."

"이미 임 차장님이 예약해 두신 한식집이 있는데요."

아마 지선은 넷째 날쯤이 되면 한식이 그리워질 거라 생각한 모양이었다. 그러나 유안은 대수롭지 않게 말했다.

"취소하면 되죠."

"아, 네! 그럼 제가 제일 좋아했던 음식점으로 모실게요."

수영은 꽤 의욕적이었다. 유학생 시절 자주 가던 레스토랑이 있었는데 한국에 가서도 자꾸만 생각났던 곳이었다. 다시 마드리드에 올 일이 있다면 꼭 들르고 싶었던 곳이기도 했다. 이번엔 출장으로 온 거라 그러지 못할 줄 알고 아쉬웠었는데 이렇게 기회가 생겨서 굉장히 기뻤다.

"마침 브레이크 타임도 끝났네요."

대학생 시절 좋아하던 곳을 다시금 추억하며 수영은 기분이 들떴다. 물론 그곳을 까마득한 상사와 함께 가는 것은 썩 불편한 일이었지만. 저를 생각해 주는 유안의 이런 친근함에도 솔직히 그가 친근하게 느껴지는 건 아니었다. 그건 워낙에 머나먼 사람이라 그럴 것이다. 그래서인지 자신이 고른 이곳 음식이 그에게 맛없으면 어쩌나 하는 염려가 솔직히 무엇보다 앞서고 있었다. 그러나 음식이 나온 뒤 다행히 그는 무리 없이 잘 먹고 있었다. 수영은 궁금해져서는 그에게 물었다.

"이사님, 음식 맛은 어떠신가요?"

"좋은데요. 나중에 기회가 된다면 다시 오고 싶을 만큼."

기대 이상의 대답에 수영의 얼굴이 밝아졌다.

"다행이네요. 안 맞으시면 어쩌나 했는데."

뿌듯한 미소를 숨기지 못하며 수영이 말하자 유안의 눈길이 잠시 그녀의 발그레한 얼굴에 머물렀다. 그녀의 모습을 보며 씩 웃던 유안은 와인 잔을 잡으며 말했다.

"와인도 꽤 맛있네요."

수영은 그 말에 와인 병을 바라보며 속으로 생각했다. 그거야 최상급 와인을 시키셨으니까 그럴 만도 하지요…….

식사를 마친 뒤엔 거리로 나왔다. 모처럼 여유로운 시간에 권유안과 단둘이 밤바람을 맞으며 걷고 있으니 기분이 이상했다. 그와 업무 외에 사적인 시간을 공유하고 있다는 게 조금 신기했다. 회사에서처럼 둘을 알아보는 사람들이 전혀 없는 이런 해외에서, 그것도 원래는 사내에서만 볼 수 있는 사람과 이렇게 밤거리를 거닐고 있다는 게 말이다.

"이사님, 이제 호텔로 가서 쉬실 건가요?"

"시간이 조금 이르네요. 와인을 더 마실까요. 맥주나 칵테일도 좋고."

수영은 약간 놀란 얼굴로 그를 바라보았다. 해가 다 진 저녁에 그와 단둘이 한잔하러 가는 거야말로 정말 사적인 시간이 아닌가.

자리를 옮긴 후 시원한 칵테일을 마시며 그들의 대화는 근근이 이어졌다. 수영은 그를 슬쩍 보며 생각했다. 이 사람은 피곤하지 않은 걸까. 빨리 방에 가서 혼자 쉬고 싶지 않은 걸까. 그런 생각을 하던 중 대뜸 질문이 날아왔다.

"어학연수는 몇 살 때 왔어요?"

"대학교 3학년 때요."

수영은 옅은 미소를 지으며 답해주었다.

"매력 있는 나라죠."

유안은 마주 앉아 있는 내내 수영에게서 시선을 거두지 않았다.

"네, 저도 정말 좋았던 한때였어요."

그 말을 하는 수영은 행복한 감상에 젖은 듯 미소를 띠고 있었지만, 그 눈빛에는 알 수 없는 쓸쓸함이 깃들어 있었다. 그런 모습을 가만히 지켜보던 유안은 그녀에게 묻고 싶었다.

"남자 친구 있어요?"

수영의 눈이 조금 커졌다.

"아니요. 없어요."

남에게 들으면 별거 아닐 수 있는 질문인데도 수영은 괜히 긴장했다. 그녀를 물끄러미 바라보던 유안은 문득 지선으로부터 들은 이야기를 떠올렸다. 힘들게 사는 여자라는 이야기, 연애하기에 부적절한 여자라는 이야기 따위가.

"바빠서 연애 안 하는 거예요?"

"하하……. 저는 평생 연애할 생각이 없습니다."

수영은 멋쩍게 웃으면서도 꽤나 충격적인 말을 했다. 순간 유안의 표정이 멈추었다.

"왜죠? 연애에 관심이 없나요?"

"아…… 저는…….."

주춤하던 수영은 눈동자를 옆으로 돌리며 긴 속눈썹을 아래로 드리웠다.

"……관심을 안 가지려고요."

아름대던 붉은 입술이 대답하자 유안의 미간이 잠시 구깃거리다 펴졌다.

"애석한 말이네요. 연애를 해 본 적은 있나요?"

집요하게 그녀의 연애에 대해 묻는 유안을 보며 수영은 잠시 머뭇거렸다.

"네."

"혹시 그게 상처로 남은 겁니까?"

"아······. 아니요. 상처 같은 건 전혀 없었어요. 그런 이유로 연애를 기피하는 건 아니에요."

유안은 미동 없이 그녀를 응시했다.

"오히려 그 사람은 저를 목숨처럼 사랑해 준 사람이었죠."

알코올이 들어가서인지 어느새 수영도 저 스스로 꽤나 사적인 이야기를 풀고 있었다.

"아마 그런 사람은 다시 만날 수 없을 거예요."

멍하게 중얼대는 수영을 유안은 반듯하게 바라보았다. 잠시 후 그가 또다시 물었다.

"그럼 차수영 씨가 버린 사랑인가요?"

거침없이 던져진 질문을 듣고는 수영의 얼굴이 어두워졌다.

"버린 사랑이 아니라 포기한 사랑이에요."

그 대답을 하는 수영의 얼굴에는 누군가에 대한 미안함이 가득했다.

"저한테 사랑은 버리는 게 아니라 포기하는 거예요."

그녀를 뚫어지게 바라보던 유안은 표정 없이 칵테일을 들어 천천히 마셨다.

"앞으로 제 인생에 그런 남자는 없을 거예요."

수영의 얼굴에는 누가 봐도 슬픈 미소가 머물고 있었다. 어색하게 웃던 그녀는 다시 말을 고쳤다.

"아니, 앞으로 제 인생엔 남자 자체가 없을 거예요."

일순 유안의 눈빛이 날카롭게 빛났다.

"정말이에요?"

그의 얼굴엔 아까부터 웃음기가 일절 없었다.

"네."

"왜요?"

유안이 되물었다.

"그야……. 저를 감당할 남자가 없을 테니까요."

수영이 곤란한 표정으로 대답했다.

"그럼 차수영 씨를 감당할 남자를 만나면 되겠네요."

유안은 그녀를 똑바로 응시하며 말했다. 그 말에 수영이 동그래진 눈을 들어 유안을 보았다. 수영은 그 순간 그가 저를 노려보는 것 같은 느낌이 들었다. 꿰뚫릴 것 같은 시선에 숨이 턱 막혔다. 그녀는 눈을 깜빡이며 그 시선을 회피했다. 더불어 그의 말의 저의를 알고자 하는 제 마음도 회피했다.

"그냥 전…… 이제 연애니 사랑이니 그런 거 안 할 거예요."

그 말 뒤에 쥐 죽은 듯한 정적이 흘렀다. 왜인지 유안은 아무 말도 없이 그녀를 보고만 있었다.

"……."

갑작스레 밀려든 한없이 무거운 침묵에 수영은 부담을 느꼈다.

난 뭐 하러 이런 대화를 하게 되었지.

너무 심각한 제 연애사를 쓸데없이 말한 것만 같아 그녀는 다른 화제로 분위기를 바꿔 보려고 무슨 말을 하면 좋을까 생각을 했다. 그러나 그전에 권유안의 입이 먼저 열리고 말았다.

"그럼 섹스는요?"

불쑥 가슴이 오싹하게 내려앉았다.

"……네?"

수영의 입이 작게 벌어졌다.

"그것도 평생 안 할 거예요?"

남자는 명백하게 저를 노려보고 있었다. 수영은 빳빳하게 경직된 채 그를 바라보았다. 방금 그가 뱉어 냈다고는 믿을 수가 없는 아찔한 단어에 정신이 나갈 것 같았다. 그녀의 동요하던 눈동자는 곧 주위를 흘끔거리며 살폈다. 이 테이블의 대화가 들릴 만한 거리에 동양인은 보이지 않았다. 자신들의 한국어 대화를 알아들은 사람은 없어 보였다. 그래서 쉽게 말할 수 있었던 건가. 여기가 한국이었으면 이런 장소에서 절대 저런 말은 하지 못했겠지. 누가 어디서 그를 알아볼지 모르는, 이런 공개된 장소에서는. 당황해서 어찌할 바를 모르고 있는 동안에도 저를 빤히 바라보는 남자의 시선은 여전히 느껴졌다.

연애 안 한다고 버티는 제 모습이 그리도 이상하게 느껴졌던 걸까. 수영은 그의 말을 어떻게 받아들여야 할지 몰라 고개를 떨구었다. 테이블 위에서 칵테일 잔에 닿아 있던 손을 찬찬히 내려 무릎 위에 올려놓았다. 구두 굽이 부러진 날 엘리베이터에서 처음 만난 남자. 처음부터 이상했던 그는 알수록 더욱 이상했다.

그 후 자꾸 얽히는 것도 기묘했고 잊을 만하면 한 번씩 저를 당황하게 만드는 것도 이상했다. 저를 돕는 건지 곤경에 빠뜨리는 건지 모르겠고 진심으로 대하는 건지 가지고 노는 건지 모르겠다. 지금도 제 반응을 기민하게 응시하고 있는 남자 앞에서 수영은 식은땀이 날 것 같았다.

저한테 자꾸 왜 이러세요…….

그녀는 목구멍까지 차오르는 그 말을 삼켰다. 그리고 마주치지 못하고 내리뜬 눈을 굴리며 그 말 대신 물었다.

"이사님. 피곤하지 않으세요?"

그 찰나 유안의 이마가 미세하게 구겨졌다.

"내일 일정 소화하고 긴 비행까지 하려면 힘드실 텐데 쉬어야 하지 않으세요?"

간신히 그런 말이나 읊조리고 있는 여자의 모습이 위태로워 보였다. 결국 제 말을 못 들은 척 빠져나가 버리는 수영을 보며 유안은 픽 웃었다.

"곤란하면 늘 달아나네요."

거기에 수영은 눈을 피할 뿐 아무 말도 하지 않았다. 그 모습을 보며 입가를 살포시 올리던 유안은 결국 자리에서 느릿하게 일어났다.

호텔로 돌아가는 길엔 일체 대화가 없었다. 주차된 차가 있는 곳까지 가는 동안에도 유안은 수영의 보폭에 맞추며 곁에서 걸을 뿐이었다.

바람이 많이 불고 있었다. 수영은 자꾸 긴 머리카락이 넘어와 얼굴에 달라붙어서 한 손으로 연신 머리를 넘기며 걸었다. 그러다 어느 순간 긴 강풍이 들이닥쳤다. 쏴아아 소리와 함께 거리에 나뒹구는 자잘한 꽃잎들과 먼지들을 다 쓸어버리기라도 할 듯 무섭게 센 바람이 불었다. 바람을 정통으로 맞던 수영은 반사적으로 눈을 감으며 다른 방향으로 고개를 틀었다. 정신없이 날리는 머리칼이 얼굴을 때렸다.

잠깐 후 바람 소리가 잦아들자 수영은 눈을 떴다. 그런데 코앞에 유안의 등이 보였다. 수영은 머리칼을 정돈하며 눈을 들었다.

그러자 남자의 다부진 어깨가 온전히 눈에 들어왔다. 수영은 눈을 커다랗게 떴다.

바람을 막아 준 건가.

"감사합니다."

정중하게 인사하고는 이내 반걸음 물러났다. 그녀의 목소리를 들은 유안이 뒤를 돌아보았다. 수영이 눈을 올리자 두 사람의 눈동자가 허공에서 얽혔다. 너무 가까이 서 있던 남자가 그대로 뒤돌아보자 마주 서게 된 거리도 너무 가까웠다. 친밀할 게 없는 사람끼리 마주 보기엔 어울리지 않을 법한 어색한 거리라 수영은 한 발 더 뒤로 물러났다.

그런데 문득 그가 한 걸음을 더 다가오며 다시 거리를 좁혀 왔다. 수영이 의아해서 커진 눈으로 가까이서 그를 올려다보는데 그가 한 손을 올렸다. 그 손은 그녀의 얼굴로 향했다. 제 얼굴을 향해 뻗어 오는 남자의 손길에 소스라치게 놀란 수영은 저도 모르게 고개를 약간 뒤로 젖혔다.

"가만히 있어 봐요. 머리카락에 나뭇잎이……."

"아……."

그 말에 수영은 괜한 오해를 할 뻔한 스스로가 민망해서 그 말대로 가만히 있었다. 다시 손을 뻗던 그는 제 얼굴을 유의 깊게 보고 있었다. 아니, 사실 얼굴 근처에 붙은 부스러기를 보고 있었다. 그런데도 쓸데없이 심장이 쿵쿵 뛰었다. 이내 신중한 손끝이 다가왔다. 나뭇잎을 잡으려는 그의 손이 얼굴에 스쳤다. 제 얼굴에 처음 닿은 그의 체온은 따뜻했다. 금세 떨어져 나간 온기에 묘하게 허전함이 느껴졌다. 무엇 때문인지 가슴이 심하게 울렁거렸다. 그때 그녀의 표정을 본 유안이 왜인지 피식 웃으며 말했다.

"눈 깜빡여도 돼요."

그 말에 수영은 자신이 매우 힘주어 눈을 뜨고 있다는 사실을 깨달았다. 그러자 조금 창피했다.

유안은 눈가에 은근한 웃음기를 담으며 그녀에게 말했다.

"왜요, 눈 감으면 그 사이에 내가 무슨 짓이라도 할까 봐?"

수영은 순식간에 얼굴이 화끈해질 것 같았다. 혹여나 붉어질지 모르는 얼굴을 보여 주기가 싫어서 그녀는 먼저 발걸음을 돌렸다. 하지만 유안도 금세 따라잡고는 그녀의 곁에서 보폭을 맞추며 걸었다.

"뭐…… 가까이 보니까 더 예쁘다는 생각은 했지만……."

들으라는 듯 나지막하게 중얼대는 그의 말에 수영은 하마터면 걸음을 세울 뻔했다. 거기에 반응한 심장은 아까보다 더 빨리 뛰어 대기 시작했다. 수영은 고개를 약간 돌려 옆에서 걷고 있는 유안의 얼굴을 살폈다. 입꼬리를 올리고 있는 그의 여유로운 얼굴이 보였다.

어쩔 수 없이 느려지고 있는 발이 그녀의 걸음을 조금 처지게 만들었다. 그러나 유안은 그녀를 보지 못한 건지 못 본 척해 주는 건지 먼저 앞서 걸어가고 있었다. 수영은 그의 정갈한 뒷모습을 바라보며 찬찬히 뒤를 따랐다.

4. 호출

출장에서 돌아온 뒤 이틀이 지났다. 그사이에 유안은 수영을 한 번도 보지 못했다. 밀린 일들이 많아 그는 바쁜 시간을 보내고 있었다. 침착하게 서류들을 검토를 하고 있을 때 갑자기 전화기가 울렸다. 눈을 내려 보니 발신자가 임 비서였다.

"예, 임 차장님."

-저⋯⋯. 이사님, 강 부사장님이 올라오고 계시답니다.

유안의 표정이 잠시 굳어졌다 펴졌다.

"미팅 중이라고 해요."

—예.

대답은 했지만 지선의 목소리에 곤란함이 배어 있다는 걸 알 수 있었다.

잠시 후 이사실 밖 부속실에선 지선이 고전 중이었다.

"저, 부사장님. 죄송하지만 지금은 뵙기가 어려우십니다."

23층에 희정이 들이닥치자 지선이 벌떡 일어나 그녀를 말리고 들었다.

"임 비서님. 인사부터 하는 게 예의 아닐까요?"

저보다 열댓 살은 많은 지선을 향해 희정이 눈을 똑바로 뜨며 가르쳤다.

"죄송합니다, 부사장님. 그동안 안녕하셨습니까?"

지선은 허리를 굽혀 정중하게 인사했다.

"권 이사 안에 있죠?"

"지금 미팅 중이십니다."

"그럼 기다릴게요."

벼르고 온 사람처럼 희정의 어조는 도발적이었다.

"방금 시작하셨기 때문에 금방 끝날 것 같지가 않습니다. 또 그 이후에도 중요한 일정들이 빼곡하게 차 계시는데……."

지선이 둘러대며 설득해 보지만 별로 먹힐 것 같진 않았다.

"정말 죄송하지만, 그래서 오늘은 뵙기가 어려우실지도 모릅니다."

역시나 희정은 그대로 권유안 이사의 집무실로 성큼성큼 향하려 했다. 지선은 얼른 그녀를 막아섰다.

"안에 손님이 계셔서요."

"얼마나 중요한 손님이죠?"

"그게……. 중요한 회의가 진행 중이라 시간이 좀 걸릴 것 같습
니다."

지선의 목소리가 작아졌다. 제 앞을 막아서는 비서를 보며 희정
은 입을 비틀었다. 오늘 그녀는 함께 일하는 실장으로부터 권유안
이 제 뒤통수를 거하게 때렸다는 소식을 듣게 되었다. 그래서 씩
씩대며 달려왔건만 자그마한 비서가 수문장같이 지키고 있는 꼴
이나 보고 있어야 한다니.

"끝나는 대로 연락드리시도록 전달해 드리겠……."

지선은 말을 끝내지도 못하고 쓰러지고 말았다. 희정이 거칠게
밀쳐 낸 탓이었다. 날아가듯 철퍼덕 쓰러진 지선은 부딪힌 곳이
아파서 곧바로 일어나지 못했다. 희정은 쓰러진 지선의 몸 위로
다리를 뻗어 그녀를 넘어갔다. 그리고 결국 문을 열었다. 온강 중
공업의 부사장 강희정은 지금껏 원하면 못 가져 본 게 없는 고귀
하신 공주님이었으니 모든 면에서 두려울 것 없이 폭주 중이었다.
사업도, 사랑도.

문이 열리자 고개를 드는 유안이 보였다. 앞에 있는 희정을 쳐
다본 그의 눈은 이내 바닥에 주저앉은 채 느릿느릿 일어나고 있는
지선을 보았다. 유안은 일어나서 문 쪽으로 걸어왔다. 저를 보고
있는 희정을 지나쳐 지선에게 다가온 그는 그녀를 일으켜 주었다.
그러고 나서 희정에게 첫마디를 뗐다.

"이런 식으로 들이닥치면 곤란해."

"곤란해? 지금 더 곤란한 사람이 누군지 몰라?"

희정은 생각할수록 분한 기분을 주체할 수가 없었다,

"무슨 일인데?"

유안이 천연덕스럽게 물었다.

"몰라서 물어? 뭐 하자는 거야?"

물론 유안도 그녀가 왜 이러는지는 알고 있었다.

"어떻게 네가 나한테 이래? 나랑 나눠 먹기가 싫은 거야, 나눠 먹을 양이 싫은 거야?"

이번 방조제 사업의 들러리 입찰을 거부한 일 때문이다.

"아니면 뭐…… 내가 싫은 건가?"

그 말을 하며 희정이 목소리를 떨었다. 유안은 그녀를 잠시 바라보다가 바람이 새듯 피식 웃어 버렸다.

"그거 협조 안 했던 게 그렇게 억울했어? 그럴 수도 있지."

"뭐?"

"공정하게 진행하시죠. 강희정 부사장님."

유안이 옅게 미소 지으며 자리에서 일어났다.

"얼씨구, 공정하게? 내가 지금 이 말을 권유안에게 들은 게 맞나?"

"여기 회사입니다. 말조심해 주세요. 공과 사도 좀 구분해 주시고요."

"차라리 내가 싫다고 해!"

씩씩대는 희정의 언성이 더욱 높아져 가자 뒤에 서 있던 지선은 밖으로 소리가 새어 나갈세라 문을 꼭 닫았다. 희정과 이런 대화를 하던 유안은 불현듯 왜인지 모르겠으나 그 순간 애잔할 만큼 치열했던 누군가가 떠올랐다. 그는 입가를 올리며 읊조렸다.

"좀 더 치열하게 살아 봅시다. 강희정 부사장님."

유안은 느긋하게 슈트 상의 단추를 채우며 희정에게 말했다.

"난 다음 일정 때문에 이만 나가 봐야겠습니다. 부사장님도 흥분 그만하고 이만 돌아가세요."

희정에게서 시선을 뗀 유안은 자신의 전화기를 챙기는 등 나갈 채비만 했다.

"나, 곧 이 자리 내려놓으려고 해. 오빠 때문에 건설 아닌 다른 거 할 거라고."

"자동차? 주력 사업체로 옮겨 가면서 내 핑계는."

"이쪽 일 무탈하게 마무리하고 싶어. 한 번 져 줄 순 없는 거야?"

유안은 별로 더 상대할 맘이 없는 듯이 그녀에게 눈길을 주지 않았고 대답도 하지 않았다.

"오빠, 우리 부부 될 사이야."

비참한 기분을 감추며 희정이 못을 박듯 읊조렸다.

"그러니까 그놈의 부부 안 되게 내가 너한테 끊임없이 피할 구실을 주고 있잖아."

구실이라는 말에 희정의 눈이 더욱 치떠졌다. 그럼 이번 공사에 대한 그의 태도도 그래서였던 건가.

"그러니까 피할 기회가 있을 때 잘 붙잡아. 강 회장님 잘난 외동딸, 더 좋은 놈에게 주셔야지. 속 끓게 해 드리면 안 되지."

10대 시절부터 유안을 징하게 따라다니던 희정에 대한 소문은 또래 사이에선 은연중에 퍼져 있었더랬다. 그리고 희정은 혼기가 차도록 그가 손에 들어오지 않자 양쪽 아버지들을 설득하기 시작했다.

"다 너를 위한 거야. 나처럼 복잡한 놈 말고 참한 남자가 너한테 훨씬 더 잘 어울린다는 거 알잖아."

문을 향해 걸어가던 유안이 희정 앞에서 멈추며 나직이 말했다. 희정은 싸늘한 눈으로 유안을 마주 보았다.

"참 볼수록 정이 안 가는 놈이야."

그녀가 노려보며 중얼댔지만 유안은 낮게 웃을 뿐이었다. 희정의 애증이 서린 눈은 잠시 그의 담담한 얼굴에 꽂혀 있었다.

"정은 안 가지만 사랑하긴 해. 두고 봐. 오빠 넌 나 못 이겨. 난 사랑도 사업도 포기 안 해."

비참할지언정 희정의 자신감은 꺾이지 않았다. 유안은 더 말하지 않고 발을 뗐다. 그러나 지선을 지나치려던 그는 잊을 뻔했다는 듯 다시 멈추었다. 그가 차가운 표정으로 희정을 돌아보았다.

"앞으로는 손 함부로 놀리지 마."

"내 앞을 가로막았어."

그럼에도 희정은 썩 당당했고 유안은 보기 드물게 살벌한 눈빛이 되어 있었다.

"내 사람들한테 폭력은 안 돼."

유안의 냉랭한 눈동자에도 그녀는 꼿꼿이 제 할 말을 했다.

"앞으로 누구보다도 이 방을 쉽게 드나들 수 있는 사람이 내가 될 거야."

"희정아."

그녀의 이름을 부르던 유안의 입가가 미묘하게 올라갔다.

"이러니까 내가 너랑 결혼하기가 싫은 거야."

그의 입에서 급기야 싫다는 표현이 나오자 희정의 말문도 막혔다.

"우리 가족한테 임 비서님이 어떤 분인지 네가 모르지 않잖아. 더구나 임 차장님은 너보다 나이도 훨씬 많아."

유안의 서늘한 질타가 이어졌지만 그에게 이미 싫다는 말을 들어 버린 희정은 거기에 대한 좌절만을 생각하는 것 같았다.

"오빠한테 나는 한낱 비서만도 못하구나."

희정이 자책 없는 목소리로 중얼거렸다. 그녀는 분통한 얼굴을 한 채 먼저 그의 집무실을 나가 버렸다. 유안은 차게 식은 눈으로 그녀의 뒷모습을 바라보다 다시 지선에게 고개를 돌렸다.

"임 차장님, 괜찮아요?"

"예. 괜찮습니다."

"어디 좀 봐요."

유안은 눈을 내려 그녀의 무릎 쪽을 살폈다.

"아, 멍들었네. 속상하게……."

"생각보다 많이 아프진 않습니다."

지선이 잔잔히 웃으며 대수롭지 않게 말했지만 유안은 좀처럼 그녀의 멍에서 눈을 떼지 못했다.

"쟨 어떻게 갈수록 무서워지는 건지……. 어릴 땐 귀엽기라도 했지."

유안이 중얼대자 지선은 싱긋 웃었다.

"귀여웠던 그때를 생각하면서 마음을 키워 보실 순 없을까요?"

불쑥 지선이 생각지도 못한 말을 하자 유안의 눈빛이 약간의 의아함으로 물들었다.

"임 차장님을 이렇게 대하는 희정이를요?"

"그렇긴 하지만. 이사님이 지금껏 해낸 비즈니스 중에 이보다 더 큰 게 없었죠."

"희정이의 마음을 산 게요?"

"그렇죠."

"임 차장님, 왜 우리 아버지랑 똑같은 말씀을 하고 그러세요."

허탈하다는 듯 유안이 웃었다.

"전 좀 쉽게 가셨으면 해서……. 이사님도, 회장님도."

지선도 쓴 미소를 지었다.

"그리고 전……."

조금 머뭇대던 그녀는 다시 말을 뗐다.

"이사님께서 결국 그 비즈니스를 피해 가실 수 없을 거 같아서요."

유안은 잠시 지선이 한 말의 의미를 생각했고 또 이해했다. 그렇기에 저 역시 드러내 놓고 온강의 강민식 회장에게 거부의 표현을 하지 못하고 있는 것이다.

원래 온강에선 JN과 혼담으로 엮일 생각이 전혀 없었다. 강민식 회장이 생각하는 혼처의 후보들은 따로 있었다. 자신이 마음대로 좌지우지할 수 있는 조금은 만만한 집안의 자제를 원했다. 그러나 희정이 워낙 자신에게 죽고 못 살아 하자 딸에게 각별한 온강의 강민식 회장이 그녀의 뜻을 존중하고자 지켜보았고 곧 받아들이게 된 것이다. 그리고 JN의 권호찬 회장은 더할 나위 없이 희정을 환영하는 상황이고.

JN을 갖게 될 자신이 모든 것을 다 가졌다고 하지만, 그 JN을 갖기 위해선 제 마음대로 할 수 없는 것들이 있을 수밖에 없었다. 모든 것을 가졌음에도 정작 진정한 자유가 빠져 있는 것인지 모른다. 그러나 그것이 저와 같은 삶을 살고 있는 3세들의 숙명이었고 저 또한 그것을 부정할 수는 없었다. 이 삶까지 포기하면 그간 참아 온 더러운 꼴들에 대한 보상이 없지 않은가. 그것은 억울한 일이었다.

"그건 그렇고 임 차장님."

하지만 정작 이럴 때도 떠오르는 건 따로 있었다.

"네."

"차수영 좀 봐야겠어요."

희정 이야기를 하고 있는 타이밍에 등장하는 여자 이름에 지선의 눈빛이 주춤했다. 그녀는 이내 지시에 따랐다.

"아, 네. 그럼 이따 오후 중으로 시간 잡아 보겠습니다."

"아니요. 회사 밖에서요."

하지만 유안의 차분하게 낮은 목소리는 다른 말을 뱉었다. 뜻밖의 지시에 지선의 눈썹이 살짝 올라갔다. 유안은 그 말을 아무렇지도 않은 얼굴로 했지만 그 말에 분위기는 급격하게 가라앉았다. 무슨 일에든지 늘 그렇듯 그는 지금도 적당히 당당했다.

"예. 알겠습니다."

달라진 공기 속에서 지선이 대답했다. 유안은 지시를 이어 갔다.

"그전에 먼저, 해 주셨으면 하는 일이 있어요."

"네, 말씀하십시오."

지선은 사뭇 진지한 표정이 되어 그의 요구에 귀를 기울였다.

* * *

"차수영 씨. 출장 보고서 다 정리됐어요?"

권유안 이사의 집무실에 올라갔다 온 유 실장이 사무실로 들어오며 수영에게 물었다.

"예, 좀 전에 완성했는데 지금 바로 올릴까요?"

"네, 보내세요."

수영의 출장 보고서를 검토한 유 실장은 흡족한 표정을 지었다. 정성스러운 보고서는 보기 좋게 일목요연했다. 조사와 함께 분석까지 중요한 부분에서 적절하게 이루어져 있었다.

"다녀오지 않은 사람이 봐도 그곳에서의 업무가 어떠했는지 대략 한눈에 알 수 있을 만큼 정리가 잘 되어 있네요."

수영은 흐뭇해져선 표정을 감추지 못하고 빙긋 웃었다. 아, 칭찬받았다. 박 과장 밑에 있을 때랑 이렇게 다른 온도 차라니.

"아까 권 이사님께서 보고서 되는 대로 보자고 하셨어요. 그냥 이대로 올릴 테니까 지금 이사실로 올라가 보세요."

그러나 이어지는 유 실장의 말에 수영의 얼굴에선 흐뭇했던 미소가 지워지며 조금 놀란 표정이 나타났다.

"제가요?"

"네. 이사님이 차수영 씨 보자고 하셨어요."

권유안의 집무실을 직접 방문하는 건 이번이 두 번째였다. 처음 올 때만큼이나 긴장감이 과하게 밀려왔다. 어찌 보면 그날과는 다른 의미로 가슴이 더 심하게 뛰고 있는 것 같기도 했다. 그를 알기 전과 알게 된 후의 차이에서 오는 다른 의미였다. 그 남자가 그간 저에게 했던 말과 행동들이 그를 더 의식하게 만드는 것이었다.

그날처럼 예의 친절한 지선의 안내를 받으며 집무실 안으로 들어갔다. 문이 열리자 권유안은 곧장 수영에게 눈을 돌렸다. 그는 꾸벅 고개를 숙이는 수영을 속을 알 수 없는 무표정으로 쳐다보았다.

"앉아요."

물끄러미 보던 시선에 점점 어색해지고 있을 때쯤 그가 일어서며 권했다. 집무실 안에 있는 너른 소파에 그가 와서 앉자 수영도 그와 멀지 않은 자리에 앉았다.

"보고서 잘 봤어요. 내일 회의 시간에 차수영 씨가 프레젠테이션 진행하세요."

"네."

대답을 하면서도 수영은 좀 의아했다. 보고서를 잘 봤다고? 방금 올린 걸 벌써 다 봤을 리가 없는데.

"보고서는 핑계고 오늘은 그냥 얼굴이나 보자고 불렀어요."

그녀의 속을 꿰뚫기라도 한 것처럼 그가 말했고 수영은 더욱 바짝 긴장을 느꼈다. 얼굴을 보려고 불렀다니. 얼굴을 보며 일 이야기를 하는 것이 아니면 대체 또 무슨 이야기를 하게 될까.

"여독은 좀 풀렸나요?"

유안이 친절한 얼굴로 물었다.

"네. 이사님의 배려 덕에 전혀 힘들지 않은 여정이어서 여독이랄 것도 없었습니다."

수영은 매우 형식적인 모범 답안을 내밀었다. 실은 그의 배려란 것 때문에 돌아오는 비행기 안에 있던 내내 어색하고 불편했다. 유안은 그렇게 말하는 그녀를 또 유심히 살피고 있었다.

"바빴지만 나 개인적으로는 흥미로운 시간이기도 했어요."

미소가 밴 그의 입술이 열렸다.

"차수영 씨는 어땠나요?"

"저에겐 JN에서의 첫 출장이었는데 저도 좋은 시간이었습니다. 원래 저는 그런 업무를 즐기는 편이기도 하고요. 특히 스페인이라서 개인적으론 더 좋았습니다."

유안의 잔잔한 미소엔 미동이 없었다. 그녀를 빤히 보다가 그가 또 물었다.

"혹시 나랑 둘이 보냈던 시간도 기억에 남았나요?"

"예?"

대화는 이미 일과 상관없는 내용으로 가고 있었다.

"나는 한국 와서도 자꾸 생각나던데. 차수영 씨랑 스페인에서 함께 보냈던 시간들이."

수영은 그의 매우 사적인 표현에 말문이 막혔다. 출장일뿐이다. 함께하기 위한 여행이 아니었다. 함께 보냈던 시간이라는 표현은 어울리지 않는다고 그녀는 스스로를 인지시키며 그에게 말려들지 않으려 애썼다.

"돌아오기 전날 밤 내가 했던 질문 기억나요?"

"어떤…… 질문이요?"

유안은 제꺽 대답하지 않았다. 그러다 이내 에둘러 말해 주었다.

"차수영 씨가 곤란해서 대답하지 못한 질문."

더럭 수영은 두 눈을 휘둥그렇게 떴다. 섹스. 정말 난감하게도 그 단어부터 머릿속에서 튀어나왔다. 정말 자신이 대답 못 한 질문이 그거 하나밖에 없었던가. 수영은 눈동자를 혼란하게 움직이며 무슨 말이라도 생각하려 했다.

"차수영 씨는 정말 평생 연애 안 할 거예요?"

다행히 그는 그때의 그 단어를 다시 재생하지 않았다. 그러나 이건 이거대로 가슴이 떨리는 질문이었다. 대체 왜 이 사람이 제게 이런 질문을 자꾸 하는 것인지 섣불리 어떤 판단도 하고 싶지 않았다.

"네. 저는 이미 평생 할 연애를 다 한 것 같아서 미련이 없습니다. 이제 지쳤고요."

유안은 눈앞에 있는 여자가 당황하고 있는 와중에도 골몰히 생각에 잠겼다. 역시나 시선을 떨군 채 사랑도 연애도 안 한다고 못박는 여자. 이 여자가 연애를 하게 하려면 어떻게 해야 할까. 자발적 연애가 안 된다면 비자발적 연애라도.

"사랑 감정이 싫으면 그냥…… 남자는 어때요?"

그 말에 아래를 향해 있던 여자의 눈동자가 서서히 위로 떠졌다. 유안은 그 모습을 찰나의 순간도 놓치지 않고 바라보았다.

"차수영 씨를 감당할 수 있는 남자랑."

조심스럽게 자신을 마주 보던 그녀의 눈동자에 이채가 돌았다. 그 의미를 깨닫고 놀라는 듯했다.

"감당할 수 있을 리가요. 저를 감당한다는 게 어떤 의미인지 모르시잖아요."

수영은 허둥지둥 빠른 말로 뱉어 냈다. 그러나 유안은 더욱 대놓고 선선하게 물었다.

"그 의미가 정확히 뭡니까. 대체 뭘 어떻게 감당하면 되는 건가요."

수영은 넋이 나가고 말았다. 이 남자가 자신의 그런 치부를 알게 되는 것도 두려웠다. 혼란한 가슴만 요란하게 뛰어 대고 있었다.

"왜요. 이사님께서 저 감당할 수 있는 남자 소개라도 해 주시려고요?"

일부러 엉뚱하게 물었다. 자꾸 의심되는 그의 심중을 모른 척했다. 수영은 그가 어떤 대꾸를 하기도 전에 곧바로 덧붙였다.

"그러신 거라면 저는 괜찮습니다."

돈. 그놈의 돈이었다. 그게 제 인생의 문제였다. 설령 감당이 가능한 남자가 있더라도 감당하게 할 생각 따윈 없었다.

"그냥 제 인생은 제가 감당하고 싶어요."

수영은 떨리는 목소리로 제법 단호하게 내뱉었다. 폐 끼치는 기분도 싫고 빚지는 기분도 싫었다. 자존심의 문제인지 뭔지는 모르겠으나 어느 사람과도 그런 관계는 싫었다. 그런데 기분이 왜 이러는지 모르겠다. 왜 자꾸 가슴이 크게 뛰어 대는지. 수영은 자꾸 두려워지는 마음을 어찌하지 못한 채 앞에 있는 남자를 넌지시 바라보았다. 권유안은 어느새 다시 표정 없는 얼굴로 돌아와 있었다. 의외로 그는 정갈한 어조로 순순히 대꾸했다.

"그래요. 잘 알겠습니다."

유안은 알았다고 대답하고 있는 중에도 수영의 말을 쉬이 믿지 않았다. 어쩌면 믿고 싶지 않은 것일 수도 있지만. 그녀가 자신의 말을 지킬 수 있는지는 두고 보면 알 일이라고 그는 혼자서 조용히 생각하고 있었다.

그 후 수영이 집무실을 떠나기 전까지 몇 마디의 말이 더 오갔다. 수영은 무슨 정신으로 대화를 했는지 알 수가 없었다. 그날의 만남은 권유안에 대해 혼란함만 가중된 채 그렇게 지나갔지만 다음 날 있었던 회의 시간을 비롯하여 며칠간의 시간은 비교적 무탈하게 흐르는 듯했다.

* * *

4월도 중순에 이르렀다. TF에 들어와 일한 지도 한 달여의 시간이 흘렀다. 비록 새로운 업무들에 적응하느라 바쁜 나날들이었지만 팀 내에 박 과장 같은 진상이 없어서 그것만도 다닐 만하게 느껴졌다. 게다가 업무를 하는 중에 제법 흥미로운 순간들도 있어서 어느새 수영은 자신이 이 프로젝트에 상당히 몰입하고 있다는 걸 깨닫고 있었다. JN에 입사한 이래 처음으로 일할 맛이 나는 시간들이었다.

오늘도 평소처럼 퇴근길에 지하철을 탔다. 역에서 내려 나와 보니 아직 해가 다 넘어가지 않아서 밖이 별로 어둡지 않았다. 집에 가는 길엔 벚꽃이 피어 있었다. 만개를 진작 지나서 이제 꽃잎들이 폴폴 떨어지고 있었다. 수영은 고개를 들어 벚나무를 올려다보았다. 바람의 결을 따라 이리저리 흩날리는 밝은색의 꽃잎들은 그 지는 모습도 찬란했다.

아름다운 광경을 보며 수영은 입가를 살짝 올렸다. 이제 저녁 바람도 차지 않았다. 사랑스러운 바람의 온도, 눈처럼 날아다니는 동그란 꽃잎들. 수영은 꼭 제 가슴에도 바람이 부는 듯한 기분을 느꼈다. 하지만 그럼에도 그녀의 미소는 어딘가 서글펐다. 이제는 이런 설렘조차 막연할 뿐인 삶이 되었으니.

한때 제 삶도 빛나던 때가 있었지만 이제 아름다운 걸 보아도 슬퍼지는 게 지금의 차수영이었다. 그냥 이렇게 설레고도 쓸쓸한 봄날도 있는 거지, 라고 생각하며 느리게 걷다 보니 집에 도착했다.

함께 사는 친구는 아직 퇴근하지 않았는지 문을 열어 보니 깜깜했다. 친구가 얻은 전셋집은 원룸이지만 방이 큰 편이었다. 그래서 친구가 수영의 어려움을 알게 되었을 때 불러들여 한 방에 살게 되었다. 처음엔 임시로 거처할 생각으로 들어가서 곧 따로 방을 알아보기 시작했지만 친구는 그냥 저 적적하다는 핑계로 수영을 계속 머물게 했다. 폐 끼치고 싶지 않은 마음이 너무 컸지만 그 미안함을 앞서는 게 저의 난관이었다. 결국, 친구가 대는 핑계에 모른 척 기대어 늘 미안하고 고마운 마음으로 지내고 있었다.

방에 들어와 막 가방을 걸어 놓으려던 참이었다. 입고 있던 트렌치코트 주머니에서 진동이 징징 울리기 시작했다. 핸드폰을 꺼내 누구에게 전화가 오는 건지 확인했다.

[임지선 차장님.]

그 이름을 본 순간 수영은 긴장부터 했다. 그녀가 권유안의 비서이기 때문이었다. 임 비서의 볼일은 곧 권유안 이사의 볼일일 터였다. 퇴근했는데 무슨 일이지?

"네, 차수영입니다."

다시 회사에 가야 할 일이라도 생겼나, 그런 생각을 하며 전화를 받았다.

-차수영 씨. 퇴근했나요?

오늘따라 유독 지선의 목소리가 침착했다.

"네, 차장님. 저 퇴근해서 지금 회사 밖에 있습니다."

-그래요? 그럼 혹시 지금 시간 낼 수 있나요?

지금 당장 보자는 말에 더욱 긴장이 되었다.

"네네. 물론입니다."

무슨 일인지는 몰라도 대답은 의욕적으로 했다.

-권 이사님이 차수영 씨랑 의논해 보고 싶은 게 있다고 하시네요.

역시나 그가 언급되자 저도 모르게 심장이 팔딱였다.

"다시 회사로 들어가면 될까요?"

조금 의아한 기분이 들었다. 권유안 그 사람 원래 일을 이런 식으로 하나? 저와 지금 의논해야 할 만큼 그렇게 급한 안건이 있던가?

−회사로 돌아올 필요는 없고 내가 그쪽으로 데리러 갈게요. 지금 집인가요?

"집이긴 한데 데리러 오시지 않아도 돼요. 제가 가겠습니다. 어디로 가면 되나요?"

−괜찮으니까 집 주소 알려 줘요, 내가 갈게요. 30분 정도 걸릴 겁니다.

"네, 차장님. 그럼 이따 내려가 있을게요."

만류만 할 수 없어 응하자 지선의 친절한 목소리가 들렸다.

−도로 상황이 어찌 될지 모르니 집에서 기다려요. 연락하면 나오세요.

"알겠습니다. 그럼 도착 전에 연락 주세요."

의아하긴 했으나 끝내 꼬치꼬치 묻진 않았다. 높은 상사가 저를 찾는다는데 어차피 이유 막론하고 가지 않을 수는 없었다. 뭐, 무슨 일인지는 가 보면 알겠지. 전화를 끊고 난 수영은 곧장 집 주소를 전송했다.

사실 높은 상사가 만나자고 했다는 게 저를 불안하게 하는 주된 이유는 아니었다. 문제는 그 상사가 권유안이라는 것이다. 권유안은 워낙 저를 엉뚱하게 대한 적이 많았던 사람이라 안 그래도 볼 때마다 불안한데 이렇게 돌발적인 호출까지 하니 긴장이 되

는 것이었다. 오늘은 또 자신을 어떻게 대하려나. 그래도 오늘은
임 차장님이 있으니까 좀 났겠지. 어쨌든 수영은 그가 저와 나눌
만한 업무 관련 안건이 무엇인지 추측을 해 가며 생각에 잠겼다.

겉옷도 벗지 않은 채 우두커니 앉아 기다리기도 30분이 지났다.
워낙 초조해서 그런지 갑자기 울리는 진동 소리에도 조금 놀랐다.

"예, 임 차장님."

–집 밖이에요. 나오세요.

"네!"

부리나케 밖으로 나가 보니 좁은 골목길을 크게 차지하고 있는
묵직한 세단 한 대가 서 있었다. 곧 조수석 창문이 내려갔고 수영
은 머리를 살짝 숙여 창문 안을 들여다보며 인사했다.

"안녕하십니까."

운전석엔 임 차장이 앉아 있었고 조수석은 비어 있었다.

"타세요."

"네."

조수석 문을 열며 뒷좌석을 흘끔 보니 유안은 타고 있지 않았다.
그 사람이 있는 곳으로 가게 되는 건가. 목적지가 어딘지도 모르
는 채 수영은 떨리는 기분으로 차에 올랐다.

"제가 찾아가도 되는데 차장님께서 수고스럽게 와 주셨네요."

수영은 안전띠를 매며 싹싹한 어조로 말을 건넸다.

"이사님이 잘 모셔 오라고 했어요."

"예? 하하……."

수영은 황송한 농담을 들은 듯 웃어넘겼다. 임 차장은 아까부터
보여 주고 있는 온화한 표정에 딱히 변화가 없었다.

"차수영 씨."

"네."

"우리 이사님이 차수영 씨 아끼는 거 잘 알죠?"

너무나 직접적으로 훅 파고드는 표현이었다. 아낀다는 표현이라니. 아끼는 직원이라고 하기엔 그와 함께 일한 시간이 얼마 되지 않았고 직원으로서가 아닌 다른 존재로시 아낀다는 표현을 쓰기엔 그와 전혀 가까운 사이가 아니었다. 왜 그의 비서는 제게 이런 질문을 하는 걸까. 아끼는 줄 아느냐는 질문에 수영은 어떻게 대답해야 할지 잠깐 고민하다 솔직하게 말했다.

"아…… 네."

참 이상하게도 그랬다. 그를 알게 된 시간조차 길지 않은데 무엇으로도 친해졌을 사이가 아닌 게 당연한 일인데 솔직히 그가 저를 아끼는 건 알 것 같았다. 그리고 그의 비서가 그 느낌을 언어로 실체화했다. 그의 측근이었으니 그와 자신과의 묘한 기류를 이미 훤히 읽고 있는 거겠지.

"차수영 씨가 그걸 알았으면 좋겠어요."

그녀는 이상한 말을 작게 읊조렸다. 그 말에 놀란 수영은 고개를 돌려 운전 중인 지선의 옆모습을 보았다. 이렇게 지극히 개인적이고도 의미심장한 말을 하는 지선의 모습은 오늘 처음 보는 것이었다. 이내 수영이 망설이다 조심스레 물었다.

"이사님이 왜 그러시는 걸까요?"

솔직히 평범한 남녀였다면 더 뻔하게 예상되는 답이었지만 상대가 상대인지라 섣불리 말을 꺼낼 수가 없어 신중하게 묻는 것이었다. 그 질문에 지선은 곧장 대답하지 않았다.

"그건…… 차수영 씨가 직접 알아 가세요."

이내 나온 대답도 묘하기만 했다.

"앞으로 차수영 씨가 이사님을 뵐 날은 많을 테니까요."

그녀가 덧붙인 말에 수영은 눈꺼풀을 들어 올렸다. 대화를 할수록 미궁에 빠지는 기분이었다.

밖은 완전히 깜깜해져 있었다. 서울 시내를 달리던 차는 어느 주차장으로 진입했다. 얼핏 보기에 꽤 큰 건물의 지하인 듯했다. 본사 사옥과 멀지 않은 지역에 위치한 건물이었다. 도대체 이곳이 어디인지 수영은 도착을 하고 나서도 어리둥절했다.

차에서 내려 엘리베이터를 탈 때부터 올라가는 길에선 철저한 보안 과정을 거쳐야 했다. 올라간 곳은 15층이었다. 지선을 따라 정적이 깔린 복도를 짧게 걸었다. 바닥도 벽도 희끄무레한 바탕에 회색 마블링이 그려진 대리석으로 되어 있었다. 호화로운 복도 전체가 불빛 아래 반질반질하게 빛나고 있었다.

호수가 적힌 문 앞에 선 지선은 비밀번호를 눌렀다. 수영은 점점 더 기분이 이상해지고 있었다. 아무나 쉽게 들어가는 곳은 아닌 게 확실했다. 설마 그가 사는 집이라거나 그런 건 아니겠지? 여긴 대체 어디인지, 밖에서 만날 거면 그냥 조용한 카페 같은 데서 만나면 안 되는 거였는지 자꾸 이런저런 생각이 들었다.

문을 연 지선은 손잡이를 잡은 채 수영에게 말했다.

"안에 이사님 계십니다. 들어가 보세요."

"네."

심각한 표정을 하고 있던 수영은 먼저 안으로 들어갔다. 탁 하고 문이 닫히고도 기척이 없어서 돌아보니 임 차장이 보이지 않았다. 그녀는 들어오지 않은 것이다. 혼자서 만나게 될 거라는 생각은 하지 못했다가 임 차장이 사라지자 좀 더 염려가 되었지만 하는 수 없이 성큼 발을 들였다.

현관 앞 벽을 따라 걷다가 탁 트인 거실이 나오자마자 수영은 일순 동작을 멈췄다. 소파에 앉아 있는 권유안이 눈에 딱 들어왔다. 곧장 수영은 고개를 숙여 묵례를 했다.

"이리 와서 앉아요."

유안이 부드럽게 말했다. 그러자 수영은 조용한 걸음으로 소파로 다가가 그의 건너편에 앉았다. 그 과정 내내 그의 시선이 따갑도록 따라붙었다. 유안은 그녀의 얼굴을 잠시 바라보았지만 곧바로 용건은 꺼내지 않았다. 수영은 어쩐지 초조해서 괜히 그의 시선을 모른 척하면서 실내를 살폈다.

아늑한 조명만이 켜져 있어서 그리 밝진 않았다. 문밖에 있을 때만 해도 사무실일지 주거지일지 알 수가 없었지만 들어와 보니 주거지의 모습이라는 걸 확신할 수 있었다. 그런데 소파도, 테이블도, 러그도 너무 새것처럼 깨끗했다. 게다가 가구는 다 갖추어져 있었으나 다른 물건들이 보이지 않았다. 이를테면 현재 사람이 살고 있는 듯한 느낌을 주는 잡다한 물건들은 보이지 않았다.

"이사님이 사시는 곳인가요."

수영이 궁금증을 참지 못하고 물었다.

"아니요. 내가 사는 집은 따로 있습니다."

유안의 매우 자연스러운 대답에 수영은 더욱 초조한 얼굴로 그를 쳐다보았다. 그가 앉아 있는 소파 앞 테이블은 어떤 서류도 기기도 없이 깨끗하게 비어 있었다. 일 관련된 미팅이라고 생각하기엔 좀 이상했다. 애초에 이렇게 만나야만 할 만큼 급한 일이 있는 건가.

"그럼 여긴…… 어딘가요."

수영이 한결 더 조심스러운 목소리로 물었다. 대놓고 묻는데도 유안의 시선은 반듯했다. 의미심장한 눈빛으로 그녀를 가만히 바라보던 유안의 얼굴에 서서히 미비한 미소가 떠올랐다. 곧 느릿하게 열린 그의 입술 사이로 태연한 목소리가 흘러나왔다.

"차수영 씨만 원한다면, 차수영 씨가 지낼 수도 있는 곳."

일순 수영은 숨을 들이켜다 말았다. 그 찰나가 잠시 멈춘 듯 느껴졌다. 순간 천적과 맞닥뜨린 초식 동물이 된 것처럼 거대한 긴장감이 엄습했다. 가슴이 정신없이 뛰기 시작했다.

"그게…… 무슨 뜻인가요?"

수영이 떨리는 목소리로 물었다. 그녀는 두려운 와중에도 그를 똑바로 마주했다.

그의 표정은 여상했다. 저에겐 실로 엄청난 말이었는데 그는 그 말을 내뱉은 사람답지 않게 차분한 것이었다. 어떻게 생각해도 그가 지금 제 앞에 회사 상사로 앉아 있는 거라는 생각을 할 수는 없었다. 직원의 딱한 형편을 알게 되어 회사 기숙사 한 칸을 제공해 주려는 정도의 선심이 아니지 않은가.

아버지 공장이 부도나기 전 온 가족이 함께 살던 깨끗한 아파트보다도 두 배는 더 커 보이는 오피스텔이었다. 어마어마한 금액의 거래를 하며 살아가는 그에게 이런 것쯤은 시시한 딜인 것일까. 얼핏 봐도 지나치게 고급스러운 오피스텔을 눈앞에 보여 주고 있는 그의 심중엔 무엇이 있는 걸까. 그는 여유 있다 못해 그녀를 향해 옅은 미소를 지어 보이기까지 했다.

바른 자세로 앉아 있던 수영과는 달리 유안은 다리를 꼬고 편하게 기대앉아 그녀를 빤히 보고 있었다. 그의 눈동자에 염려스러운 여자의 얼굴이 맺혔다. 한 여자의 모습만이 오롯이 담긴 눈동자는 집요한 빛을 띠고 있었다.

은은한 전등 아래 마주한 차수영은 한결 더 아름다워 보였다. 둘만의 밀실 속에서 노골적인 유안의 눈길이 샅샅이 닿고 있었다. 그녀의 희고 둥근 이마에, 어깨를 덮는 풍성한 갈색 머리칼에, 어두운 헤이즐 빛 눈망울에, 갸름하게 고운 얼굴선에, 보기에도 촉촉한 함초롬한 입술에. 여자의 저 투명한 눈동자에서 위태롭고 처연한 빛을 볼 때면 묘하게 지켜 주고 싶어서 안아 주고 싶은 충동이 일었다. 그러다가도 여자의 관능적인 입술을 볼 때면 미친 놈처럼 입을 맞추고 싶었다. 저를 잊고 이성을 놓고 그저 짐승처럼 그녀와 구르고 싶어지는 것이었다. 애잔할 만큼 치열한 모습을 보았을 땐 그녀의 처절한 세계를 들여다보고 싶었다. 동시에 그녀가 저의 처절한 세계 역시 들여다 봐주길 바라게 된 것도 같았다.

"이사님."

수영은 무엇도 속단하기 전에 침착하려 노력했다.

"이게 뭐냐고 물었습니다."

다시금 그에게 조용히 물었다. 그러니까 이 사람은 지금 상사가 아닌 남자로 앉아 있는 것인가.

"뭐긴 뭐예요."

이윽고 그가 입을 열었다.

"관심이지. 사심이고 흑심이고……."

순간 아연한 수영은 그대로 얼음이 된 듯 굳어지고 말았다. 두려움에 커진 그녀의 눈동자가 불안하게 빛나고 있었다. 미동 없이 그를 응시하고 있었지만, 심장만은 굳은 몸을 뚫고 나갈 듯 심하게 요동쳐 댔다. 여과 없이 튀어나온 직선적 표현들. 관심, 사심, 흑심. 그간 제게 그가 했던 말과 행동들이 확실하게 정의되는 순간이었다.

그동안은 장난인지 농담인지 모를 이상한 언행들을 하고도 확실하게 그 정체를 표출하지 않아 긴가민가 아리송했던 시간들이었다. 그런데 드디어 오늘 그는 너무 쉽게 제 심중을 밝히고 있었다. 오만할 만큼 당당하게.

"관심이 사심이 되고 사심이 흑심이 된 거죠."

수영은 무릎 위에 모아진 손가락을 작게 꼼지락거렸다. 그러자 손이 살짝 떨려 왔다. 경직된 몸을 움직이니 떨림을 감출 수가 없었다. 그 스스로 흑심이란 말을 하기 전에 이 호화 오피스텔을 제게 먼저 보여 주는 이유는 다른 게 아닐 것이다. 그가 베풀 수 있는 능력을 확인시켜주는 자리인 것이다.

지선이 여길 따라 들어오지 않은 이유를 명확히 알 것 같았다. 이곳은 그만큼 은밀한 곳이었다. 수상함을 느끼고 달아나지 못하게 문 앞까지 곱게 데려다 놓는 것까지가 그녀의 할 일이었던 것이다. 이사님이 아낀다는 걸 알았으면 좋겠다고 말하던 임 차장의 저의가 아까와는 사뭇 다른 의미로 와 닿았다. 임 차장도 이 사람과 똑같았다. 그녀가 내뱉은 아낀다는 표현의 의미도 순식간에 퇴색되어 버린 것 같았다.

"부자들은 늘 이런 식인가요?"

미세하게 떨던 수영이 작은 목소리로 물었다. 유안은 전혀 동요하지 않고 그녀와 눈을 맞추었다.

"글쎄요. 다른 부자들이랑 이런 얘기까진 잘 안 해 봐서 모르겠네요."

그는 퍽이나 당당하다 못해 뻔뻔했다. 오늘따라 저에게 닿아 있는 그의 시선이 노골적으로 다가왔다. 이곳은 그가 대놓고 수작을 걸 수 있는 유혹의 장이었으니까.

'그럼 차수영 씨를 감당할 남자를 만나면 되겠네요.'

마치 내가 너를 감당할 남자다, 하고 이 자리에서 어필하는 것 같았다. 수영은 목 끝까지 꼭꼭 잠근 블라우스를 입고 있었음에도 꼭 그의 앞에서 벌거벗고 있는 듯한 기분이 들었다. 정말 이상하게도 이 순간 수영은 기묘한 느낌에 사로잡히고 있었다. 만약 그의 이 흑심 어린 호의를 받아들이면 어떻게 될지 아주 잠깐 상상을 하고 말았다.

실망과 함께 저 깊은 곳에서 고개를 드는 건 당혹스럽게도 충동이었다. 정신을 바싹 차리지 않으면 안 될 것 같았다. 그와 더 오래 마주 보고 있을수록 흔들리게 되는 건 아닐까.

수영은 새하얘진 눈앞에서 애써 정신을 가다듬었다. 아무리 친구에게 미안하게 빌붙어 살고 있는 처지였어도 혹해서는 안 되는 것이었다, 이런 건. 그 언젠가 바로 이 남자에게 말단도 자긍심이 있다고 말했었다. 아무리 제 삶이 구질구질해졌어도 자긍심을 잃고 싶지는 않았다. 떨리는 몸을 벌떡 일으켰다. 나가야만 한다, 여기서.

"사람 잘못 보셨습니다."

일어서서 권유안을 내려다본 채 그 말을 내뱉었다. 그러나 앉아서 저를 올려다보는 권유안의 눈빛에는 거짓말처럼 서서히 미소가 감돌고 있었다. 그는 저의 거절에도 동요하지 않고 있었다. 마치 예상하고 있던 사람처럼. 그는 오늘 자신을 떠보려고 이곳을 보여준 것일까. 더욱 당황하던 수영은 더 볼 것도 없이 뒤돌아섰다. 그가 무슨 말을 더 하기도 전에 빠른 걸음으로 그 집을 빠져나왔다.

적막하고 하얀 대리석 복도 위에 구두 굽 소리가 또각또각 울렸다 멈췄다. 엘리베이터 버튼을 누른 수영은 빠르게 뛰는 가슴을 진정시키려고 심호흡을 했다. 눈을 감고 긴 숨을 쉬던 때에 전화기 진동이 울리기 시작했다. 발신자가 누구든 지금은 받을 정신이 없었다. 오늘은 이 혼돈 속에서 누구의 연락도 받고 싶지가 않았다. 누군지 확인도 하지 않고 진동이 끝나기만을 기다렸다.

그사이에 엘리베이터 문이 열렸고 수영은 안으로 들어갔다. 잠시 후 전화기 진동이 멎었다. 그제야 수영은 전원을 꺼 두기 위해 전화기를 꺼냈다. 그런데 화면 위 부재중 통화 옆에 떠 있던 번호의 주인을 보는 순간 그녀의 눈동자가 짙어졌다.

[이사님.]

거절 의사를 전하고 나오자마자 걸려온 전화였다. 무슨 할 말이 더 남아 있었던 건지 궁금하긴 했지만, 다시 그와 대화하는 건 두려워서 차마 전화를 걸지는 못했다. 수영은 전원을 끄기 위해 옆면 버튼으로 손을 가져갔다. 막 누르려던 찰나 지잉 하는 짧은 진동 소리와 함께 메신저의 작은 팝업창이 떴다.

[아니요. 나는 잘못 보지 않았습니다.]

일순 쿵하고 가슴에 파동이 일었다. 전화기를 든 손이 덜덜 떨렸다.

'사람 잘못 보셨습니다.'

조금 전에 토해 냈던 저의 거절의 말에 대해 그가 반박하고 있었다. 이 남자 대체 뭐지. 수영은 팝업창을 밀어 메신저를 열었다. 하지만 그는 그 이상한 메시지 하나만을 보낸 후로 조용하기만 했다. 수영은 병한 얼굴로 그의 메시지를 한참 동안 내려다보았다.

[아니요. 나는 잘못 보지 않았습니다.]

그의 한마디에 어쩐지 서늘한 공포가 느껴졌다. 이게 무슨 뜻일까. 자신이 결국 그가 원하는 대로 하게 될 것이라는 예견인가. 이것은 일종의 선전포고인가. 그녀의 떨리는 손은 이내 연락처 목록을 누르고 있었다. 거기서 '이사님'이라고 되어 있는 저장 명을 찾아 편집했다.

'미친놈'

수정 버튼을 누르자 새로운 명칭으로 저장이 되었다. 그래. 그는 이런 사람이다. 수영은 제 머릿속 아리송했던 권유안이라는 남자의 존재를 이렇게 인식하기로 했다. 솔직히 그동안 설레었던 순간이 없었다면 거짓말이었다. 그러나 저 혼자서만 홀린 듯 벅찼던 그 순간들이 이제 와선 그렇게 바보 같을 수가 없었다. 그가 제게 원하는 것은 단 하나뿐이었는데 말이다.

'그럼 섹스는요?'

그날의 오싹했던 질문이 떠올랐다. 단둘이 해외에서 머물고 있던 때라 더욱 염려스러웠던 질문이었다.

며칠 전 집무실에 출장 보고서를 들고 갔던 날 이후 한동안 그는 자신에게 눈길도 주지 않았었다. 그날 있었던 대화는 명확하게 그의 유혹의 제스처였는지 확신도 하지 못한 채 남겨졌었다. 그런데 그사이에 권유안은 이런 궁리를 하고 있었던 건가. 좀 더 달콤한 딜을 통해 저에게 다가오기 위해.

* * *

문이 열리는 소리가 들렸고 곧이어 지선이 들어왔다. 소파에 그대로 앉아 있던 유안은 막 들어온 지선에게 눈길도 주지 않았다. 골똘히 제 생각에만 잠겨 있는 유안을 보며 지선은 그 앞에 선 채 입을 뗐다.

"차수영 씨 나오는 거 보고 들어왔습니다."

빌딩 앞 도로에 차를 세우고 있던 지선은 수영이 도망치듯 건물 밖으로 빠져나오는 모습을 지켜보았다. 수영이 뒤도 돌아보지 않고 근처 지하철역을 향해 걸어가 버리던 모습까지 보고 난 뒤 그녀는 다시 지하에 주차를 하고 올라왔다.

지선은 평소같이 온화한 얼굴로 그리 무겁지 않은 어조의 말을 건넸다.

"제가 그랬잖습니까. 10분도 안 돼서 나갈 거라고."

"그랬네요, 정말."

유안은 여전히 지선에게 시선은 주지 않은 채 중얼거렸다.

"물론 나도 오늘 차수영이 승낙할 거란 생각은 하지 않았어요."

그는 표정이 없었지만 그를 둘러싼 분위기가 가라앉아 있었다. 지선은 그의 심기가 좋지 않다는 걸 알 수 있었다. 그의 얼굴을 섬세히 살피다가 그녀가 낮은 숨을 내쉬며 말했다.

"쉽게 마음을 줄 것같이 보이진 않네요."

그 말에도 유안의 눈동자는 미동이 없었으나 그 눈빛이 한결 더 냉랭해진 듯 보였다. 웃음기 없는 건조한 눈동자가 왜인지 살벌해 보이기도 했다. 유안을 오랜 시간 보아 온 지선은 그의 저런 첨예한 눈빛을 본 적이 있었다. 그러나 결코 자주는 아니었다.

그는 무슨 생각을 좀 더 해 보는 건지 잠시 정적을 흘렸다. 곧 날카롭게 허공을 노려보던 그에게서 낮고 단호한 목소리가 흘러나왔다.

"마음을 못 얻으면 내 옆에 두기라도 해야죠."

지선은 흠칫 표정을 멈추었다. 그의 말에서 느껴지는 집요한 의지가 어딘가 섬뜩하기까지 했다. 좀처럼 볼 수 없는 권유안의 모습이었다. 그는 무언가에 크게 자극받은 적이 별로 없기 때문이었다.

그는 사실 욕심이 많은 사람이 아니었다. 그건 어릴 때부터 그랬다. 여러 가지에 지나친 욕심을 내는 아이가 아니었다. 그 이유는 간단했다. 그만큼 관심 있는 게 적었다는 의미다. 그는 대체로 많은 것들에 무심했다. 하지만 간혹 그가 관심 두는 게 생기면 거기엔 남들 이상으로 심하게 파고드는 경향이 있었다. 원하는 게 생기면 어떻게든, 무슨 방법을 써서든 그건 얻고야 말았다. 그것 역시 어릴 적부터 그랬는데 조금 놀라웠던 건 그것을 다른 아이들과 달리 떼쓰지 않고 저만의 방법으로 쟁취했단 점이다.

사업에 관해서도 대체로 그랬다. 그는 늘 조용히 기회를 엿보고 전략을 세웠다. 요란하지 않고 혼연하게 그가 원하는 것에 무섭게 집중했다. 지선은 그 모습이 경이롭고 신기했지만, 한편으론 두렵기도 했다. 특히 오늘은 더욱 그랬다. 지선은 입을 다물고 말을 아꼈다. 잠깐의 무거운 침묵 끝에 유안의 입꼬리가 설핏 올라가며 그의 입술이 다시 열렸다.

"분명 다시 내 앞에 오게 될 겁니다."

* * *

오후에 회의가 잡혀 있었다. 오늘은 비서실 막내인 남자 비서가 휴가여서 수영에게 회의 준비를 맡긴 날이었다. 그래서 수영은 회의 시작 전에 일찌감치 회의실로 향했다. 빈 회의실에 들어간 그녀는 보기에 깔끔하게 자리를 정돈한 뒤에 작은 생수병들을 자리마다 놓기 위해 돌아다녔다.

ㄷ 자로 된 직원들의 테이블에 생수를 다 올려놓은 뒤엔 맨 앞에 일자로 된 테이블로 향했다. 그 앞에 우뚝 선 수영은 가라앉은 눈으로 그 자리를 내려다보았다. 늘 권유안이 앉는 자리였다. 그가 앉아 회의를 지휘하던 모습이 문득 눈에 선하게 떠올랐다. 이어서 떠오르는 건 아늑한 오피스텔 불빛 아래 앉아 저를 유혹하던 모습이었다. 다시 생각해도 가슴이 울렁거렸다. 만약 자신이 좀 더 쉽게 휘어졌다면, 이성을 버리고 본능만 남길 수 있었다면 그 매혹적인 유혹에 넘어가는 것도 가능했을까.

유안의 회의 테이블을 내려다보던 수영은 괜한 생각을 털어내기 위해 고개를 설레설레 저었다. 그러고는 스스로 정신을 차리듯 그의 자리에 턱, 하고 큰 소리를 내며 생수병을 올려놓았다. 하던 준비를 마저 하려 돌아선 그녀는 회의실을 한 번 쭉 둘러보았다. 종이컵이랑 티백도 좀 가져다 놓을까. 수영은 물건을 가지러 나가며 잠시 회의실을 비웠다.

물건들을 들고 금방 다시 돌아온 그녀는 무심코 회의실로 들어왔다. 그러나 자동문이 열리는 순간 그녀는 발을 멈칫하고 말았다. 일자 테이블에 앉아 있는 권유안이 보였다. 열리는 문을 향해 그가 언뜻 고개를 돌렸다. 저는 겉보기에도 어색하게 보일 만큼 화들짝 놀라 버렸는데 그는 저를 발견하는 순간 눈을 또렷이 빛냈을 뿐 그대로 저에게 시선을 고정했다.

"이사님 오셨습니까. 일찍 오셨네요."

수영은 고개를 내리며 자연스레 눈도 내렸다. 그에게선 대답이 들려오지 않았다. 그에게 다시 눈길을 주지 않은 채 하던 일에나 집중을 하기 위해 발걸음을 옮겼다. 그가 왜 대답을 안 하는지 잠시 신경이 쓰였지만 며칠 사이 저와 있었던 엄청난 일을 생각하면, 그 일 이후 처음 만나는 지금 그가 한가하게 인사나 할 상태는 아닌지도 모른다고 생각했다.

"차수영 씨. 고향이 어디예요?"

그런데 그때 대뜸 그가 물었다. 인사에 대한 대답도 업무에 관한 것도 아닌, 차수영에 관해서. ㄷ 자 테이블 한편에 막 물건을 내려놓던 수영은 손을 멈추었다. 그녀는 권유안이 아닌 종이컵만 내려다보며 대답했다.

"서울에서 태어나서 중학교 때까지 살다가 청주로 이사 가서 고등학교는 거기서 졸업하고 대학교는 다시 서울에서 다녔습니다. 그다음엔 아버지 일 돕느라 청주에서 지내다가 JN에 입사하면서 다시 서울로 올라오게 되었습니다. 말씀드리다 보니 제 고향은 서울에 가까운 것 같은데 지금 어머니는 청주에 계십니다."

수영은 매우 깍듯한 말투로 조곤조곤 자세히도 읊어 주었다. 예전보다 더 예의를 갖추고도 더 딱딱한 목소리로.

"쳐다도 안 보고 말하는 거에 비하면 대답은 참 충실하네요."

유안은 특유의 과하게 솔직한 말로 나지막하게 파고 들어왔다. 수영의 안색이 창백해지기 시작했다. 그녀는 곤란한 말에는 대꾸하지 않고 다시 손을 움직여 종이컵을 마저 꺼냈다.

"그럼 다른 가족들은 어디 있어요? 아버지도 어머니랑 같이 청주에 계세요?"

하지만 그는 이 사적인 대화를 멈출 생각이 없어 보였다. 하긴 이미 '흑심'까지 한 번 드러내 보였으니 그 뒤로 단둘이 있는 자리에선 대놓고 하지 못할 말이 없을 만도 했다. 그런데 왜 하필 아버지에 관한 질문인 걸까.

"아버지는…… 지금 어디 계신지 몰라요."

수영은 그 질문이 빨리 지나가 버리도록 대답과 동시에 분주하게 손을 움직였다. 방금 뱉은 건 편치 않은 대답이라 그런지 유안도 생각에 잠긴 듯 조용했다.

수영은 손으로는 티백을 가지런히 진열해 놓으면서 아버지가 사라지기 전 마지막으로 연락하며 했던 말을 기억했다. 수영이 네 탓이 아니니 부담 갖지 말고 잘 지내라고, 시간을 다시 돌려 그때로 다시 돌아간대도 우리 딸은 다른 선택을 할 필요가 없다고, 아버지는 말했다. 하지만 자신은 자책감에서 벗어날 수 없는 게 당연했다. 항상 부서지는 가슴을 다잡아야 했다.

"내가 괜한 질문을 했나 봐요."

잠깐의 공백 후 유안이 다시 말을 꺼냈다. 수영은 고개를 저었다.

"아닙니다."

"차수영 씨 표정이 안 좋아서 미안해지네요."

"괜찮습니다."

"차수영 씨는 표정 되게 못 숨기는 거 알아요?"

고개를 숙이고 있던 수영의 눈동자가 그 말에 흔들렸다. 준비를 마치고도 그 앞을 떠나지 못하고 괜히 할 일이 남아 있는 척 물건을 만지작거렸다. 그런데 여전히 시선을 제게 두고 있던 건지 유안의 목소리가 들렸다.

"지금도 그래요."

수영은 그 말을 듣고도 흔들리는 눈동자를 숨기지 못했다. 표정 못 숨긴다는 말을 들은 지금도 또 표정을 못 숨기고 있었다. 나 여기 계속 다닐 수 있을까.

"이사님."

수영이 침착하게 그를 불렀다. 그와는 어정쩡하게 떨어진 테이블 앞에 우두커니 선 채 그녀는 고개를 들 수가 없었다.

"저…… 이 회사 오래 다니고 싶습니다."

잔뜩 곤란해진 목소리로 수영이 찬찬히 말했다.

"그런데요?"

"……."

수영은 뒷말을 쉽게 꺼내지 못했다. 그녀는 고개를 천천히 돌려 방금까지 자신이 시선을 주지 않았던 그를 한참 만에 바라보았다. 저를 향해 치켜뜬 그의 눈매가 보였다. 그의 얼굴은 무표정에 가까웠지만 눈빛은 묘하게 짓궂었고 한편으론 도발적이었다. 수영이 머뭇거리고 있자 그가 픽 웃으며 그녀가 못 한 말을 대신 꺼내 주었다.

"왜. 어렵게 들어온 회사, 잘 좀 다녀 보려고 했더니만 웬 미친놈이 들러붙어서 곤란한가?"

그를 보던 수영의 눈동자가 주춤했다. 안 그래도 그의 번호를 미친놈으로 고쳐 저장해 둔 터라 뜨끔했다. 눈을 몇 번 깜빡이다 결국 시선을 회피한 수영은 그가 내뱉은 거친 말을 뒤로하고 자신의 말을 다시 꺼냈다.

"제가 비록 계약직이지만 여기서 계속 일하고 싶은 바람이 있습니다."

그녀가 신중하게 말하자 유안은 가만히 듣고 있는 듯했다.

"우선 계약 기간까지 무사히 다니고 싶고, 쉽진 않겠지만 이왕이면 정규직 전환의 기회도 가져 보고 싶습니다."

자신이 이 기업의 일자리에 아쉬워하는데 오너 집안에 밉보여도 안 될 일이었다. 정직원만큼은 아니어도 이 잘난 기업이 제게 주는 연봉은 제법 컸다. 그 돈에다가 매일 여가도 없이 집에서 아르바이트해서 얻는 수입까지 더해야 겨우 자신의 삶이 가까스로 유지가 되었다.

"저…… 업무에만 집중하면서 평화로운 직장 생활 하고 싶어요."

지금의 제 어깨는 무거우니까. 아직은 놓을 수가 없었다.

"그런데 이사님이 이러시면……."

마치지 못한 말끝을 흐렸다. 망설이느라 아름거리던 입술 사이에서는 어쩔 수 없이 작아진 목소리가 흘러나왔다.

"저는 무섭습니다."

그녀는 그 말과 동시에 눈을 내리깔았다. 그러고는 입을 다물었다. 유안은 저와 몇 걸음 떨어진 곳에 서 있는 수영을 물끄러미 쳐다보았다. 그녀가 한 말의 여운이 정적 속에 감돌았다. 사실 자신이 무섭다는 말은 그렇게 이상할 것도 없는 말이었다. 자신을 무서워하는 사람들이야 무서워하지 않는 사람들보다 훨씬 많았다. 자신이 먼저 별다른 행동을 하지 않았어도 먼저 제 앞에서 설설 기는 사람들을 많이 보아 온 삶이었다. 그런데 차수영이 저를 무서워하는 건 좀 다른 느낌으로 와 닿았다. 유안은 지금도 어쩔 줄을 모르고 서 있는 여자의 얼굴을 관조적으로 보았다.

그녀가 눈을 내리깔고 있자 커다란 눈 위에 드리워진 속눈썹이 더욱 길어 보였다. 짙고 긴 속눈썹 아래 깊은 눈동자는 한곳에 있지 못하고 정처 없이 떠돌고 있었다. 왠지 그녀의 얼굴은 처연한 표정을 짓고 있는 와중에도 농염해 보였다. 다가가 하얀 뺨을 만지고 싶은 충동이 일었지만 참았다. 동의 없이 저 여자에게 손을 댈 생각은 없었다. 가뜩이나 자신을 무섭다고 하는 여자였으니.

"내가 무섭지 않으려면⋯⋯."

유안은 꽤 한참 만에 입을 열었다. 수영의 눈꺼풀이 살짝 들렸다.

"나랑 친해지면 됩니다."

이내 동그래진 수영의 눈이 유안을 향했다. 난처해 보이던 그녀의 눈빛에는 한층 더한 두려움이 비치고 있었다. 그런 수영을 보던 유안의 입가가 살짝 올라갔다.

"나 때문에 차수영 씨가 회사에서 불이익을 당하는 일은 일절 없을 테니까 그런 걱정은 할 필요 없어요. 나 그렇게 쪼잔하지 않습니다."

유안이 진중한 말투로 그렇게 말해 주자 수영은 그를 빤히 바라보았다. 그제야 그녀의 눈동자에도 약간의 안도감이 비치고 있었다. 그때 회의실 자동문이 드르륵 열렸고 사람들 몇 명이 들어왔다. 편하게 들어오던 그들은 유안을 발견하곤 표정을 가다듬으며 인사부터 했다.

"이사님, 와 계셨네요."

"안녕하십니까."

도둑질이라도 하다 들킨 사람처럼 깜짝 놀란 수영은 후딱 유안에게서 등을 돌렸다. 그리고 최대한 그와 멀찍이 떨어진 곳으로 가서 앉았다. 유안은 그런 수영의 모습을 잠자코 바라보았다. 사람들이 계속해서 들어왔고 곧 회의가 시작되었다.

* * *

수영은 본사 현관을 터덜터덜 걸어 나왔다. 요 며칠간 혼이 쏙 빠져 있는 듯했다. 왜 이렇게 되어 버렸을까. 퇴근 시간인데도 마음이 가볍지가 않았다. 요즘엔 회사를 떠나면 허전한 기분마저 들었다. 부업이나 더 받을까. JN은 부업을 금하는 기업이 아니어서 수영은 영어나 스페인어 번역 등의 일들을 받아 퇴근 후 시간에나 주말에 하곤 했다. 무언가로 스스로를 더 바쁘게 만들고 싶어졌다. 그래야만 자꾸 누군가가 생각나지 않을 테니까.

요즘 부쩍 외롭고 마음이 허해서인지 길을 걷던 수영은 문득 가족 생각도 났다. 마음도 심란한데 이번 주말엔 청주나 내려가 볼까. 며칠 동안 엄마랑 통화도 하지 못했던 차라 별일은 없는지 일단 전화라도 걸어 봐야겠다는 생각이 들었다. 전화기를 꺼내 곧장 엄마에게 전화를 걸었다.

그런데 한참 동안 전화기를 귀에 대고 있었지만 1분이 넘어가도록 컬러링이 계속 울렸다. 엄마가 끝내 받지 않자 이번엔 동생에게 걸어 보았다. 그런데 동생도 받지 않았다. 저녁 먹을 시간인데 왜 안 받지? 지하철역 안으로 내려간 뒤에도 다시 한 번 엄마에게 걸었지만 역시 받지 않았다. 동생 나은도 마찬가지였다. 엄마는 그렇다 쳐도 동생은 핸드폰을 손에서 놓지 않는 아이인데 웬일일까 싶었다.

[나은아, 뭐 해? 왜 다들 전화 안 받아?]

수영은 메신저를 열어 글을 남겼다.

[저녁은 먹었어? 보면 연락 좀 줘.]

그러나 수영이 집에 도착하기까지 답장은 없었다. 수영은 방에 앉아 메신저에 들어갔다. 그러자 나은이 읽었다는 표시가 분명히 떠 있었다.

"뭐야……. 왜 다 씹는 거야."

수영은 의아해져선 다시 나은에게 전화를 걸었다. 오랜 시간 동안 컬러링이 울린 뒤 드디어 나은의 목소리가 들렸다.

-언니…….

그게 왠지 기어들어 가는 목소리였다.

"나은아, 뭐 해? 왜 그렇게 전화를 안 받았어?"

-어. 그냥 아까는 좀 못 받았어.

이상하게 동생의 목소리에 기운이 없었다. 아무리 집안이 어려워졌어도 나은은 의젓하고 긍정적인 아이라 좀처럼 울적한 모습은 보이지 않는데 말이다.

"밥은 먹었어?"

-먹었어.

"근데 너 목소리가 왜 그래?"

수영은 자꾸 동생의 목소리가 기어들어 가자 귀에 전화기를 바싹 대며 물었다.

-언니. 내가 나중에 전화할게.

"어? 왜?"

-그게……. 엄마 몰래 전화 받는 거라서.

이상한 소리에 수영은 머리를 한 대 맞은 것처럼 멍해졌다.

"뭐? 엄마가 왜?"

그녀는 동생이 전화를 끊을세라 물고 늘어졌지만 나은은 대꾸를 쉽게 하지 않았다.

-…….

"나은아, 무슨 일 있어? 왜 그러는 건데."

수영이 달래듯 추궁하자 그제야 나은이 작게 대답했다.

-엄마가 좀 아파서 입원했어.

"뭐? 왜! 어디가 아픈데?"

순식간에 희게 질린 수영은 벌떡 일어나 크게 외쳤다. 그러자 변명하듯 쭈뼛대며 동생의 말이 이어졌다.

-큰 병은 전혀 아니니까 그렇게 놀랄 건 없어. 걱정하지 마.

"입원까지 했다는데 어떻게 걱정을 안 해! 어디가 안 좋은데?"

불쑥 덮쳐드는 걱정에 방 안을 서성이며 수영은 동생을 다그쳤다.

-계속 열이 오르더니 쓰러졌었는데 응급실 가 보니까 급성 신우신염이래.

"쓰러지셨다고? 언제!"

-어제…….

"어제? 근데 왜 나한테 말 안 했어!"

너무 어이가 없어서 화를 내듯 쏘아붙이니 전화기 너머에서 나은의 한숨 소리가 들렸다.

-엄마가 언니한테 말하지 말래…….

힘없는 동생의 말에 수영은 잠시 동안 말을 잇지 못했다. 그래서 엄마가 전화도 안 받고 나은의 태도도 수상했던 거였다. 수영의 눈가가 촉촉해지기 시작했다.

"그렇다고 너는 그걸 또 숨겨?"

-며칠 입원하면 된다니까 걱정 말고 나중에 봐.

나이답지 않게 침착한 말투로 나은은 언니를 안심시키고 있었다.

"엄마랑 너 때문에 미치겠네, 진짜."

안절부절못하던 수영은 전화기를 귀에 댄 채 방 안을 떠돌았다. 문득 그녀는 걱정 어린 목소리로 다시 물었다.

"그래서 엄마 쓰려졌을 땐 어떻게 했어?"

-내가 구급차 불렀어.

"……그랬구나. 너도 많이 놀랐겠네."

수영은 꺼질 듯 숨을 내쉬며 한 손으로 이마를 짚었다.

"지금 엄마는 좀 어때?"

─아직 통증이 심해서 힘들어하시긴 하는데 치료 잘 받아야지 뭐…….

"하아……. 내가 지금 내려갈 테니까 조금만 네가 지키고 있어."

─어? 근데 어…… 언니 회사는?

하지만 나은이 급작스레 당황하며 물었고 수영은 태연하게 대답했다.

"휴가 내면 되지. 어차피 내일 금요일이라 주말까지 내가 엄마 옆에 있으면 돼."

─아, 언니 안 그래도 돼. 괜찮아. 내가 있을게.

"어? 그게 무슨 소리야. 너 내일 학교 가면 엄마 혼자 계시잖아. 아직 많이 아프시다는데 보호자 없이 불편할 거 아냐."

─알았어, 그럼. 병원 이름이랑 호수 보내 놓을게.

"제일 빠른 차 타고 내려갈 테니까 기다려. 내가 가면 넌 집에 가서 자."

─응.

나은과의 전화가 끊어졌고 엄마에게 전화를 다시 걸어 볼까 생각하던 수영은 어차피 받아 봐야 오지 말라는 말이나 들을 거 같아 결국 걸지 않았다. 어쨌든 내려가면 엄마도 나은이도 만날 수 있으니까 가서 얘기해야지. 수영은 곧 버스 티켓을 예매하고 짐을 챙기기 시작했다.

* * *

청주에 도착하니 어느새 10시가 넘어 있었다. 수영은 부지런한 걸음으로 병원 복도를 걸으며 엄마가 입원해 있는 병실의 호수를 찾아냈다. 문을 열자 6인실 병실 내부가 눈에 들어왔다. 일부 자리는 커튼으로 가려져 있었다. 창가 쪽에 커튼으로 가려진 곳이 엄마의 침대였다. 수영은 다가가 조심스레 커튼을 젖혔다. 그러나 그녀는 곧 멈칫할 수밖에 없었다.

"어, 넌…… 어떻게 알고 왔니?"

고통에 미간을 찌푸리고 있던 엄마는 큰딸을 발견하곤 목소리를 쥐어짰다. 수영은 엄마 곁에 있던 재하를 보고는 말문이 턱 막혀 있었다. 보호자 침대 위에 걸터앉아 있던 재하도 수영을 보고는 놀랐는지 천천히 일어섰다. 나은은 어디 갔는지 보이지 않았다.

"지금 뭣들 하시는 거예요?"

멍한 얼굴로 수영이 따져 물으며 엄마에게 다가갔다. 엄마는 통증에 일그러진 얼굴에도 미안한 기색을 비치고 있었다.

"수영아."

재하가 서둘러 그녀를 어르듯 불렀다. 그러나 수영은 엄마를 살피며 원망의 말을 내뱉었다.

"엄마, 이렇게 아프면서 어떻게 나한테 숨길 수가 있어요?"

"별일 아니니까 말 안 했지. 참 내, 죽을병도 아니고. 넌 뭐 하러 내려왔어. 나은이가 말했나? 얘는…… 어디 간 거야."

정말 많이 아픈지 엄마는 말을 반듯하게 하지 못했다.

"엄마. 엄마 딸은 나야. 나를 불러야지. 재하 오빠가 엄마 아들이야?"

수영은 미안함과 민망함에 어쩔 줄을 몰라 엄마만 원망했다.

"수영아, 어머님이 나 부르신 거 아니야."

재하가 부드럽게 변명을 했다. 수영은 염려스러운 눈으로는 아픈 엄마를 쳐다보며 입으로는 재하에게 말했다.

"오빠, 정말 고마워. 그리고 미안해."

"뭐가 미안해."

재하는 제게 눈길도 주지 않는 수영을 혼자서만 바라보았다. 비록 이렇게 재회했지만 약 반년 만에 보는 차수영은 그저 반가울 따름이었다. 변함없이 아름답고 강직하고.

"오빠. 미안하지만 이제 돌아가 줘. 이제 내가 왔으니까."

하지만 그의 마음을 아는지 모르는지 수영은 밀어낼 뿐이었다. 그녀의 어머니도 누운 채 올려다보며 잽싸게 거들었다.

"그래…… 재하야. 늦었는데 얼른 들어가. 이제 올 필요 없어……. 대단한 병도 아닌데 왜들 이렇게 다 와서 호들갑이야……. 다들 집에 가 버려."

재히는 끝내 저를 봐 주지 않는 수영을 그냥 두고 하는 수 없이 그녀의 어머니를 향해 고개를 숙였다.

"주무실 시간이라 가 보긴 해야겠네요. 어머님, 그럼 몸조리 잘하고 계세요."

"그래. 고마워. 들어가."

인사가 오가는 사이에서 잠자코 서 있는 수영의 얼굴이 불편해 보였다. 재하는 끝까지 아쉬워하는 얼굴을 하며 커튼 밖으로 나갔다. 그가 나가자 모녀는 서로를 마주 보았다. 수영이 침상에 걸터앉자 엄마가 짠한 얼굴로 물어 왔다.

"내일 회사는 어쩌고 이렇게 왔어."

"엄마는 언제부터 아프셨어요."

"그냥 며칠 전부터 옆구리가 자꾸 아팠는데 병원 올 틈이 없어서 방치했다가 더 호되게 일 치르고 있네. 일도 바쁠 때인데 사장님 눈치 보여 죽겠어."

"건강이 먼저지 뭐."

"가뜩이나 내 나이도 적지 않은데 골골대기까지 하면 누가 좋아해. 어지간히 아픈 건 티도 안 내면서 일하고 있는데."

수영은 더 말을 잇지 못했다. 엄마는 원체 젊을 때부터 몸이 약하고 잔병치레가 많은 분이었다.

"일할 때 바빠서 자꾸 소변도 참고 그랬더니 이런 병이 왔나 봐."

조금만 무리해도 쉽게 고장 나는 몸인데 아침부터 밤까지 쉴 새 없이 일을 하니 병이 날 만도 했다.

"엄마, 미안해……."

수영은 고개를 숙이고 말았다. 엄마는 흠칫 놀라더니 고통에 찌푸렸던 미간을 일순 폈다.

"아니야, 수영아. 너 듣기 불편할 거 생각 안 하고 내가 괜한 말을……."

수영의 얼굴에 비친 그늘을 보며 엄마는 허둥지둥 말을 달랬다. 오랜만에 만난 딸의 얼굴을 보니 그사이 조금 수척해진 것도 같았다.

"너 밥은 먹었니? 퇴근하고 바로 온 거 같은데 먹을 시간도 없었던 거 아니야?"

"응……."

"얼른 나가서 뭐라도 먹고 와. 늦어서 먹을 데나 있는지 모르겠네.”

“그럼 편의점이나 다녀올게요.”

“얼른 다녀와.”

“엄마는 먼저 주무세요.”

수영은 안타까운 눈으로 엄마를 내려다보다가 일어나 병실을 나왔다.

잠시 후 엘리베이터가 도착했고 문이 열렸다. 그러나 무심코 타려던 수영은 순간 주춤했다.

“어……. 언니 왔어?”

“차나은.”

쭈뼛대며 엘리베이터에서 내리는 동생을 수영이 매섭게 쏘아 보았다.

“너야? 네가 재하 오빠 불렀어?”

수영이 엄한 눈을 맞추며 묻자 나은의 주눅 든 목소리가 흘러 나왔다.

“그게…… 어제는 내가 너무 어쩔 줄을 몰라서 오빠한테 전화 했어.”

수영은 그럴 줄 알았다는 듯 곤란한 얼굴로 눈을 질끈 감았다. 이래서 저러러 내려오지 말라는 둥 수상쩍게 굴었던 거였다.

“야. 차나은. 내가 전에 뭐라고 했어? 재하 오빠랑 연락하지 말 랬지!”

“어제는 너무 무서웠단 말이야. 처음엔 엄마가 왜 쓰러진 건지도 몰랐으니까 그냥 놀라서…….”

"그럼 나한테 연락했어야지!"

"안 그래도 난 구급차 부르고 나서 바로 언니한테 먼저 전화하려고 했는데……. 근데 엄마가 막 정신을 차리더니 끙끙대면서도 언니한텐 말하지 말라고 했단 말이야. 재하 오빠한테는 내가 엄마 몰래 응급실에서 연락한 거야."

나은은 끝내 말끝에서 울먹거렸다. 그러자 동생의 눈물에 맘이 약해진 수영이 소리를 조금 낮추었다.

"그렇다고 재하 오빠한테 자꾸 폐 끼치면 어떻게 해."

"밤 12시가 넘었었어. 언니는 그 시간에 병원까지 빨리 못 오잖아. 엄마가 못 움직일 만큼 아파하는데 언니 말고는 당장 생각나는 사람이 재하 오빠밖에 없어서……."

수영은 잠시 말문을 잃었다. 저도 동생의 마음을 안다. 어린 동생이 아빠도 언니도 없이 혼자서 엄마가 쓰러지는 걸 봤으니 오죽 놀랐을까. 청주엔 친척도 없었고 달리 연고도 없었으니 잘 아는 어른이라고는 재하뿐이었던 것이다. 게다가 한재하가 어떤 사람인가. 그는 정말 나은과 엄마가 가족처럼 의지했던 사람이었다. 나은에게도 그는 그저 언니의 전 남자 친구만이 아닌 것이다.

"언니한테 혼날까 봐 아까 재하 오빠보고 언니 오기 전에 빨리 집에 가라고 했는데 언니 얼굴 보고 간다고 안 가더라. 혹시 오빠 봤……어?"

"그래. 네 덕분에 봤다!"

수영이 노려보며 쏘아붙이자 나은은 민망한 표정으로 언니의 눈치를 살살 보았다.

5. 긴밀한 지시

금요일 오전 회의가 소집되었다. 모두가 착석하자 유 실장이 우렁차게 외쳤다.

"자, 그럼 회의 시작하겠습니다!"

"잠깐만요."

하지만 그때 브레이크를 거는 사람이 있었다. 비스듬히 앉아 살짝 모아 쥔 한 손에 턱을 괴고 있던 유안이었다. 유 실장의 밝은 목소리와 달리 유안의 표정은 험했다. 유 실장을 비롯하여 급작스레 모두가 유안을 주목했다. 싸해진 분위기 속에서 유안의 입이 무겁게 열렸다.

"한 사람이 보이지 않네요."

유 실장은 그 말에 퍼뜩 테이블을 한 번 훑으며 대꾸했다.

"아, 차수영 씨는 오늘 휴가입니다."

그러자 유안이 미간을 찡긋하더니 곧장 유 실장에게 물었다.

"왜요?"

유 실상은 아주 잠깐 당황했다. 권 이사가 굳이 그런 이유까지 묻는 모습은 좀처럼 보지 못했기 때문이었다. 그것도 저렇게 살벌한 표정으로.

"아 그게, 어머니가 갑자기 병원에 입원하셔서 청주에 내려갔다네요."

유안은 잠깐의 공백 끝에 고개를 작게 끄덕였다.

"알겠습니다. 회의 시작하세요."

"예."

유 실장은 괜스레 차수영 때문에 엄숙해진 분위기 속에서 회의를 진행하게 되었다.

회의가 끝난 뒤 23층으로 올라온 유안은 곧바로 곁에 있던 지선을 불렀다.

"임 차장님, 잠시만요."

"네."

지선은 그를 따라 집무실로 들어간 후 알아서 문을 굳게 닫았다. 문이 닫히자마자 유안의 긴밀한 말이 떨어졌다.

"차수영 어머니가 계신 곳이 어딘지 찾아봐 주세요."

지선은 자못 진지한 얼굴로 고개를 한 번 끄덕였다.

"알겠습니다."

유안은 수영이 전에 했던 말을 다시 기억했다. 그녀의 아버지는 어디 계신지 모른다던 그 말.

"그리고 차수영이랑 그 가족들에게 무슨 일이 있었는지도 알아보세요."

"아……. 그럼 오늘 당장 정보를 드리기는 어렵겠네요."

눈을 위로 굴리며 지선은 그 정보에 접근할 방법을 골몰히 생각했다.

"네, 부탁 좀 할게요."

"알겠습니다."

막힘없는 지선의 한결같은 대답에 유안은 살짝 미소를 지었다.

"고마워요, 임 차장님."

"아닙니다."

지선은 대답과 동시에 나가기 위해 돌아섰다. 그러다 그녀는 곧 다시 걸음을 멈추고 유안을 돌아보았다.

"그런데 이사님."

"예."

막 모니터를 보던 유안이 지선에게 시선을 향했다. 지선은 예의 온화한 표정으로 유안에게 물었다.

"왜 직접 차수영 씨에게 물어보진 않으세요?"

"아……. 우리 임 차장님 귀찮게 하려고요. 죄송합니다. 귀찮게 해서."

나른하게 내뱉던 유안은 지선의 시선을 피해 다시 모니터로 눈을 돌렸다. 지선은 그런 유안을 차분하게 응시했다. 그러자 유안이 모니터를 본 채 말했다.

"하시고 싶은 말 있으면 하세요, 임 차장님."

"아닙니다."

이내 친절하게 웃던 지선은 고개를 까딱 숙이고는 집무실을 나왔다.

* * *

일요일 오후 지선은 유안의 자택을 찾았다. 높고 조용한 터에 자리한 그의 자택은 사생활이 철저하게 보호되는 고급 빌라의 펜트하우스였다. 그는 2년 전 유학을 마치고 돌아옴과 동시에 JN에 입사했고 본가에서 나와 따로 살고 있었다. 안 그래도 권 회장과 살갑지 않은데 미국에서 유학 생활을 했던 11년이란 시간 동안 따로 살았었으니 더욱이 함께 살 마음이 생길 리가 없었다.

집 안으로 들어서니 넓고 긴 거실 유리창으로부터 오후의 햇볕이 쏟아져 들어오고 있었다. 펜트하우스의 탁 트인 창 아래로는 한강의 푸른 물이 굽어 보였다. 보기 좋은 전경을 무심코 내려다보고 있을 때 유안이 거실로 나왔다. 지선은 가볍게 고개를 까딱하며 인사를 했다.

"임 차장님. 점심은 드셨나요?"

유안은 그것부터 물었다.

"네."

"안 드신 거 같은데요."

표정만 봐도 배가 고파 보였나 보다. 너무 쉽게 간파당한 지선은 솔직하게 실토했다.

"좀 바빴습니다."

"죄송하네요. 기다려요. 좀 전에 아주머니가 끓여 놓고 간 전복죽 좀 가져올게요."

"제가 가져다 먹겠습니다."

"앉아서 기다려요. 주말인데 나 때문에 수고하고 있잖아요."

그러나 유안은 지선의 어깨를 밀어 소파에 앉게 했다.

"주말에 일해 줘서 죄송하긴 한데 이럴 땐 우리 임 차장님 성격이 급해서 고맙기도 하네요. 항상 나를 오래 기다리지 않게 하는 분."

유안은 씩 웃으며 주방으로 사라졌다. 지선은 그의 뒷모습을 잠시 바라보다 손에 들고 있던 자료를 거실 테이블에 내려놓았다. 잠시 후 유안이 따뜻하게 데운 전복죽을 두어 가지 찬과 함께 쟁반 위에 담아 왔다.

"뜨거울 때 드세요."

유안은 소파 테이블에 쟁반을 내려놓으며 그 위에 있던 자료에 눈길을 두었다.

"이건가요?"

"네."

유안은 곧장 자료를 들고선 지선의 건너편 소파에 앉았다.

"자세히 알아보느라 힘들었습니다."

"자세히 알아보는 게 가능했군요. 수고하셨어요."

"차수영 씨 가족들의 기본적인 정보는 금방 알아낼 수 있었는데 보다 보니까 자세히 알고 싶어져서 파고들다 보니……."

그 말에 유안은 눈을 들어 지선을 보았다. 그의 눈빛이 알고자 하는 욕구로 또렷하게 빛났다.

"사실 차수영 씨가 얼마 전까지 살아온 삶은 무난했던 것 같습니다. 작년 초에 아버지가 몰락하기 전까지는요."

지선은 곧바로 정보를 풀기 시작했다.

"차수영 씨 아버지는 얼마 전까지만 해도 개인 사업으로 작은 공장을 운영하고 있었는데 갑작스럽게 부도가 나면서 행방이 묘연해졌다고 하네요. 직원이 네 명 있었는데 그중 한 사람이랑 연락이 닿아서 어제 만나 볼 수 있었어요. 그 사람에게 자세한 이야기도 다 듣게 되었고요."

유안은 자료를 들고 있던 손을 잠시 내려놓고 지선의 말에만 주목했다.

"운신 공업이라는 중장비 관련 자재를 생산하는 기업이 연관되었다는 거였죠."

"운신 공업이요?"

"네. 그 운신 공업의 하청을 받아 부품을 생산하던 곳 중 하나가 차수영 씨 아버지가 운영하던 공장이었고요. 아무래도 제 느낌상으론 그 부도라는 게, 그 운신 공업이 악의적으로 저지른 짓인 것 같아요."

유안은 몸을 세워 앉으며 턱을 좀 더 들었다.

"이유가 뭘까요."

"운신 공업은 차수영 씨 아버지와 10년 넘게 거래해 온 사이가 돈독한 기업이었는데 나름대로 관계가 좋았다고 해요. 그런데 운신 공업 사장의 건강이 안 좋아지고 자식들이 실권을 잡게 되면서, 그때부터 잡음이 생겨났던 모양이에요."

지선은 차근히 이야기를 전해 갔다.

"차수영 씨는 차 사장님 공장이 어려워지기 시작하니까, 대학 졸업 직후부터 아버지 일을 도왔답니다. 덕분에 몇 년 사이 상황이 좀 더 나아졌었다네요."

"역시 제법 수완이 있는 친구였나 봐요, 차수영 씨가."

유안은 스페인에서의 차수영을 기억하며 그 대목에서 어느 정도 수긍이 되었다.

"네. 그랬었나 봅니다. 어렸어도 똑똑하게 일을 잘해서 아버지가 나중에는 딸을 많이 의지했었다고 합니다."

진지하게 듣던 유안은 잠자코 지선을 응시하고 있었다.

"그런데 운신 공업 사장의 아들 중 하나랑 좀 안 좋게 얽히면서 사달이 났다고 하네요."

"무슨 일이 있었을까요."

"둘째 아들놈이 실장이었는데 마흔 넘은 유부남인데도 자꾸 차수영 씨한테 집적댔었대요."

그 말에 유안의 미간이 희미하게 구겨졌다. 그의 표정을 언뜻 살피며 지선은 말을 이었다.

"어느 날은 그 실장이랑 운신 직원 몇 명이서 차수영 씨와 회식 중이었는데 그날은 차수영 씨 부친도 없는 자리여서 아주 대놓고 손을 대려고 했답니다."

일순 유안은 날카롭게 눈을 치떴다. 이내 그가 입을 열어 물었다.

"차수영이 그냥 당하진 않았나요?"

"네……. 그놈 얼굴에 얼음을 집어 던졌으니까요."

유안은 수영이 그렇게 했을 모습을 상상하며 고개를 작게 한 번 끄덕였다.

"호락호락하진 않죠."

지난번 박 과장에게 맞서던 것만 봐도 그럴 만하다 이해가 되었다.

"그래서 그다음엔 이렇게 된 건가요?"

"차수영 씨는 그대로 도망쳐 나왔고 며칠 뒤에 실장이 사과를 했답니다."

"그래요?"

"워낙 부친들 세대에선 관계가 두터웠다고 하니까 운신 사장이 사과하도록 시킨 건지도 모르죠. 그래서 그 실장 놈이 자신의 추행을 없었던 일로 하면 저도 차수영이 자기 얼굴에 입힌 상처를 없었던 일로 하겠다면서 애매한 사과를 했다는데 서로 거래가 진행 중인 파트너였으니 껄끄러웠어도 일단 그렇게 그 일은 지나가는 듯했답니다."

유안은 어딘가 찜찜하게 전개될 것 같은 이야기에 귀를 기울였다.

"그렇게 몇 달 동안은 별 탈 없이 지나가는 듯했다는데 문제는 운신이 큰 건 하나를 맡기면서 터졌다고 해요. 운신이 먼저 큰 원청 업체와 계약을 하고 사업을 확장하게 되면서 운신의 오랜 하청업자였던 차 사장님도 그 기회에 자연스레 일을 키우게 된 거죠."

지선이 한층 내리깔린 목소리로 설명하자 유안은 사뭇 더 심각한 눈빛으로 집중했다. 이후 펼쳐질 불행한 이야기를 대충 짐작할 수 있을 것만 같았다.

"좋은 기회였지만 좀 벅찬 일이기도 했다는데 오랜 벗이었던 운신 최 사장을 믿고 투자를 했답니다. 공장을 증설하고 기계도 들이고 초기 투자에 무리가 있었지만 초도 물량을 받아 생산에 들어갈 수 있었다고 해요. 그런데 이상하게 마지막에 가선 물건에 생각지도 못한 문제가 생겨 버렸다네요."

"문제가 있는 줄 본인들도 몰랐다는 겁니까?"

"아마 그랬던 거 같아요. 그게 그럴 일이 없는데 참 이상했다고 합니다. 도저히 팔 수 없는 제품이 되어 버렸고 기한 안에 공급하지 못하게 되었는데 그래서 운신이 결국 거래를 취소해 버렸답니다. 작은 공장으로서는 어마어마한 양이었다고 하는데……."

"왜 생산품에 문제가 생겼을까요."

"그러게요. 제가 오늘 만난 직원이 생각하기에도 너무 이상한 실수가 발생해서 모두들 이해할 수가 없었다고 합니다."

유안은 그 얘길 들으며 잠시 골몰히 생각에 잠겼다.

"반품하고 재생산을 해 보려고 회유했지만 운신에서 거부했다고 하네요. 하필 그 생산이 들어가기 전에 최 사장님 건강이 악화되어서 돌아가시는 바람에 차 사장님과 운신과의 관계는 그때 완전히 끝나 버렸답니다. 하자 제품은 전부 폐기되어서 고스란히 손해를 입고 위약금도 컸다는데 그때 1차 부도가 났다고 합니다."

지선은 잠시 한숨처럼 숨을 내쉬며 차분하게 말을 이어 갔다.

"그 후 어떻게든 막아 보려다 그 과정에서 더 많은 빚이 발생했는데 결국 일어서지 못했다고 합니다. 운신이 신제품뿐만 아니라 그간의 모든 외주 거래를 다 끊어 버렸거든요."

그 말을 듣는 순간 유안의 눈빛이 멈추었다.

"이상한 건 그 후 업계에 소문이 안 좋게 퍼져서 주문이 들어오지 않았대요.

"그렇게 무너진 거군요. 그 운신 공업인지 뭔지의 둘째 아들놈이 좀 구린 느낌이 드네요."

"네. 최 사장님이 돌아가신 이후 타이밍도 그렇고 뭔가 일이 이상하게 돌아갔다는 의심은 들었지만, 딱히 증거도 없고 물건에선 하자가 발생한 게 분명했으니 빼도 박도 못한 거죠."

유안은 잠깐 동안 말없이 생각에 빠졌다. 이내 그는 손에 있던 자료를 들어 살펴보았다.

"그럼 차수영 부친은 현재 이혼한 상태인가요?"

가족도 모르는 곳에서 도피 중인 그녀의 아버지는 어디 있는 걸까.

"네, 그렇답니다. 가족들에게 빚 독촉이 가지 않게 어쩔 수 없이."

"그래서 그때 생긴 채무가 얼마나 되는지는 혹시 아시나요?"

"정확히 알 수 없다곤 하지만, 아마 개인 간 채무를 제외하고도 부녀에게 최소 30억이 넘는 빚이 발생했다는 것 같습니다. 아버지뿐 아니라 차수영 씨 명의로도 진행되던 대출들이 있었더라고요."

불현듯 유안은 수영이 칙칙한 얼굴로 하던 말들이 떠올랐다. 사랑은 포기했다던 그 말. 저를 감당할 남자는 없다던 그 말. 그녀는 인생 다 산 사람처럼 그런 말을 했더랬다.

"지금 바로 청주로 가죠."

유안은 그리 오래 생각할 필요가 없었다.

"예?"

상당히 급작스러운 지시였다. 지선은 곧바로 시간부터 확인했다.

"저……. 이사님. 피곤하지 않으시겠습니까? 지금 4시가 넘은 시간이라 바로 출발해도 청주에 도착하면 해가 질 텐데요."

아무래도 상사의 컨디션이 우려되었던 지선은 부드럽게 다시 한 번 그의 의중을 물었다. 그녀로선 딱히 이 일에 대해서 그렇게 급할 일이 무엇인지 감이 오지 않기도 했다.

"내일이면 월요일이고 아침에 차수영 씨 보실 수 있을 텐데요."

"아니요. 지금 가요."

그러나 유안은 단호했다. 그의 표정만 보아도 번복할 의지 따윈 전혀 없다는 게 명확하게 보였다.

"네, 알겠습니다. 그럼 바로 출발하시죠."

지선은 곧장 자리에서 엉덩이를 떼려 했다.

"임 차장님 죽은 다 드시고 갈게요."

유안의 말에 일어서려다 만 지선은 빙긋 웃으며 대꾸했다.

"저는 괜찮습니다."

"아무리 급해도 밥 굶기고 일만 시킬 순 없죠. 어차피 저도 외출 준비해야 하니까 천천히 드세요."

유안은 그 말과 동시에 소파를 떠났다. 그를 쳐다보던 지선은 허탈한 듯 미소를 지으며 한숨을 쉬었다. 그녀는 죽이 담긴 쟁반을 제 무릎 위에 올려놓고 수저를 들었다. 휘적거리니 속에서 김이 모락모락 올라왔다.

"아직 따뜻하네."

일단 먹기나 하자며 죽을 떠 넣었다. 유안이 무슨 생각인지는 모르겠으나 왜 당장 청주에 가는지는 가면서 알게 될 터였다.

* * *

재하는 근무지에서 나온 후 곧장 병원으로 향했다. 오늘은 주
간 근무라 퇴근 후의 밖은 이미 어두웠다. 어제도 가 볼까 했지만
수영에게 문전박대당하고 금세 쫓겨날 게 뻔해서 망설이다 가지
않았었다. 그러나 어제도 오늘도 내내 정신이 거기 가 있어서 오
늘은 설령 문전박대를 당한다고 해도 가 봐야겠다는 생각을 했
다. 얼굴이나 보고 쫓겨나는 게 아예 얼굴도 못 보는 것보다야 백
배 나았다.

얼마 후 병원에 도착했다. 수영이 저녁도 못 먹고 있을지 몰라서
오는 길에 그녀가 좋아했던 카페에 들러 에그 타르트를 한 상자
사 가지고 왔다. 재하는 수영의 어머니가 어쩌고 있을지 몰라서
병실로 가지 않고 수영에게 먼저 메시지를 보내 보았다.

[수영아. 어머니 좀 어떠셔?]

[많이 나아지셨어. 걱정하지 마.]

냉랭하고 간결한 답장이 돌아오자 다시 조심스레 물었다.

[지금 병실에 계셔?]

[응. 지금은 잠깐 잠드셨어. 오빠는 이제 신경 쓰지 않아도 돼.]

[잠드셨으면 병실엔 안 가야겠다. 잠깐 병원 로비로 좀 나와 볼
래?]

그 메시지를 마지막으로 수영은 내용을 읽었는데도 답장이 없
었다.

"후우……."

어쨌든 재하는 로비에서 기다려 보기로 했다. 수영이 이대로 말도 없이 저를 상종 안 할 사람은 아니다. 쫓아내더라도 얼굴 보고 확실하게 쫓아낼 성격이지. 전부터 그런 시원시원한 성격에 그녀에게 더 매력을 느끼곤 했었다. 그런 성격 덕에 저와의 헤어짐도 그토록 화끈했던 거지만.

원래도 수영은 남에게 폐를 끼치는 일을 극도로 기피했다. 그녀와 만나던 시절에도 그녀는 냉정할 정도로 저에게도 의지하는 일이 없었다. 어려움이 생겨도 표현을 잘 안 하고 항상 혼자서 해결하려고 전전긍긍하던 그녀였으니까. 그녀가 다시 제 곁에 돌아올 방법은 다른 게 없었다. 이 세상에서 가장 많은 사람들을 고통과 고뇌에 빠지게 하는 바로 그것이 이 모든 일의 원인이자 해결 방법이었다. 그건 바로 돈이었다. 참으로 단순하고도 어려운, 그놈의 돈이란 존재. 그게 있어야 수영과 그녀의 가족을 구할 수 있는 것이다.

수영의 아버지가 운영하던 작은 공장에서 월급이 밀리는 순간 몇 안 되는 직원들은 미련 없이 나갔고 회생이나 파산도 인가되지 않아 그녀의 가족은 빚더미를 어쩌질 못하고 있었다. 수영은 이후 취업을 했지만, 급여와 아르바이트비를 전부 밑 빠진 독에 물 붓듯 소진하며 살고 있다. 겨우 자신의 이자가 불어나지 않게 유지하는 인생을 살 뿐이었다. 이대로는 도무지 그 끝이 보이지 않았다.

서른한 살의 형사과 경감. 대체로 제 또래들은 제 직업과 수입이 나이에 비해 상당히 괜찮다고들 말한다. 물론 저도 원해서 이 직업을 가지게 된 거였고 수영과 헤어지기 전까지는 그저 만족하며 살고 있었다. 그러나 이제 이대로는 제 여자의 어려움도 해결하지 못하는 것이다. 인생의 전부가 차수영이었으니 그녀와의 이별이 제 인생까지 바꾸는 건 당연한 일이라고 생각했다.

수영이 떠난 이래 생각이 많았다. 그녀가 곤란해 해서 불쑥 서울로 찾아가는 건 이제 그만두었지만 그사이에 이런저런 궁리를 하고 있는 것이었다. 현재 상황으로선 하다못해 최소 십수 억은 있어야 수영 부녀가 일부 채무를 정리하고 국가의 탕감제도 혜택이라도 받을 수 있었다.

달리 가진 게 없는 평범한 제 삶에서 빠르게 수입을 얻는 방법은 결국 모험뿐이었다. 그래서 요즘 자신이 할 수 있는 일이나 사업이 무엇일지 고민하느라 바빴다. 최근엔 여러 가지를 구상하고 조사하고 공부했다. 무언가 가닥이 잡히는 대로 지금의 일을 그만두고 새 일에 뛰어들 생각이었다.

복잡한 마음으로 로비에서 앉아 기다리고 있는데 예상대로 얼마 후 저만치에서 수영이 모습을 드러냈다. 재하는 자리에서 일어나 그녀에게 천천히 걸어갔다.

"오빠 왜 또 왔어."

다가온 수영은 짧게 눈을 맞추다 이내 시선을 돌리며 그를 핀잔했다.

"아직 서울 안 올라갔네. 다행이다."

재하는 퉁명스러운 수영의 태도를 보고도 반가워 어쩔 줄을 몰랐다. 그녀의 얼굴을 보고 있다는 것만으로 그저 좋았다.

"내일 아침 일찍 올라가려고."

"그랬구나. 밥은 먹었어?"

"나 신경 쓰지 마. 가라는 말 하려고 내려온 거야."

"알아. 쫓겨날 줄 알고 왔으니까. 얼굴이나 보고 이것도 전해 주고."

재하는 손에 들고 있던 쇼핑백을 앞으로 내밀었다. 수영은 눈을 내려 그게 무엇인지 보았다. 잘 아는 로고가 그려져 있었다.

"오빠는 대체……. 언제까지 이럴 거야."

수영은 에그 타르트를 받지 않은 채 힘없이 중얼거렸다.

"받아. 잘 좀 챙겨 먹고. 전보다 살은 더 빠져 가지고……."

재하는 수영의 손을 잡아 쇼핑백을 쥐여 주었다.

"어머니랑 나은이랑 같이 먹어. 네가 안 받으면 어차피 우리 집엔 먹을 사람도 없어."

수영은 난처한 얼굴을 했지만 이미 쥐여 진 에그 타르트를 다시 돌려주지는 못했다.

"이제 그만해, 오빠."

고개 숙인 수영은 차마 그의 얼굴을 볼 수가 없었다. 이제는 인생에서 그를 만난 것 자체가 자신의 잘못인 것만 같았다.

"우리는 진짜 끝난 거야."

이렇게 자신이 한 남자의 가슴에 잊지 못할 상흔으로 남겨졌다는 사실이 너무도 미안한 것이었다.

"오빠가 예전에 그랬었지? 내가 반짝반짝 빛난다고 말해 줬었잖아."

애가 닳던 재하는 수영의 얼굴을 가만히 바라보고 있었다.

"근데 이제 그런 차수영은 아무 데도 없어. 지금의 난 구질구질하다고.”

수영은 이윽고 고개를 들어 그를 반듯이 바라보았다.

“나 자꾸 비참해지고 싶지 않아. 나 그냥 오빠한테 반짝반짝 빛나던 차수영으로 남고 싶어.”

마주친 그의 눈빛이 투명해서 더욱 애잔함이 컸다.

“우리 그냥 한때의 좋은 추억이었지만 인연은 아니었다고 생각하자. 이 또한 지나갈 거야. 시간이 해결해 주지 않는 건 없대. 아무리 아름다운 기억들도 오래되면 바래고 희미해질 거야. 그리고 끝내 시시해지겠지.”

“수영아, 나는······.”

재하는 상처가 가득한 눈으로 수영을 보며 입을 열었다.

“내가 고작 그런 돈 문제로 너를 보내야 한다는 게 용납이 안 돼.”

그는 애가 타는 눈빛을 하고도 흔들림 없이 말했다.

“난 네가 다시 돌아오게 할 거야. 아니, 내가 너한테 돌아갈 거야.”

그 목소리는 부드럽고도 힘이 있었다.

“그러니까 너는 가만히 기다려.”

수영은 그의 말이 놀라워서 할 말을 잃고 있었다.

“난 지금도 어떻게든 내가 너한테 돌아갈 방법을 찾고 있으니까.”

이어지는 그의 말에 당황하던 수영은 미어지는 마음을 견딜 수가 없었다. 한재하는 그의 어머니가 늦은 나이에 출산한 외아들이었다. 그분들은 현재 아들의 모습을 자랑스러워하는 분들이었다. 지금 일흔이 훌쩍 넘은 그의 부모님들은 경제적으로 풍족한 분들이 아니었고 이제 두 분 다 직장 생활도 하지 않는 상태였다. 그런데 대체 그가 제게 돌아올 방법이랄 게 달리 무엇이 있단 말인가. 그런 확실한 길은 없는 게 뻔했고 그러니 그가 하는 말은 무모한 것이었다. 수영은 그저 안타까운 눈으로 그를 쳐다보았다.

"오빠. 나는 이제 오빠 다 잊었어."

이렇게 좋은 사람이라면 더더욱 독하게 밀어낼 수밖에 없었다. 어떻게 그의 인생을 제 어려움 가운데 끌고 가겠는가.

"1년 동안 난 오빠 생각할 틈도 없이 살았어. 미친 사람처럼 정신없이 살아왔다고. 그러다 보니 잊히더라."

그를 진심으로 위한다면 절대 받을 수가 없었다.

"오빠가 무슨 짓을 해도 난 이제 오빠 안 받아 줘."

재하는 그 말에 잠시 주춤하는 듯했다.

"다시 오빠랑 잘해 볼 마음 같은 거 남아 있지 않다고."

그의 슬픔이 느껴졌지만 수영은 끝까지 차가운 말로 못을 박았다.

"그러니까 이제 다시는 보지 말자."

"난 그럴 수 없어."

그러나 좌절한 재하가 작게 읊조렸다. 수영은 소리 없이 크게 숨을 내쉬었다.

"나 이만 들어갈게."

수영은 그의 울적한 얼굴을 흘끔 한 번 보고는 더 봐 줄 수가 없는 사람처럼 뒤돌아섰다. 재하는 그녀가 보이지 않을 때까지 목석같이 꼼짝하지 않고 서 있었다. 그늘진 얼굴을 감추지 못하던 재하는 한참 뒤 로비에서 돌아섰다. 어느새 8시가 다 되어 가는 시간이었다.

어둑해진 저녁 시간 종합 병원의 1층은 낮보다 조용한 편이었다.

재하는 병원을 떠나기 위해 터덜터덜 복도를 걷고 있었다. 한산해서 더 넓어 보이는 병원의 중앙 홀을 지날 때쯤이었다. 멀찍이 병원 유리문을 열고 들어오는 두 사람이 보였다. 별 관심 두지 않고 제 갈 길을 걷던 재하는 그들이 맞은편에서 제 쪽을 향해 걸어오고 있자 무심코 시선을 두게 되었다. 제 또래쯤 되어 보이는 남자와 40대로 보이는 여자였다. 어두운 슈트 차림의 남자는 조금 떨어진 거리에서부터 눈에 띄었다. 훤칠한 키와 균형 잡힌 체형 때문인지 아니면 묵직하고 절제된 걸음걸이 때문인지 이목을 집중시킬 만한 자태를 가진 남자였다. 그가 좀 더 가까이 다가오자 강한 인상을 자아내는 또렷한 얼굴이 눈에 들어왔다. 같은 남자가 봐도 참 잘생기고 근사한 페이스였다. 미끄러질 듯 매끈한 슈트는 한눈에 봐도 고가의 옷이라는 걸 알아볼 수 있을 만큼 고급스러웠다. 더할 나위 없이 점잖은 차림새였는데도 남자는 매우 튀었다. 그 뒤에는 단정한 정장을 입은 여자가 남자의 긴 다리 보폭에 맞추느라 부지런한 걸음으로 따르고 있었다.

저도 모르게 시선이 사로잡혀 눈이 떼어지지 않던 재하와 달리 그 남자는 재하에게 눈길 한 번 두질 않았다. 쳐다보든지 말든지 주변의 이목 따윈 상관없는 사람처럼 말이다. 아마도 그는 이런 시선에 상당히 익숙한 건지도 모른다. 젊지만 예사롭지 않은 분위기를 풍기는 남자를 보면서 문득 저런 사람은 뭐 하는 사람일까 하는 궁금증이 아주 잠깐 일었다. 그사이 그 남자와 여자가 지나쳐 가 버렸고 재하는 걸어가며 괜스레 한 번 뒤를 돌아보았다. 그러나 그는 곧 다시 앞을 보고 병원 현관을 향했다.

*　*　*

　병실로 돌아오던 수영은 못내 마음이 시큰했다. 어쩔 수 없이 눈물이 삐져나오고 말았다.

'내가 너한테 돌아갈 거야. 그러니까 너는 가만히 기다려.'

　한 번 눈물이 흘러나오자 그의 대한 안타까운 마음과 더불어 제 처지에 대한 설움이 함께 감정을 북받쳐 오르게 했다.

　처량하게 눈물을 흘리면서 복도를 걷고 있자 주위에서 저를 무심코 쳐다보던 사람들이 놀라는 표정을 지었다. 그 와중에 민망했던 수영은 얼른 손등으로 눈물을 훔쳐 냈다. 그러나 그동안 쌓였던 것들이 한꺼번에 터지기라도 했는지 좀처럼 눈물을 멈출 수가 없었다.

　엄마가 있는 병실이 10m도 채 남지 않았는데 수영은 차마 이런 얼굴로 병실에 들어갈 수가 없었다. 그대로 뒤로 돌아 병실 대신 공용 화장실로 향했다. 화장실 안으로 들어가자마자 거울에 비친 자신이 보였다. 우는 제 얼굴을 보니 너무 청승맞아서 더욱 눈물이 났다. 한바탕 쏟아지는 눈물이 멈출 때까지 그녀는 그대로 서 있었다.

　겨우 눈물을 멈춘 뒤엔 물을 틀어 세수를 했다. 하지만 아직도 얼굴은 엉망이었다. 화장실에 들어오던 사람이 그녀를 흘끔 보았다. 언제까지 이런 이상한 모습으로 서 있을 순 없어서 수영은 화장실 밖으로 나갔다. 좀 더 사람이 없는 조용한 곳으로 가고 싶었다.

　그전에 엄마가 있는 다인실 병실로 가서 슬쩍 안을 들여다보았다. 엄마는 어느새 잠에서 깨어나 침대에 기대앉은 채 TV를 보고 있었다. 다른 환자들과 두런거리며 드라마를 시청하고 있는 엄마의 뒤통수를 보며 수영은 조금 더 있다가 와도 되겠단 생각을 하고 뒤돌아섰다. 그러나 막 발을 떼려던 그녀는 곧 소스라치게 놀라고 말았다. 무슨 말을 하기도 전에 입이 먼저 떡 벌어졌다. 그리고 어떤 말도 쉬이 나오지 않았다.

"울었어요?"

병실 앞에는 권유안 이사와 임지선 차장이 서 있었다. 권유안은 제 얼굴을 내려다보며 그런 첫말을 뗐다. 그가 울었냐고 묻는 순간 수영은 놀라느라 잠깐 잊고 있던 제 얼굴의 꼴을 기억해 냈다. 나오기 전 마지막으로 얼굴을 확인했을 땐 울었던 티가 다분했었다.

"이사님……. 여긴 어떻게……."

수영은 얼떨결에 입을 열었다. 그녀의 떨리는 목소리에도 약간의 울음기가 배어 나왔다. 유안은 수영이 묻는 말엔 대답 없이 제 질문만 했다.

"어머니가…… 많이 안 좋으신 거예요?"

"아……. 아니요. 어머니는 이제 많이 회복하셨습니다."

유안은 대답하는 수영의 얼굴을 뚫어지게 살폈다. 촉촉하게 젖어 있는 눈동자와 붉어진 눈시울을 보니 좀 전까지 울었던 게 분명했다.

"근데 왜 울었어요?"

"……."

수영은 왜 울었는지 말하지 않았다. 그에게 그런 대답을 할 수 있을 리가 없었다. 그때 유안의 부드럽고도 나지막한 목소리가 다시 들렸다.

"누가 울린 건데요, 차수영 씨를."

고개를 살짝 기울이며 빤히 내려다보는 그의 시선이 느껴졌다. 어쩔 줄을 모르던 수영은 머뭇대다 결국 말을 돌렸다.

"근데…… 이사님은 이 병원에 어쩐 일이신가요?"

"차수영 씨랑 같은 일로 왔어요."

"예?"

"차수영 씨 어머님 뵈러 왔다고요."

순간 수영은 멍한 얼굴로 그를 쳐다보았다. 이게 무슨 소리일까. 그의 말을 듣기 전까진 그가 지인의 문병을 왔다가 정말 우연히 마주친 줄로만 알았다. 그런데 지금 제 어머니의 병문안을 왔다고 말하고 있는 것인가, 이 사람이.

"여기 있는 줄 어떻게 아셨어요?"

"그런 걸 아는 건 어려운 게 아닙니다."

유안은 그 질문엔 별 대수롭지 않은 듯 대답했다. 하지만 그에겐 아무것도 아닌지 몰라도 수영은 한없이 두려워지고 있었다. 그녀는 유안 옆에 서 있던 지선의 눈치를 흘끔 보았다. 지선은 한 번 잔잔하게 웃어 주기만 할 뿐이었다. 불안한 얼굴을 하던 수영은 이어 유안에게 조심스레 물었다.

"그럼 청주에 마침 볼일이라도 있으셨던 거예요?"

회사 근처에 있는 병원이었어도 이상한 일일진대 이곳은 청주였다.

"있었죠. 이게 바로 그 볼일이잖아요."

곧장 유안이 선선하게 답했다. 눈이 동그래진 수영은 더는 묻지 못했다. 무슨 반응을 보여야 할지 모르는 채 머릿속이 새하얘지고 있었다.

"차수영 씨 어머님은 안에 계십니까?"

"예."

수영은 고개를 끄덕였다.

"그럼 들어가서 인사드려도 되겠습니까?"

수영은 몇 번 눈을 깜빡이다가 이내 수락했다.

"네, 잠시만요."

어안이 벙벙했지만 어쨌든 제 어머니의 문병을 위해 청주까지 내려왔다는 상사를 그대로 세워 둘 수만은 없는 노릇이었다. 빠르게 병실로 들어간 수영은 TV를 향해 목이 돌아가 있던 어머니에게 다가갔다. 그녀의 귓가에 대고 직장 상사가 잠시 들르게 되었다고 속삭이자 깜짝 놀란 그녀는 거울을 보고 매무새를 대충 만지면서 허둥지둥 신발을 찾아 신었다.

잠시 후 다시 병실 앞으로 나간 수영을 따라 두 사람이 안으로 들어왔다. 일어서 있던 어머니는 그들을 보며 눈을 점점 크게 떴다.

"엄마, 우리 회사 이사님이셔요."

"안녕하세요, 처음 뵙습니다. 권유안입니다."

유안은 정갈한 미소와 함께 고개를 숙이며 먼저 인사를 건넸다.

"아아, 예에. 안녕하세요? 반갑습니다."

수영의 어머니도 정중하게 인사했다. 그녀를 보며 유안은 친절하고도 주저함 없이 말을 뗐다.

"왜 서 계십니까? 편히 앉으셔요. 편찮으신 환자분 불편하게 하려고 온 거 아닙니다."

"아, 네. 하하……."

"엄마, 괜찮으니까 앉으세요."

어색해하는 엄마에게 수영이 말했고 그제야 그녀는 침대에 앉았다.

"저희 딸이 별것도 아닌 일로 회사에 누를 끼쳤네요."

그녀가 미안한 기색을 보이자 유안은 옅은 미소를 보였다.

"아닙니다. 평소에 제가 많이 아끼는 직원이라 걱정이 돼서 이렇게 찾아뵙게 되었습니다."

"아고, 그러셨군요……."

곁에 있던 지선도 상냥한 어조로 끼어들었다.

"몸은 좀 어떠신가요?"

"이제 많이 좋아졌어요. 혼자서도 있을 만해서 수영이도 내일은 서울 올라가려던 참이에요."

하지만 그녀의 말에 유안이 거침없이 수영에게 말했다.

"차수영 씨는 어머님 다 나으실 때까지 자유롭게 휴가 써도 됩니다."

수영은 두 눈이 휘둥그레져선 곁눈질로 유안을 올려다보았다. 그녀는 그가 이 병실에 들어온 이래로 계속 어리둥절한 얼굴을 숨기질 못했다. 그건 어머니도 마찬가지였다. 지금 청주의 같은 공간 안에 그가 있는 걸 보고도 믿을 수가 없었다. 그가 엄마와 화기애애하게 대화를 주고받고 있는 모습을 어떻게 받아들여야 할지 모르는 것이었다.

끼지도 못하고 멍해져 있던 사이 그 대화는 어느새 저에 대한 능력과 칭찬으로 흘러가고 있었다. 그럼에도 수영은 가만히 서 있기만 했다. 어머니와 잠깐의 대화를 나누고 난 유안은 오래 머물지 않았다.

"그럼 쉬셔야 할 테니 저희는 이만 가 보겠습니다."

"벌써 가시게요? 수영아, 음료수라도 드려야지."

"네."

엄마의 말에 수영도 손님을 대접해야 하는 사실을 잊고 있었다는 걸 깨닫고 움직이려 했다.

"저희는 괜찮습니다."

그러나 유안이 정중하게 말하며 이어 수영을 보았다.

"그보다…… 차수영 씨, 저녁은 먹었습니까?"

"너 아직 안 먹었잖아, 수영아."

딸의 대답을 엄마가 얼른 가로챘다.

"나도 아직인데, 차수영 씨, 나랑 저녁 식사나 같이 하지 않을래요?"

수영은 선뜻 대답하지 못하고 망설이고 있었다. 그러자 또 엄마가 대답을 대신 했다.

"그래, 얼른 나가 봐. 멀리서 오신 손님인데 안내해 드려."

수영은 엄마의 해사한 얼굴을 보며 하는 수 없이 고개를 끄덕였다.

"네, 그럴게요."

그런데 막 움직이려던 수영이 문득 멈칫했다. 어느새 손에 에그타르트를 들고 있는 줄도 잊고 있었다. 수영은 그 쇼핑백을 선반 위에 조심스레 올려 두고는 유안을 향해 돌아섰다.

"가실까요?"

* * *

"저는 안 가고 기다리고 있겠습니다. 두 분 식사하고 오세요."

세 사람이 병원 밖으로 막 나왔을 때 지선이 말했다. 수영은 약간 의아한 눈으로 그녀를 보았다.

"임 차장님은 안 가신다고요?"

"네. 저는 배가 고프지 않네요."

그러자 유안도 그녀를 돌아보았다.

"괜찮으시겠어요?"

"아까 출발 전에 전복죽을 먹어서요."

"그럼 얼른 다녀올게요."

결국 어색해진 분위기 속에서 수영은 유안과 단둘이 밖을 걷게 되었다.

"이사님, 어느 메뉴가…… 괜찮으세요?"

"차수영 씨가 잘 먹는 걸로 해요."

수영은 병원 앞 상가에서 적절한 음식점을 찾으려 두리번거렸다. 함께 훑어보던 유안은 수영이 막상 곤란해하자 먼저 찾고는 권했다.

"초밥 괜찮아요?"

"네네."

그나마 조용하고 깔끔해 보이는 곳이었다. 일요일 저녁이라 사람도 많지 않았다. 메뉴는 금방 나왔다. 유안은 옆쪽에 있던 종지

하나를 수영 앞에 놓고 간장을 따라 주었다.

"감사합니다."

오늘따라 그와 단둘이 있는 시간이 유난히 긴장되는 건지 자꾸 멍하게 있게 되었다. 또 그러는 사이 유안이 수저까지 챙겨 주고 있었다.

"아, 제가 해도 되는데……."

"많이 먹어요. 건강하게 복귀해야죠."

"네."

수영은 젓가락을 들었다. 연어 초밥 하나를 다 씹어 삼킨 후 그녀는 아까부터 궁금한 걸 끄집어냈다. 전부터 느끼던 건데 자신이 꼭 그의 손바닥 안에 있는 것 같았다. 두렵지만 신중하게 물었다.

"근데 이사님. 저 엄마 병원 진짜 아무한테도 말한 적 없는데 어떻게 아신 거예요?"

그러자 유안은 참치 뱃살이 올려진 초밥을 집으며 알 수 없는 말을 했다.

"안 싸우는 척 싸우는 게 얼마나 어려운 일인지 알아요?"

"네?"

"난 그런 삶을 살고 있어요. 경쟁자도 많고 적도 많죠."

수영의 커다란 눈동자가 그를 가만히 응시했다.

"고상하게 엿 먹이려면 평소에 정보가 많아야 해요."

"아……."

"이 정도의 정보력은 아무것도 아니니까 놀라면 곤란해요."

그는 그 말을 마친 후 참치 뱃살 초밥을 입으로 가져갔다. 수영은 그를 묵묵히 바라보다가 저 역시 초밥을 집으며 생각했다. 그

렇다면 이 남자는 왜 자신에게 직접 묻지 않았던 걸까. 하긴 물었
으면 오시지 않아도 된다고 거절할 게 분명했으니 이런 건가. 그
렇다고 해도 누가 이렇게 말도 없이 알려 주지도 않은 곳으로 불
쑥 병문안을 온단 말인가. 저 생각해서 와 준 사람에게 뭐라 말
할 수도 없고 그저 당황스러울 뿐이었다. 어떻게 생각해도 이 사
람은 너무 수상쩍게 행동하고 있는데, 문제는 그 수상함을 또 숨
기지도 않았다. 사람이 참 불투명하고도 투명했다. 그래서 자꾸
이상하고 무서웠다.

"이걸로 놀라면 안 되는데. 앞으로 더 놀라게 될 텐데."

초밥을 집던 유안은 수영을 보고 있지 않은 채로 의미심장한 말
을 중얼거렸다.

"네?"

그 찰나 수영은 몸이 쭈뼛 굳을 것만 같았다.

"그게…… 무슨 말씀이시죠?"

수영의 눈동자가 유안을 똑바로 마주했다. 그녀의 눈빛엔 감출
수 없는 불안함이 서려 있었다.

"곧 알게 될 거예요."

유안은 평소처럼 여유로운 미소를 지으며 수영과 눈을 맞췄다.
그러고는 음식을 향해 눈을 내리며 마저 식사를 했다. 수영은 그
모습을 물끄러미 바라보며 도저히 그냥 지나칠 수 없는 그의 말을
곱씹었다. 더 놀라게 될 거라니. 무슨 꿍꿍이가 있는 걸까.

그를 처음 만났을 때부터 놀랄 일들은 많았지만 거기서 화룡점
정을 찍은 일은 다름 아닌 오피스텔에서의 일이었다. 그런데 또
무엇으로 저를 놀라게 할 생각이란 말인가. 수영은 제 상상으로

는 무엇도 쉽게 예측할 수 있는 게 없었다.

"여기서 더 저를 놀라게 하실 일이 있는 거예요?"

수영이 난처한 얼굴로 물었고 유안은 입 안의 음식을 모두 넘긴 후에야 입을 열었다. 대답 대신 엉뚱한 물음이었다.

"지난번에 왔던 그 오피스텔 비밀번호는 알고 있어요?"

수영은 반짝 놀라 주변에서 누가 듣진 않았는지 눈동자를 돌렸다. 다행히 가까이엔 사람이 없었다. 방금 저도 그때의 생각을 하고 있었는데 하필 그도 그 일을 묻자 그녀는 민망함에 고개를 숙였다.

그 오피스텔에 다녀온 이후 지선에게 개인적으로 연락을 한 적이 있었다. 임 차장님께서도 그날 이사님이 저를 왜 불렀는지 알고 계셨느냐고 메시지로 물었었다. 그때 지선은 물론 알고 있었다는 대답과 함께 혹시 생각이 바뀌면 언제든 그곳으로 들어와도 된다고 했다. 그러면서 비밀번호 여섯 자리를 알려 주었었다. 수영은 그때 너무 당황스러워서 그 대화를 이어 가지 못했었다. 그런데도 왜인지 그 비밀번호는 그대로 뇌리에 또렷이 박히고 말았다.

"임 차장님이 알려 주신 적은 있지만, 기억은 나지 않습니다."

수영은 눈을 내리뜬 채 거짓으로 대답했다. 왜 이 남자는 또 이런 걸 묻는 것인가. 아직 저를 거기에 끌어들일 생각을 포기하지 않은 것인가.

"비밀번호 같은 건 왜 알려 주셨어요……. 전 어차피 쓸 일도 없는데."

거절 의사를 전하는 수영의 얼굴이 얼음처럼 차가웠다.

"그럴까요?"

하지만 그러거나 말거나 유안은 빙긋 웃을 뿐이었다. 수영은 하얀 이마를 설핏 구기며 그를 바라보았다. 그의 능청스러운 미소를 정면에서 마주 보자 숨이 막힐 것 같았다.

이 사람은 왜 이렇게 저를 가만히 두질 않는 것일까. 분명 가지 않겠다고 했는데 왜 그는 제 말을 믿지 않는 것 같은 기분이 드는 것일까. 이런다고 그의 수작에 넘어갈 생각 따윈 없다. 아무리 제 인생이 구질구질해졌어도 돈 많은 사람의 유희에 저를 던져 줄 순 없었다. 이런 생각이 드는 걸 보니 아직은 저 스스로가 인생을 완연히 포기하진 못한 모양이었다.

혼자서 한숨을 삭이고 있을 때 유안이 화제를 바꾸었다.

"초밥이 꽤 맛있네요. 괜찮으면 더 시킬까요?"

"아니요. 괜찮습니다. 임 차장님도 기다리고 계시니까 이사님 식사 마치시는 대로 일어날게요."

수영은 약간 쌀쌀맞은 말투로 답했다. 임 차장 얘기는 핑계였고 사실 그와 오래 마주 앉아 있는 게 힘겨웠다.

수영은 기계적인 손놀림으로 남은 초밥을 입에 넣었다. 무슨 맛인지 느낄 여유도 없었지만 그저 생리적인 허기를 채우기 위해 입 안에서 음식을 부수고 있었다. 수영이 접시를 비워 갈 때쯤 유안은 지선에게 전화를 걸었다. 얼마 후 가게 앞에 커다란 은색 세단한 대가 섰고 지선이 들어와 계산을 했다.

"오늘 문병하러 와 주셔서 제가 사려고 했는데요."

수영이 곤란한 눈으로 멀찍이서 계산 중인 지선을 보며 중얼거렸다.

"다음에요. 나랑 개인적으로 만날 일은 앞으로도 많을 테니까요.”

　그 말에 가슴이 묘하게 뛰었던 수영은 유안을 물끄러미 바라보았다. 그는 무엇을 믿고 자꾸 이런 말들을 하는 것일까. 그와 둘이 만나 밥을 먹을 기회가 대체 언제 또 있을 거라는 이야기인 건지.

　“그럼 난 이만 가 볼게요. 서울에서 봐요. 차수영 씨.”

　유안이 일어나자 수영도 반사적으로 함께 몸을 일으키며 인사말을 했다.

　“내일 회사에서 뵙겠습니다.”

　유안은 수영을 향해 입가를 살짝 올리는 것으로 인사를 받고는 그대로 가게를 나섰다. 가게 문 앞에 서 있던 지선도 수영에게 눈짓으로 인사를 하곤 떠났다. 이내 커다란 은색 세단은 그 앞 도로에서 사라져 갔다.

　　　　　　　　* * *

　서울로 향하는 차 안 풍경은 고요했다. 조수석에 앉아 있던 지선은 뒤에 앉아 있는 유안을 슬쩍 돌아보았다.

　“이사님이 이렇게 공들이시는 모습은 처음 보는 거 같아요.”

　“그러게요.”

　유안은 나지막하게 대꾸하곤 창밖으로 눈을 돌렸다.

　“아무리 욕심나는 사업도 이러시진 않았던 것 같은데…….”

　지선이 잔잔하게 웃으며 중얼거렸다. 그 말에 부정하지 않던 유안은 창밖을 본 채 입꼬리를 살며시 올렸다.

　“고지식한 여자 꼬시기 참 힘드네요.”

지선은 그 말에 다시 뒤를 흘끔 보며 말했다.

"힘드시면 안 꼬시면 되죠."

그러자 유안이 낮은 소리로 웃었다. 바깥 풍경에 의미 없는 시선을 두며 그가 작게 읊조렸다.

"그게 안 되네요."

지선은 더는 말없이 다시 앞을 보았다. 그녀는 앞 유리창 밖의 빠르게 지나치는 불빛을 보며 뒤에 있는 제 보스에 대해 여러 가지 생각을 했다. 그 역시 뭐든 쉽지 않은 줄은 알고 있다. 집안에서 워낙 강경하게 혼담을 밀어붙이니 온강의 강희정을 함부로 내치지도 못하고. 눈에 밟히는 여자는 있지만 그녀는 너무 올곧고 제 분수를 지나치게 잘 알고 있고. 그의 연애도 결혼도 쉽지가 않았다. 희정이 먼저 혼담을 물러 주기를 유도하고 있지만 그녀의 집요함도 보통은 아니었다. 또 정혼자가 없어진다고 그가 차수영과 진심으로 연애를 할 수 있을까? 그게 가능한 남자인지는 저도 유안 본인도 모를 것이다.

분수를 잘 아는 차수영 역시 저를 만나는 남자 쪽이 심하게 밑지게 되는 상황을 스스로 견딜 여자로 보이진 않았다. 그녀의 심정도 이해가 되었다. 빚을 떠안은 인생으로 남자 집안의 반대를 견디는 연애를 하기엔 그녀의 자존심도 꽤 강해 보였다. 그래서 어떻게 해도 상대해 주지 않을 여자로 보였으니 권유안이 이렇게 수를 쓰는 것이다.

"아무튼 이사님이 차수영 씨에게 너무 상처 주진 말았으면 좋겠어요."

앞만 보던 지선은 유안에게 부드럽게 충고했다. 비서로서 그를 말릴 순 없었고 열심히 돕고는 있지만 그것과는 별개로 조언했다. 그 말에 창밖을 향해 있던 유안의 눈이 룸미러에 비친 지선의 얼굴로 향했다. 이내 그가 피식 웃었다.

"난 요즘 임 차장님이 젤 무섭더라."

지선 역시 룸미러를 통해 그와 눈을 맞추며 씩 웃어 보였다. 그녀는 속내를 감추며 아무도 모르게 한숨을 쉬었다.

실은 유안을 보며 가끔 걱정이 되었다. 그가 자신의 상처가 너무 커서 남의 상처에 무감할까 봐. 그는 세상에 없을 평화주의자를 표방하며 살고 있고 그래서 그를 좋아하고 따르는 자들이 참으로 많았지만 정작 그는 누구도 가깝게 생각하질 않았다.

* * *

병실로 들어가 보니 여전히 TV가 켜져 있었다. 그러나 다른 아주머니들과 달리 엄마는 드라마를 보고 있지 않았다. 어제만 해도 재미있게 시청했던 연속극인 것 같은데 엄마는 허공만 바라보며 미소를 짓고 있었다.

"수영아."

들어오는 말을 반겨 주는 엄마의 얼굴이 어쩐지 밝았다. 왜인지 그녀는 기분이 좋아 보였다. 그녀의 표현대로 귀한 손님들의 문병이 그리 좋으셨던 건지, 기분이 상당히 들떠 보였다.

"엄마. 기분이 좋아 보이시네요?"

"으응. 그분들은 가셨니?"

"네. 방금 가셨어요."

"그러고 보니 수영이 너도 지금 그분들 따라서 같이 서울 올라갈 걸 그랬다."

"아니에요. 뭐 하러요."

권유안과 함께 두 시간 동안 한 차에 갇혀 있는 상황이라니. 상상만 해도 세상 어색한 상황이어서 수영은 고개를 저었다.

"전 그럼 집에 가서 좀 씻고 올게요. 내일 아침에 병원에서 바로 터미널로 가게요."

"어. 그래."

엄마는 자꾸만 밝게 웃었다. 수영은 모처럼 웃는 엄마를 보고 미미한 행복감을 느끼며 같이 멋쩍게 웃었다.

"수영아. 고맙다."

"뭐가요?"

가방을 챙기며 나갈 채비를 하던 수영은 뜬금없는 엄마의 말에 그녀를 가만히 돌아보았다.

"네가 착하게 열심히 사니까 우리에게 복이 찾아왔나 봐."

"복이라니……. 그게 무슨 말이에요?"

수영은 도통 영문을 알 수가 없었다.

"음……. 아무것도 아니야."

엄마는 말을 흐렸지만 무슨 기쁜 일이라도 있는 사람처럼 설레는 얼굴을 하고 있었다.

"근데 그…… 너희 이사님 말이야."

문득 그 사람이 언급되자 수영은 괜히 신경을 바짝 세웠다.

"네."

"정말 좋은 분인가 봐. 난 운신 공업한테 당하면서 부자들이 더

악랄하고 도둑놈 같아서 신물이 났었는데. 아까 그분은 정말 노블레스 오블리주를 삶에서 실천하시는 분인 거 같아."

"뭐……. 그러게요. 저도 이렇게 문병까지 올 줄은 몰랐네요."

수영은 엄마 앞에서 그의 실체를 폭로할 순 없어서 그냥 적당히 호응했다. 오늘의 일마저 그의 입에서 나온 말대로 '흑심'에서 비롯되었을지 모른다는 말은 할 수가 없었으니.

"다 네 복이야."

엄마는 연신 벅찬 미소를 얼굴에 띠고 있었다.

"아니면……. 그분 혹시 너한테 마음이라도 있으신 거 아니니?"

일순 수영의 눈동자가 딱딱하게 굳었다. 순진무구한 엄마의 얼굴을 보며 수영은 한숨을 쉬었다.

"엄마……. 그분이 어떤 분이신데요."

"왜? 생각보다 더 대단한 분이셔?"

"우리 회사 회장님 아들이에요. 권호찬 회장님 아들이요."

딸의 말에 엄마의 눈이 화등잔만 하게 커졌다.

"아……. 그랬구나. 그래서 그렇게 사람이 여유로워 보였나 보다."

그 와중에도 엄마는 행복에 젖은 눈빛을 하고 있었다. 수영은 아무래도 그것이 묘하게 느껴졌다. 누가 봐도 지금 엄마의 얼굴은 명백하게 행복한 얼굴이었다. 행복이란 어느 순간 제 가족에겐 삭제된 관념 같았는데 말이다.

"엄마. 근데 무슨 좋은 일 있었어요? 왜 이렇게 기분이 좋아 보여요?"

"어……. 으응."

결국 수영이 묻자 엄마는 대답을 얼버무렸다. 그녀는 왜인지 주위를 살폈다.

"왜요. 뭔데요, 엄마. 뭔가 있는 거예요?"

아무래도 그런 것만 같았다. 정말 그녀에게 좋은 일이라면 제게
도 좋은 일일 텐데 자꾸 기분이 찜찜했다. 엄마가 자꾸 권 이사를
언급했기 때문인 건가.

"음……. 잠깐만 수영아."

엄마는 결심한 듯 신발을 신고 침상에서 일어났다. 잠겨 있던 로
커를 열어 안에 있던 가방을 꺼냈다. 그러고는 수영의 팔을 잡고
병실 밖으로 향했다.

"어디 가요?"

"잠깐 나가서 얘기하자."

엄마가 데려간 곳은 병원의 옥상 정원이었다. 두리번거리던 엄
마는 주위에 사람이 없자 조심스레 가방을 열었다. 의아해진 수
영은 그 모습을 지켜보았다. 엄마의 앙상한 손이 하얀 봉투를 꺼
내서 수영에게 건넸다.

"당분간 너한테 말하지 말랬는데 어떻게 숨기니. 좋은 일인데."

덜컥 불안한 기분이 수영을 덮쳤다.

"어차피 병원에 두기도 뭐하니까 네가 처리해."

"이게 뭐예요, 엄마?"

수영은 엄마가 주는 봉투를 받아 들며 물었다. 그 안을 열어 보
기가 심히 두려웠다.

"수영이 넌 언제 그렇게 그분이랑 친해졌니? 우리 사정을 이렇
게 세세하게 알고 계신 거 보면 네가 많이 의지하는 분인가 보
지?"

우리 사정을 알고 있다고? 떨리는 손으로 어쩔 수 없이 봉투를 여는 순간 수영은 제 눈을 믿을 수가 없었다. 엄마는 새삼 흐뭇해하며 밝은 목소리를 냈다.

"세상에 글쎄, 증여세까지 생각해서 넉넉하게 빌려주시더라."

"잠깐만요. 이게 뭐예요?"

정말 그 안에는 자신과 아버지와 모든 채무를 탕감하고도 남을 액수가 들어 있었다.

"아까 그분 비서님이 전해 주고 가셨어."

엄마는 꿈을 꾸는 듯한 표정으로 행복에 겨워했다.

"언제라도 능력 되는 대로 갚아도 좋다더라."

수영은 넋 나간 사람처럼 엄마의 말을 흘려보내고 있었다. 봉투를 들고 있는 손이 덜덜 떨려 왔다. 동시에 아까 권유안이 했던 의미심장한 말이 뇌리를 스치고 지나갔다.

'앞으로 더 놀라게 될 텐데.'

"엄마……. 지금 엄마가 이걸 받은 거예요?"

오피스텔에서 그를 마주했을 때와는 비교도 할 수 없는 충격에 등골이 서늘했다.

"갚으면 되잖니, 수영아. 쉽진 않겠지만 언젠가 갚으면 되는 거 아니겠니."

엄마는 감동적인 사연의 주인공처럼 기쁨을 주체하질 못했다.

"이자에 쫓기지 않고 사는 것만도 어디야. 그럼 더 빨리 갚을 수 있어."

"엄마……."

패닉 상태에 빠진 수영의 목소리가 잘게 떨렸다.

"너 부담될 거 알아. 네가 이렇게 부담 가질까 봐 그러셨는지 그 비서님도 변제부터 하고 너한테 말하는 게 좋겠다곤 하셨는데……."

엄마의 말에 눈앞이 아찔했다. 저 모르는 사이 그는 엄마에게 무슨 짓을 한 건가. 엄마는 홀려 있었다. 가족을 나락으로 떨어뜨렸던 바로 그 액수의 돈이 눈앞에 있는데 홀리지 않을 재간이 어디 있겠느냐마는.

이 돌아 버릴 것 같은 인생을 구할 수 있는 수표가 한번 엄마의 손안에 쥐어졌는데 그걸 다시 손에서 놓는 것은 그녀로선 결코 쉽지 않았을 것이다.

"열심히 일해서 갚자, 수영아. 저렇게 좋은 분이 있으니까 세상도 살 만한 거 아니겠니."

"그래도 안 돼요, 엄마."

수영은 눈을 질끈 감았다. 눈꺼풀이 닫히자 엄마의 행복한 얼굴도 감추어졌다.

"어째서. 솔직히 그분들한텐 이건 그리 큰돈도 아닐 텐데."

다시 눈을 뜨자 저를 달래듯 바라보는 엄마의 얼굴이 보였다.

"안 돼요, 엄마. 당장 돌려주고 올 거예요."

그러나 수영은 단호하게 거부하며 봉투를 자신의 가방에 넣었다.

"수영아!"

조금 전까지 환했던 엄마의 얼굴은 순식간에 염려로 물들고 있었다.

"수영아……. 우리 그냥 좋게 받아들이면 안 될까?"

안절부절못하던 그녀는 매달리듯 두 손으로 딸의 손을 붙잡았다.

"엄마 왜 이래요."

"자존심 상하니? 우리를 좀 봐. 이 꼴로 사는데 무슨 자존심이야."

방금까지 행복한 꿈을 꾸던 엄마는 딸의 예상치 못한 반대에 부딪히자 급작스레 초조해져 있었다. 그 얼굴이 애처로웠다.

"이런 기회도 아무에게나 주어지는 건 아니잖니. 난 우리가 다시 사람답게 살아갈 기회가 찾아온 거 같아서 솔직히 너무 기쁘다, 수영아."

엄마는 말끝에서 울먹였다. 이내 그녀의 눈가에 눈물이 그렁그렁 차올랐다.

"착하고 정직한 네가 열심히 살아 주어서 우리에게 이런 기회가 주어진 거라고 생각하면 안 될까? 우리가 억울하고 불쌍해서 천운이 내려졌다고 생각하면 안 돼?"

어느새 엄마의 얼굴엔 주룩주룩 눈물 자국이 그어져 있었다. 그녀는 어떻게든 딸을 타이르려 애쓰고 있었다. 그 모습을 보니 울컥, 마음이 약해질 것만 같았다. 말문이 막힌 수영은 망연한 얼굴로 엄마를 바라보았다. 순진한 엄마는 아무것도 모른다. 지금 딸이 얼마나 공포에 떨고 있는지를.

엄마, 이 돈을 받는다는 게 무슨 의미인지 알아요?

차마 입 밖으로 내지 못하는 말이 가슴속에서 맴돌았다.

"수영아…… 제발……."

수영은 제 팔을 구걸하듯 꼭 부여잡은 엄마의 손길을 뿌리쳤다. 더 마음이 약해지기 전에 그녀에게서 도망쳤다.

"수영아!"

엄마가 고통스럽게 울부짖었다. 하지만 수영은 절대 돌아보지 않고 그대로 병원을 나와 터미널로 갔다. 서울로 가는 티켓을 발권한 뒤엔 곧장 유안에게 연락을 했다. 핸드폰을 쥔 손이 부들부들 떨렸다. 가까스로 진정시키며 그나마 통화보다는 활자가 나을 거 같아 메신저를 열었다. 검색 창에서 '이사ㄴ'까지 적던 수영은 곧 그 단어를 지우고 다시 다른 단어를 검색했다.

[미친놈.]

잠시 잊고 있던 저만의 저장명이었다. 채팅방을 열어 보니 예전에 그에게서 받았던 한마디만이 보였다.

[아니요. 나는 잘못 보지 않았습니다.]

다시 봐도 새삼 싸하게 다가오는 말이었다. 수영은 기억을 털어버리듯 고개를 설레설레 흔들었다. 우선 지금 이 사람을 만나야 한다. 정신을 차리곤 오로지 집중하여 새 메시지를 보냈다.

[이사님 저 지금 서울 가는데 오늘 좀 뵀으면 좋겠습니다.]

마침 바로 메시지를 읽었는지 유안에게선 칼처럼 빠르게 답장이 왔다.

[알았어요. 언제 볼까요?]

꽤 늦을 시간인데도 그는 미루지 않았다.

[11시 좀 넘어서 강남에 도착할 것 같습니다.]

[그래요. 기다릴게요.]

"후우……."

수영은 혼란한 얼굴로 심호흡을 하며 다시 그에게 질문을 전송했다.

[어디서 뵐까요?]

잠시 후 그가 적은 주소가 전송되었다. 주소를 보고 난 수영은 더는 답장을 보내지 않고 메신저를 닫았다. 그러고는 서울행 버스가 서 있는 홈을 향해 걸음을 옮겼다.

6. 뒤틀린 열망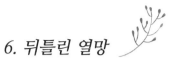

  사색이 된 수영은 당혹감을 감출 수가 없었다. 망연한 얼굴의 그녀는 깎아지른 듯한 고급 주상 복합 건물을 올려다보았다. 받아 두었던 주소지는 논현동 어딘가였는데 막상 도착해 보니 지난번에 왔던 바로 그 호화 오피스텔이었다. 아까부터 뛰고 있던 가슴이 더욱 세차게 요동쳤다. 잠시 머뭇대던 수영은 건물 안으로 발을 들였다.

  마음을 단단히 먹고 싶었지만 당연히 마음대로 되지는 않았다. 들어가는 길의 보안까지 매우 철저했던 만큼 괜히 더욱 은밀한 곳에 들어서는 듯한 기분을 지울 수가 없었다.

 엘리베이터에서 내려 견고한 철문 앞에 서게 된 수영은 지선이 알려 주었던 비밀번호를 눌렀다. 누를 일 따윈 없을 줄 알고 굳이 번호를 기억하려 애쓰지도 않았는데 이상하게 잊히지가 않았다. 자신이 이 번호를 기억하고 있다는 걸 그가 알게 될 것에 괜한 굴욕을 느끼며 문을 열었다.

 내부는 어둡고 조용했다. 그는 아직 오지 않은 걸까. 수영은 조심스레 발걸음을 옮겼다. 벽을 지나 어둡고 널따란 거실이 눈에 들어왔다. 순간 심장이 뚝 떨어졌다. 동시에 그녀는 몸을 잘게 떨며 발걸음을 주춤했다. 불 꺼진 오피스텔의 전면 유리벽에서 도시의 화려한 불빛이 들어오고 있었다. 그 빛이 은근하게 들이쳐서 실내는 많이 어둡지 않았다.

 그 도시를 배경으로 남자의 까만 실루엣이 괴물처럼 서 있었다. 바지 주머니에 한 손을 꽂은 채 등을 돌리고 선 권유안은 창밖을 응시하고 있었다. 수영은 깊은 호흡을 들이켰다. 어두운 곳에서도 어김없이 뿜어내는 그의 존재감이 버거워서 숨이 막혔다. 그는 기척이 들리고도 일부러 돌아보지 않았던 건지 몇 초가 지난 후에야 고개를 돌렸다. 뒤를 돌아본 그의 얼굴도 역광이라 잘 보이지는 않았다.

 "왔네요."

 반쯤 몸을 돌린 채 첫말을 떼는 그의 목소리가 깊고 나지막했다.

 "오게 만드셨잖아요."

 경계하듯 멀찍이 떨어져 서 있던 수영이 받아쳤다. 그녀의 말에 유안은 낮게 웃었다. 수영의 눈동자가 점차 어둠에 익숙해지며 그의 얼굴을 희미하게 식별하는 게 가능해졌다.

"올 줄은 알았지만 차수영 씨가 나한테 무엇을 주러 왔는지는 아직 모르겠네요."

그가 짓궂게 떠보는 말에 수영은 두 눈을 꾹 감았다 떴다. 동요하지 않으려고, 그에게 말려들지 않으려고 안간힘을 썼다.

"그것 역시 알고 계실 텐데요."

수영은 속과 달리 생각보다 차분하게 말할 수 있어서 스스로도 놀랐다. 그러나 그가 주었던 것을 다시 꺼낼 땐 어쩔 수 없이 손이 떨렸다.

"돌려 드리겠습니다."

그러나 유안은 말없이 흘끔 눈을 내려 그것을 보았을 뿐이었다. 그는 분명 보았으면서도 모른 척하고는 다시 뒤돌아섰다. 그러고는 다시 창밖을 응시했다.

"차수영 씨."

늘 그렇듯 그는 담담한 어조로 풀 네임을 불렀는데 오늘은 유독 그게 이상했다. 목적이 뻔히 보이는 이런 곳에서는 퍽 사무적인 그 부름이 유독 괴리감을 주었다.

"네."

그러나 수영도 그대로 사무적인 어조로 답했다. 떨지 않는 척, 아무렇지 않은 척이라도 하고 싶었으므로.

"내가 지금 뭘 보고 있었는지 알아요?"

그는 왜인지 지금 이 상황과 그다지 상관없는 듯한 말을 꺼냈다. 수영은 그를 따라 창밖으로 시선을 던졌다.

"야경을 보고 계시네요."

질문의 저의를 알 수 없어서 보이는 대로 답했다.

"난 지금…… 도시의 불빛을 보고 있는 게 아니에요."

보이는 건 불빛뿐인데 그게 아니라면 무얼 보고 있다는 말인가.

"실은 별을 보고 있어요."

그 말에 수영은 창밖을 유심히 살폈다. 별도 제대로 보이지 않는 서울의 밝은 밤하늘을 보며 그가 무슨 소리를 하는 긴지 일 수가 없었다.

"인간이 만든 보잘것없는 불빛이 하늘을 잡아먹었을 뿐 사실 저기엔 별들이 아주 많이 있죠."

유안은 천천히 말을 이었다.

"인간들은 지구에서만 아등바등 살아가느라 우주의 존재를 종종 잊지만 그래 봤자 우리는 거대한 우주에 속한 작은 행성에 살고 있는 것뿐입니다."

수영은 지금 이 상황에서 그가 왜 이런 말을 하고 있는지 이해할 수가 없었다. 보이는 건 그의 어두운 뒷모습뿐이라 표정조차 보이지 않았다. 하긴 표정을 보았어도 딱히 더 알 수 있는 건 없었을 것이다. 그는 늘 알 수가 없었으니까. 특히 자신에게 왜 이러는지 그 속을 도통 가늠할 수가 없어 늘 아리송했다. 어떨 땐 구해주는 듯싶다가도 또 어떨 땐 교활하게 괴롭히는 것 같기도 하고. 수영이 혼란스러운 눈으로 그의 뒷모습을 응시하고 있을 때 그의 목소리가 다시 들렸다.

"내 인생에서 복잡한 상황을 만날 때마다 난 마치 지구 밖에 나가 있는 제삼자처럼, 멀리 떨어져서 나 자신을 보곤 해요."

담담하게 말하던 그는 다시 뒤를 돌아보았다. 일순 베일 듯한 그의 시선과 눈이 마주쳤지만 역시나 그 심중은 읽을 수가 없었다. 문득 그가 천천히 다가오기 시작했다.

"몇억 광년쯤 떨어져 있는 먼 우주에서 나를 보면 어떻게 보일까."

늘 그렇듯 사사로이 걸어오는 몸짓도 미묘하게 우아해 보였다.

"먼 우주에서 나를 보면 너무 작아서 보이지도 않겠죠. 그렇게 생각하면 내 존재가 아주 우습고도 하찮아지는 겁니다."

모두가 부러워할 최상류층의 삶을 사는 그가 스스로를 하찮다고 말하니 정말 이상하게 들렸다. 수영은 문득 이 남자가 본인의 삶을 하찮다고 여길 정도면 그가 보기에 제 삶은 얼마나 더 하찮아 보일까를 생각했다.

"그래 봤자 먼지처럼 작은 지구에서 일어나는 일들일 뿐이죠. 나의 고민도, 나의 싸움도, 나의 고통도. 다 하찮고 부질없는 겁니다."

수영은 지나치게 가까이 다가오고 있는 유안을 빤히 보았다. 그가 코앞까지 다가오자 눈이 동그래진 수영은 호흡을 멈췄다.

그는 가까스로 닿지 않는 거리에서야 멈췄다. 하지만 수영은 뒤로 물러서지 않았다. 몇 센티 되지 않는 거리에서 유안은 고개를 살짝 기울이며 눈높이를 낮추어 그녀를 보았다. 둘밖에 없는 곳인데도 그는 굳이 가까이에서만 들릴 정도의 작은 목소리로 속삭였다.

"너는 너무 고민이 많아."

수영의 몸이 주뼛 굳었다. 그가 반말을 하면 무섭다. 보통 그럴 때면 놀랄 만큼 노골적인 말이 튀어나오니까.

"우리가 얼마나 작은 존재인지를 봐. 네가 거절하는 이유가 그렇게 중요한 문제일까?"

이쯤 되니 왜 그가 이런 말을 하고 있는지 이해가 갈 것 같았다.

"고민하지 마. 우리 문제가 아니라도 이 세상엔 고민할 게 너무 많아. 인생은 쏜살같이 짧아."

그의 말은 틀리지 않았다. 그래서 계속 듣고 있으면 설득당할 것도 같았다.

저는 지금 여기에 거절하고자 온 것이지, 설득당하러 온 게 아닌데.

유안은 그녀의 코앞에서 말을 하는 동안 계속 집요한 시선으로 그녀의 얼굴을 찔러 댔다. 닿을 듯 가까운 거리를 더 견디지 못한 수영이 급기야 고개를 틀었다. 저 눈빛을 계속 보고 있으면 저 자신을 잃어버릴 것 같았다. 가지고 있던 모든 생각도 소신도 살살이 털리고 빠져나갈 것만 같았다.

"모르겠어요."

수영이 시선을 떨구며 머뭇거렸다.

"그래도 제가 이러면 안 될 것 같아요."

"안 될 이유가 뭐지?"

"……."

"내가 너한테 하자는 게…… 누군가에게 피해를 주는 일인가?"

유안이 진지하게 반문했고 수영은 대답하지 못했다.

"내가 널 원하는 게 세계 평화를 위협하는 테러인 거야?"

아니, 오히려 사람을 살리는 일이다. 적어도 저에겐 그랬다. 적어도 아버지와 어머니에게 자유를 줄 수 있는 것이다.

"한 사람의 삶이 거창해 봐야 고작 이 작은 지구에서 사소하게 벌어지는 일일 뿐이야. 그것도 지금 우리의 일은 이 집, 고작 저 침대에서 벌어지게 될 일이라고."

그는 제법 선한 어조로 악마 같은 유혹을 해 왔다. 어차피 다른 누구도 그녀를 도울 수는 없었다. 저는 한 번도 틀린 적이 없었는데 저와 가족만이 궁지에 몰렸다.

어차피 세상은 그녀의 편이 아니었다. 그건 앞으로도 그럴 것이다. 그리고 이 남자는 그것을 아주 잘 알고 있었다. 그래서 그는 몸도 마음도 한없이 유약해져 있던 엄마의 마음을 파고들었다. 아무것도 모르는 엄마가 그의 호의를 덜컥 받았다는 걸 알게 되었을 때 그는 승자의 미소를 지어 보였을까. 그야말로 죽지 못해 사는 극단적인 상황에 몰린 한 여자에게 그가 내린 동아줄은 세상에 없을 찬란한 빛이었던 것이다.

"저…… 이거 다 못 갚아요. 아마 평생……."

수영이 한숨처럼 무겁게 깔린 목소리로 말했다. 도무지 갚을 수가 없으니 돌려주겠다는 것이다.

"알고 있습니다. 아니까 준 거예요."

그녀는 갚을 수 없어서 돌려주겠다고 하는데 그는 갚을 수 없어서 빌려주는 거라고 한다. 그는 속내를 숨길 생각 따윈 없었다. 이렇게 그녀가 제 발로 찾아오는 과정마저 꽤나 즐기는 듯했으니.

"저에게 원하시는 게 뭔가요."

뻔히 아는 답이었어도 정확히 듣고자 했다. 가슴이 미칠 듯이 요동쳤다. 그의 제안을 수락했을 때 곧 벌어지게 될 미래. 무엇을 상상해도 두려웠다.

"나랑 연애를 하면 됩니다."

대답은 매우 단순했다. 연애. 그 한마디만 놓고 보면 참으로 달콤하지 않을 수가 없었다. 둘 사이에 어울리지 않는 이질적인 단어. 그러나 그 연애가 말 그대로 보통의 연애일까.

"내가 원하는 만큼. 내가 원하는 방식으로."

그러나 그는 마치 업무를 지시하듯 또박또박 읊어 주었다. 그것은 마치 업무만큼이나 깔끔하고 정확하게 떨어지는 관계를 원하는 것처럼 들리기도 했다.

"……."

그러나 사실 이것도 기회는 기회였다. 엄마 말대로 가족들을 다시 사람답게 살게 할 기회. 아마도 앞으로 자신의 삶에서 다시없을 기회.

"모든 것은 비밀로 할 테니 걱정 안 해도 되고요."

그가 덧붙이는 중요한 말을 듣는데 수영은 마치 그 말을 돌려받는 듯한 기분을 느꼈다. 자신에게도 모든 것을 비밀로 해야 할 의무가 있는 것으로 들렸던 것이다.

"재미있을 겁니다. 안 그래요?"

그 말을 할 때의 유안의 무게감이 일순 풀어졌다. 그의 얼굴에는 희미한 미소가 번져 있었다.

"재미를 위해 이런 거액을 쓰시나요."

거의 체념한 상태인 수영이 떨리는 목소리로 물었다.

"필요하다면."

참으로 간단했다. 기업의 영리를 위해 늘 바쁘게 계산하는 그가 왜 제게 이런 투자를 하는지 이해할 수가 없었는데 재미를 위해서라고 한다. 그가 원하는 만큼의 재미. 원하는 만큼이 얼마큼인지는 알 수 없었으나 평생일 리는 없을 거라고 생각했다. 긴 시간일지 짧은 시간일지 모를 그 시간이 지나고 나면 저는 자유였다. 혼란한 생각에 잠긴 수영의 고뇌를 꿰뚫어 보기라도 하듯 유안이 속삭였다.

"자신을 구해."

수영은 이 순간 저를 구하는 것은 권유안이란 남자지만 선택은 자신이 해야 한다는 사실이 힘겨웠다. 모든 것을 놓고 달아나고 싶었다. 그러나 제 가족이 겪고 있는 역경의 원인에는 분명 그녀 자신이 있었다.

엄마의 얼굴이 떠올랐다. 찬란한 동아줄을 만난 그녀의 얼굴이 빛나고 있었다. 그런 밝은 얼굴을 얼마 만에 보았던 것인지. 실로 오랜만에 보게 된 기쁜 표정이었다. 애석하게도 그녀는 희망에 가득 차 있을 수 있었다. 그리고 그런 엄마를 계속 희망 속에서 살게 해 줄 수 있는 길이 지금 제 앞에 있었다.

"복잡하게 생각하지 마."

유안이 나지막하게 종용했다.

수영은 이 순간 잘 구별이 되지 않았다. 자신이 설득을 당하고 있는 건지, 유혹을 당하고 있는 건지. 이 남자는 분명 제게 수작을 걸며 유혹을 해 오는 건데 자꾸만 무언가 타당한 설득을 당하고 있는 듯한 기분이 들었다. 아니, 사실 현재 자신의 삶에서 그런 건 중요하지 않을지도 모른다. 그게 무엇이든 뭐가 중요하단 말인가. 애초에 자신에게 선택지가 있긴 한 걸까. 그가 거만하게 두고 간 것을 돌려주기 위해 두 시간 거리를 호기롭게 달려왔지만 결국 머뭇대고 있지 않은가.

허공에 있던 수영의 눈동자가 그의 얼굴로 향했다. 남자의 수려한 이목구비에 음영이 져 있었다. 언제든 수락하면 곧 제 몸에 들이닥칠 수 있을 만큼 그는 몹시 가까운 거리에 있었다. 고고함 따윈 집어 던져 버린 모습으로 그를 바라보는 줄 그도 아는 듯했다. 그는 한층 더 짙어진 눈빛으로 저를 끌어당기고 있었다.

언젠가 그의 앞에서 저의 자긍심을 내세운 적이 있었다. 그러나 이제 저는 그럴 수가 없었다. 어느 순간 저도 모르게 몸에 힘이 풀렸다. 손에서 쓱 빠져나가는 감각이 느껴졌다.

툭.

봉투가 바닥으로 떨어졌다. 수영은 눈을 찬찬히 내려 바닥 위에 떨어져 있는 흰 봉투를 보았다. 정확히는 그 안에 감춰진 숫자를 보고 있었다. 그 봉투엔 한 가족의 삶을 좌지우지할 숫자가 들어 있었다. 제 가족의 삶을 짓누르던 그 숫자. 알음알음 갚아 나가고 있다 해도 이대로는 평생 닿을 수 없을 것 같던 그 까마득한 숫자가 단지 이 한 봉투 안에 한꺼번에 담겨 있었다. 이렇게 쉽게.

이렇게 내려다보니 이 순간 가족을 구하는 길도 참으로 쉬워 보였다. 하찮게 바닥을 뒹굴고 있는 저것을 주워서 취하면 되는 거였다. 이 남자의 말대로 복잡하게 생각하지 않으면 된다. 단순하게 생각하면 그만이다. 가족의 인생을 포기하지 않기 위해 제 인생을 포기하는 것밖에 더 되겠는가. 그 후엔 어떻게든 되겠지.

이 순간 이 어두운 구원의 손길을 뿌리칠 수 있는 사람이 얼마나 있을까. 정작 이 상황에 처하게 된다면 누가 쉽게 말할 수가 있을까. 늘 고집을 부리던 저만 휘어지면 되는 거였다. 저만. 멍하게 내려다보고만 있던 봉투 위로 남자의 손이 뻗쳐졌다. 그녀가 줍지 않자 허리를 구부린 유안이 대신 주운 것이다. 봉투를 들고 일어선 남자는 앞에 선 여자의 얼굴을 관찰했다. 수영은 막막한 눈을 들어 그를 보았다.

말없이 눈을 맞추던 남자는 이내 수영이 어깨에 메고 있는 가방을 향해 눈을 내렸다. 그는 느긋한 손길로 그녀의 가방을 열더니 그 안에 다시 봉투를 넣어 주었다. 그러고는 빠지지 않게 가방을 단단히 닫았다. 그 신중한 과정 속에서 수영은 그저 우두커니 서 있었다. 끝내 거절하지 않고 잠자코 서 있는 그녀에게로 남자의 시선이 쏟아지고 있었다.

수영은 텅 빈 눈으로 권유안을 바라보았다. 처음으로 작정하고 그와 눈을 맞추었다. 거침없는 그의 눈빛이 날카로우면서도 한편으론 묘하게 다정해 보였다. 기분이 이상했다. 이 남자를 볼 때마다 늘 느껴지는 기분은 무어라 설명할 길이 없었다.

그는 더는 거부 의사가 없는 저를 보며 무언의 허락으로 받아들였을 것이다. 마침 그의 입가가 유연하게 휘어지며 올라갔다. 그리고 이내 그의 손이 찬찬히 올라왔다. 제 뺨 근처로 다가온 남자의 손은 조금 더 느릿해지더니 아슬아슬하게 피부 위에 안착했다.

속눈썹이 잘게 떨렸다. 닿을 줄 예측했어도, 익숙하지 않은 남자의 손에 몸이 움찔 반응하는 것이었다. 삭막한 거래 중이었지만 그의 손은 참 따뜻했다. 유안이 저를 만지는 건 이번이 두 번째였다. 첫 번째는 스페인에서 나뭇잎을 떼어준 게 전부였다.

그는 함부로 저를 만지지 않았다. 거침없던 언변과는 달리 허락하지 않은 여자에겐 절대 손을 대지 않는 도도함을 장착하고 있어서인지 그저 조심하는 것인지는 알 수 없었다. 마치 목표한 사냥감이 사정거리에 들어오기까지 제대로 기회를 엿보기라도 하는 것처럼, 원하는 여자가 온전히 제 손에 들어오기까지 손을 뻗지 않았다.

그러나 그간 쌓아 온 자제력이 이제는 한계에 다다르기라도 한 것처럼 그의 눈동자엔 무한한 욕망이 억눌려 있었다. 이렇게 돈 낭비를 해 가면서까지 쟁취하려는 것. 드디어 그 소유가 목전에 있었다. 수없이 충동을 억눌러 온 만큼 곧 폭발할 것 같은 열망이 그의 온몸에 그득했다.

수영의 말랑한 볼 위에서 부드럽게 미끄러지던 그의 손바닥은 그녀의 목 뒤까지 이동했다. 수영은 숨이 가빴다. 어느새 빨라진 호흡을 제어하기가 어려웠다. 아직 아무것도 안 했는데.

이어 유안이 서서히 고개를 숙였다. 그의 코끝이 수영의 코끝과 살짝 닿았다 떨어졌다. 입맞춤이 밀려들 줄 알고 눈을 질끈 감았던 수영은 다시 눈을 떴다. 고개를 살짝 튼 그가 더욱 다가오자 이번엔 정말 서로의 입술이 닿기 직전에 이르렀다.

"차수영 씨."

극단적으로 가까운 거리여서 이젠 그의 목소리의 울림에도 깜짝 놀랐다.

"솔직히 말해 봐요."

그가 작게 속삭였다.

"나한테 조금도 안 끌려요?"

"……."

직선적인 질문에 생각이 꿰뚫릴 것만 같았다. 하지만 그 대답이

죽도록 하기 싫었다. 무참히 버리고 온 한재하의 마음을 무시하고 어떻게 다른 남자와 웃을 수 있겠는가. 이 순간 자신이 이 남자와 이러고 있는 동안에도 재하의 가슴은 상처로 타들어 가고 있는데. 지금도 일생을 바쳐 저를 고통에서 구할 생각밖에 없는 그 사람을 외면하고 이렇게 쉽게 제 어려움을 해결해 준 남자에게 웃음을 팔 수가 있을까. 그러면 안 되는 거잖아, 차수영. 혼란한 얼굴로 어떤 대답도 하지 못하고 있었다. 그러자 그가 다시 물었다.

"내가 싫어?"

착각인지 모르겠으나 그 목소리가 다소 공허하게 느껴지는 듯도 했다.

"나랑 도저히 못 자겠어?"

그에게 목덜미를 잡힌 채 코앞에서 내려다보는 시선에 찔리며 그런 질문을 받으니 두려워서 입술이 떨려 왔다. 그가 목을 조르고 있는 것도 아닌데, 그의 손길은 더없이 부드러운데. 그런데도 어쩔 수 없이 그에게 온통 압도되고 있었다. 수영은 그 질문에 대답 대신 반문으로 응했다.

"그게…… 중요한가요?"

자포자기 상태로 대꾸하는 와중에도 심장은 걷잡을 수없이 날뛰어 댔다. 떨리는 목소리가 흘러나왔다.

"지금 중요한 건…… 이사님이 설득에 성공하셨다는 거예요."

잠시 싸늘한 정적이 흘렀다. 어두운 공기의 무게가 천근처럼 무거웠다.그러나 그보다 더욱 무거운 건 제게 내리꽂히는 권유안의 눈빛이었다. 하지만 그는 이내 옅게 웃었다. 그가 바라던 허락이 마침내 떨어진 순간인데도 왜인지 그는 어떠한 말도 하지 않앉다. 제 목덜미에 닿아 있는 손을 약간 움직여 더 제대로 감쌀 뿐이었다.

남자의 손길에 한결 더 심장이 움찔 떨었다. 한 뼘도 되지 않는 거리에서 망연한 눈으로 남자를 응시했다. 그때 문득 살포시 타인의 낯선 감촉이 윗입술에 닿았다. 남자의 입술은 나비가 착지하듯 가만히 다가왔다. 수영의 망연했던 눈동자가 일순 얼어붙으며 멈추었다. 그림처럼 매끄럽고 부드러운 입술이 그녀의 벌어진 입술 위로 포개졌다.

머릿속에서 무언가가 뚝 끊어졌다. 그것은 저 멀리 돌이킬 수 없는 곳으로 날아가 버리는 듯했다. 남자는 입술을 느리게 누르며 제 목덜미를 살짝 당겼다. 순식간에 터질 듯 팽창하는 기운에 수영은 정신이 혼미해질 것 같았다. 얼어붙은 눈이 절로 감겼다. 남자는 느리게 움직이고 있었다. 찬찬히 마찰하는 몰캉한 입술이 세세하게 느껴졌다. 비비고 지나가는 촉감은 한없이 부드러웠지만, 또 깜짝 놀랄 만큼 예민했다.

입술이 떨어지지 않은 채 남자의 나머지 손이 올라오며 그의 두 손이 그녀의 얼굴을 감쌌다. 커다란 두 손에 담긴 작은 얼굴이 그에 의해 살며시 들려 올라갔다. 어둡고 은밀한 오피스텔 한가운데서 남자는 어떤 중요한 의식을 치르듯 서서히 그녀의 입술을 물었다. 오늘 처음 닿은 그의 입술은 너무도 섬세해서 그녀의 온 신경을 곤두세웠다.

빳빳한 긴장감에 얼굴이 달달 떨릴 때쯤이었다. 입구를 두드리던 그의 입술이 어느 순간 미끈하게 파고 들어왔다. 숨이 헉 하고 막혔다. 순식간에 촉촉해진 접촉 부위에 한층 더 감각이 꼿꼿이

섰다. 깊숙한 점막 안까지 거침없이 밀고 들어온 남자의 촉감이 지나치게 선연했다. 빠르게 팔딱이는 심장에 가슴이 터질 듯 짓눌리고 있었다. 숨이 턱 밑까지 차올랐다.

그의 입술은 떨어질 때도 느른했다. 그의 입술이 천천히 떼어지자 수영은 넋이 나간 채 눈을 떴다. 그러자 곧장 코앞에 있는 남자의 농염한 얼굴이 눈에 들어왔다. 저를 보고 있는 남자의 눈빛은 어딘가 퇴폐적인 빛을 띠고 있었다. 문득 그가 낮게 소곤거렸다.

"세상을 너무 심각하게 살면…… 가슴이 아파."

여전히 그의 크고 따뜻한 손 안에 얼굴이 감싸진 채 수영은 멍한 눈으로 그를 올려다보았다. 그의 눈동자에 더욱 철저하게 잠식될 것만 같았다. 그러나 그때 유안은 손에서 그녀의 얼굴을 천천히 놓았다. 그리고 반걸음 뒤로 물러섰다. 그는 언제 그랬냐는 듯 금세 금욕적인 얼굴로 돌아와 있었다. 이내 그가 물었다.

"그래서 이 집엔…… 언제 들어올 건가요."

홀린 듯 바라보던 수영은 키스로 인해 더 붉어져 있던 입술을 열어 대답했다.

"토요일에 옮길게요."

"그래요. 짐은 많아요

가 친절한 어조로 물었다.

"아니요. 전혀 많지 않아요. 괜찮아요."

어차피 친구의 원룸에 끼어 사는 입장이어서 거기 들여 놓은 것이라곤 몇 개의 옷가지와 약간의 물건이 전부였다.

"알았습니다. 그럼 난 토요일 저녁에 올게요. 그날 함께 축하를 하도록 하죠."

그의 입에서 태연하게 뱉어진 축하란 말에 벌컥, 가슴이 조여 왔다. D-DAY를 향해, 남은 시간이 흐르기 시작했다.

"참, 그리고 난 확실한 걸 좋아해요. 내일 아침 그 봉투 가지고 내 집무실로 와요."

방금 그 말을 할 때의 권유안은 오늘 본 그의 얼굴 중 가장 엄격한 얼굴을 하고 있었다.

* * *

월요일 아침 수영은 출근하자마자 유안의 말대로 그의 집무실부터 찾았다. 유안은 저를 반기며 일어났다.

"앉아요."

그의 말을 따라 수영은 그의 넓은 집무실 안에 배치된 소파로 가서 앉았다. 그러고는 어깨에 멨던 가방을 무릎 위에 올려놓았다.

"P 은행 맞죠?"

수영은 순간 커다란 눈을 깜빡였다. 하지만 금세 그의 말을 알아들을 수 있었다. 더불어 왜 지금 이곳에 자신이 불렸는지도.

"네……."

"마침 우리 주거래처네요."

순조로워 맘에 든다는 듯 유안은 씩 웃었다. 그는 이내 전화기를 꺼내 어딘가에 전화를 걸었다.

"네, 지점장님. 그동안 안녕하셨습니까."

상대에게 꺼낸 그의 첫말을 듣곤 수영의 눈이 휘둥그레졌다. 유안은 통화를 하는 와중에도 수영에게 시선을 주고 있었다.

"좀 뵐 수 있을까요?"

그러나 이내 눈을 내린 수영은 제 무릎 위에 있는 가방만 바라보며 그의 통화 소리를 들었다.

"알겠습니다. 그럼 기다릴게요."

유안의 귀에서 전화기가 떨어졌다. 통화를 마친 그는 수영에게 말했다.

"15분 안에 도착한답니다."

수영은 흔들리는 눈동자를 들어 그를 쳐다보았다.

"잠깐만 앉아서 기다려요. 근처니까 금방 올 거예요."

그의 혼연한 얼굴빛을 보며 수영은 고개를 끄덕였다.

정말 15분도 되지 않아 지점장이라는 사람이 권유안 이사의 집무실에 도착했다. 지선이 문을 열어 주자 그는 헐레벌떡, 그러나 정중하게 인사를 하며 들어왔다. 은행으로선 악성 채무의 해결이 목전에 있었으니 빠르게도 달려온 모양이었다.

"이쪽으로 앉으세요, 지점장님."

"네, 이사님."

들어오는 순간부터 입꼬리가 내내 올라가 있던 지점장은 수영의 건너편에 와서 앉았다. 그는 수영과 눈이 마주치자 고개를 살짝 숙이며 묵례했다. 수영 혼자만 당황하고 있는 사이 유안이 그녀를 똑바로 보며 말했다.

"차수영 씨."

"네."

"넘기세요."

"……."

몇 초간 정지 화면처럼 멈춰 있던 수영은 이내 손을 움직였다. 가방에서 흰 봉투를 꺼내자 P 은행 지점장의 눈이 반짝하고 빛났다. 수표는 안전하게 넘어갔고 이후 모든 빚이 변제될 것이다. 그날부터 차수영은 권유안에게 종속되었다.

* * *

집무실 밖으로 나오자 다리에 힘이 풀릴 것 같았다. 휘청이지 않으려고 천천히 걸음을 떼자 부속실에 앉아 있던 지선이 저를 보았다.

"차수영 씨, 괜찮아요?"

"네……."

그러나 걱정스러운 얼굴을 하던 지선은 영 눈을 떼지 못했다.

"차수영 씨 얼굴이 너무 창백해서요."

하지만 그녀는 제게 무슨 일이 있었는지 다 알고 있는 사람이었다.

"물 한 잔 줄까요?"

"아니요. 괜찮습니다."

권유안의 일이라면 무슨 일이든 가리지 않고 맹목적으로 충성하는 그녀가 제게 이런 친절을 보이니 괴리가 느껴졌다. 나를 동정하는 건가. 그런 생각이 잠깐 들었던 수영은 지선에게 고개를 가볍게 숙여 인사를 건네곤 그곳을 떠났다.

기분이 얼떨떨했다. 홀가분하고도 무거운 기분이 동시에 밀려들었다. 하나의 사슬이 끊어지고 새로운 사슬에 걸렸다. 어느 게 더 나은 삶일지는 아직 모르겠다. 어찌 되었든 가족들의 숨통은 트이게 되었다. 어딘가에 있을 아버지도 이 사실을 알게 되면 엄마 곁으로 돌아와 주실까. 아버지와 자신의 은행 대출 상환 후엔 차액이 입금되는 대로 나머지 금융기관들과 업체 대금, 개인에 묶인 채무까지 전부 털어 낼 계획이었다.

우선 저의 팀이 있는 층까지 내려온 수영은 사무실로 들어가기 전 전화기를 꺼냈다. 엄마에게 전화부터 해야지. 수영은 혼 빠진 얼굴로 통화 버튼을 눌렀다. 어제저녁 청주를 떠난 이후 엄마로부터 계속해서 전화와 문자가 왔는데 전부 무시했었다. 컬러링 소리는 길지 않았다. 금세 엄마의 다급한 목소리가 들려왔다.

-어, 수영아!

"엄마."

-응, 너 어디니? 어떻게 됐어?

노심초사 밤새 근심했을 엄마의 목소리를 들으니 선택에 후회는 없었다. 그래야만 했다.

"다 해결됐어요."

-뭐?

"아빠도 나도 이제 자유예요."

한숨 섞인 담담한 목소리로 소식을 전했다. 엄마는 떨리는 목소리로 재차 확인했다.

-정말이야?

"네. 엄마가 바라시던 대로요."

이내 전화기 너머에는 한껏 안도하는 목소리가 가득 넘쳐났다.

-하아, 세상에……

엄마는 금세 울먹였다.

-이게 정말이니? 우리에게 벌어진 일이 맞아?

"정말이에요."

-고맙다, 수영아.

보이진 않았어도 엄마의 우는 얼굴이 아른거렸다.

-너 남에게 빚지기 정말 싫어하는 거 엄마도 잘 알아서 너무 미안하지만…….

그 빚 까기 위해 그 남자에게 가요. 속에서 제 대답이 울렸다.

-그래도 잘한 거야, 수영아. 잘했다.

엄마는 거듭 잘했다며 중얼거렸다. '잘했다'는 말에 수영은 그냥 위안을 얻기로 했다. 누구 하나라도 저에게 잘했다고 하면 그걸로 된 거라고. 저의 선택으로 엄마는 극도의 평화를 얻고 있지 않은가.

"엄마, 이제 지금 하는 힘든 일은 그만두고 쉬엄쉬엄할 수 있는 일 찾아요. 지금 일 아파서 쉬신 김에 그만 나간다고 해요."

-그래. 알았어.

"이제 내가 생활비도 좀 보낼 테니까."

수영은 이제는 자유로워진 자신의 월급 통장을 생각하며 엄마에게 말했다. 왈칵 눈물이 쏟아질 것 같았다.

-뭘 생활비를 보낸다고 그래. 너한테 손 안 내밀고 살아왔잖아, 지금도.

그러나 들떠 있던 엄마는 조금 침착해진 어조로 대답했다.

-그리고 네 아빠도 어디선가 소식 알게 되면 오실 거고.

숙연해진 엄마의 그 말에 수영은 새삼 아빠를 정말 다시 만날 수 있다는 사실이 실감되었다.

"그러게요. 아빠한테 메일이라도 보내야겠어요."

자신의 섣부른 판단으로 아빠에게도 무거운 짐을 지게 했었는데 결국 이렇게 자신이 그 짐을 직접 치우게는 되었다. 어찌 되었든 1년 동안 보지 못한 아빠를 머지않아 볼 수 있을 것이다. 아빠가 돌아온다는 상상만 해도 수영은 가슴이 뭉클해졌다.

"아무튼, 엄마, 몸은 이제 괜찮아요?"

─응. 오늘은 더 좋아졌어. 그냥 이따 퇴원하게. 병원 답답하기도 하고.

"다행이네요."

─좋은 소식 들으니까 더 멀쩡해진 기분이네.

엄마의 감격에 겨운 목소리를 들으며 수영은 저도 모르게 주말에 청주에 간다고 말하려 했다. 그러다가 이번 주 토요일에 권유안과 약속이 있다는 걸 상기하곤 하려던 말을 바꾸었다.

"엄마, 나은이랑 한번 놀러 오세요. 오랜만에 같이 맛있는 것도 먹고 그래요."

─어, 그래, 수영아.

엄마의 목소리에 설렘이 가득했다.

─그러고 보니 목요일이 나은이 개교기념일이라 쉬는데. 그럼 그때 갈까?

"그러셔요. 제가 저녁 사 드릴게요."

─전날 이모네 가서 자야겠다. 참, 근데 말이야. 그…… 이사님은 내가 다시 만나 뵙긴 어렵겠지?

"네? 권유안…… 이사님이요?"

-응, 그분께 너무 고마워서 감사 인사라도 하고 싶은데…….

고민하던 수영은 곤란한 얼굴로 어렵게 입을 뗐다.

"엄마……. 그분은 만나게 해 드리긴 어려울 거 같아요."

-어, 그래. 쉽게 만날 분은 아니지.

"네."

-수영아, 우리 평생 열심히 일해서 보답하자. 그분에게 폐 끼치지 않게 빌려주신 거 꼭 다 갚자.

"그래요."

엄마의 비장한 목소리에도 수영은 무기력하게 대답했다.

-의사 선생님 회진 왔다. 너도 어여 들어가서 일해. 나중에 연락하고.

엄마와의 통화가 끊겼고 수영도 전화기를 내렸다. 그녀는 무거운 얼굴을 숨기지 못하고 사무실로 들어갔다.

* * *

주중 내내 넋이 나가 있었지만 그럴수록 일에만 더욱 매진했다. 다른 생각은 잊기 위해 기계적으로 일을 했다. 그러다 수요일이 오후가 되자 엄마에게서 전화가 와서 오늘이 그날이구나 생각했다. 엄마는 나은이 학교 끝나는 대로 함께 서울로 오겠다고 했다.

퇴근 시간이 되자 유 실장이 먼저 일어나며 퇴근을 종용했다. 근무 시간을 꼼수 없이 지키는 회사라 다행이었다. 직원들은 하나둘 나갔고 수영도 자리에서 일어났다.

약속 장소에 가 보니 엄마와 나은이 먼저 와 있었다.

"언니이!"

나은이 먼저 언니를 발견하곤 손을 흔들며 환하게 웃었다. 눈을 뜬 것인지 감은 것인지 구별이 안 될 정도로 휘어진 눈웃음이었다. 저 웃음이 참으로 오랜만이었다. 그동안 저 어린것이 얼마나 암울했으면 환하게 웃지도 못하고 지냈을까. 동생은 찬란하게 어린 나이였다. 수영은 저 웃음과 맞바꾼 것이 자신의 무엇이든 견딜 수 있어야 한다고 생각했다. 수영이 손을 들어 보이며 그들이 있는 곳으로 빠르게 걸어가자 다 다가가기도 전에 나은이 달려와서 그녀를 꼭 껴안았다.

"……"

말없이 꼬옥 안은 채 파고들기만 하는 동생을 보며 수영은 눈시울이 붉어질 것 같았다. 나은도 어깨를 작게 들썩이고 있었다. 말하지 않아도 무슨 마음인지 알 것만 같아 수영은 두 팔을 들어 동생을 함께 안아 주었다. 그러면서 다정하게 물었다.

"차나은. 뭐 먹고 싶어?"

"흑……. 스테이크."

언니의 품속에서 훌쩍이면서도 대답은 빨랐다. 수영은 푸스스 웃고 말았다.

세 사람은 곧 근처 패밀리 레스토랑으로 들어갔다. 그동안 참으로 지지리 궁상이어서 외식은 꿈도 못 꾸다 보니 이런 곳도 오랜만이었다. 누구보다 어린 동생이 이 시간을 가장 즐거워하고 있었다. 세 사람은 스테이크와 파스타 등을 주문하고 기다리면서 도란도란 수다를 풀어냈다.

엄마와 나은은 모처럼 시름없는 얼굴로 쉴 새 없이 떠들고 있었다. 그 가운데서 혼자서만 붕 떠 있던 수영은 두 사람 앞에서 얼굴에 그늘을 보이지 않으려고 애썼다.

"지금은 집이 좁아서 엄두를 못 내지만 여건만 된다면 베이킹 클래스 지도사 같은 것도 해 보고 싶고 그러네."

얼마 전까지 하던 일을 그만두었다는 엄마는 다른 일을 찾는 중이라고 말하면서 앞으로의 꿈을 넌지시 내비쳤다.

"해 봐요, 엄마. 전세 하나 얻어 드릴까요?"

수영은 의욕적으로 엄마의 앞길을 지지하고 나섰다.

"수영아, 천천히! 우리 빚 턴 지 얼마나 되었다고 벌써 또 빚질 생각이야. 대출이라면 지긋지긋하다."

엄마는 질겁하며 고개를 절레절레 흔들었다. 그러자 수영은 멋쩍게 웃으며 조곤조곤 설명했다.

"그래도 전세 얻으려면 대출은 껴야죠. 이사님이 빌려주신 돈도 좀 남아서 대출 많이 안 받아도 괜찮아요."

"나중에. 나도 우선은 베이킹 공부도 좀 더 하고 자격증도 따야지."

"꼭 해 보셔요."

"내가 지금 남의 밑에서 일하는 걸로는 돈 벌기 어렵잖아. 뭐라도 좀 더 벌어 볼 가능성이 있는 자영업이라도 시도해 봐야겠어. 열심히 돈 벌어서 언젠가 꼭 그분 돈 다 갚아 드리고 싶다."

긍정적 콩깍지가 쓰인 엄마는 뭐든 희망적인 듯했다. 그러나 그런 성공은 흔치 않은 일이다. 더구나 모든 것을 잃은 지금의 부모님에게 그런 일이 일어나는 건 꿈같은 이야기 아닌가. 하지만 수영은 엄마의 꿈을 깨지 않았다. 그저 조곤조곤 격려할 뿐이었다.

"엄마가 구운 빵이랑 쿠키 지금도 맛있으니까 더 배우고 나면 충분히 가치가 올라갈 거예요."

딸의 말을 듣고 난 엄마는 왜인지 빙긋이 웃더니 옆에 둔 종이 가방을 뒤적거렸다.

"나 사실……. 그 이사님 드리려고 마카롱 만들어 왔는데 전해 드릴 수 없니?"

"네?"

수영은 급작스레 난처한 얼굴을 했다. 해맑은 엄마는 상자를 열어서 보여 주었다. 형형색색 수십 개의 고운 마카롱들이 빼곡하게 차 있었다.

"이거 만드느냐 힘들었어."

"그러셨겠네요. 이렇게 많이……."

수영은 말끝을 흐렸다. 사실 전해 주자고 하면 못 전해 줄 건 없었다.

"꼭 전해 드려 볼게요."

수영은 엄마의 정성 어린 선물을 앞에 두고 차마 잘라 내지 못했다.

"근데 수영아."

"네?"

"그분 정말 너한테 마음 있으신 거 아니니?"

엄마는 신기하다는 듯 고개를 기울이며 물어왔다. 수영은 가슴이 뜨끔 저려서 눈을 내렸다.

"이런 호의를 아무에게나 베풀 리는 없잖아. 엄마한테 솔직히 말해 봐. 응?"

수상함을 표정에서 들키지 않으려고 수영은 애써 의연하게 대꾸했다.

"모르겠어요. 저는……."

그때 마침 주문한 메뉴가 나왔다. 그 대화는 다행히 거기서 끊겨 버렸다. 좋아하는 요리들을 앞에 두자 나은의 눈이 반짝반짝 빛났다.

"맛있겠다!"

"많이 먹어."

나은은 10대답게 많은 양의 음식을 빠르게 흡입했다. 수영은 그런 동생을 위해 두어 가지 메뉴를 추가로 주문했다.

아이스크림 가게로 자리를 옮겨서 시간을 보내는 와중에 수영은 유안에게 메시지를 넣었다. 엄마의 선물이 음식이다 보니 될 수 있으면 금방 줄 수 있다면 좋은 것이기도 해서 그랬다.

[이사님. 엄마가 감사하다고 선물을 주셨는데 어떻게 할까요.]

그에게선 전에도 그랬듯 빠른 답장이 왔다. 이 사람의 특징인가.

[나한테요?]

[네.]

수영은 혹여나 그가 대수롭지 않게 여기며 받지 않으면 어쩌나 내심 걱정이 되었다.

[뭘 그런 걸 물어봐요. 내 선물이면 나한테 주면 되죠.]

사실 인간적으로 당연한 반응인데도 어쩐지 조금 안심이 되었다. 오늘 가져다주면 좋겠지만 그의 집 주소를 함부로 묻기도 뭐해서 잠시 고민하던 수영은 새로 메시지를 썼다.

[그럼 내일 아침에 임 차장님께 전해 드릴게요.]

결국 하룻밤 잘 보관했다가 줄 수밖에. 엄마의 정성이 깃들긴 했지만 그에겐 대단할 것도 없는 소박한 선물이라 괜히 귀찮게 하는 건 아닌지 연락을 하면서도 어려운 마음뿐이었다.

　[차수영 씨 지금 어딘데요?]

　그런데 왜인지 그가 질문했다. 수영은 눈을 크게 뜨고 대답을 적었다.

　[전 지금 강남역 주변에서 엄마랑 동생이랑 같이 있어요.]

　[그럼 헤어질 때쯤에 연락해요. 내가 잠깐 그쪽으로 갈 테니까.]

　수영은 그의 답장에 놀라 다음 문장을 적었다.

　[이사님. 번거로우신데 안 그러셔도 돼요.]

　[괜찮으니까 시간이랑 장소나 알려 줘요.]

　막힘없이 던지는 그의 말에 수영은 망설이며 화면을 보았다.

　10시가 조금 안 된 시간 엄마와 나은과 헤어지고 난 수영은 역 주변 어딘가에 서 있었다. 그는 헤어질 때쯤 연락하라고 했지만 괜히 좌불안석이라 아예 10시로 약속을 잡았다. 찻길을 하염없이 보며 서 있는데 흰색의 날렵하게 생긴 차 한 대가 다가왔다. 처음 보는 차라 수영은 무심한 눈으로 보고 있었다. 그런데 그 차가 속도를 줄이더니 수영의 앞에 섰고 조수석 창문이 내려갔다. 열린 조수석 창문으로는 운전석에 앉은 권유안이 보였다.

　"타요."

　"아, 네."

　예전에 몇 번 본 은색 세단이 아니라서 그의 차인 줄 몰랐다. 사적으로 쓰는 차인가보다 생각하며 수영은 얼른 조수석에 탔다.

　"차수영 씨 집 주소가 어떻게 돼요? 우선 집으로 데려다줄게요."

"괜찮습니다. 선물만 드리고 내릴게요."

"이 도로 복잡합니다. 빨리 움직여야 해요."

단호한 그의 어조에 수영은 반사적으로 집 주소를 읊었다. 이내 주소를 찍고 난 유안은 차를 움직였다.

한적한 도로가 나오기까지 수영은 긴장을 풀지 못하고 반듯하게 앉아 있었다. 그녀는 눈을 흘끗 옆으로 돌려 유안의 옆모습을 보았다. 그가 직접 운전하는 차는 처음 타 보는 것이었다. 그때 유안도 고개를 휙 돌려 수영을 보았다. 눈동자가 그에게 돌아가 있던 수영은 흠칫 놀라 다시 눈을 원위치로 돌렸다.

그대로 고개를 숙인 그녀는 가지런히 모인 제 두 손을 보았다. 그런데 무심코 내려다보고 있던 시야 안에 권유안의 손이 불쑥 들어와 그녀의 손을 덮쳤다. 이내 그녀의 손은 크고 따뜻한 남자의 손에 파묻히게 되었다. 놀란 수영은 조각처럼 그대로 굳었다. 하지만 유안은 더욱 그녀의 손을 꾹 움켜쥐었다. 수영이 고개를 들지 못하고 남자의 불거진 손등만 보고 있을 때 그의 나른한 목소리가 들렸다.

"이제 정말 내 거네, 차수영."

순간 고개를 숙이고 있던 수영의 눈이 반짝 커졌다. 심장이 저 아래로 뚝 떨어지는 것 같았다. 제 손에 가해지는 그의 손의 강한 악력과 함께 내 거라는 말로 소유가 선포되니 가슴이 폭발할 듯 뛰어 댔다.

"토요일이 기대되네요."

그는 유턴을 하게 되는 순간이 오기까지 한참 동안 그렇게 손을 놓지 않았고 그때까지 수영은 내내 숨이 막혔다.

30여 분 뒤에 친구 집 앞에 차가 멈추었다. 수영은 기다렸다는 듯이 마카롱 박스를 내밀었다.

"별건 아니지만 저희 엄마가 직접 만드신 거예요."

"감사하다고 전해 드려요."

유안은 선물을 받아 들며 차 안의 불을 켰다. 그러고는 그 자리에서 상자를 열어 보았다.

"예쁘네요. 어머님 솜씨가 훌륭한데요?"

"네, 맞아요."

"우리 어머니가 마카롱 좋아하시는데 같이 맛봐야겠네요."

"아, 사모님께서도 마카롱을 좋아하셔요? 마침 잘됐네요."

수영은 어색하게 미소 지었다. 그리고 곧장 내릴 준비를 했다.

"오늘 데려다주셔서 감사합니다. 그럼 다음에 뵙겠습니다."

"그래요, 다음엔 새집에서 봐요."

문손잡이를 잡던 수영은 그 말에 뜨끔하며 주춤거렸으나 이내 손잡이를 당기며 대꾸했다.

"네, 안녕히 들어가세요."

* * *

선물을 건네고 이틀 뒤 금요일, 퇴근 시간을 조금 앞두고 있을 때였다. 한창 업무에 집중하고 있을 때 권유안에게서 전화가 왔다. 수영은 사무실 전경을 한 번 살핀 뒤 복도로 나가서 전화를 받았다.

"네, 차수영입니다."

-바빠요?

유안이 평소의 느긋한 말투로 물었다. 수영은 목소리를 의식적으로 낮추었다.

"지금은 괜찮습니다."

-이따 퇴근하고 같이 저녁 먹을까요?

생각지 못한 제안에 수영은 약간 머뭇거렸다. 내일이면 그와 오피스텔에서 보기로 약속한 디데이였다. 그런데 오늘은 왜.

-데이트하자고요.

더럭 가슴이 뛰었다. 이 남자가 뱉은 데이트란 말에 가슴이 뛰어도 되는 걸까. 수영은 괜스레 주변을 살폈다. 전화기에서 한 말을 누가 들을 수 있었을 리 없는데도 말이다.

"네. 어디서 몇 시에 뵐까요?"

-이따 차수영 씨 퇴근하는 대로 같이 나가요.

"아……."

수영은 조금 곤란한 듯 선뜻 대꾸하질 못했다.

"근데 전 이사님보다 퇴근이 늦을지도 모르는데요. 팀 내 막내라……."

-상관없어요. 기다릴 테니까. 끝나는 대로 올라와요. 여기서 나랑 같이 내려가요.

수영은 그 말에 눈을 깜빡였다. 그럼 사내에서 같이 퇴근하는 모습을 보이는 건가. 물론 그의 집무실에서 나가면 임원 전용 엘리베이터와 전용 주차장을 이용해서 보는 눈은 적겠지만 그래도 조심스러웠다.

"저…… 이사님. 그냥 밖에서 뵈어도 될까요?"

조심스레 묻자 전화기 너머에서는 유안의 낮은 웃음소리가 작게 흩어졌다.

-그럼 뒷문 방향에서 한 블록 떨어진 도로에서 봐요. 차 가지고 거기로 갈게요.

유안은 그녀가 무얼 염려하는지 안다는 듯 그렇게 말했다.

"네. 그럼 이따 연락드리겠습니다."

-그래요. 수고하세요.

간략한 전화는 그렇게 끝이 났다.

얼마 후 모두들 늦지 않게 퇴근을 했다. 덕분에 다행히 권유안을 오래 기다리게 하지 않아도 됐다. 수영은 서둘러 건물의 뒷문으로 나갔다. 유안이 말한 장소로 향하며 그에게 메시지를 보냈다.

[이사님, 저 지금 퇴근해서 걸어가고 있어요.]

[알았어요. 나도 지금 나갈게요.]

그의 답장을 확인하고는 걸음을 서둘렀다.

도착한 도로는 좁고 한적한 편이었다. 지하철역이 있는 큰 도로와는 반대 방향이어서 직원들이 좀처럼 지나가지 않을 법도 했다. 아직 서 있는 차가 보이지 않아서 권유안이 도착하지 않았구나 하고 생각하고 있는데 때마침 한 컨버터블 카가 코너를 돌았다. 속도를 줄이며 다가온 차는 수영의 바로 앞에서 멈추었고 루프가 오픈된 컨버터블 카의 운전석엔 권유안이 앉아 있었다. 수영은 꽤 놀랐다. 검게 틴팅을 한 창문을 굳게 닫아도 주위가 의식될 판에 이런 오픈카라니.

"어서 타요."

수영은 주위에 사람이 없는 걸 확인하고는 조수석에 올랐다. 차는 곧장 출발했다.

달리기 시작한 차로 바람이 밀려들었다. 얼굴에 부딪치는 공기가 기분 좋게 시원했다. 무르익은 봄철이었다. 해가 어슴푸레하게 질 무렵의 저녁 바람은 차갑지 않았고 카 루프를 열고 달리기에도 좋은 날씨였다.

"배 많이 고파요?"

어느 정도 달렸을 때 유안이 말을 뗐다.

"아니요. 그렇지는 않아요."

"그럼 근처 미술관에 잠깐 들를까요?"

"네에."

수영은 미술관이라는 말에 가슴이 묘하게 붕 뜨는 듯했다.

"미술 전람회 좋아해요?"

좋아한다. 그것도 상당히.

바쁘게 사느라 전시회는커녕 TV조차 볼 시간이 잘 없었기에 1년 넘게 미술관에 가 본 적이 없었을 뿐이었다.

"네, 좋아해요. 예전엔 자주 다녔었어요. 마지막이 언제였는지도 가물가물해졌지만요."

이제는 좋아했던 것들이 무엇이었는지조차 잊고 살고 있었는데 방금 그의 말을 듣고는 자신이 그런 것도 좋아했었다는 사실이 새삼 와 닿았다. 그러니 지금 기분이 붕 뜨는 것도 전시회를 좋아하기 때문일 것이다. 다른 이유는 아닐 것이다.

"반 고흐전을 하고 있거든요. 그림 보는 거 좋아하면 관람하고 나서 저녁 먹으러 가요."

고흐라는 말에 수영의 눈이 반짝였다.

"네, 좋아요. 고흐전이라니 더 반갑네요."

과연 미술관은 가까이 있어서 금방 도착할 수 있었다.

주차장에서 내려 티켓을 사고 전시회장에 들어가기까지 수영은 유안의 곁에서 나란히 걸었다. 유명한 화가여서 평일인데도 생각보다 사람이 꽤 있었다.

권유안과 함께 전시회장으로 들어서며 수영은 첫 번째 그림으로 눈을 향했다. 그림 앞에 가까이 서자 헤드셋에서 오디오 가이드가 흘러나왔다. 그런데 가이드를 막 듣기 시작했을 때 문득 왼손에 남자의 따뜻한 손이 감겨 왔다. 순간 수영은 그림을 관람하던 눈동자를 멈칫했지만 그렇다고 시선을 움직이진 않았다. 그대로 서서 오디오 가이드가 끝날 때까지 그림만 쳐다보고 있었다.

자화상 속 빈센트 반 고흐와 눈을 맞추고 있을 뿐인데도 공연히 가슴이 뛰었다. 설명이 끝나고 다음 그림을 향해 발을 뗄 때가 되어서야 수영은 입을 열었다.

"누가 알아보면 어쩌려고 이러세요."

"못 알아볼 거예요. 내가 연예인도 아니고."

하지만 유안은 그저 예사로운 태연함으로 반응했고 수영은 조금 염려스러운 얼굴을 했다.

"이사님은 유명하시잖아요."

"나 한국 들어와서 일한 지 2년밖에 안 됐고 그동안 별로 매체에 노출된 적도 없어요. 알아보는 사람들 거의 없을 테니 걱정 말아요."

그러므로 놓을 의지가 없다는 듯 유안은 더욱 수영의 손을 꾹 잡으며 걸었다.

"아, 그러신가요."

그 감촉에 손을 꿈틀대던 수영은 괜히 담담하게 대답했다. 결국, 수영은 그의 손을 잡은 채 사람도 적지 않았던 전시회장을 누비게 되었다. 덕분에 그림들을 보는 내내 손바닥이 간지러운 기분을 느껴야 했다. 고흐의 강렬한 터치에서 느껴지는 혼란한 감성에 권유안의 느낌이 계속 끼어들고 있었다. 고흐를 감상하는 건지 권유안을 감상하는 건지 모를 시간이었다.

다행히 알아보는 사람이 없을 거라는 그의 말은 틀리지 않았다. 수영 혼자서만 조마조마했지만 무탈하게 지나갔던 시간이었다.

미술관을 나온 후 주차된 차로 다가오자 자동으로 잠금이 풀렸다. 그제야 손을 놓은 그는 긴 다리로 수영보다 조금 먼저 다가가 조수석 문을 열어 주었다.

"감사합니다."

권유안의 에스코트를 받는 건 처음이라 썩 자연스러울 순 없었던 수영은 그의 얼굴을 한 번 슬쩍 본 후 차에 올랐다. 문이 닫히고 수영이 안전띠를 매고 있는 동안 유안도 운전석에 앉았다. 수영은 가만히 앉아 두 손을 모으며 제 손을 만지작거렸다. 그에게 오랫동안 잡혀 있던 왼손의 온도가 더 뜨거웠다.

그런데 운전석 문이 닫히는 소리가 들린 지 꽤 시간이 흘렀는데도 차는 출발하지 않았다. 의아한 기분에 고개를 돌려 옆에 앉은 남자를 쳐다보았다. 남자는 담담한 눈으로 저를 바라보고 있었다. 그렇게 잠시 눈을 맞추다가 그가 손을 뻗었다. 머리칼에 그의 손가락이 닿았고 수영은 나른한 간지러움을 느꼈다. 그의 손에 의해 머리칼이 넘겨지자 가려졌던 그녀의 얼굴이 더 드러났다.

주차장의 희미한 등이 유안의 얼굴을 은은하게 비추고 있었다. 그림자 진 그의 얼굴은 조심스레 수영에게 가까이 다가왔다. 동시에 그의 손은 수영의 뒷머리를 감싸며 찬찬히 당겼다. 담담해 보였던 얼굴이 가까이 다가오자 그의 눈동자에 담긴 열기도 들여다보였다. 그가 무얼 할지 예측이 되는 상황에서 수영의 눈빛이 속수무책으로 흔들렸다.

그는 바짝 가까워진 채 그녀를 뚫어질 듯 바라보다가 불쑥 짧게 입을 맞추고 살짝 떨어졌다. 눈 감을 새도 없이 말랑한 감촉이 닿았다 사라졌다. 어둑어둑한 잿빛 밀실 속에서 그의 얼굴을 가까이 보며 수영은 쿵쿵거리는 심장 박동을 고스란히 느끼고 있었다. 여전히 그녀의 뒷머리에서 손도 떼지 않은 채 그가 속삭였다.

"아까 손잡고 다닐 때부터 키스하고 싶었어요."

그리고 그 말이 끝나기가 무섭게 그의 입술이 들이닥쳤다. 입술이 꾹 짓눌리며 눈앞이 캄캄해지자 수영은 자신이 눈을 감았다는 걸 자각했다. 무척 보드라우면서도 동시에 거친 듯도 한 묘한 감촉이 그녀를 점령해 갔다. 작게 전율하며 수영은 생각했다. 원래 키스란 게 이렇게 충격적인 행위였던가. 과한 긴장에 호흡이 곤란해지기 직전에 그가 입술을 뗐다. 여전하고 집요한 시선을 거두지 않은 채 그가 나지막하게 물었다.

"내일 말고 지금 그 집으로 같이 갈까요?"

수영은 덜컥 가슴이 내려앉아서는 바로 대답을 하지 못했다. 그러자 그녀의 얼어붙은 눈동자를 보고는 유안이 몸을 떨어뜨리며 말했다.

"하루라도 더 벌고 싶어 하는 표정이네요."

"아닙니다. 이사님 원하는 대로 하세요."

뒤늦게 수영이 입을 열었지만, 유안은 그저 앞을 보며 기어 노브를 잡았다.

"사람이 참 성실한 건지……."

그는 곧 차를 출발시키며 중얼거렸다.

"내일 갈 테니까 긴장 풀어요."

이내 그는 담담한 얼굴로 말했다. 딱히 기분이 상해 보이지는 않았다.

"내일 집에서 첫 데이트를 하면 차수영 씨가 많이 어색해할까 봐 그전에 밖에서 먼저 만나자고 한 거예요."

"아……. 네."

수영은 그의 이런 말조차도 어색해서 고개를 작게 끄덕였다.

"배고프죠? 맛있는 거 먹으러 가요."

그날 유안은 호화롭고 훌륭한 음식점으로 수영을 데려갔다. 그의 말대로 맛있는 음식이었고 그는 내내 친절했다. 하지만 이후 식사를 마친 뒤 수영이 사는 곳으로 데려다주기까지 그는 왜인지 더 이상의 스킨십이란 없이 담백하기만 했다.

* * *

역시나 정리할 짐은 많지 않았다. 그래 봐야 커다란 캐리어 하나와 백팩이 전부였다.

"같이 가 줄까?"

옆에서 지켜보던 친구는 내내 아쉬운 얼굴이었다.

"아니, 괜찮아!"

행여나 친구가 정말 따라올까 봐 수영은 극구 만류했다.

"혼자서 다 옮길 수 있겠어? 내가 도와줄게. 지금 할 일도 없는데."

"짐이 정말 없어서 괜찮아! 이게 다야."

곤란함을 감추며 수영은 허둥지둥 발 앞에 놓인 짐을 가리켰다.

"뭐 타고 가려고?"

"그냥 택시 타고 가면 돼."

친구에겐 어떤 사정도 말할 수 없었다. 하루아침에 빚에서 벗어났다는 것도 말하지 않았다. 회장 아들이 마련해 준 집으로 들어간다는 말 따위는 아무리 친한 친구에게도, 가족에게도 하지 않았다. 제 돈 들여 월세 방으로 가는 거라고 하면 이 친구가 붙잡을까 봐 그냥 친척 집으로 간다고 해 두었다. 그래야 집에 와 본다는 말도 하지 않을 테니까. 존재하지도 않는 입시생 사촌의 공부를 봐 주며 지내게 되었다는 말로 둘러댄 것이었다.

"어느 동네랬지?"

"논현동."

머뭇대던 수영이 대꾸했다. JN 본사 사옥이 강남에 자리하고 있어서인지 멀지 않은 곳에 그 오피스텔도 있었다.

"그래. 가서 불편하면 언제든 다시 들어와. 친척 집도 살아 보니 눈치 보이더라."

친구는 더는 꼬치꼬치 묻지 않으며 수긍했다.

"고마워. 그동안도 정말 고마웠어."

어쨌든 언제까지나 이대로 친구에게 신세 질 수도 없어서 늘 미안했던 차였는데 드디어 나가게는 되었다.

"네 덕분에 그동안 너무 잘 지냈어."

눈가가 촉촉해진 수영은 맘 착한 친구를 꼭 안았다. 비록 힘겨운 나날들이었지만 친구 덕분에 따스했던 거처였다. 이제 자신은 여기와는 사는 세계가 다른 그곳을 향해 언제 다시 돌아올지 모를 여정을 떠나게 되었다.

* * *

낮에 이 오피스텔에 들어온 건 처음이었다. 늘 깜깜한 밤에만 왔었는데 한낮에 보니 채광이 풍부해서 온 집 안이 환하고 화사했다. 남의 집에 들어온 것처럼 어색하고 어려운 기분이 들었다. 당장 짐을 어디에 어떻게 풀어야 할지도 막막해서 거실에 우두커니 서게 되었다.

"후……."

대충 눈을 돌리던 수영은 안쪽에 보이는 방을 향해 짐을 가지고 이동했다. 반짝반짝 빛나는 베이지색 대리석 바닥 위에서 캐리어가 부드럽게 끌려왔다.

안방과 연결된 커다란 드레스 룸을 발견한 수영은 거기에 옷부터 풀기 시작했다. 캐리어를 열어 옷을 전부 거는 데 시간은 얼마 걸리지 않았다. 대부분의 옷들은 청주에 있었고 계절에 맞는 사무용 몇 개와 편한 옷들 몇 개만 친구 집에 두고 살았으니 걸어 놓을 것도 별로 없었다.

나머지 물건들을 대충 정리하고 나서 시간을 보니 2시가 넘어 있었다. 권유안은 9시에 온다고 했다. 수영은 그전에 해 둘 일들을 대략 생각해 보았다. 친구네 집에선 친구 물건을 같이 쓰느라 굳이 안 샀던 물건들을 사야 하니까 건물 아래층에 있는 몰에 먼저 가야겠다고 생각했다. 어지간한 생필품은 집 안에 다 갖춰져 있으니까 그렇게 살 게 많아 보이진 않았다.

쇼핑을 한 뒤엔 저녁까지 일찌감치 먹고 들어와야지. 집에 와서는 사 온 물건을 정리하고, 그러고 나선…… 샤워를 하고…….
또…….

그 후 다가올 시간을 헤아리자 가슴이 울렁거렸다. 그 시간을 준비하며 속수무책으로 떨렸지만 이런다고 다가오지 않을 시간이 아니었다.

옷은 뭐 입어야 하지. 속옷은 뭐가 있더라. 그 남자가 자세히 볼까?

"하……."

하지만 끝내 수영은 두 손바닥 안에 숨듯이 얼굴을 묻었다.

차수영. 왜 이렇게 긴장하니……. 침착하자. 내가 받아들인 거야. 좀 이상하긴 하지만 이제 그 사람이 내 애인이야. 어떻게 얽힌 연애 관계든 이제 이게 내 운명이잖아.

* * *

일찌감치 수영은 거실 소파에 가만히 앉아 있었다.
그녀는 무릎 조금 위로 올라가는 하늘색 셔츠 원피스를 입고 있었다. 목부터 밑단 끝까지 단추가 채워져 있었고 허리는 끈으로 묶여 있었다. 오피스 룩보단 조금 더 편한 옷차림이었지만 여전히 그녀는 단정했다.

9시가 조금 안 되었을 때 권유안이 들어왔다. 거실에선 현관이 벽에 가려져 보이지 않았는데 벽 뒤에서 갑자기 문이 열리는 소리가 들려서 수영은 화들짝 놀랐다. 그는 초인종을 누르지 않고 비밀번호를 누르고 들어왔다. 생각해 보니 그가 소유한 집이니 당연한 거였다. 문에서 나는 기척으로 그가 왔다는 걸 알 수 있었던 수영은 앞으로도 그가 언제든 이렇게 들이닥칠 수 있다는 걸 깨달았다. 자신이 어떤 모습으로 무엇을 하고 있어도 .

앞으로 이런 거에도 익숙해져야겠지.

가려진 벽 끝에서 권유안이 모습을 드러냈다. 거실에 있는 수영을 발견한 그의 눈빛이 일순 멈추었을 뿐 그는 거실을 향해 걸어왔다. 반사적으로 일어난 수영은 회사에서의 습관처럼 그를 향해 고개를 살짝 숙이며 소파를 나왔다. 그녀는 손님을 맞이하듯 그를 마주 보며 넓은 거실에서 몇 걸음을 천천히 옮겼다. 그러다 거실 한쪽에서 발을 멈추었는데 유안은 그녀의 한 걸음 앞까지 굳이 다가와 마주 섰다. 두 손을 앞으로 모아 잡고 있던 수영은 바짝 긴장한 눈을 들어 올렸다. 그가 먼저 침묵을 깼다.

"저녁은 먹었어요?"

"네."

그녀의 대답에 고개를 작게 끄덕인 유안은 돌아서 어딘가로 걸어갔다. 그를 따라 고개를 돌리던 수영은 그가 주방으로 들어가는 모습을 보았다. 걸음을 살짝 옮겨 멀찍이서 그를 엿보니 와인 렉에서 와인을 고르고 있는 그의 옆모습이 보였다. 아까 집을 둘러보며 누가 언제 사다 놓은 건지 모를 와인들이 쌓여 있는 걸 보았다. 오자마자 저곳을 찾는 그를 보니 그만큼 그에게 중요한 부분이라서 갖춰져 있었나 보다.

물끄러미 그를 바라보고 있자 시선을 느꼈는지 그가 고개를 돌렸다. 멈칫하고 눈이 마주친 수영은 몸을 돌려 다시 거실 한가운데로 돌아왔다. 어정쩡하게 서 있는데 잠시 후 유안이 와인 한 병과 잔 두 개를 들고 나타났다.

"와서 앉아요."

그가 소파에 앉으며 권했다. 하지만 수영은 선뜻 그 곁에 다가가지 못했다. 소파 테이블 위에 와인 병과 잔을 차례로 내려놓는 유안을 바라보며 수영이 물었다.

"계약서 같은 거…… 안 써도 돼요?"

유안은 그 말에 픽 웃더니 말없이 오프너로 와인 마개를 열었다. 소파와 조금 떨어져 서 있던 수영은 그의 반응에 무안함을 느꼈다.

"계약서요? 뭐라고 쓸까요. 을 차수영은 갑 권유안에게 무엇 무엇을 제공할지 하나하나……. 그런 거 구구절절 쓰면서 감당할 수 있겠어요?"

와인 병을 들며 그가 말했다. 흔들리는 눈으로 그를 보던 수영은 마주 잡은 손을 꼼지락거렸다.

"차수영 씨는 약속 잘 지키는 사람이잖아요. 바르고 양심적이고. 계약서 같은 거 안 써도 잘 이행할 거라 믿어요."

하지만 수영은 철저한 그가 서류 하나 없이 저를 잡아 두는 게 조금 의아하긴 했다.

"저를 믿으세요? 제가 달아나면 어쩌시려고요."

유안은 싱긋 웃으며 유리잔 두 개에 붉은 와인을 채웠다. 그리고 와인 병을 조용히 내려놓은 뒤에야 그가 수영을 쳐다보았다.

"달아나 보든지요. 할 수 있다면."

웃는 낯으로 던지는 말에 수영은 정신이 번쩍 들었다. 순식간에 오싹해진 분위기가 그녀를 짓눌렀다.

"와인 한잔해요."

혼자서만 태연하던 유안이 이내 여유롭게 웃으며 권했다. 하지만 수영은 근처에 다가가지 않은 채 멀뚱히 서서 눈만 깜빡였다.

"저는…… 별로 생각이 없습니다."

"축배는 들어야지요."

잔잔한 표정의 유안은 제 잔 하나를 손에 들며 수영을 보았다. 그러나 수영은 요지부동이었다. 그녀가 움직이지 않자 유안은 가만히 그녀의 얼굴을 살폈다.

"나랑 와인 한잔 같이할 여유 따위도 없는 겁니까?"

수영은 대답하지 않았다.

"……."

유안은 수영을 향했던 시선을 다시 앞으로 돌리며 제 정면을 보았다. 그의 얼굴엔 여유도 미소도 사라져 있었다. 와인 잔을 손에 든 그는 무슨 생각을 하는지 허공을 보며 긴 숨만 내쉬고 있었다. 이윽고 그가 손에 들고 있던 와인 잔을 입으로 가져갔다. 그는 음미할 생각 따윈 싹 사라진 사람처럼 한 번에 잔을 비웠다.

가만히 서 있던 수영은 조심스러운 눈길로 그를 물끄러미 바라보기만 했다. 탁 소리와 함께 와인 잔을 테이블 위에 올려놓는 동시에 그는 소파에서 일어났다. 성큼성큼 걸어오는 그를 보며 수영은 덜컥 긴장을 느꼈지만, 발을 떼지 않고 그를 응시했다. 빠르게 다가온 남자와 닿기까지 가까워졌을 때 남자의 손이 그녀의 턱을 그러쥐었다. 그녀의 얼굴을 올려 든 유안은 곧장 입술을 붙여 왔다. 깜짝 놀란 수영이 눈을 동그랗게 뜨는 순간 달콤한 와인이 입 안으로 흘러들어 왔다. 당황하여 절로 삼켜진 와인이 목 뒤로 넘어갔다. 물에 빠진 사람처럼 아연하고 있는 사이 유안의 입술이 떨어져 나갔다.

"나랑은 조금도 더 같이 있고 싶지가 않은 거야?"

여전히 수영의 턱을 쥔 채 유안이 말했다.

"그냥 빨리 해치우고 꺼지라 이건가?"

그의 목소리는 낮고 차분했고 그의 얼굴엔 표정이 없었다. 그래서 화가 난 건지 아닌지 알 수가 없었는데도 수영은 당혹스러웠다.

"못 할 거 없지."

유안이 그답지 않게 딱딱하게 말했다. 불쑥 굳어진 수영의 눈동자가 멈추었다.

"지금 당장 원한다면 얼마든지."

그는 옅게 웃기까지 했다. 그 웃음이 호의적이지는 않았지만.

유안은 수영의 턱을 놓았다. 대신 한 팔로 그녀의 허리를 감아 제 쪽으로 당겼다. 갑자기 그와 바싹 밀착되자 수영의 몸이 빳빳하게 굳어졌다. 그와 가까이 서자 그녀는 고개가 꺾일 듯 그를 올려다보아야 했다. 저도 또래 여자들 중엔 평균 이상의 키였는데도 훤칠하게 큰 유안과는 키 차이가 꽤 났다.

유안은 수영의 허리를 당긴 채 잠시 말없이 그녀의 얼굴을 들여다보았다. 숨소리를 헤아릴 수 있을 만큼 가까이 둔 여자의 얼굴을 예리한 눈길로 구석구석 뜯어보았다. 투명하고 솔직한 눈동자, 깨끗하게 솟은 콧날, 묘한 색기가 흐르는 붉고 보드라운 입술.

"놀랐어요?"

유안은 저를 불안하게 응시하던 여자와 빠짐없이 눈을 맞추며 읊조렸다. 그러더니 슬쩍 웃어 보였다. 수영은 괜히 그가 따 놓은 와인 병을 흘끔 보며 작게 물었다.

"이사님……. 와인은 더 안 드실 건가요?"

"글쎄요. 지금은 차수영 씨가 안 마시잖아요."

그녀만 뚫어지게 바라보던 유안이 나른한 어조로 대꾸했다. 수영은 저 때문에 안 마신다는 유안의 얘기에 조금 머뭇대다 입술을 아름거렸다.

"저는……."

그에게 들릴 만하게 속삭이는 그녀의 목소리가 고요하고 촉촉했다.

"저는 오늘은 맨정신으로 하고 싶어요."

그 말이 남자를 자극했는지 순간 그의 얼굴에 웃음기가 사라지며 그의 눈동자에 이채가 돌았다.

"그것참…… 엄청나게 섹시한 말이네요."

말끝에 그의 입꼬리가 다시 서서히 올라갔다. 몸이 여전히 밀착된 채 수영은 말간 얼굴로 그 미소를 오도카니 바라보았다. 남자는 오늘도 빛이 날 만큼 고혹적이었다. 아마 자신이 살면서 본 남자 중 가장 매력적인 남자일 것이다. 그래서 더 떨리고 두려웠다. 매혹적인 남자, 그러나 자신이 가질 수 없는 남자.

자신은 그 남자를 가질 수도 없는데 그 남자는 일방적으로 자신을 가지려고 한다. 자신이 그와 동등한 세계를 사는 사람이었다면 그저 당당하게 그와 연애를 즐길 수도 있었을까. 수영은 그와 마주 보는 아주 짧은 시간 동안 그런 생각을 해 보았다.

  "차수영 씨에 대해 알고 싶은 게 많았어요."

  유안이 나직하게 말했다. 수영의 허리를 감은 손에 더욱 힘을 주던 그는 다른 한 손을 올렸다. 그의 손등이 수영의 하얀 뺨을 찬찬히 쓸었다.

  "왠지 모르겠지만 처음 봤을 때부터 눈을 뗄 수가 없었는데……."

  거침없이 솔직하게 토로하는 그를 보며 수영의 커다란 눈동자가 떨리고 있었다.

  "알면 알수록 더 궁금해지는 사람이었어요."

  유안의 손가락은 그녀의 이마 위로 올라갔다. 살짝 닿은 손가락이 고운 이마의 곡선을 따라 천천히 스치고 내려왔다. 그대로 느릿한 속도로 미끈한 콧등을 지나간 손가락은 도톰한 입술 위에까지 이르렀다. 누구의 방해도 없는 밀폐된 공간. 그의 명성이 아무리 높다 한들 누구도 훔쳐볼 수 없는 이런 곳에서는 어떤 은밀한 일을 벌이는 것도 가능한 것이었다.

  아마도 이제 곧 짐승처럼 헐벗은 모습으로 대하게 될 남자의 눈빛은 지나치게 고요했다. 그래서 더 야릇했다. 수영은 그의 앞에서 미리부터 발가벗겨진 것 같은 기분이 들었다.

  "그리고 지금 궁금해 죽겠는 건……."

  수영의 입술 위에 머물던 기름한 손가락은 그녀의 턱을 스치고 내려갔다.

"차수영 씨의 벗은 몸."

그 말을 마침과 동시에 턱 아래로 내려간 유안의 손은 곧 수영의 원피스 맨 위 단추를 잡았다. 순간 수영의 몸이 돌처럼 경직되었다. 숨을 벌컥 들이켠 그녀가 움직대는 모습을 들키자 그가 씩 웃었다.

단추는 하나둘 차례로 풀렸다. 서둘지 않는 느긋한 손길, 그러나 망설임이란 없는 거침없는 손길이었다. 혼돈에 빠진 수영의 눈동자는 시선을 둘 곳이 없어 이리저리 흔들렸다.

이렇게 드러나는 거야? 이렇게 밝은 불빛 아래서?

지금의 그녀는 피부 결 하나까지 낱낱이 드러날 만큼 심하게 환한 불빛 아래에 서 있었다. 배 위에 있는 단추까지 풀렸을 때 벌어진 틈으로 브래지어가 보였다. 남자의 손은 그녀의 허리를 동여맨 끈을 잡아당겨 풀고 있었다. 끈마저 해체되니 벙벙해진 원피스 덕에 가슴께가 더 벌어졌다. 수영이 눈도 깜빡이지 못하고 있는 사이 유안이 두 손으로 옷을 잡아 벌리곤 어깨 아래로 내렸다. 루즈한 원피스는 이내 골반 아래로 쉽게 떨어졌다. 순식간에 수영은 두 개의 속옷으로만 가려진 몸으로 서 있게 되었다.

그 모습을 내려다본 유안은 조용했다. 그는 잠시 침음에 잠기는 듯한 눈빛을 하다 그녀의 등 뒤로 손을 가져가 속옷의 고리를 풀었다. 팽팽하게 가슴을 담아냈던 가리개가 슥 풀려났고 끈을 내리자 구속으로부터 자유로워진 가슴이 날것으로 나타났다. 하얗고 선이 고운 두 개의 아름다운 살덩이가 드러나자 남자의 눈이 짙은 빛으로 물들었다. 수영은 금세 얼굴을 붉혔다. 그녀는 잠잠하게 있었지만 고르지 못한 호흡 때문에 가슴이 연신 크게 부풀었다 꺼지고 있었다.

표정을 싹 지운 남자는 그녀의 몸을 응시하고 있었다. 사실 표정 없는 그의 얼굴을 보는 건 드문 일이었다. 웃지 않는 그의 얼굴은 무섭다는 생각이 들 만큼 차가웠다. 그러다 그가 마침내 옅은 미소를 지었다. 물론 그 미소에도 썩 안심이 되는 건 아니었다. 그 미소가 의미하는 건 이 몸을 결국엔 갖게 되었다는 흡족함이었을까.

그때 수영의 발이 공중에 떴다. 유안이 그녀를 번쩍 안아 들고 소파를 향해 걸어갔다. 그는 정말 귀중한 것을 내려놓듯 수영을 소파 위에 살포시 눕혔다. 수영은 두 눈을 크게 뜨고 그를 보았다. 길게 누운 제 몸을 구석구석 관조적으로 훑는 남자의 눈동자가 따가웠다.

"예쁘다고 칭찬해도 돼요?"

그가 속삭였다.

"아주 사랑스럽네요. 내 상상 속에서보다 훨씬 더."

유안은 수영의 초조한 얼굴을 내려다보며 느른하게 웃었다.

"내가 얼마나 많은 상상을 했는지 알면 놀랄 거예요."

그녀의 얼굴을 보던 시선은 아래로 내려가 고운 선으로 흐르는 가슴과 낭창한 허리로 향했다.

"차수영의 벗은 몸을 보는 기분은 어떨지."

유안은 다시 수영의 얼굴을 보며 그녀의 이마 위에 드리워진 머리칼을 부드럽게 넘겨주었다.

"평소에 표정을 잘 못 숨기는 차수영이 침대 위에선 어떤 얼굴을 할지."

그는 다정한 손바닥으로 수영의 이마를 쓰다듬으며 눈을 맞추
었다.

그를 반듯이 올려다보며 수영은 어떻게 숨 쉬는지 잊어버린 것
처럼 자꾸만 숨을 제대로 못 쉬고 있었다. 이 남자 앞에서 헐벗
은 채 이런 말을 듣게 되는 날이 올 줄은 불과 얼마 전까지만 해
도 알지 못했다.

잠자코 내려다보는 눈동자가 짙고 깊었다. 그 눈빛은 열망으로
가득 점철되어 있었다. 본래도 지나치게 당당하던 남자의 시선인
데 지금은 데일 듯 뜨겁게 내리꽂히고 있었다. 남자의 주체 못 할
욕망으로 물든 시선에 수영이 어쩔 줄을 모르고 있을 때 그 남자
의 입술이 다가와 그녀의 입술을 덮쳤다.

몸을 잘게 떨던 수영은 눈을 질끈 감았다. 불규칙한 호흡을 하
던 중 갑자기 입술이 꾹 눌리자 더욱 숨이 멎을 것 같았다. 좀 전
까지 이런저런 노골적인 말을 던지던 남자와 입술을 부딪치며 대
화가 뚝 끊기자, 주위엔 급작스러운 정적만이 내려앉았다. 그의
키스는 가슴이 철렁 내려앉을 만큼 과감했다. 더는 숨길 수 없는
그의 욕망이 입맞춤으로 분출되고 있었다. 입을 맞추는 중에도
그의 커다란 손은 여전히 제 이마와 정수리를 어루만지고 있어서
그 손길이 다정했다. 그래서인지, 거친 듯한 입맞춤이 한편으론
묘하게 감미롭기도 했다.

불쑥 깊숙이 입술이 물리며 그의 혀가 미끄러져 들어왔다. 수영
은 주춤했지만 도망칠 새도 없이 그가 잽싸게 그녀를 잡아챘다.
혀끝에서 같은 와인 향이 맞물렸다. 진득하게 핥고 빨아들이는

소통 속에서 눈앞이 캄캄해졌다. 그는 한참을 입 안을 샅샅이 훑은 뒤에야 그녀를 놓아주었다.

수영은 멍한 눈을 뜨고 그를 올려다보았다. 왜인지 유안은 몸을 일으키고 있었다. 수영은 저 혼자만 누워 있는 게 어색해서 반사적으로 팔을 모아 가슴을 가렸다. 앞에 서서 수영을 내려다보며 씩 웃던 유안은 자신의 셔츠 단추를 두어 개 풀었다. 이내 그는 소파 테이블 위에 있는 와인 병을 들었다.

"아무래도 축배는 나 혼자 들어야겠네요."

그는 와인을 잔에 따르지도 않고 병째로 입에 대고 들이켰다. 수영은 눈을 휘둥그레 뜨고 그를 보았다. 이렇게 격 없이 흐트러진 모습을 그가 보이는 건 처음이었다. 그래서 수영은 더욱 가슴이 조여들었다.

대충 풀어진 셔츠 사이로 쇄골을 드러낸 채 병째 술을 들이켜고 있는 남자의 옆모습은 퍽 선정적이었다. 그는 아직 술에 취하진 않았지만 그러고 있으니 꼭 취한 사람처럼 보이는 것도 같았다. 아니, 따지고 보면 사실 평소에도 그는 좀 취한 사람처럼 보이기도 했다.

수영이 그가 정말 취할까 봐 염려하는 사이 그의 입에서 병이 떨어졌다. 그는 곧 수영을 내려다보며 입가를 부드럽게 올렸다. 이어 그가 병을 든 손을 기울이는 찰나였다. 주르륵, 붉디붉은 액체가 수영의 하얀 몸 위로 쏟아졌다.

"아……."

순간 피부에 닿는 서늘함에 놀란 수영은 몸을 움츠렸다. 쭈뼛 서는 감각에 소름이 돋았지만 추위를 느낄 틈도 없이 유안이 그녀의 몸 위로 올라섰다.

이내 유안은 몸을 낮춰 그녀의 배에 혀를 댔다. 수영은 숨을 헉 내뱉었다. 좀 전에 냉한 기운으로 소름이 돋았던 피부에 남자의 입술이 아슬아슬하게 닿자 온몸이 예민하게 바짝 서는 느낌이었다. 차가운 액체가 식혔던 자리의 체온은 남자의 뜨거운 입술로 인해 다시 올라가고 있었다.

남자는 그녀의 몸에 떨어진 축하주를 빠짐없이 마셨다. 아랫배에서부터 찍고 올라오던 그의 입술은 흉골에 맺혀 있는 와인을 핥았다. 그의 입술은 붉고 달콤한 액체를 빨아들이며 하얀 젖무덤을 타고 올라갔다.

더럭 수영의 눈동자가 굳었다. 그는 유독 꼭대기에서 오래 머물렀다. 와인이 씻겨져 단맛이 사라졌어도 여전히 거기서 단것이 나오기라도 하는 것처럼 집착적으로 머물렀다. 몸을 움찔움찔 떨며 수영은 입술 안쪽을 잘근 깨물었다. 권유안의 입술과 혀가 제 가슴을 적시는 광경을 눈으로 보고도 믿어지지가 않았다. 너무도 자극적인 광경에 저도 모르게 눈을 꾹 감았다. 민감한 곳이 건드려지는 충격을 견디지 못해 소파 위 시트 위에서 손톱을 세웠다. 계속 눈을 뜨지 못하고 있는데 어느 순간 그의 입술이 떨어졌다. 동시에 몸 위를 덮었던 권유안의 존재감이 허전하게 사라지는 듯했다. 의아해서 눈을 뜨는 순간 수영은 제 몸이 붕 뜨는 걸 느꼈다.

"소파가 불편한 건 아니지만……."

유안이 그녀를 안고 침실로 이동했다. 그는 폭신한 침대 위에 그녀를 조심스레 내려놓으며 속삭였다.

"오늘 이 방에서 차수영 씨가 처음으로 잠들게 될 텐데 그전에 나와 함께한 기억을 심어 두고 싶네요. 이 침대 위에서."

그는 짓궂고 잔인했다. 수영은 어쩐지 그 말이 조금 서글프게 느껴졌다. 이곳에 그와의 기억이 남겨진다는 것이 마냥 달콤하게 다가오진 않았다.

그녀를 침대 위에 앉혀 놓은 유안은 본인의 남은 셔츠 단추를 풀기 시작했다. 침대 위를 살짝 짚고 있던 손가락을 꼼지락거리며 수영은 그 광경을 슬쩍 올려다보았다. 단추가 모두 풀리고 그가 자신의 옷을 젖히자 맨살의 상반신이 드러났다. 대놓고 보지는 못하고 완전히 시선을 피하지도 않은 수영은 괜히 흘끔거리며 그의 몸을 보았다.

다 드러난 남자의 탄탄한 반나체는 아름다웠다. 침실의 불은 켜져 있지 않았지만 환한 거실의 빛이 들어와서 남자의 다부진 상체가 보일 정도의 밝기는 있었다. 평소 무슨 운동을 하는지 몰라도 보기에도 단단한 몸엔 잔 근육이 많았다. 적절한 빛과 음영 덕에 굴곡진 남자의 몸이 더 극적으로 보였다.

상의를 탈의한 유안은 침대 위로 올라와 거침없이 수영의 몸 위로 올라탔다. 그가 돌진하자 수영은 저절로 몸을 뒤로 젖혔다. 유안은 손으로 수영의 어깨를 살짝 밀었고 그녀는 풀썩 침대 위로 쓰러졌다. 남자의 몸 아래 완전히 깔린 채 수영은 염려스러운 얼굴로 그를 올려다보았다.

그런 얼굴을 물끄러미 본 남자는 다시금 그녀의 입술을 머금었다. 수영은 그가 입을 맞춰 올 때마다 아득해져서는 절로 눈이 감겼다. 눈을 감자 제 몸을 더듬는 남자의 손길이 느껴졌다. 유안은 커다란 손으로 그녀를 지그시 압박하면서 입술을 옮겨 그녀의 목에 키스했다.

여러 번의 짧은 키스를 쏟아 내며 내려가는 그의 입술의 감촉에 수영은 간지러우면서도 미묘하게 날카로운 감각을 느꼈다. 몸 위를 뱀처럼 기어 다니며 간질이는 행위에 깜짝깜짝 놀라고 있었다. 그러다 불현듯 유안이 고개를 들었다. 조금은 조급한 표정이었던 그는 수영의 난감해 하는 얼굴을 보더니 성마른 손으로 그녀의 몸 위에 남은 천조각을 잡았다. 그러나 내릴 때는 생각보다 급하지 않은 신중한 손길로 느리게 벗겨내니 그게 더 야하게 느껴졌다. 그래서 심장이 떨어져나갈 것 같은 긴장감 또한 길었다. 생경한 남자의 손길에 의해 천천히 드러나는 순간이 너무나 생생했다.

끝내 그의 앞에서 완벽한 나신이 되어 누워 있게 된 수영은 당혹스럽고도 복잡한 기분에 가슴속이 일렁였다. 그녀에 대해 알고 싶었다던 이 남자는 정말 그녀가 아무에게나 보여 주지 않는 벗은 몸을 보았다. 그리고 이제 곧 그는 그녀에 대해 더한 것도 알게 될 것이다. 더 깊고 친밀한 곳까지도. 그것처럼 그녀 또한 그동안은 절대 알 수 없었던 이 남자의 은밀한 영역을 알게 될 것이다. 그렇게 이 남자에 대해 더욱 깊이 알아 가게 될 것이다. 그런데 왜인지 모르겠으나 수영은 그것이 조금 염려스러웠다. 이 남자를 알게 된다는 것에 이상하게도 까마득한 두려움이 몰려드는 것이었다.

반듯하게 누워 있던 수영은 겁먹은 눈으로 제 다리 밑에 있는 남자를 내려다보았다. 아직 차마 벌리지 못한 제 다리를 남자의 눈이 내려다보고 있었다. 곧 유안이 한쪽 다리를 잡자 수영은 반사적으로 다리를 오므렸다.

"안 보면 안 돼요?"

수영이 망설이다 입을 뗐다. 유안은 시선을 설핏 올려 그녀를 보더니 씩 웃었다.

"왜요?"

"……."

수영은 그저 좀 두렵고 부끄러울 뿐 뭐라고 말하지 못했다.

"난 보고 싶은데."

"그냥 아직은 좀……."

그 말에 유안은 수영의 다리를 놓고는 싱긋 웃었다.

"알았어요. 그럼 여긴 나중에."

대신 그녀의 위로 몸을 포갰다. 서로의 가슴이 맞닿도록 포갠 그는 마주 본 시선을 떼지 않은 채 한 손을 그녀의 다리 사이로 내렸다. 수영은 작은 소리로 밭은 숨을 내뱉었다. 금세 울상이 된 여자의 얼굴을 내려다본 채 그가 속삭였다.

"생각보다 빨리 흥분했네요."

수영은 속수무책으로 얼굴이 달아오를 것 같아서 고집스레 입을 닫아 버렸다. 안 그래도 저 자신도 민망해서 그가 알아채지 않길 바랐는데 그냥 지나치질 않는 그가 야속해서 그를 노려보았다.

아랑곳하지 않던 유안은 이윽고 제 허리춤으로 손을 가져갔다. 그가 막 벨트를 푸는 모습이 보였고 수영은 차마 더는 그의 탈의 과정을 보지 못하고 눈을 돌렸다. 보이지 않는 곳에서 부스럭대며 포장을 뜯는 소리가 들려왔다. 이제 정말 서로의 가장 은밀한 부분에 대해 알게 될 순간이 왔나 보다.

수영이 박제된 듯 고개를 옆으로 돌리고 있는데 유안이 다시 바싹 몸을 겹쳐 왔다. 그리고 바로 위에서 그녀의 고요한 얼굴을 내려다보았다. 유안은 더는 말이 없었고 수영은 그 어색한 침묵의 순간에 그의 시선을 외면하고 있었다. 유안은 저를 보지 않는 여자의 돌아간 고개를 내려다보다가 그녀의 귓불을 장난스레 입술로 물었다 놓았다. 수영은 간지러워서 눈을 찡긋거렸고 그사이 유안의 무릎이 수영의 다리 사이에 겹쳐졌다. 긴장이 최고조로 달한 순간에도 수영은 옆으로 시선을 돌린 채 허공만 보고 있었다. 그러나 그 모습을 그냥 두지 못한 유안의 손이 그녀의 턱을 잡아 돌렸다. 제 의지와 상관없이 정면을 보게 된 수영의 시야에 저를 찌르듯 내려다보는 남자의 눈빛이 들어왔다. 그녀가 시선을 피하지 못하게 한 채 남자는 자리를 잡았다.

그렇게 서로가 마주 보는 가운데 어느 순간 수영의 눈동자가 덜컥 굳었다. 이마를 살짝 구긴 유안은 무겁도록 진지한 얼굴로 수영의 얼굴을 쏘아보며 그녀와 하나가 되길 시도하고 있었다. 수영은 그가 옭아맨 시선을 피하지도 못했다. 그와 꼼짝없이 눈을 맞춘 채 그의 대단한 몸을 받아들여야 했다.

"아아……."

엄청나게 묵직한 감각에 절로 신음이 새어 나왔다. 눈앞의 남자는 그를 쳐다보며 소리를 내는 그녀의 모습을 한순간도 놓치지 않고 보고 있었다. 침대 위에서 어떤 얼굴을 하는지 궁금했다던 그 말처럼 그는 정말 차수영이란 여자가 본능에 흐트러지는 모습을 낱낱이 지켜보고 있었다. 그는 느릿하지만 큰 동작으로 움직였다. 강한 파도에 밀렸다 쓸려 가듯 수영의 몸은 반복적으로 흔들렸다.

"아읏…… 아……."

간헐적으로 뱉어지는 비음의 신음 소리는 남자의 청각을 훅 자극했다.

유안은 그토록 갖고 싶어 하던 여자의 몸속에서 말로 표현할 수 없는 쾌감에 부서져 가고 있었다. 이 여자를 안고 있는 와중에도 자꾸만 터질 듯한 욕망을 조절해야만 했다.

수영은 맥없이 나풀거리며 거듭 거칠고 짧은 호흡을 헉 하고 토해 냈다. 이내 움직임을 제어할 수 없는 듯 남자는 빠르고 격해져 갔다. 흔들리는 시야의 한가운데 저를 탐닉하는 남자의 흥분에 찬 얼굴이 흩어져 갔다. 남자의 강력한 몸은 그녀의 몸속에 그를 속절없이 새겨 넣고 있었다. 그는 너무 강했으며 언제고 저는 이대로 그의 몸 아래서 바스러질 것 같았다.

허우적대던 수영은 저도 모르게 그를 붙잡을 뻔했지만 막상 손을 뻗다 말았다. 결국, 갈 곳 잃은 손은 애먼 침대 시트만 부여잡았다. 어쩐지 어려워서 만질 수가 없었던 그 남자의 아래서 아득한 밤이 깊어 갔다. 왠지 절대 잊을 수가 없을 것 같은 밤이었다.

먼저 샤워를 마친 수영은 잠옷 차림으로 침대 위에 너부러져 있었다. 추운 날도 아니었는데 몸을 숨기듯 이불을 끌어 덮고 있었다.

유안은 욕실에서 씻는 중이었다. 불 꺼진 방 안에 혼자 누워 있던 수영은 뒤늦게 눈물이 고일 것만 같아 눈을 깜빡였다. 제 미래가 캄캄했다. 어찌 보면 큰 빚을 지게 되었을 때보다도 더욱 제 인생의 방향을 알 수가 없어진 기분이었다. 그때는 막막하고도 단순한 암흑이었다면 지금은 미궁처럼 끝을 알 수 없는 흐릿함이었다. 그런 생각이 들자 갑자기 더 외롭고 두려워지는 것 같았다. 누구에게도 말할 수 없는 비밀이 생겨 버려서 더욱 고독해지는 듯했다.

문득 가족들이 생각났다. 아무것도 모르는 부모님이 떠올랐다. 저는 부모님에게 언제나 자랑스러운 딸이었다. 평범한 집안에서 태어났지만 어릴 적부터 늘 성실했고 원하던 명문대를 졸업했고 어려워진 아버지의 공장을 살아나게 했던 영리한 딸이었다. 남들에게도 항상 칭찬만 받던 저를 보며 부모님은 늘 복덩이라며 흡족해하셨다. 그때만 해도 인생이 괜찮았다. 친구들이 부러워하던 좋은 남자 친구도 있었고 그냥 그대로 살면 행복이 달리 없다 여겼던 것 같다.

그런데 왜 이렇게 되어 버렸을까.

그러나 누구를 탓할 수도 없었다. 이건 다 저 때문이다. 아버지 공장에서 감당하기 어려운 거래를 밀어붙인 건 다름 아닌 저였다. 망설이던 아버지를 자신이 설득했다. 욕심을 부린 건 저였다. 세상 무서운 줄 모르고 패기를 부리다가 세상에 속아서 이렇게 된 것이다.

그래도 괜찮아. 이제 가족들은 구하게 되었잖아. 그러고 보면 저 남자는 가족의 은인이야. 그러니까 저 남자의 사심이라도 얻게 되어 다행인 건가.

수영은 그가 저의 행운인지 불운인지 알 수가 없었다. 아무것도 알 수 없는 혼란한 밤이었다. 저를 감싼 깨끗한 침구는 구름처럼 포근했지만 낯설었다. 왜인지 눈에 눈물이 맺혔다. 눈물방울이 관자놀이를 타고 또르르 흐르는 순간 욕실 문이 열리는 소리가 났다. 수영은 황급히 눈물을 닦았다.

잠시 후 유안이 침실로 들어섰다. 그는 옷을 다 입고 있어서 처음 이 집에 들어올 때와 같은 정갈한 모습이었다. 좋은 향을 풍기며 다가온 그는 침대 위로 올라와 수영의 곁에 모로 누우며 말했다.

"여기에 내 옷도 좀 가져다 놔야겠어요."

수영은 눈을 돌려 그의 얼굴을 보았다. 그는 한 손에 얼굴을 괴고 잔잔한 얼굴로 그녀를 내려다보고 있었다. 수영은 곧 다시 그에게서 시선을 거두곤 잠자코 있었다. 그러자 유안도 더 말을 하지 않았다. 그러나 그는 그대로 움직이지도 않고 계속 그녀에게 시선을 고정하고 있었다.

"왜 그러고 계세요."

마지못해 수영이 물었다.

"차수영 씨 자는 거 보고 나가려고요."

그는 제법 사근사근한 어조로 속살거렸다. 수영은 이불을 더 당겨서 턱밑까지 끌어 올리곤 그를 물끄러미 바라보았다.

"이렇게 보고 계시는데 어떻게 자나요……."

유안은 옅게 웃으며 고개를 갸웃했다.

"그런가?"

그러더니 이내 그는 결심한 듯 몸을 일으켰다.

"알았어요. 그럼 갈게요."

"네."

수영은 유안을 쳐다보지 않고 대답했다. 그 후에도 잠시 그의 시선이 느껴지더니 그녀의 뺨에 따스한 손이 닿았다. 부드럽고 깨끗한 손에서는 좋은 향이 났다. 유안이 침대 밖으로 나가자 수영은 그를 등지고 몸을 돌렸다.

"안 나갈게요."

"나오지 마요. 편히 쉬어요."

그래서 나지막하게 인사를 건네는 그의 얼굴을 보지 못했다. 권유안은 그가 말했던 대로 오늘 그녀가 처음 머물게 될 침대에 그와의 기억을 온통 혼란하게 새겨 놓고는 떠나갔다.

7. 자유와 구속 사이

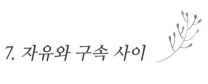

　낯선 잠자리에서 쉬이 잠들진 못했지만 어찌하다 보니 잠은 들었다. 간밤에 그 남자 때문에 몸과 마음에 긴장을 많이 했더니 어쩔 수 없이 피곤했나 보다. 그래서 오랜만에 늦잠을 잤다. 부스스 일어나 침대를 나오던 수영은 찡긋하고 인상을 찌푸렸다.

　"아앗……."

　아래가 얼얼했다. 새삼 통증의 원인이 되었던 지난밤 장면이 떠올랐다. 부드러운 듯 격했던 그 행위. 수영은 얼굴이 붉어질 것 같았다. 아플 만도 했다. 간밤에 너무 집요하게 안았던 그 남자 때문에.

"하……. 일단 뭐라도 먹자."

씻고 옷을 갈아입은 뒤 수영은 늦은 아침을 먹기 위해 주방으로 왔다.

어제 사다 둔 시리얼이나 먹으려고 막 그릇을 꺼내고 있을 때였다. 갑자기 초인종 소리가 들려서 깜짝 놀란 수영은 인터폰을 향해 걸어갔다. 순간 또 권유안이 왔나 하는 생각이 먼저 떠올랐지만 생각해 보니 그 남자라면 당연할 만큼 당당하게 비밀번호를 누르고 들어왔을 테니 또 다른 사람인가 싶었다.

임 차장님?

수영은 직접 현관으로 가서 문을 열었다. 문밖에는 지선이 서 있었다. 그녀의 손에는 짐이 한가득이었다.

"좋은 아침입니다. 차수영 씨. 잘 잤어요?"

눈이 휘둥그레진 수영을 향해 지선은 늘 보던 온화한 미소로 인사를 건넸다.

"네, 임 차장님. 어쩐 일이세요?"

조금 당황한 수영은 고개를 꾸벅 숙여 인사를 받으며 물었다.

"잠깐 들어가도 될까요?"

"네에."

지선은 집 안으로 들어와 여러 개의 커다란 쇼핑백들을 여기저기에 내려놓았다.

"실례 좀 할게요."

지선은 그 말을 하며 드레스 룸으로 들어갔다. 의아해진 수영은 그녀를 쫓아 들어갔다. 지선은 종이 가방에서 옷들을 꺼내 옷걸이에 걸기 시작했다. 뭐가 뭔지 모르는 얼굴로 구경을 하고 있자 지선이 먼저 웃으며 말해 주었다.

"이사님이 차수영 씨 필요한 물건들 좀 사다 놓으라고 하셔서."

"아⋯⋯. 그럼 정리는 제가 하겠습니다. 그냥 두셔요, 차장님."

"괜찮아요. 해주고 갈게요."

지선을 말리지 못한 수영은 그녀가 걸고 있는 옷들을 곤란한 눈으로 바라보았다. 여러 종류의 옷들이 있었다. 오피스 룩에 적절한 스타일의 블라우스와 셔츠부터 슬랙스, 펜슬 스커트가 걸렸고 출근 외 외출용으로 입기 좋은 산뜻한 봄 원피스, 그 외에 캐주얼하거나 조금은 화려한 디자인의 옷들도 있었다.

"같이 가서 사자고 하면 안 받는다고 할까 봐 내 맘대로 사 왔는데 차수영 씨 마음에 들었으면 좋겠네요."

지선은 부지런히 옷을 걸며 미소를 지었지만 수영은 어색할 뿐이었다.

그때 갑자기 또 초인종이 울렸다. 나가서 문을 열어 보니 몇 개의 물건들이 배달 와 있었다. 곧 거실 여기저기를 작은 박스들이 차지했다. 공기 청정기와 커피 머신도 있었고 무슨 착즙기같이 생긴 것도 있었다. 수영은 이게 다 뭔가 싶어 두리번거렸다. 그사이 임 차장은 화병에 꽃을 넣고 있었다. 그녀는 수영이 묻기도 전에 웃으며 말했다.

"아까 백화점에서 같이 주문했거든요."

"아⋯⋯. 네. 신경 써주셔서 감사합니다."

"가구랑 기본 생필품만 들어와 있어서 없는 게 많을 거예요. 그래서 이것저것 생각나는 대로 사 와 봤어요."

수영은 회사에서 보던, 그것도 저보다 직급도 높은 임 차장의 케어를 집에서 받고 있으니 민망한 기분이 들었다. 임 차장은 권유안의 비서이지 저의 비서가 아닌데 말이다. 이런 상황을 겪게 되니 이제 정말 권유안의 세계에 들어오게 된 것인가 싶었다.

"그리고 주중엔 사용인이 와서 집안일을 도와줄 거예요. 믿을 만한 사람이고 차수영 씨 없는 시간에 다녀가라고 했으니 불편한 건 없을 거예요."

굳이 사용인이 없어도 된다는 말을 꺼내려다 어차피 이곳은 권유안의 집이니 그가 원하는 대로 관리를 하도록 두는 게 맞는 것 같아 입을 다물었다. 그사이 지선은 꽃을 담은 두 개의 화병을 주방 안 식탁과 거실의 소파 테이블 위에 놓고는 흡족하게 웃었다. 이후 그녀는 나머지 물건을 수납장 안에 정리해 주려 했다.

"임 차장님, 이제 정말 제가 할게요. 그냥 두세요."

민망함을 감추고 수영이 다가가 그녀에게 말했다. 임 차장이 친절한 건 알고 있지만 너무 지나치게 자상할 만큼 챙겨 주고 있으니 기분이 이상했다.

"그래요. 차수영 씨 불편하니까 이만 갈게요."

녀가 나간 뒤 조용해진 수영은 우두커니 서 있다가 소파에 앉았다. 조금 망설이던 그녀는 결심한 듯 전화기 화면을 보았다. 목록 위에 '미친놈'이라는 저장 명을 보며 멈칫했다. 복잡한 기분이 들었지만 어쨌든 그에게 연락을 해 보기로 결심했다.

전화는 아무 때나 건다고 그가 다 받을 수 있을지 몰라 왠지 조심스러워서 메신저를 열었다. 그리고 다짜고짜 물었다.

[이게 다 뭔가요?]

얼마 후 그가 메시지를 읽자 수영은 왠지 긴장이 되었다. 답장을 기다리며 애꿎은 메신저 화면만 쏘아보고 있는데 전화가 왔다. 수영은 별안간 놀랐다. 발신자가 그였다. 그의 연락을 기다리는데도 괜히 화들짝 놀랐다. 그녀는 통화 버튼을 눌러 귀에다 댔다.

"네……. 이사님."

-맘에 안 드나요?

유안 역시 다짜고짜 물었다.

"아니…… 그런 게 문제가 아니라……."

수영이 말을 고르고 있는 사이 그가 또 먼저 내뱉었다.

-내 카드 줘도 차수영 씨는 안 받을 거잖아요.

그의 목소리는 태연했다. 당혹스러웠던 수영은 눈동자를 허공에서 굴리다 말했다.

"이제 저도 제 월급으로 살 수 있는데요. 덕분에 이제 빚도 없으니까요."

-그럼 이번 한 번만 받아요. 이미 산 거잖아요.

그는 여느 때처럼 지나치게 당당했고 또 능청스러웠다. 수영이 머뭇대며 말을 잇지 못하자 그의 목소리가 다시 들렸다.

-부자 가까이 둬서 뭐 해요. 차수영 씨가 나를 싫어해도 내 돈까지 싫어할 필욘 없잖아요.

"……."

수영은 그 말에 불현듯 눈을 크게 떴다.

-내가 돈으로 해 줄 수 있는 거라도 누려야 그나마 내 옆에 있을 맛이 나지 않겠어요?

아무렇지 않게 뱉는 그의 말에 수영은 말문이 막혔다. 묘하게 씁쓸한 기분이 들어서 무슨 말을 해야 할지 몰랐다.

"글쎄요. 잘 모르겠습니다."

달리 어떤 말도 떼지 못해 모호하게 중얼댔다.

-나를 싫어하지 않는다는 말은 안 해 주네요.

"네?"

실은 마음에 걸렸어도 모른 척 했던 그 말로 그가 기어이 후비고 들어왔다. 하지만 그녀기 당황하거나 말거나 유안은 노련하게 말을 이어 갔다.

-혹시 맘에 안 드는 거 있으면 임 차장님한테 말해요. 교환해 줄 거예요.

"아니요, 괜찮습니다. 물건들은 전부 좋아 보였어요."

-그래요. 다행이네요. 어쨌든 차수영 씨가 거기 있는 동안 편하게 지냈으면 좋겠어요.

"네……."

이상하게 기분이 가라앉아서 수영은 일단 그의 말에 순순히 응했다.

"그럼 이사님, 바쁘실 텐데 이만……."

-참 딱딱하네.

그러나 수영이 끊으려 하자 유안이 웃음기가 배인 말투로 투덜거렸다.

-난 지금 바쁜데 안 바빠요.

"네?"

딱딱하단 말에 조금 무안해졌던 수영은 방금 그의 말의 의미를 몰라 되물었다.

-우리 집 회장님이랑 라운딩 중이에요.

"아, 그러셨어요."

-난 사실 내 일 때문에 바쁜데 아버지랑 골프장에나 와 있으니까 바쁜데 안 바쁘다는 말이었어요. 가끔은 가족이랑 시간을 보내야 하거든요. 안 그러면 어머니가 서운해 하셔서 어쩔 수 없이.

"네. 그럼 그렇게 하셔야죠."

수영은 왠지 기분이 좀 이상했다. 이 남자에게서 그의 가족이나 일상에 관한 이야기를 듣는 건 처음이었다.

-종일 꼬박 끌려 다니다 저녁까지 본가 가서 먹을 거 같네요.

그의 이야기를 듣다 보니 자연스레 궁금해지고 묻고 싶은 포인트도 있었지만 먼저 묻지는 않았다. 유명한 자들의 사생활은 세상이 다 알고 싶어 하는 것이겠지만 그만큼 워낙에 비밀스러운 것이기도 했으니 말해 주는 것 외엔 함부로 묻기도 그랬다.

"지금은 회장님께서 옆에 안 계신 건가요?"

누가 봐도 여자와 대화하는 듯한 통화를 그의 가족 곁에서 할 리는 없을 것 같았다.

-그러니 전화했죠. 방금까지 떨어져 계셨는데 지금 가까워지고 있네요.

역시 그랬었구나 하는 생각과 함께 수영은 혼자서 고개를 끄덕였다. 그러고는 통화를 마무리하려 했다.

"네. 그럼 즐거운 시간 보내세요. 내일 회사에서 뵐게요."

-누구 마음대로 내일 봐요?

"……예?"

그러나 유안이 붙잡고 늘어지는 말에 그녀는 언뜻 긴장해야

했다.

-오늘 볼 수도 있는 거 아니에요?

"아……. 오늘은 바쁘시니까 저는……."

그런 건 생각지도 못한 수영이 목소리를 흐리자 이내 전화기 너머에서 잘게 웃는 소리가 들렸다.

-긴장할 거 없어요. 오늘은 쉬어요.

"네."

-내일 봐요.

수영은 그의 마지막으로 뱉은 인사말에 대꾸를 하기 위해 입을 벌렸지만 말을 할 필요가 없게 되었다. 권유안은 이미 통화를 종료해 버렸다. 곧 다시 입을 다문 수영은 문득 방금의 대화가 좀 이상하다는 생각을 했다. 마치 연인도 상사도 아닌 상대와의 통화 같았다.

대화가 끊겨 조용해진 집 안에서 그녀는 한동안 소파에 가만히 앉아 있었다.

* * *

별다른 일이 없으면 월요일 오전엔 늘 팀 전체 회의를 했다. 다른 직원 모두가 일찌감치 착석해 있는 가운데 권유안은 거의 정시가 다 되었을 때 회의실로 들어섰다.

들어오는 유안의 모습을 보며 수영은 오늘따라 가슴이 선득거렸다. 다른 직원들과 함께 기립하여 그에게 고개를 까딱 숙였다 드는 순간에는 그가 저를 보는 것만 같아 금세 시선을 내려야했다.

"회의 시작합니다."

곧 유 실장의 브리핑이 시작되었고 모두가 그에게 주목했다. 수영은 유 실장의 또랑또랑한 목소리에 의식적으로 집중하려 했다. 그러나 머리는 그의 말을 듣고 있었지만 마음이 자꾸만 차분해지질 못했다. 눈길이 슬며시 권유안에게로 향했다. 유안은 유 실장의 말을 경청하며 근근이 질문을 던지기도 하고 있었다.

토요일 밤 오피스텔에서 만난 이후로는 처음 그를 보는 자리였다. 그런데 생각보다 많이 떨렸다. 오늘 왜 이러나 싶을 정도로.

회장님 아들인 저 사람과 남에겐 절대 들켜선 안 되는 비밀스러운 관계가 되었기에 이러는 건지, 혹여나 누군가 눈치라도 챌까 봐 저 스스로 찔려서 이러는 건지. 아니면 이런 기분이 드는 다른 이유라도 있는 것일까. 정말 그런 것일까.

어느새 회의실 안은 어느 기획안에 관한 피드백이 한창이었다. 그 중심에 있던 유안이 입을 열 때마다 수영은 그에게서 눈을 떼지 않았다. 저도 모르게 시선이 고정되었던 그녀는 문득 자신이 그를 너무 빤히 훔쳐보고 있다는 걸 깨달았다. 그의 목소리, 말 한마디, 표정, 몸짓 하나하나를 어느새 주시하고 있었다. 그의 입술을 보며 제 입술과 마찰하던 감촉을 떠올리고 말았다.

지금 겉보기에도 부드러워 보이는 것만큼이나, 아니 보이는 것 이상으로 실제의 촉감은 더욱 부드러웠던 입술이었다. 그리고 그것은 다름 아닌 제 온몸에도 키스를 퍼붓던 입술이었다. 같은 공간에서 그를 보면서 그 기억이 떠오르자 순간 난감하게도 그의 입술과 혀가 닿았던 곳곳이 다시금 생생하게 느껴지는 것만 같았다. 수영은 얼굴이 붉어질까 봐 잠시 그에게서 시선을 내렸다. 그러나 왜인지 그를 훔쳐보는 일을 좀처럼 멈출 수가 없어 금세 또다시 그에게 눈길이 머물게 되었다.

오늘도 그는 쓰리피스 정장을 입고 있었다. 색이 짙고 채도가 낮은 네이비 컬러는 진중해 보이면서도 그의 몸에 세련되게 피트되어 있었다. 저 반듯한 정장 안에 감추어져 있는 다부진 몸이 그려졌다. 성실하게 단련해 왔을 게 보이던 자잘한 굴곡들. 현재의 저 남자가 서 몸을 보여 주는 사람은 내가 유일한 걸까. 설마 다른 여자에게도 보여 주는 건 아니겠지? 수영은 불현듯 지금 한 공간 안에서 그를 관찰하며 자꾸 그날 밤 일을 기억해 내는 자신 때문에 당황스러웠다.

회의에 집중하느라 예리하게 빛나는 그의 눈빛을 보며 저 눈빛으로 자신과 시선을 맞추던 때가 기억났다. 특히 제 몸에 그를 밀어 넣을 때에 흐트러진 제 얼굴에 내리꽂히던 그의 시선이 반짝 떠올랐다. 기억이라는 건 무서운 것이었다. 그것도 몸과 마음에 함께 새겨진 기억은 더더욱 강렬하게 뇌리에 남게 되었던 것이다.

수영의 머릿속은 지금 진행 중인 회의 내용과 그날 밤의 일이 온통 뒤죽박죽 뒤엉켜 있었다. 도무지 잊을 수 없을 것 같은 그날 밤, 열감 가득했던 저 남자의 눈빛을 생각하면 지금도 가슴이 내려앉을 것만 같았다. 그런데 그때, 회의에만 집중하고 있는 듯했던 권유안의 날카로운 눈동자가 별안간 수영을 향했다. 수영은 도둑질하다 들킨 사람처럼 소스라치게 놀랐지만, 미처 시선을 피하지 못했다. 타이밍을 놓치고는 어색하지 않으려고 물끄러미 그와 눈을 맞추었다. 하지만 제 몸 위에서 자신을 누르며 보던 그의 눈빛을 상상하던 중에 눈이 마주치니 유독 숨이 막혀 왔다.

유안은 표정 없이 수영을 잠시 응시하다 다시 유 실장에게 눈을 옮겼다. 다행인 건지는 모르겠으나 그는 어색해하는 그녀의 모습을 별 동요 없이 지나치는 듯했다. 그러나 수영은 왜인지 형용하기 어려운 기분이 들었다. 긴밀한 사이가 된 후 처음 회사에서 보는 건데 저 혼자만 의식이 되는 건지, 저 사람은 어떻게 저렇게 아무렇지도 않아 보이는지 모르겠다.

지난주 월요일 회의 시간에 여기 앉아 있을 때만 해도 자신은 그에게 단순히 극과 극의 직급 차이가 나는 말단 직원일 뿐이었는데 오늘은 완연히 달라진 관계가 된 후 앉아 있는 게 아닌가. 스스로도 어색한 표현이긴 하지만 이제 저는 그의 여자였다. 정말로 그의 여자가 된 후 사내에서 처음 보는 건데 그는 저와는 달리 표정 관리에 참 능했다. 그는 태연하게 일에 온전히 집중했고 자신이 이 자리에 있거나 없거나 똑같아 보였다.

회의 시간 내내 수영은 그를 자주 쳐다보았다. 그가 앉아 있는 자리부터가 맨 앞에 따로 떨어져 있는 리더의 데스크인 데다가 그와 유 실장이 회의를 이끄는 주축이었으니 안 쳐다보기도 어려웠다. 그러다 보니 몇 번은 그와 눈이 마주치기도 했지만 그럴 때마다 그는 별 의미 없어 보이는 시선을 두다가 자연스레 눈을 돌리곤 했다. 그리고 회의가 끝났을 땐 그는 팀원 전체를 아울러 보며 수고했다는 인사를 건네곤 가장 먼저 일어났다. 그대로 몸을 돌려 나가 버리는 유안을 수영은 멍한 얼굴로 바라볼 수밖에 없었다.

* * *

처음 이사했던 토요일 이후 며칠이 지나도록 권유안은 논현동에 오지 않았다. 그래서 월요일 회의 시간에 보았던 게 마지막 만남이었다. 중간에 한 번 연락이 오긴 했다. 잘 지내고 있는지, 사는 집에 뭐 불편한 건 없는지, 더 필요한 건 없는지를 묻기 위해서였다.

그의 생활 패턴에 대해 자세히는 모르겠지만 워낙 바쁜 사람일 터였다. 게다가 그 남자가 자주 안 오면 그만큼 자유 시간을 더 많이 가질 수 있다고 생각하며 수영은 그냥 그러려니 했다. 이제 퇴근 후 저를 위한 시간을 보내기 위해 계획을 슬슬 짜 볼까 하는 생각도 들었다. 운동을 한다든지 무언가를 배우고 자기계발을 한다든지 퇴근 후 할 수 있는 일은 많았다. 이제 빚에 허덕이던 시절처럼 부업 같은 건 하지 않아도 되었으니 말이다. 그러고 보면 이렇게 시간 여유를 가져보는 게 얼마 만인지 몰랐다. 약 1년 정도의 허덕이던 시간들이 10년같이 느껴지던 나날들이었다.

하루아침에 한가해져 버린 일상이 어색했다. 비록 지금도 자신의 시간이 온전히 자신의 것이라고 할 수 없고 자신의 인생이 온전히 자신의 것이라고 할 수 없는, 진정한 자유는 빠진 생활이긴 했지만 말이다. 세상에 공짜는 없었고 지금의 이 여유도 공짜가 아니었다. 자유로운 듯 아닌 듯 권유안에게 종속된 나날들은 그런 이상한 삶이었던 것이다. 편하지만 어색하고, 달콤하고도 쌉싸름한.

그러던 중 수요일 밤에 권유안에게서 전화가 왔다. 왜인지 놀라서 허둥지둥 받게 되었다.

"차수영입니다."

그래서인지 업무 전화를 받듯 딱딱하게 받아 버렸다.

-알아요. 차수영인 거.

"아……."

-내 전화까지 그렇게 받아야 했어요? 차수영입니다.

유안은 구태여 그녀의 말을 따라 했다. 멋쩍어진 수영은 어색하게 웃음을 흘렸다. 그는 바로 용건으로 넘어갔다.

-금요일에 갈게요.

그는 그녀가 금요일에 시간이 되는지에 대해선 묻지 않았다. 그런 여부를 묻는 질문 따위는 할 만한 관계가 아니라는 게 새삼 와닿는 대화였다. 그가 온다고 하면 무조건 보는 것이다.

"네, 알겠습니다."

수영은 긴말 없이 대답했다. 그와 또다시 함께하게 될 시간에 벌써부터 긴장이 될 뿐이었다.

-저녁 먹지 말고 기다려요. 봐서 내가 사 갈 테니까, 나랑 같이 먹어요.

"그럴게요."

그동안 많이 바쁘셨냐고 물어보려다가 괜한 오해를 살까 봐 그만두었다. 행여나 자신이 질척이는 거같이 보일지도 모르니까. 그렇게 보이긴 싫었다.

-그럼 금요일에 봐요.

그는 지금도 바쁜 건지 이번엔 통화도 길지 않았다. 수영은 금세 조용해진 전화기의 화면을 보다가 전화기를 내려놓았다.

* * *

금요일 저녁 수영은 일찌감치 퇴근할 수 있었다. 막 집안으로 들어왔는데 숨 돌릴 틈도 없이 유안이 왔다. 예상대로 그는 오늘도 도어록의 비밀번호를 누르고 들어왔다. 안방에서 막 블라우스의 첫 단추를 풀던 수영은 결국 다시 단추를 잠그고는 거실로 나갔다.

권유안이 생각보다 일찍 와서 그녀는 조금 당황하고 있었다. 오늘은 아직 샤워도 못 했는데. 결국 회사에서 입던 옷차림 그대로 그를 맞이하게 되었다.

유안의 손에는 종이 가방이 들려 있었다. 종이 가방의 표면을 보니 생선 그림이 있었다. 수영이 아, 저게 오늘 함께 하게 될 저녁 식사구나 하고 생각하는 중에 유안이 말했다.

"지난번에 보니까 잘 먹는 거 같길래."

"초밥인가 보네요."

"맞아요. 좋아하는 거 맞죠?"

"네, 아주 좋아해요. 사실…… 전 뭐든 잘 먹지만요."

유안은 씩 웃더니 수영에게 다가가 손을 잡고 걸음을 이끌었다. 수영은 며칠만의 스킨십에 흠칫했지만, 가만히 그를 따라갔다. 그는 함께 소풍을 가듯 손을 잡고 사이좋게 식탁으로 향했다.

손을 잡은 채 종이 가방을 식탁 위에 올려놓은 유안은 의자까지 수영을 안내하더니 두 손으로 의자를 빼주기까지 했다. 기다리고 있는 남자의 모습에 수영은 약간은 어색해하며 의자에 앉았다. 그녀가 앉는 동시에 의자를 살짝 밀어 준 유안은 그제야 맞은편에 가서 앉아 종이 가방 안의 내용물을 꺼냈다. 두툼하고 신선한 생선살이 올라간 초밥은 꽤 먹음직스러워 보였다. 그는 포장 용기의 뚜껑을 열어 수영의 앞에 먼저 놔 주었다.

"양이 꽤 많네요."

수영이 젓가락을 둘로 쪼개며 말했다.

"많이 먹어 둬요."

유안은 상냥한 어조로 권하더니 이어서 덧붙였다.

"오늘도 체력 소모가 상당할지 모르니까."

쪼갠 젓가락을 막 쥔 수영의 손이 움찔댔다.

"뭐 운동량은 내가 더 많겠지만."

그는 꽤나 응큼한 미소를 지어 보였다. 얼굴이 홧홧해질 거 같았던 수영은 그냥 고개를 숙이며 초밥을 보았다.

"잘 먹을게요."

"화이트 와인을 좀 곁들여야겠네요."

씩 웃던 유안은 말을 뗌과 동시에 일어나 근처에 있던 와인 렉을 잠시 살펴보았다. 곧 와인과 잔 두 개를 들고 온 그는 차분한 손길로 코르크를 땄다. 이내 투명한 잔에는 연노랑빛의 와인이 넘실댔다. 수영의 앞에 먼저 한 잔이 놓였다.

"마셔 봐요. 초밥이랑 아주 잘 어울릴 거예요."

와인을 보니 지난번 입에서 입으로 와인을 먹였던 그의 행동이 떠올랐다. 가만 보면 그는 거절당하는 걸 싫어하는 것 같았다. 이 집에 들어오는 것도 처음에 한 번 거절을 했더니 자신의 엄마가 심신이 한창 지쳤을 때를 기회 삼아 기어코 저를 이 집에 들이지 않았던가.

"건배할까요?"

유안은 즐거워 보이는 얼굴로 잔을 들었다. 이번엔 거절한다 해도 또 지난번처럼 하진 않겠지 싶었지만, 수영은 별말 없이 잔을 들었다. 지난번과 달리 지금은 배도 고프고 초밥에 와인을 곁들여도 괜찮을 것 같긴 했다. 코끝에 풍기는 화이트 와인의 향도 좋았다.

"차수영 씨의 행복을 위하여."

권유안의 건배사는 예상치 못한 것이었다. 어이가 없었지만 얼떨결에 내미는 수영의 잔에 그가 자신의 잔을 부딪쳐 왔다. 얇은 유리가 마주치며 챙, 하는 맑은 소리가 울렸다. 그녀의 자유가 구속되는 관계인데 제 행복을 빌어 주는 말에 좀 어폐가 있는 거 같았다. 풍미가 좋은 와인을 한 모금 삼켜낸 뒤 수영이 담담한 어조로 물었다.

"이사님의 가두리 안에서 행복하면 되는 건가요?"

그 말에 유안이 눈을 반듯하게 뜨고 수영을 바라보았다. 하지만 그는 이내 잔잔히 웃을 뿐이었다. 이후 별말 없이 찬찬한 손길로 와인만 머금는 남자를 보며 그가 무슨 생각을 하는지 몰라 수영은 그 표정을 섬세히 살폈다.

권유안의 것이라는 족쇄 안에서 저란 여자가 행복하길 그는 진심으로 바라는 것인가. 참으로 욕심도 많은 사람이었다. 엉뚱하기도 하고.

보기에도 비싸 보였던 초밥은 그 맛도 매우 출중했다. 양이 많다고 말했던 게 스스로 민망할 만큼 수영은 그 초밥을 전부 비웠다.

"잘 먹어서 좋네요."

유안의 흐뭇한 눈길에 수영은 조금은 쑥스러운 듯 입가를 슬쩍 올림으로써 그에게 응했다. 음식을 다 비운 후에도 유안은 와인을 음미하며 수영을 바라보았다.

"차수영 씨."

무슨 생각인지 그가 옅게 웃더니 그녀를 불렀다.

"네."

무슨 중요한 할 말이라도 있는 듯 불렸기에 수영도 진지하게 대답했다.

"이제는 나랑 좀 친해진 거 같아요?"

그가 거침없이 던진 말은 어려운 질문이었다. 돌연 수영의 눈동자에 이채가 돌았다.

"나랑 섹스하고 나니까 어때요. 이제 내가 좀 덜 무섭나요?"

더욱 노골적으로 훅 파고드는 질문에 수영은 놀라서 얼굴을 붉힐 뻔했다. 그러나 약간 망설이던 그녀는 그저 솔직하게 대답했다.

"아니요."

그녀의 대답이 의외였는지 유안은 잠시 가만히 침묵했다. 그러다 이윽고 그가 입가를 씩 올리며 되물었다.

"그럼 아직도 내가 무서워요?"

"네."

대답은 달라지지 않았다. 이상하게도 그와 자고 나니까 그가 더 무서워졌다. 아마도 전과는 조금 다른 종류의 무서움 같지만.

수영의 거짓 없는 대답에 유안은 그녀의 얼굴을 말없이 관찰했다. 그는 한동안 생각에 잠긴 표정으로 와인만 몇 모금 들이켰다. 침묵이 길어지자 수영도 조용히 와인만 마셨다. 하지만 이내 다시 떨어진 권유안의 입에서는 또 엉뚱한 말이 흘러나왔다.

"아직 한 번밖에 안 해 봐서 그런가."

수영은 와인을 급하게 꼴깍 넘기고 말았다.

"네?"

"앞으로 많이 해야겠네요."

둘만의 비밀스러운 공간에서 그녀와의 시간을 공유하게 된 그는 이전보다 훨씬 더 노골적인 말을 쉽게 던지고 있었다. 이럴 때마다 일일이 얼굴이 홧홧해지면 안 되겠지? 얼른 적응해야 하는 거겠지? 수영은 괜히 앞에 있는 포장 용기를 치우며 식탁을 정리했다.

잠시 후 유안은 새로 가득 채운 와인 잔을 들고 거실로 가서 앉았다. 그를 멀찍이서 바라보던 수영은 조금 쭈뼛거리더니 말했다.

"전 좀 씻을게요."

그런데 유안은 어쩐지 흥미롭다는 듯한 얼굴로 그녀의 얼굴을 빤히 보았다.

"많이 하자는 소리가 지금 당장 하자는 말로 들렸나 봐요."

"네?"

듣기에도 끈적이는 말에 수영의 표정은 당혹감을 감추지 못했다.

"지금 씻는다면서요."

"아니, 그게 아니라……."

수영의 어쩔 줄 모르는 얼굴을 보며 유안은 피식 웃었다.

"아직 못 씻어서 그냥……."

머쓱해진 수영이 얼버무렸다.

"이상하게 자극적이야, 차수영 씨는."

수영은 곤란해 했지만 유안은 그저 재미있다는 듯 중얼거렸다.

"말과 행동이 이상한 포인트에서 은근히 자극적인데, 문제는 본인이 그걸 모르는 거 같아."

수영은 자신의 어디가 그렇다는 건지 그의 말을 이해할 수가 없어서 동그란 눈으로 그를 보기만 했다.

"그게 더 야한 거 모르죠?"

어안이 벙벙해져 있는 여자를 향해 유안은 퍽 짓궂은 눈빛을 보냈다.

"미안해요. 전에도 말했듯이 내가 좀 변태라."

그는 그 말을 끝으로 수영에게서 시선을 거두곤 와인을 음미했다. 그리고 담박한 어조로 내뱉었다.

"씻어요."

수영은 뭔가 찜찜하고 멋쩍었지만 더 이상 저를 보지 않는 남자에게서 몸을 돌리며 걸음을 뗐다. 그때 남자의 목소리가 다시 그녀의 발목을 붙잡았다.

"같이 씻을까요? 나도 씻어야 하는데."

"아니요."

속으로 펄쩍 뛰던 수영은 일언지하에 거절을 했다.

"욕실 두 개잖아요. 제가 안방 욕실 쓸게요. 이사님은 이쪽 쓰세요."

새초롬한 어조로 튕겨 내는 수영의 대답에 유안은 작게 소리 내어 웃었다.

"칫솔이랑 목욕 용품도 가져다 드릴게요. 여분도 있거든요."

행여나 그가 따라올까 봐 수영은 빠르게 걸음을 옮겨 그를 위한 용품들을 바삐 찾아 욕실에 가져다 두었다.

안방 욕실 안 샤워 부스로 들어간 수영은 더운물을 틀었다. 잠시 혼자만의 공간에 갇혀 있자 낮은 한숨이 나왔다.

"후……."

저 남자만 나타나면 혼이 빠진다. 처음 봤을 때부터 그는 그랬다. 첫 만남부터 줄곧 빠지지 않고 제 혼을 쏙 빼 놓는 남자. 이런 사람은 처음 겪어 봐서 볼 때마다 어쩔 줄을 모르겠다. 그래서 그의 앞에선 늘 저만 바보가 되는 것 같았다.

수영은 평소에 혼자 있을 때보다 더 구석구석 조심스레 몸을 씻었다. 지난번 그가 자신의 몸을 샅샅이 탐했던 걸 기억하자 괜히 더 꼼꼼하게 씻게 되었다.

샤워를 마치고 드레스 룸에서 조금은 편한 옷으로 갈아입은 뒤 안방으로 나가 보니 권유안이 떡하니 보였다. 그는 이미 씻기를 마치고 침대 위에 앉아 있었다. 지난번에 임 차장이 사다 놓은 물건 중 편하게 입을 남자 옷들도 몇 가지 있었는데 지금 그가 입고 있는 티셔츠와 바지가 그중 일부였다. 미리 침대에 기대앉아 있는 그의 모습을 보니 괜스레 심장이 반응했다.

"깨끗이 씻었어요?"

유안은 다정하게 물었지만, 수영은 그 질문에 좀 무안해졌다. 저 남자보다 일찍 욕실에 들어가서 그보다 늦게 나왔으니 어지간히 깨끗이 씻는 줄 알았겠지. 대답하지 않고 서 있는데 그가 자신이 앉아 있는 침대 위 옆자리를 손으로 툭툭 두드렸다. 그 모습에 왠지 긴장이 되어 수영은 선뜻 다가가지 못한 채 입술을 아름거렸다.

"근데 저…… 정말 당장 하자는 거 아니었는데……."

아, 왜 이렇게 부자연스럽고 바보 같은지 모르겠다. 말을 하면서도 자괴감이 들었다.

"알아요. 내가 당장 하고 싶어서 그래요."

오해하지 않는 줄은 알게 된 순간이었지만 이어진 말에는 더욱 오감이 쭈뼛 곤두섰다.

수영은 그녀를 기다리는 남자를 향해 하는 수 없이 천천히 다가갔다. 침대 위로 올라갔으나 그와 다정하게 마주 볼 만한 사이도 아니었으니 내외하듯 옆에 앉을 수밖에 없었다. 유안은 그런 수영을 보며 픽 웃더니 별안간 그녀를 빠르게 눕혔다. 갑자기 맥없이 천장을 보게 된 수영의 시야를 남자의 잘생긴 얼굴이 가로막았다.

"실은 월요일 회의 시간에 봤을 때부터 계속 이러고 싶어서 참기가 어려웠어요."

수영의 긴 눈이 회동그래 커졌다. 전혀 예상치 못했던 말이었다.

"그때 왜 그렇게 날 쳐다봤어요?"

놀라 있는 사이 바싹 다가온 유안의 음성이 귓가를 나직하게 울렸다.

"사람 미치게."

수영은 저도 모르게 입이 벌어졌다. 월요일 회의 시간. 이 남자가 그토록 덤덤해 보였던 그날.

"빨리 만나러 오고 싶었는데 저녁마다 무슨 일이 그렇게 많이 생기는지. 늦은 밤에라도 올까 하다가 차수영 씨는 일찍 자는 거 같아서 못 왔어요."

수영을 내려다보던 유안은 기다란 한 손을 그녀의 뺨으로 가져갔다.

"그날 회의 시간에 나 보면서 무슨 생각 했어요?"

손바닥으로 매끈한 볼을 찬찬히 쓰다듬으며 그가 속삭였다. 커다랗고 따뜻한 손안에 수영의 작고 흰 얼굴이 폭 담겼다.

"야한 생각은 안 했어요?"

짓궂게 던져진 질문에 수영의 하얀 얼굴이 순식간에 달아올랐다.

"설마요."

수영은 뜨끔해서 괜히 얼른 대꾸했다.

"정말 안 했어요?"

그러자 그의 속삭이는 말투도 한층 짓궂어졌다. 솔직히 안 한 건 아니라 괜히 거짓말하다가 표정 관리만 안 될까 봐 수영은 입을 다물었다. 그는 저의 표정 변화를 꽤 잘 읽어서 거짓말도 잘 못 하겠다. 그렇다고 야한 생각이 났다고 할 수도 없고. 그때 그가 다시 입을 열었다.

"난 했는데, 야한 생각."

그 말을 뱉은 유안은 잠깐 동안 수영의 볼을 어루만지다가 그녀의 다른 뺨에 살포시 입을 맞췄다. 그는 이어서 그녀의 이마를 입술로 누르고 또 입술을 옮겨 그녀의 눈 위에도 천천히 키스했다.

눈 위에 그의 입술이 닿는 순간 수영의 눈이 절로 감겼다. 눈꺼풀 위에 닿는 그의 입술이 유난히 따뜻하고 부드럽게 느껴졌다. 수영의 눈꺼풀에서 떨어진 유안은 이윽고 그녀의 아랫입술을 살짝 물었다. 그사이 떠졌던 수영의 눈은 그가 아랫입술을 무는 순간 금세 다시 감겼다. 시야가 차단되자 입술 위에서 움직이는 그의 감촉이 더욱 생생하게 와 닿았다. 그는 이제 윗입술로 옮겨가고 있었다.

키스 중에 같이 눈을 감고 있던 유안은 슬며시 눈을 뜨고 수영을 보았다. 그녀는 가만히 눈을 감고 있었으나 그녀의 속눈썹은 잘게 떨리고 있었다. 유안은 빤히 긴장한 듯한 수영의 얼굴을 훔쳐보다가 그녀의 함초롬한 윗입술을 빨아들이며 다시 눈을 감았다. 이내 그는 그녀의 벌어진 입술 사이를 핥았다.

수영은 죽은 듯이 숨을 죽였다. 그는 입술 사이를 간질일 뿐 금방 들어오지 않았다. 그녀의 오감이 온통 자신의 입술 위 감촉, 심장이 쿵쿵 뛰는 소리, 그와 함께 섞여 드는 호흡에서 극대화되고 있었다.

모든 감각이 한껏 예민하게 고조되어 있었다. 일부러 그렇게 달아오를 때까지 기다리기라도 한 건지 그때야 그의 키스가 안쪽까지 깊게 스며들어왔다. 그 후엔 순식간에 진하게 젖은 입맞춤이 되어 버렸다. 푸딩처럼 부드러운 그의 돌기들이 그녀의 혀와 점막에 정성껏 감겨들었다. 훨씬 끈적해진 입맞춤을 이어 가며 그의 손이 불쑥 티셔츠 속으로 파고 들어왔다. 그 손은 만질만질한 배와 허리를 더듬어 댔다. 찾는 게 있는 듯 더듬더듬 올라가던 그 손은 물컹한 곳에 닿자 마치 목적지에 도달한 듯 안착했다. 그리고 천천히 뭉갰다.

입맞춤에서 떨어진 유안은 수영의 가슴께로 눈을 조금 내리며 그녀의 티셔츠를 위로 걷어 올렸다.

"속옷은 뭐 하러 입었어요?"

브래지어를 내려다보던 유안이 작게 속삭였다. 샤워 직후 벗길 줄 알고도 그냥 입은 것뿐인 수영은 별다른 말을 하지 못했다.

"그냥……. 안 입기도 뭐해서요."

수영이 머뭇대는 사이 유안의 손은 속옷을 휙 올렸다. 곧장 봉긋한 곡선이 드러났고 수영은 어색하지 않은 척 눈만 조용히 깜빡였다.

그녀는 자신을 내려다보고 있는 남자의 시선을 따라 괜스레 함께 제 것을 보았다. 긴장감에 온몸이 최고조로 예민하게 곤두서 있던 그 타이밍에 그가 고개를 내렸다. 수영은 순간 멈칫하며 미간을 살짝 구겼다. 그가 민감한 부분을 찌를 때마다 절로 움츠려지는 몸을 막을 수가 없었다. 자신의 가슴에 아이처럼 얼굴을 파묻고 있는 남자의 모습을 고스란히 지켜보며 맥박이 빨라져 갔다.

문득 유안은 입술을 떼더니 너무 조용하기만한 수영을 내려다보았다. 그녀는 가만한 표정으로 그와 잠시 눈을 맞췄다. 유안은 곧 그녀의 티셔츠를 끝까지 끌어 올려 목과 팔을 빼게 했다. 한 꺼풀씩 가림막들이 사라져 갔고 조금 몸이 단 수영은 탁한 눈으로 그 광경을 보고 있었다.

맨 피부가 공기에 닿자 약간의 서늘함이 느껴졌다. 몸에 닿은 인공적인 것들이 모조리 떨어진 후 유안은 그녀의 발목을 잡고 들었다. 수영이 긴장을 느끼는 사이 그가 고개를 옆으로 돌리며 안쪽 발목에 입술을 댔다. 그대로 붙은 남자의 입술은 희고 얇은 살결을 점차 깊게 빨아들였다. 입을 떼고 난 그는 내려놓기 전 발등 위에 살며시 키스를 하며 물었다.

"오늘은 좀 봐도 돼요?"

그의 질문을 알아들은 수영의 볼에 금세 홍조가 깃들었다. 약간 어색한 표정으로 그의 시선을 외면하던 그녀는 대답 대신 무릎에 힘을 뺐다. 그녀의 표정을 보던 유안이 씩 웃으며 그녀의 허벅지를 잡자 약간의 힘에도 스르륵 무너졌다. 이내 수영은 손톱을 잘근잘근 씹어 댔다.

"부끄러우면 오늘도 자세히 안 볼게요."

머뭇대는 걸 알았는지 남자가 여유롭게 내뱉었다. 하지만 그 말에 다행이라고 느끼는 순간 그의 얼굴이 쑥 내려갔다.

"흡……."

자세히 안 본다던 남자는 보는 대신 입을 놀리고 있었다. 저도 모르게 다리 안쪽에 힘이 들어갔다. 등골이 서늘해질 것 같은 강한 자극에 수영의 온몸이 벌컥 경직되었다. 그녀의 몸이 작게 튕기자 남자는 더욱 집요하게 달려들었다. 제어할 수 없는 쾌감에 허리가 저절로 비틀렸다. 남자가 떨어졌을 때 수영은 눈을 꼭 감은 채 숨을 가쁘게 쉬고 있었다.

유안은 고요한 눈길로 그녀의 얼굴을 들여다보더니 손을 아래로 내려 그녀의 몸속을 확인했다. 미간을 꿈틀대던 수영의 잇새로 가느다란 신음이 흘러나왔다.

"아……."

그녀의 허벅지도 파르르 떨리고 있었다.

"지난번에도 느꼈는데 은근히 몸이 빨리 반응하는 거 알아요?"

대뜸 던져진 말에 수영은 얼굴이 확 달아올랐다.

"아닌데요."

그녀가 작게 대답했다. 그러자 유안은 장난스레 고개를 기울이며 물기어린 손가락을 펴보였다.

"그럼 이건 누구 몸이죠……."

수영은 홧홧함을 감추지 못했다. 이 남자는 저를 어색하게 하는 데 참으로 큰 재주가 있었다. 그러나 유안은 그저 씩 웃었다. 그는 수영의 정수리에 부드럽게 입을 맞추고는 귓가에 속삭였다.

"왜 이렇게 귀엽나요."

수영은 그의 말에 눈을 깜빡거리기만 했다. 대체 방금 자신의 어디가 어떻게 귀엽다는 소리인지. 그의 말소리는 곧 다시 귓가를 간지럽혔다.

"이렇게 뻣뻣한 태도에도 귀엽긴 어려운데……."

말을 마친 유안은 그대로 귓불을 핥아 올렸다. 그러고는 다시 소곤거렸다.

"처음 내 집무실에 커피 들고 왔을 때부터 귀여웠지만……."

수영은 멍한 얼굴로 천장을 보고 있었지만, 가슴이 괴롭도록 뛰고 있었다.

"그때도 차수영 씨는 참 섹시했어요. 아마 그때부터, 언젠가 꼭 내 앞에 눕히고 싶다는 생각을 했던 것 같네요."

유안은 더는 말을 하지 않고 수영의 어깨에 입을 맞추었다. 그녀의 몸이 안쪽까지 준비된 걸 확인한 그는 곧바로 제 옷도 벗어 던졌다. 시야에서 아른대는 남자의 움직임에 수영이 시선을 내리자 남자의 그림 같은 육체가 눈에 들어왔다.

피임 준비를 마친 뒤 유안은 수영에게 다가왔다. 그의 손바닥은 수영의 다리를 살살 쓸고 올라가다가 한쪽 허벅지를 잡았다. 남자의 둥한 몸과 맞닿는 순간 수영은 잔뜩 얼어붙은 얼굴을 했다. 여유롭게 속살거리던 와중에도 실은 그의 몸에 여유 따윈 없었던 건지 진작부터 있는 대로 흥분한 남자의 몸이 거기 있었다. 그리고 그것은 지금 제 안에서 하나가 되려 하고 있었다.

"흐읏……."

아슬아슬한 순간을 지나면서 신음이 삐져나오는 걸 막을 길이 없었다. 남자의 안달 난 몸은 점점 더 그녀의 몸속 깊은 곳까지 잠식했다.

유안은 아직은 그를 서먹해하는 듯한 여자의 몸에서 서둘러 하나처럼 녹아들기를 원하고 있었다. 그래서 깊게, 더욱 깊게 그녀의 속살 속으로 그를 밀어 넣고 있었다. 그녀가 저를 느끼는지 매 순간 확인하며 하염없이 자신을 새기고 있었다.

"으응……."

그가 밀려들 때마다 매번 두려운지 그녀의 낭랑한 목소리는 끊이질 않았다. 관능에 젖은 차수영의 눈동자는 다른 무엇도 아닌 저를 응시하고 있었다. 그 얼굴을 보니 자제가 되지 않는 흥분에 휩싸였다. 그래서 저도 모르게 몸을 더 과격하게 움직였다. 그러자 더욱 높은 교성이 터져 나왔다.

"아아……. 앗."

"신음하는 목소리도 예쁘네."

방 안 공기가 끈끈해져 갔다. 아슬아슬한 왕복 운동이 끝이 없을 것처럼 지속되고 있었다. 살갗 사이의 마찰 소리와 여자의 평소 목소리보다 조금 높은 비음 소리가 한 공간에 가득했다. 그 속에서 차수영은 홍조를 띠었다. 어느새 몽롱해져 버린 눈빛으로 저를 애타게 바라보는 그녀를 마주 보며 아래로 극한의 흥분이 더욱 몰릴 것 같았다.

"엎드려 볼래요?"

잠깐 멈춘 유안이 속삭였다. 수영은 한창 농염해져 있던 얼굴로 그를 보다가 주섬주섬 몸을 뒤집었다. 자세를 잡은 수영은 초조한 얼굴로 침대 헤드만 바라보았다. 뒤에 있는 그가 시야에 보이지 않으니 긴장이 더해지는 것이었다. 그런 그녀를 달래듯 그의 손이 허리를 살살 어루만졌다. 그러더니 급작스레 그가 밀려들기 시작했다. 수영은 그녀의 온몸을 가득 매우는 남자의 존재감에 숨이 턱턱 막혔다. 남자의 흥분한 몸은 아까보다도 더 단단해져 있는 것 같았다. 이내 폭풍 같은 움직임이 닥쳤다.

"아, 하윽!"

수영의 날숨마다 신음이 섞여 들어갔다. 저도 모르게 나오는 본능적 비음이 아까보다 더 큰 소리를 내고 있어 스스로도 깜짝깜짝 놀라고 있었다. 유안은 한동안 그녀의 뒤에서 빠르고 격하게 탐하며 머물렀다. 그래서 그녀는 연신 저를 공격하는 견고한 존재로부터 꼼짝없이 달아날 수가 없었다. 수십 번인지 수백 번인지 모를 셀 수 없는 움직임 속에서 유안은 그대로 절정에 오를 것 같았다. 하지만 그는 문득 수영에게서 떨어졌다.

"마지막은 차수영 씨 얼굴 보며 하고 싶어요."

숨을 헐떡거리던 수영은 그 말에 다시 위를 보고 바로 누웠다. 눕기가 무섭게 유안의 손이 그녀의 다리에 달라붙었다. 다시금 서로의 비부를 맞춘 채 남자는 전력 질주를 했다. 저를 보는 수영의 요염한 눈동자에 심취하던 유안은 이윽고 제 욕망을 끝을 보았다. 그가 움직임을 멈추었을 때 여자의 온몸은 파들파들 떨리고 있었다. 수영은 어쩔 줄을 몰라 했고 유안은 그런 그녀의 몸을 생생하게 느끼며 그녀에게 깊이 입을 맞췄다.

수영은 한동안 움직일 수가 없었다. 침대 위에 너부러진 채 숨을 고르고 있자 유안이 옆에 누워 그녀를 바라보았다. 그의 호흡도 거칠어져 있었다. 그런 와중에도 그의 손은 그녀의 몸을 지분거렸다. 수영은 방금까지 흥분하여 교성을 쏟아 낸 직후여서 이 순간이 더없이 어색했다. 자신이 방금 한 격렬한 섹스가 믿어지지가 않았다. 그가 말이 없이 바라보고만 있어서 더 그랬다. 대화도 없는 침대 위에 진득한 섹스의 여운이 고스란히 남아 있었다. 수영은 그냥 어서 빨리 씻어야겠다고 결심하곤 그의 손을 조심스레 치웠다.

"이사님. 이제 그만 좀 보세요."

여전히 저를 응시하는 남자에게 그렇게 말하곤 몸을 일으켰다. 조용히 미소 짓던 유안은 침대를 떠나는 수영의 뒤통수를 보았다. 다시 몸을 가볍게 씻고 난 뒤 수영은 샤워 가운을 입고 침대로 돌아갔다. 거실 쪽 욕실에서는 유안이 씻는 물소리가 들렸다.

수영은 가운을 벗고 침대 주변에 떨어져 있던 실내복을 주웠다. 아까 샤워하고 입자마자 벗겨진 속옷과 옷들을 주워 다시 입었다. 수영이 막 옷을 다 입었을 때 유안이 욕실에서 나왔다. 그는 수영이 방에 있는 걸 보지 못한 채 거실 소파에 가서 TV를 켰다.

수영은 TV에서 나오는 뉴스 소리에 거실로 나갔다. 오늘 그는 집에 바로 갈 생각이 없는 걸까. 소파에 앉아 있는 그를 보니 그 역시 아까의 편한 실내복을 도로 입고 있었다. 이렇게 보니 꼭 아무 일 없었던 것같이 시간이 아까로 되돌아가 있는 것 같았다.

유안의 이마는 앞으로 내려온 머리칼로 가려져 있었다. 회사에선 늘 이마가 보이도록 넘긴 헤어스타일이었는데. 문득 수영은 평소와 달라 보이는 그의 모습을 넌지시 바라보았다. 어쩌다 그와 친밀해져서 이런 모습까지 보게 되는 건지. 수영은 문득 갈증을 느꼈다. 남자를 보면서도 좀 전까지 움직임이 많았던 그 역시 목이 마르지 않을까 하는 생각이 들어 다가가 물었다.

"시원한 거 한 잔 드릴까요?"

어느새 뉴스에 집중하느라 수영이 나온 걸 보지 못하고 있던 유안은 그녀의 목소리에 그제야 고개를 돌렸다.

"혹시 맥주 있어요?"

그가 산뜻한 얼굴로 되물었다.

"있어요."

마침 얼마 전 사 놓은 맥주가 떠올랐다. 냉장고로 간 수영은 과일 한 접시와 시원한 캔 맥주 몇 개가 담긴 쟁반을 들고 돌아왔다.

"고마워요."

수영이 소파 테이블에 쟁반을 올려놓자 유안은 곧바로 맥주 한 캔을 따서 들이켰다. 수영도 자신의 맥주를 하나 들고 그가 앉아 있는 3인용 소파와 직각으로 놓은 1인용 소파에 앉기 위해 돌아섰다. 그때 맥주를 들지 않은 그녀의 다른 손을 감싸는 온기가 불현듯 느껴졌다. 뒤를 돌아보니 제 손을 꼭 잡은 유안이 미소 지으며 쳐다보고 있었다. 그러면서 그의 옆자리에 앉도록 손을 그쪽으로 살짝 당기는 것이었다. 수영은 그가 이끄는 대로 그의 옆에 앉았다.

유안은 수영이 앉은 뒤에도 계속 손을 놓지 않았다. 그는 다른 한 손으로는 맥주를 마시며 다시 뉴스를 시청하고 있었다. 수영은 유안이 무의식적으로 손을 계속 잡고 있는 것 같아서 슬그머니 빼 보려고 했다. 그러나 그 순간 불끈 힘을 주는 커다란 손이 다시 그녀의 손을 꾹 쥐었다.

별거 아닌 행동에 괜히 가슴이 선득 내려앉았다. 눈을 돌려 남자를 보았지만, 그는 여전히 TV 화면에만 시선을 두고 있었다. 잡힌 손이 자유롭지 못했던 수영이 이윽고 말했다.

"이사님⋯⋯. 저도 맥주 마실래요."

유안은 그제야 수영에게 시선을 주었다가 이어 아직 따지 못한 수영의 맥주 캔을 내려다보았다. 불현듯 수영의 눈이 동그래졌다. 피식 웃던 그가 여전히 손을 놓아주지 않은 채 그의 손에 든 자신의 맥주를 그녀에게 대신 먹여 주려 가까이 대는 것이었다.

"어, 저, 괜찮아요⋯⋯."

수영은 당황하여 어찌할 바를 몰랐다. 이 남자의 이런 과하게 살가운 행각을 어떻게 받아들여야 할지 모르겠다. 빙긋 웃던 유안은 자신의 맥주 캔을 테이블에 올려놓았다. 그리고 수영의 손에 들린 맥주 캔을 부드럽게 빼앗아 자신이 직접 따더니 다시 그녀의 손에 쥐어 주었다.

"감사합니다."

수영은 괜히 두 손으로 캔을 받으며 정중하게 말했다.

맥주를 입으로 가져가며 수영은 생각했다. 이 사람은 말 한마디 없이도 간지러운 행동을 잘만 하는데 저는 말을 해도 뭐가 이리 어설픈지 모르겠다고. 이건 연애도 아니고, 연애가 아닌 것도 아니고. 아무튼 참 요상한 분위기였다. 이 요상한 분위기의 원인은 다름 아닌 요상한 남자 때문이었다. 뻔뻔한 연애를 거침없이 보여 주는 이 남자. 지금도 그랬듯 어떨 땐 아이처럼 짓궂게 굴다가, 침대에선 지독히도 어른스럽게 야했다가 참으로 여러 가지 모습을 보여 주는 남자였다.

맥주를 홀짝이던 수영은 TV를 보는 척하다가 눈동자를 슬쩍 돌려 남자의 옆모습을 보았다. 그녀는 남자를 보고 있었고 남자는 뉴스를 보고 있었다.

그런데 이 사람 오늘은 왜 일찍 가지도 않고 이러고 있지? 그런 생각을 하며 곁눈질하고 있을 때 거짓말처럼 남자의 손이 다가와 다시 그녀의 손을 잡았다. 곁눈질을 들킨 것만 같아 수영은 흠칫했다. 커다란 손 안에 휩싸인 그녀의 손은 순식간에 따뜻함에 파묻혔다. 남자의 체온은 닿자마자 확연히 다를 만큼 아주 따뜻했다. 수영은 더는 손을 뺄 핑계도 찾지 못한 채 다른 한 손으로 맥주만 마셨다. 차가운 캔 맥주를 쥐고 있어 서늘한 오른손과 권유안의 뜨끈한 손에 갇힌 왼손의 온도 차가 참으로 달랐다. 언젠가 이 손에 익숙해질 것만 같았다. 이 손의 크기와 이 손의 감촉과 이 손의 온도에. 자꾸 익숙해지면 안 될 것 같은데⋯⋯. 수영은 왠지 모르게 그런 생각을 했다.

어느새 유안은 맥주 두 캔을 비웠지만 수영은 한 캔도 겨우 비웠다. 아무래도 편한 자리는 아니어서 그랬다. TV 뉴스도 막바지에 이르고 있었다. 중간중간 유안은 뉴스와 관련된 이야기를 던지기도 했고 수영은 거기에 성의껏 응했다. 그러다 자연스레 화제가 회사 이야기로 빠졌다. 그때 수영은 그와의 대화에서 흥미로운 점을 느꼈다.

그가 하는 회사 이야기와 자신이 하는 회사 이야기에는 조금 차이가 존재했다. 그가 보는 회사와 자신이 보는 회사가 다르기 때문이었다. 한 부서의 끄트머리에서 아등바등 제 일만 하기 바쁜 자신과 큰 그림을 그리는 그는 당연히 다를 수밖에 없었다. 그래서 권유안의 시선에서 보는 것들에 대해 듣는 재미가 은근했다. 그가 진행하는 다른 사업에 대한 이야기, 이를테면 방조제나 댐 건설 사업에 관한 이야기들과 사람들 간에 이런저런 비하인드 스토리들도 그랬다.

"어쨌든 그 방조제 공사 수주는 꼭 내가 성공시켜야 해요."

"특별히 공들이시는 다른 이유가 있나요?"

수영은 그가 다른 사업보다 거기에 더 중요도를 두는 듯하여 문득 궁금해졌다. 그런데 왜인지 그 질문에 유안은 조용히 웃었다. 그리 좋아 웃는 건 아닌 듯한 의미심장한 웃음이었다.

"고상하게 엿 먹일 사람이 있어서요."

그 대답도 의미심장했다. 수영은 그의 대답에 적잖이 충격을 받았다. 그런 이유라니. 도무지 알 수가 없는 그들만의 리그였다.

유안은 그렇게만 대답할 뿐 더는 말해 주지 않았다. 그 사람이 누구인지는 함부로 더 물을 수도 없는 게 당연했기에 수영도 입을 다물었다. 분위기가 조금 무겁기도 했다.

"차수영 씨는 회사 일에 관심이 많나 봅니다."

문득 유안이 조금 밝아진 목소리로 내뱉었다.

"사업 얘기를 할 때 꽤 열정적으로 보이거든요."

수영은 그의 말에 조금은 쑥스러운 듯이 웃었다.

"그럴지도요."

아니라고 할 수 없었다. 그래서 호되게 당하기도 했지만.

마침내 뉴스가 끝이 났다. 유안은 별 미련 없이 리모컨으로 TV

전원을 껐다.

"이만 잘까요?"

수영은 그 물음에 눈꺼풀을 올리며 그를 보았다.

"주무시고 가게요?"

"안 돼요?"

유안이 담담한 얼굴로 반문했다.

"아니요. 이사님 집이니 이사님 마음이죠."

수영은 조금 염려스러운 얼굴로 그렇게 답할 뿐이었다.

태연한 척하던 그녀는 곧장 거실 테이블 위에 널브러진 맥주 캔과 접시를 정리하기 시작했다. 유안을 뒤에 둔 채 쟁반을 들고 주방으로 향하던 수영은 그와 한 침대에서 나란히 잠드는 상상을 해 보았다. 생각하니까 새삼 기분이 울렁댔다.

그리고 정말 그와 한 이불을 덮고 눕게 되었다. 기능 좋은 암막 커튼이 드리워진 방은 꽤 어두웠다. 함께 덮고 있는 얇고 포근한 이불은 두 개의 몸이 움직일 때마다 작게 바스락거렸다. 이상하게도 두근거렸다. 다른 짓도 해 본 사이라지만 한 침대에서 함께 잠에 빠져 드는 건 처음이라서 이건 이거대로 묘했다.

킹사이즈 침대는 제법 넓었다. 제 영역에 등을 댄 수영은 천장을 보며 누웠다. 그녀는 가슴까지 덮은 이불 위에 두 손을 가지런히 얹고 있었다. 생각에 깊게 잠긴 건지, 옆에 누워 있는 권유안은 조용했다. 벌써 잠들었나? 은근히 눈을 옆으로 돌려 확인하려는 찰나 그가 먼저 고개를 돌려 저를 보았다.

"안녕히 주무세요."

수영은 그 한마디를 던지곤 다시 천장을 보았다. 그에게선 대꾸가 없었다. 어두워서 그의 표정이 잘 보이진 않았지만, 시선이 그녀를 향해 있다는 건 알 수 있었다. 뭔가 이대로 잠이 올 거 같진 않았지만, 그래도 수영은 눈을 감았다. 잠이 들면 어색하지 않아도 된다.

눈을 감았는데도 이상하게 남자의 시선이 계속 느껴지는 것만 같았다. 모른 척하고 있는데 갑자기 베고 있던 베개가 쓱 빠져나갔다. 반짝 눈을 뜨고 보니 권유안이 베개를 침대 밖으로 던지는 모습이 보였다. 갑자기 낮아져 허전해진 머리맡에 그의 팔이 닿았다.

"이리 좀 와 봐요."

바짝 다가온 유안은 수영의 어깨와 등을 감싸 안아 그를 향해 몸을 돌리게 했다. 수영은 결국, 그를 마주 보며 모로 눕게 되었다.

그가 머리 아래로 팔을 끼우려 하자 수영은 자연스레 머리를 들어 그의 팔을 벴다. 마주 누운 유안은 두 팔로 그녀의 몸을 더욱 당겨 제 품으로 바싹 끌어안았다. 유안과 몸이 닿는 순간 수영은 놀랄 만큼 따뜻한 체온을 느끼며 그동안 제 몸이 꽤 추웠었다는 걸 깨달았다. 그에게 푹 안긴 채 그의 온기가 자신의 식어 있던 피부에 전해지자 급격하게 온몸이 따스해졌다. 왜인지는 모르겠으나 이상하게도 그게 뭉클했다. 그래서 그의 몸과 가까워져 있는 심장이 울렸다.

수영은 그대로 있었다. 굳이 어색한 자세란 이유로 그에게서 떨어질 시도는 하지 않았다. 한 번 온기를 느껴 버린 몸이 다시 추워지고 싶지 않은 것 같았다. 그와 얼굴을 가까이 마주하자 그의 잔잔한 날숨을 느낄 수 있었다. 잠시간 동안 그렇게 그의 호흡을 느끼며 가만히 안겨만 있었다. 그는 말이 없었다. 암전 속에서 서로의 숨을 맞댄 채 고요한 시간이 흘러갔다. 정의할 수 없는 이상한 긴장감이 감돌았다. 이러고 있으니까 더더욱 잠에 빠지기는 불가능해 보였다. 한 이불 안에서 제 몸에 닿고 있는 타인의 몸이 일일이 의식되었다. 한 남자로 인해 잠자리가 한없이 낯설어졌다. 남자의 몸은 따뜻하고도 왠지 모르게 기분을 아릇하게 했다.

시야가 어둠에 익숙해지자 그의 얼굴이 조금 더 잘 보이게 되었다. 저를 물끄러미 보는 그의 눈동자도 보였다. 수영은 자신의 시야에 그의 얼굴이 더 잘 보이게 된 것처럼 그에게도 지금 자신의 얼굴이 보이는 건지 궁금했다.

그런데 돌연 어둠 속에서 그녀의 입술 위에 그의 엄지가 살짝 닿았다. 그의 부드러운 엄지손가락은 느릿하게 입술을 쓸었다. 심장박동 수가 점점 빨라져 갔다. 수영은 제 입술을 만지작거리는 그를 잠자코 바라보았다. 곧 그의 손가락이 떼어졌고 그 자리에 그의 입술이 닿았다. 그리고 느른한 키스가 시작되었다. 서둘지 않는 느린 입맞춤이었다. 크림처럼 부드러운 키스인데 온 정신이 빼앗길 것 같았다.

남자의 손은 이불 속에서 그녀의 등을 더욱 당겨 몸을 밀착시켰다. 입맞춤이 깊어질수록 그의 손도 그녀의 허리를 정처 없이 쓰다듬었다. 어느 순간 더 아래로 향한 유안의 손은 그녀의 골반까지 닿았다. 그러다 그의 손이 다시 허리께까지 올라오더니 이내 그녀의 팬티 속으로 쑥 들어갔다.

그는 손에 가득 들어오는 고운 반죽 같은 엉덩이를 힘주어 주무르는 동시에 그의 키스도 더욱 진해져 갔다. 여러 번 살을 움키던 힘이 풀어졌고 그의 손은 점점 더 미끄러져 내려갔다. 그의 키스를 받고 있던 수영은 은밀한 부위에 울컥 온 신경이 쏠렸다. 금세 제 몸이 습해지는 느낌이었다.

"으음……."

깊게 물린 입맞춤 덕에 수영의 목소리가 짓눌려 나왔다. 급하지 않게 자근자근 지분대는 행동인데도 너무도 자극적이었다. 야릇해진 분위기를 견디기가 어려웠다. 뜨거워진 호흡이 오가던 중 입술이 잠깐 떨어지더니 그가 속삭였다.

"한 번 더 할까요, 우리."

유안은 그 말을 끝냄과 동시에 수영의 옷을 잡았다. 대범한 손놀림에 바지가 스르륵 내려갔다. 태연하게 한 번 더 하자고 내뱉던 목소리는 차분했지만, 그의 몸에선 열기가 그득 느껴졌다. 수영은 다분히 그가 흥분했음을 알 수 있었다. 금요일의 밤은 뜨거웠다. 그날 밤엔 한 번만 더 한 게 아니었다.

* * *

무거운 눈꺼풀이 들려 올라갔다. 암막 커튼이 창을 가리고 있었지만 미세하게 투영되는 적은 빛에서 밤이 아니라는 걸 알 수 있었다. 그것도 왠지 해가 뜬 지 꽤 시간이 많이 흘러 있을 것만 같은 직감이 들었다.

수영은 눈을 끔뻑이며 정신을 차렸다. 옆자리가 휑하니 비어 있었다. 침대를 온기로 데우던 남자가 사라지니 침대가 더 넓게 느껴졌다.

갔나?

그런 생각을 하며 이불을 젖히고는 몸을 일으켜 앉았다. 그러자 코로 스미는 커피 냄새와 고소한 냄새가 느껴졌다.

이 집에서 나는 건가?

수영은 안방 문을 열고 나갔다. 더욱 진하게 풍겨 오는 냄새를 느끼며 이 집에서 나는 냄새인 건 확신할 수 있었다. 주방으로 들어가 보니 권유안이 무언가를 만들고 있었다. 기척에 고개를 돌린 그는 수영을 보더니 입가를 올렸다.

"마침 깼네요. 곧 깨우려고 했는데."

병하게 쳐다보던 수영은 벽면에 있는 시계를 보았다. 11시가 훌쩍 넘어 있었다.

"언제 이렇게 잤지……."

수영은 조금 민망하여 중얼거렸다. 이 남자는 대체 언제 일어난 거야.

"생각보다 잠이 많네요. 이렇게 늦게 나올 줄은 몰랐어요."

유안이 나른하게 웃으며 말했다.

"그야……. 이사님이 잠을 못 자게 하셨으니까요."

수영은 그 말을 하며 조금 얼굴이 붉어졌지만 있는 사실 그대로 받아쳤다.

"제가 게으른 탓이 아닐걸요."

억울한 걸 참지 못하는 수영은 어김없이 가만히 있질 못했다. 상사 앞이라 그런지 몰라도 그보다 늦게 일어난 자신이 게을러 보이고 싶진 않은 기분이었다.

"아, 나 때문이군요."

유안이 빙긋 웃으며 그녀를 보았다.

"네."

수영은 선선하게 대꾸했다. 밤새 그가 저를 피곤하게 했다. 침대 위에서 처음엔 추웠던 몸이 나중엔 후끈 더워서 촉촉해질 지경이었으니.

"그럼 다음부턴 낮에 할까요?"

유안이 뻔뻔한 얼굴로 물어왔다. 수영은 환한 대낮부터 적나라하게 펼쳐질 장면이 절로 상상되어 그건 그거대로 낯이 뜨거워질 것 같았다.

"와서 앉아요."

그사이 접시 두 개를 들고 유안이 식탁으로 다가왔다. 접시를 올려놓은 그는 또 의자를 빼 주며 수영을 바라보았다.

이 남자의 이런 매너에도 익숙해져야 하는 거겠지.

그의 이런 매너는 정확히 자신이 그의 여자가 된 후부터 보여 주는 것이었다. 그전에 그와 함께했던 식사 자리에서는 그가 의자를 빼 주는 일은 본 적이 없었다. 자신이 그의 사람이 되기로 선택한 순간부터 그가 해주는 것들이 달라진 것이다. 스킨십부터 시작해서 속살거리는 언어와 이런 소소한 매너까지.

수영은 그에게 다가갔다. 아직은 어색해서 그의 얼굴을 쳐다보지 않고 의자로 다가가려 했다. 그러나 그전에 유안이 덥석 뒤에서 그녀를 끌어안았다. 그리고 귓가에 속삭였다.

"나 때문에 많이 피곤해요?"

"조금요."

유안은 그 대답을 들으며 수영의 목덜미에 입술을 묻었다. 몇 번의 자잘한 키스를 하던 그가 뒤에서 허리에 팔을 더욱 꼭 두르며 말했다.

"차수영이 이렇게 예쁜데 어떻게 한 침대에서 잠만 잘 수가 있나요."

수영의 낯이 조금 상기된 빛을 띠었다. 남자는 자신이 일어나자마자 또다시 혼을 빼 놓기 시작했다.

"근데 방금 뭐 만드신 건가요?"

수영은 모른 척 말을 돌렸다.

"프렌치토스트요."

"이런 것도 할 줄 아세요?"

"나 무시하는 거예요?"

유안이 당당하게 물었다. 뒤에 있는 그에게 안겨 있던 수영은 그의 얼굴을 볼 수가 없어 괜히 더 그 말을 듣고 민망했다.

"아니요, 그런 게 아니라……. 남이 해 준 것만 드시는 줄 알았어요."

"남이 해 준 것만 먹어요."

유안은 또 아무렇지 않게 말했다.

"……."

그럼 이건 무엇이란 말인가.

"그나마 있는 재료로 쉽게 할 만한 레시피 검색해서 따라 해 봤어요."

"아……. 네."

수영은 그가 원래는 잘 하지 않는다는 것을 여기서 했다는 생각에 조금 기분이 이상했다.

"차수영 씨가 늦게 일어나서요. 일어나서 준비하고 나가자니 그만큼 식사 시간이 늦을 거 같아서. 해 놓고 깨우려고 했어요. 이제는 좀 먹여야 할 시간이니까."

수영은 그의 대답에 놀라서 말을 잇지 못했다. 잠깐 후 그녀는 머뭇대던 입을 다시 열었다.

"왜 그렇게 저를 먹이려고 하세요."

어제저녁엔 초밥도 잔뜩 사 오질 않나.

"내 거잖아요, 차수영. 내 거 잘 먹여 놔야지."

머리도 가슴도 죄다 울렁거렸다. 아까부터 모른 척하려고 했는데 이 남자 원래 이렇게 능글맞나.

"이사님은 원래 이런 표현을 잘하세요?"

"글쎄요. 나도 잘 모르겠네요. 근데 아마 차수영 씨가 너무 딱딱하니까 내가 더 이렇게 되는 것 같기도."

"아……. 그러니까 일부러……."

유안은 수영의 목덜미 뒤에서 작게 소리 내며 웃었다. 그의 자잘한 숨결에 수영은 목덜미가 간지러웠다.

"커피 마실래요?"

그가 이윽고 허리에서 팔을 풀며 물었고 수영은 자신이 가져다 먹는다고 말하려다 그냥 고개를 끄덕였다.

"네."

까마득한 상사의 식사 시중을 받고 있자니 기분이 묘했다. 이제 정말 이 남자는 그냥 상사가 아니라 저와 친밀한 사이가 된 남자라는 실감이 조금씩 들기 시작했다. 하지만 그런 생각이 드는 동시에 이런다고 그에게 기대는 하지 않으리라 다짐했다. 그래서는 안 되는 거니까.

유안은 기계에서 커피를 뽑아 와 수영의 앞에 놔 주었다. 곧 단출한 브런지 타임이 시작되었다.

8. 밤 불빛

출근 직후 지선이 일정에 관한 브리핑을 막 마쳤을 때였다.

"그리고 임 차장님."

"예."

유안이 한결 낮춘 목소리로 지시를 했다.

"시간 되실 때 그 운신 공업, 좀 더 자세하게 파악해 보세요."

"네, 이사님."

갑작스럽고도 은밀한 지시였지만 지선은 당황하지 않았다. 언제고 그가 지시할지도 모른다고 진작 염두에 두고 있던 부분이었다.

"그쪽에서 앞으로 진행할 프로젝트나 사업 방향 포함해서요."

유안의 담담하고도 냉랭한 얼굴을 보며 지선은 알겠다는 듯한 표정을 지었다.

"예, 샅샅이 털어 보겠습니다."

그녀는 보스의 말을 새기며 자신의 전자 기기에 비밀스럽게 메모를 했다. 이에 유안은 그녀를 보며 희미하게 웃었다.

"고마워요. 역시 우리 임 차장님은 참 듬직해요."

"안 그래도 이미 운신 공업에 대해 조금 조사하고 있던 차였습니다."

진작 신뢰의 눈빛을 보내고 있던 유안은 놀랍다는 듯 웃음을 흘렸다.

"알아서 해 주고 계셨군요."

만족스러운 얼굴로 말하는 유안에게 지선은 미소로 대응했다.

"수고가 많으십니다. 이만 나가 보셔도 돼요."

친절한 어조로 마무리를 짓던 유안은 지선에게서 눈을 떼고 눈앞의 모니터를 보았다.

"저……. 이사님."

그러나 지선은 바로 돌아서질 않았다. 할 말이 더 남아 있는지 그를 부르는 지선을 향해 유안이 다시 입을 열었다.

"네."

"한 가지 전해 드릴 말씀이 있습니다."

"예, 말씀하세요."

"……."

왜 그러는지 지선의 목소리가 금방 나오지 않았다. 모니터의 결재 서류만 보던 유안은 그녀가 조용하자 고개를 들었다. 그러나 쳐나보는 유인의 시선에도 지선은 그녀답지 않게 쉽게 말을 꺼내지 못하고 입술을 오물거렸다.

"제가, 어제부터 언제 전해 드려야 하나 계속 고민을 했는데요."

지선의 표정이 한없이 어두워지자 그녀를 빤히 보던 유안의 눈동자도 어느 순간 내려앉았다. 그는 결국 마우스에서 손을 떼고 의자에 등을 푹 기대며 팔짱을 꼈다. 그는 말없이 깊은숨을 몇 번 내쉬더니 이윽고 심각하게 물었다.

"뭔가요……."

"……."

지선의 눈매에 애잔함이 깃들고 있는 게 보였다. 그걸 본 유안의 눈이 더욱 짙어졌다. 그의 얼굴은 서늘함으로 물들고 있었다.

"그 사람 얘기예요?"

끝내 유안이 먼저 입을 열었다. 착잡한 표정을 짓던 지선은 이내 고개를 크게 끄덕이며 긍정했다.

"만나고 싶다고 하십니다."

그리고 이어지는 지선의 말에 유안의 눈동자가 굳어졌다. 금세 그의 눈빛에 미묘한 빛이 돌았다. 이내 유안은 지선을 올려다보고 있던 눈을 내려 의미 없는 허공에 시선을 던졌다. 만나고 싶다니…….

"왜요?"

허공을 보며 생각에 잠겨 있던 유안이 한참 만에 물었다.

"그냥 한번 봤으면 좋겠다고만 말씀하셨습니다."

지선은 곤란한 표정을 지우지 못한 채 그의 대답을 기다렸다.

"안 만나겠다고 전해 드리세요."

하지만 유안은 망설임 없이 답했다. 어차피 이유를 들었다 한들 달라질 건 없었다.

"예, 알겠습니다. 그렇게 전해 드리겠습니다."

지선 역시 깔끔한 어조로 수긍했다. 어찌 보면 그의 대답에 안도하는 얼굴인 듯도 했다. 그러나 여전히 침울한 표정으로 유안을 흘끔 보던 지선은 고개를 까딱 숙이곤 그의 집무실을 나갔다.

그녀가 나간 뒤 유안은 허공을 보던 시선을 다시 모니터로 돌렸다. 문서 위에 글자들이 허무하게 부유하고 있었다. 그는 꽤 많은 시간이 흘렀을 때에야 결재 버튼을 눌렀다.

* * *

유안은 그날 있던 시답잖은 저녁 행사에는 참석하지 않고 본가로 향했다. 수행 기사도 퇴근시키고 혼자서 운전하여 도착했다. 예고도 없이 들이닥치자 현관 앞에서 사용인이 그를 허겁지겁 맞이했다.

"어머, 이사님 오셨네요! 사모님!"

반색을 띠며 웃던 사용인은 아들을 반가워할 미경을 큰 소리로 불렀다.

"회장님은 계세요?"

그러나 유안은 표정 없이 권호찬 회장부터 찾았다.

"예! 서재에 계십니다. 이사님, 식사는 하셨어요?"

"아니요, 괜찮습니다."

유안은 대답과 동시에 발길을 옮겼다. 미경의 얼굴을 볼 새도 없이 권 회장의 서재로 향했다. 똑똑, 성 마른 손끝이 두꺼운 원목 문을 두드렸다.

"아버지."

유안이 그를 부르자 안에서 목소리가 들렸다.

"들어와."

안으로 들어간 유안은 유독 문을 굳게 닫았다.

"저 왔어요."

"그래. 연락도 없이 웬일이야."

책상에 앉아 있던 권 회장은 눈을 들어 아들을 보았다.

"무슨 일 있어?"

"아니요."

유안은 간단한 대꾸 한마디만 던지곤 가만히 서서 권 회장을 응시했다. 권 회장은 저를 보는 아들의 얼굴을 잠시 살피더니 눈짓으로 앞에 있는 의자를 가리켰다.

"앉아."

무슨 일은 없다고 했지만 할 말은 있는 얼굴 같았다. 그러니 미경이 함께 있는 거실 소파가 아닌 서재에서 저를 보고 있는 것이다. 본래 아들은 저와 단둘이 있는 걸 싫어하는데도 말이다. 서재의 벽과 문은 꽤 두꺼워서 방음도 적당히 잘 되는 편이었다. 아들이 자신과 독대를 하는 이유가 무엇인지 권 회장은 파악하려 했다.

목석처럼 서 있던 유안은 느릿한 몸짓으로 의자에 앉았다. 하지만 그는 팔걸이에 팔을 걸치고 앉아 눈동자를 옆으로 내리뜨고만 있었다.

"희정이랑은 잘 지내고 있는 거야?"

아들이 묘하게 침묵하고 있자 권 회장이 먼저 생각나는 말을 꺼냈다.

"희정이 안부는 저보다 아버지가 더 잘 아실 텐데요."

그러나 유안은 거기에 시큰둥한 반응을 할 뿐이었다. 권 회장의 표정에 불편한 기색이 서렸다.

"안 그래도 그저께 강 회장 만났다."

그 말에 유안은 더욱 냉랭해진 눈으로 아버지를 보았다.

"우리가 서로 얻을 수 있는 게 생각보다도 더 많다는 걸 확인할 수 있는 자리였어."

"과연 그럴까요? 지금이니까 좋은 것만 보이시죠."

유안의 회의적인 어조는 거침이 없었다.

"아버지랑 온강은 정말 안 어울려요."

그러나 날카롭게 파고드는 유안의 말에도 권 회장의 꿋꿋한 의지는 좀처럼 굽혀지지 않는 듯했다.

"그간 온강과 얼굴을 붉힌 적도 적지 않았지만 너희 둘의 인연 덕에 모처럼 강 회장이랑 서로 좋은 마음으로 화해했다."

"그래서 한집안 식구처럼 서로 도우며 지낼 수 있을 거라고 생각하세요?"

지금까지 많은 재벌가의 선례를 보면 그런 조합에서 반드시 서로 얻는 게 많은 것만도 아니었다.

"강 회장님은 원래가 유명하시잖아요. 부자지간이든, 형제지간 이든 상대를 가리지 않고 전쟁을 펼치는 분이시죠."

두 회장의 성격상 그 행보가 어떨지는 불 보듯 뻔했다.

"그리고 지금 아버지 역시 자식의 행복보다 얻을 것만 계산하는 분이신데 그런 분들끼리 사돈이 된다고 사이좋게 나눠 먹을 수 있을 것 같아요?"

애초에 그들이 부족해서 더 가지려는 게 아니지 않은가. 늘 최고가 되어야 하고 우위에 서야 직성이 풀리는, 뼛속부터 최상위 포식자가 두 회장의 성정이었다.

"네가 여기서 거절하면 온강이랑은 이전보다도 못한 관계로 틀어질 거란 사실을 기억해야 할 거야."

"이 문제는 제가 알아서 할 테니까 더 말씀 안 하셔도 돼요."

깐깐한 권 회장과 휘어지지 않는 유안 사이에 팽팽한 공기가 가득했다. 대화가 또 마음대로 되지 않자 권 회장은 씩씩대며 아들에게 쏘아붙였다.

"그건 그렇고 네놈은 도대체 지금 왜 나를 찾아온 거야?"

제 딴에 중요한 문제에 대해 할 말을 건네 봐야 통하지도 않는데 대체 무슨 대화를 하자고 찾아온 건지 알 수가 없었다.

"……."

아버지가 묻자 유안은 금세 표정을 지웠다. 그는 마지못해 입술을 열었다.

"……그분에게 무슨 일이 있나요?"

권 회장은 주어도 분명치 않은 유안의 말을 듣곤 눈을 크게 떴다. 그는 잠깐 침묵하다 다시 말을 뗐다.

"그분이라니. 누구를 말하는 거야."

유안의 시선이 애먼 곳에서 흩어졌다.

"아버지가 생각하시는 그분이요."

문득 권 회장의 눈빛이 가라앉았다. 그는 낮은 숨을 쉬며 한층 가라앉은 목소리로 물었다.

"네 엄마?"

책장에 꽂힌 책들 어딘가에 시선을 두던 유안은 조금 늦게 대답했다.

"네."

그러자 권 회장은 씁쓸한 얼굴로 골몰하게 생각을 하는 듯했다.

"소식 끊긴 지가 한참이라 나도 몰라. 그건 왜 묻는 거야?"

유안은 지선이 그녀에게서 연락받았다는 말은 하지 않았다. 그냥 그조차 성가셨다.

"그냥요."

아들의 속을 알 수가 없던 권 회장은 더는 묻지 못했다. 똑똑. 그때 두 번째 노크 소리가 들렸다.

"회장님, 유안이 여기 있어요?"

미경의 목소리였다. 그녀 앞에서 더는 이어 갈 수 없는 화제였기에 분위기는 깨어졌다. 권 회장은 문을 향해 큰 목소리를 냈다.

"들어와요, 유안이 여기 있어."

달각 문이 열렸고 미경의 환한 얼굴이 유안을 향했다.

"두 사람 중요한 얘기 중이었어요?"

"아니에요, 어머니. 별 얘기 안 했어요."

"아주머니한테 저녁 안 먹는다고 했다며? 시간 보니 회사에서 식사 안 하고 바로 온 거 같은데 밥 먹고 가."

"별로 생각 없는데."

"왔는데 밥은 먹여 보내야지. 오늘 너 좋아하는 거 많아. 식사 준

비하라고 할게. 좀 이따 나와, 응?"

"네, 알았어요."

밥 굶고 나가면 맘에 걸려 할 그녀인 걸 알기에 유안은 순순히 응했다. 미경은 만족스러운 미소를 보이면서 문을 닫고 나갔다.

* * *

아래층에서 막 운동을 마치고 돌아온 수영은 입었던 옷을 세탁기에 돌려놓고 샤워실로 갔다.

오늘부터 PT를 시작했다. 오랜만에 운동을 했더니 개운하기도 했고 피곤하기도 했다. 그래도 건강을 챙길 시간과 여가 시간을 되찾은 이 생활에 자신도 차츰 적응해 가는 듯했다. 남에 의해 갑자기 되찾게 된 삶이라서 아직 실감이 나진 않았지만, 수영은 이 시간을 사는 와중에도 자신의 인생을 성실하게 살아 내는 것에 집중하려 했다. 언젠가 제 삶에서 권유안이 없어져도 아무렇지도 않게 잘 살아갈 수 있도록.

샤워를 마치고 가운 차림으로 나왔을 때 전화가 울렸다. 전화기를 올려놓은 테이블에 다가가는데 괜스레 한 얼굴이 떠올랐다. 사실 이 집에 들어오고 난 후엔 늘 그랬던 것 같다. 연락이 올 때마다 혹시 그가 아닐까 하는 생각을 했다. 왜일까. 자신이 그를 기다리고 있다고는 생각하고 싶지 않은데 말이다. 설령 그런 날이 온다 해도 저는 인정하지 않을 것이다.

수영은 복잡한 얼굴을 하고선 전화기로 다가갔다. 하지만 이내 발신자를 확인한 순간 더럭 가슴부터 먹먹해지고 말았다. 재하 오빠라는 네 글자와 함께 액정이 진동에 잘게 흔들리고 있었다. 수영은 더럭 두려워진 마음으로 전화기를 들었다.

권유안에게서 오는 연락이 어색하다면 한재하에게서 오는 연락은 안타까웠다. 한 가지 확실한 건 이제는 한재하가 권유안보다도 더욱 멀어진 이름이 되어 버렸다는 것이다. 재하 오빠. 한재하. 이제는 더욱 어찌해 볼 도리도 없어져 버린 이름이다. 미안함을 넘어서 죄책감마저 느껴졌다. 눈물이 날 것 같았다. 받을까, 통화 거부를 할까 망설이는 사이 전화가 끊어졌다. 하지만 곧 다시 진동이 울리기 시작했다.

무슨 일로 전화를 하는 건지는 모르겠으나 연속으로 공백 없이 울리는 전화기를 보며 왠지 그가 지금 꼭 할 말이 있어 재촉하는 것만 같았다. 불현듯 수영은 혹시나 하는 생각이 스쳤다. 설마 자신의 집안에 일어난 변화를 그가 벌써 알게 되기라도 한 것일까. 그런 거라면 계속 통화를 시도하겠지.

"오빠……."

재하와도 한 번은 부딪혀야 할 문제였기에 수영은 난처한 얼굴로 전화를 받았다.

-수영아.

자신의 이름을 부르는 재하의 목소리가 상기되어 있었다.

-도대체 어떻게 된 거야.

아, 역시 아는구나.

-어머님 몸 좀 괜찮으신지 연락드렸다가 뜻밖의 얘기를 들었어.

"무슨 얘기?"

긴장한 수영은 제 목소리에서 당황함을 들키지 않도록 애썼다.

–이제 한시름 놓았다고, 너희 집 걱정하지 말라고 하시던데 그게 무슨 의미야? 뭔가 해결된 게 있는 거야?

그가 예상대로 나오자 수영은 담담한 어조로 대답해 주었다.

"응. 맞아. 이제 오빠도 진짜 우리 걱정 안 해도 돼."

그러자 재하의 들뜬 듯 불안한 듯 조심스레 묻는 목소리가 들렸다.

–진짜야? 갑자기 무슨 일이 일어난 거야. 어머님은 자세히 말씀 안 해 주시던데.

재하는 조금 흥분한 듯했다. 그의 이런 반응은 당연했다.

"다른 데서 빌려서 막은 거야."

–뭐? 어디서?

"운 좋게 좋은 분을 만났어. 그래서 이제는 쫓기지 않고 천천히 갚아도 돼."

수영은 이 말을 그에게 전화 통화로 전하게 되어 그나마 다행이라고 생각했다. 지금 저의 불안하고도 난처한 얼굴을 그가 보고 있었다면 대번에 수상함을 알아챘을지도 모르는 일이었다.

–…….

재하는 말문이 막혔다. 놀랄 수밖에 없는 일이었다.

–정말이야? 그게 누군데?

재하의 목소리는 차분했으나 벅찬 감정이 묻어 있었다. 그 역시 그게 사실이길 제발 바라고 있을 것이다.

"그분이 비밀로 해 달랬어. 말 못 해서 미안."

재하는 제 딴에 누군지 추측이라도 해 보는 거였는지 잠시 조용했다. 그러나 그런 인물 따위가 재하가 아는 수영의 지인 중에 있을 리가 만무했다.

　-믿을 만한 사람 맞아?

　그는 신중한 사람이었으니 그래서 의심을 할만도 했다.

　"확실한 거니까 걱정하지 마."

　-수영아, 진짜지?

　되묻는 그 목소리에 안도가 느껴졌다.

　"그래, 진짜야."

　꿈같은 얘기를 좀처럼 믿지 못하던 재하도 비로소 받아들이는 듯했다.

　-하……. 잘됐네.

　재하는 혼잣말을 하듯 중얼거렸다.

　-정말 다행이다.

　진심으로 기뻐서 어쩔 줄을 몰라 하는 재하의 반응을 보며 수영은 손으로 이마를 짚었다.

　-누가 그런 고마운 호의를 베풀어 준 건지 정말 궁금하네. 돈이 아주 많은 분인가 보구나. 혹시 친척 분이신 거야?

　"그분에 대한 건 말할 수 없어."

　-그래, 알았어. 나한테까지 비밀로 하는 건 서운하긴 하지만…….

　"미안해."

　-근데 넌 이런 좋은 소식을 왜 나한텐 말해 주지 않았어?

　재하는 조금 원망이 깃든 목소리로 말했다. 하지만 그에게서 영영 숨을 수 있기만을 바라던 수영은 힘없는 목소리로 쐐기를 박았다.

"오빠. 이제 난 오빠한테 좋은 소식도, 나쁜 소식도 전해 주지 않을 거야."

이제 정말 그와의 고리는 완벽하게 끊어진 것이다. 자신에 대한 그의 미련은 이제 그저 독일 뿐이었다.

-그게 무슨 말이야.

좀 전까지 들떴던 재하의 목소리가 순식간에 싸하게 가라앉았다.

"이제 우리 집 걱정은 할 필요 없으니까 더 이상 신경 안 써도 된다고. 오빤 이제 그냥…… 오빠 인생이나 잘 살아."

재하는 당황했는지 잠깐 정적을 흘렸다.

-왜 그래, 수영아.

이어진 그의 말에서는 다급함이 느껴졌다.

-너 너희 집 어려워지면서 나 떠났던 거잖아.

그랬었다. 그날 저는 정말 모질게 그를 끊어 내고 떠났었다. 무슨 말로든, 어떻게든 붙잡아 보려는 남자를 등지고 뒤도 돌아보지 않았었다. 그리고 그 후로 1년간 단 한 번의 질척임도 보이지 않았다.

-근데 이제 사정이 달라졌잖아. 네가 그런 이유로 떠났던 거라면 상황이 나아진 지금, 우린 다시 전처럼 만날 수도 있는 거 아니야?

다른 어떤 말도 할 수가 없던 수영은 힘겨워진 몸을 벽에 기대며 섰다.

"오빠……."

무거운 목소리로 망연하게 그를 불렀다.

"나 오빠한테 못 가……."

못내 할 수 없는 말들을 뒤로하고 오로지 그런 선고밖에 할 수 없었다. 재하의 말이 금방 들려오지 않았다.

−…….

그가 충격 받은 얼굴이 보지 않아도 눈에 선했다.

"나 오빠 다 잊었다고 했잖아. 더는 질척이지 말아 줘."

−수영아, 우리 만나서 얘기하자.

"못 만나."

−내가 지금 서울 올라갈게. 지금 밟으면 11시 전에 도착할 거야.

"오지 마!"

재하는 밀어붙여 보려 했지만 단호하게 외치며 막아서는 수영의 태도에 주춤거렸다.

−…….

"오빠. 나 정말이야."

다시 작아진 목소리로 읊조리는 수영의 눈가가 촉촉해지기 시작했다.

"나 이제 정말…… 오빠한테 못 가."

고이던 물기가 방울이 되어 볼 위로 흘러내렸다.

−왜…….

재하의 절망적인 목소리가 불안하게 울렸다.

−아직도 나를 떠나 있어야 하는 이유가 남았어?

그는 엄마에게 희망적인 소식을 들었을 때 차수영에 대한 자신의 희망을 먼저 떠올렸겠지.

−수영아. 무슨 일이야.

이제 저는 기약도 없이 한 남자의 곁에 머물기로 했으니까. 저를 위해 인생을 걸어 줄 이 남자를 철저하게 버려야 했다. 수영은 목소리에 울음이 섞여 나올까 봐 아무 말도 하지 못했다.

－수영아…….

절절한 부름을 마지막으로 수영은 그와의 마지막 순간을 결심했다.

"오빠. 건강하게 잘 지내."

울먹이는 목소리를 감추려 그 짧은 말만을 겨우 내뱉고는 전화를 끊었다. 눈물진 얼굴로 제자리에 서 있다가 샤워 가운 소매로 눈물을 닦았다. 또다시 전화기가 울렸다. 재하 오빠라는 네 글자를 보자마자 이번엔 통화를 거부했다. 그리고 그가 다시 전화를 걸기 전에 그의 번호를 차단했다. 조용해진 전화기는 다시 울리지 않았다.

이제 다시 재하 오빠라는 네 글자를 화면에서 볼 일이 없다고 생각하니 막막함이 다가왔다. 허무해진 수영은 망연히 고개를 돌려 커다란 창문을 쳐다보았다. 창가로 다가가 창문을 열자 차지 않은 봄날의 밤공기가 집 안으로 흘러들어 왔다. 창가에 기대선 수영은 집 안 공기보다 약간 더 시원한 공기를 마시며 밖을 보았다.

반짝반짝 밤 불빛 때문에 도시는 어둡지 않았다. 밝은 도시는 여전히 분주해 보였다. 그런데 이상하게도 그게 더 고독해 보이는 것 같았다. 제 마음이 혼란하고 허해서 그런 걸까. 유독 외로워지는 날이었다. 유독 혼자인 것처럼 느껴지는 그런 날. 이대로 혼자 있고 싶지 않았다. 정말 나가서 누구라도 만나 볼까. 사실 이제 저는 바쁘지도 않았고 시간도 있었다. 그동안 바쁘게 일에 허덕이느라, 또 시간도 돈도 없어서 만나지 못하고 살았던 친구들을 이제는 만날 수가 있었다.

가까이 사는 친구가 누가 있는지 헤아려 보았다. 하지만 이 시간에 근무하고 있을 간호사 친구, 그리고 출장에 가 있는 친구 등 인접한 곳에 사는 절친한 친구들은 시간이 안 되었다. 아니면 다른 친구들은 거리가 좀 있어서 이미 이르지 않은 평일 저녁에 만나기엔 마땅치가 않았다. 아니, 사실 지금으로선 어느 친구라도 편히 만나기에 마땅하지 않았다. 아직은 권유안이라는 남자와의 비밀을 숨긴 채 가까운 사람들을 태연하게 만날 수 있을지 확신이 없었다. 그럼에도 불구하고 누구라도 그리워지는 밤이었다. 누구라도 곁에 있어 주었으면 하는 기분이었다.

그러다 문득.

권유안은 오늘 안 오겠지.

무의식중에 그 남자를 생각하기까지 이르렀다. 하지만 곧 수영은 큰일 날 생각이라도 한 것처럼 자책했다. 말도 안 돼. 차수영. 지금 대체 무슨 생각을 하고 있는 거야. 오늘 오지 않으니까 다행인 거잖아. 한재하 때문에 아픈 가슴을 권유안과의 시간으로 위로받을 순 없는 거잖아. 수영은 창문을 탁 닫아 버리고 안쪽으로 들어왔다.

그냥 일찍 잠이나 자자.

그렇게 마음먹은 그녀는 곧바로 온 집 안의 불을 끄고 침대에 누웠다. 이제는 꽤 익숙해진 잠자리에 파고들며 이불을 끌어 올렸다. 그러나 깜깜한 천장만 보며 누워 있어도 딱히 잠이 오진 않았다. 수영은 일부러 눈을 감았다.

잠이 들면 이 기분을 잊을 수 있어.

눈꺼풀을 닫았는데도 여러 상념들은 계속 어둠 속을 떠다녔다. 안타까운 한재하에 관한 생각도, 이렇게 비밀스러운 삶을 사는 제 신세에 관한 생각도. 그리고 권유안에 관한 생각도.

권유안을 떠올리며 수영은 돌연 이상한 생각이 들었다. 어쩌면 저는 늘 권유안을 생각하고 있는 것일지도 모른다는 그런 생각. 어쩌면 한재하를 떠올릴 때나, 제 신세를 떠올릴 때나 저는 결국 그 모든 순간에 권유안을 생각하고 있는 것 같았다. 그때 갑자기 전화기 진동이 울렸다. 암전 속에서 수영은 깜짝 놀라며 전화기를 집었다. 재하의 번호는 거부해서 아닐 테니 누구인지 확인했다. 하필 이런 때에 곤란하게도 발신자가 권유안이었다. 몇 초간 멍하게 화면만 바라보다가 전화를 받았다.

"네. 이사님."

ㅡ뭐 해요?

차분한 권유안의 목소리가 들렸다. 설마 지금 온다고 하는 건 아니겠지?

"전…… 자려고요."

그 대답은 사실이었지만 수영은 저 자신이 방어적으로 구는 것처럼 느끼고 있었다. 그가 오지 않길 바라는지 오길 바라는지 스스로 헷갈리는 기분이었다. 기대 반, 두려움 반인지.

ㅡ그래요? 벌써?

남자의 목소리는 오늘 특히나 부드러웠다.

"네. 누워 있어요."

쓸쓸해서요. 속마음에서 절로 들리는 대답 소리는 다행히 입 밖으로 나오지 않았다. 잠깐의 공백 후 권유안의 나른하고도 촉촉한 목소리가 귀를 파고들었다.

-나도 수영이 옆에 누워 있고 싶네요.

수영은 깜깜한 방 안에서 혼자 눈을 크게 떴다. 가슴이 쿵쿵대며 울렁대는 감정이 차올랐다.

"……."

이 남자가 지금 옆에 누워 있었다면 쓸쓸하진 않았을까. 대꾸도 없이 수영은 혼자서 그런 상상을 해 보고 있었다. 그녀가 침묵하자 곧 전화기 너머에선 남자의 낮은 웃음소리가 들렸다.

-긴장할 거 없어요. 난 아직 집에도 못 들어갔습니다.

"네……."

그의 말에 썩 안심이 되는 것도 아니었다. 결국 오지 못한다는 말이었는데.

-귀찮은 모임에 왔는데 잠깐 바람 쐬러 나왔다가 차수영 씨 생각나서 전화해 봤어요.

칠흑같이 깜깜한 공간에서 듣게 되어 그런지 그의 목소리가 유난히 생생하게 귀에 박혀 드는 것 같았다. 오늘의 기분 탓인지 그의 말 하나하나가 감정 어딘가까지 건드리는 듯했다. 수영은 쓸쓸한 와중에도 그의 말에 묘하게 붕 뜨는 기분이 들었다. 그의 바쁜 일상 속에서 저를 떠올릴 여지가 있었다는 증거. 지금의 통화는 그런 의미였다.

-그럼 잘 자요. 난 다시 들어가 봐야겠어요.

"네. 이사님도 좋은 시간 보내세요."

수영은 그 말밖에는 할 수가 없었다.

* * *

　강희정의 집무실은 살얼음판 같았다. 비서들을 비롯하여 그녀와 마주치는 모든 직원들이 그녀에게 거슬리는 언행을 하지 않으려고 전전긍긍하고 있었다.

　집무실에 혼자서 조용히 앉아 있게 된 희정은 천천히 뜨거운 차를 마시며 창밖 풍경을 보고 있었다. 복잡한 서울 도심 풍경이 내려다보였다.

　바쁘게 돌아가는 도시의 모습을 그녀는 높은 곳에 서서 내려다보고 있었다. 내려다보는 게 익숙한 삶. 다른 삶은 한 번도 생각해 본 적이 없었다. 그녀는 평범하게 살다 자수성가 사업자가 된 창립자 할아버지나 할아버지의 장남으로 태어나 온강이 크기 전 어린 시절에라도 소박한 삶을 경험해 본 아버지와는 달랐다. 당연한 듯 가지고 있던 것들을 잃는 것도, 있던 위치에서 내려가는 것도, 누구에게 지는 것도 끔찍하게 싫었다. 쟁쟁한 경쟁 사회에서 지는 일은 불가피했지만 그때마다 인내의 한계를 느꼈다. 특히나 공들이던 일에서 무너지면 그 화를 제어하기가 어려웠다. 그런데 이번에 그토록 아등바등 밀어붙이던 방조제 입찰 경쟁에서 결국 패배하고 말았다. 그 공사는 끝내 JN에 넘어갔다.

　언젠가 권유안과 결혼을 할 수 있을까? 아직은 그와 결혼하지 못해서인지 아직은 일에 있어서도 그에게 지고 싶지 않았다. 그가 담합에 비협조적이었던 것도 서운했는데 결과가 이렇게 되니 좀처럼 분통함을 견디기가 어려웠다. JN이 담합에서 빠졌어도 이번 건은 자신 있었는데.

똑똑.

"네."

노크 소리에 돌아보니 낯빛이 어두워진 비서가 서 있었다.

"부사장님⋯⋯."

희정은 눈썹을 추켜올리며 비서에게 주목했다.

"기사가 하나 올라왔다는 제보가 있었는데⋯⋯."

비서는 손에 들고 있던 태블릿 PC를 희성에게 보여 주었다. 희정은 의아해져선 눈을 내렸다. 곧 화면에 뜬 기사를 담은 그녀의 눈동자가 떨리기 시작했다. 희정은 더 볼 것도 없이 자리를 박차고 나가 홍보실로 향했다.

순식간에 내려가 돌격하듯 홍보실로 들이닥쳤다. 그녀를 보며 눈을 휘둥그레 뜬 언론 홍보 팀 실장을 보니 아무것도 모르는 얼굴이었다.

"엇, 부사장님."

중년의 사내는 자리에서 벌떡 일어나며 희정을 맞았다. 희정은 곧장 분출되려던 화를 한 번 참으며 그에게 말했다.

"잠깐 좀 보실까요?"

차갑게 떨어지는 희정의 목소리에 순식간에 팀 전체가 싸늘해졌다. 두 사람은 근처에 있는 빈 회의실로 자리를 옮겼다. 문이 닫히자 희정은 곧바로 길길이 뛰었다.

"대체 당신이 이 자리에 왜 앉아 있다고 생각하는 거예요?"

"예?"

어리둥절한 실장은 잔뜩 졸아붙은 목소리로 되물었다.

"이딴 거 하나 못 막고 뭐 하는 거예요!"

희정은 들고 있던 태블릿 PC를 홍보 실장에게 휙 내밀었다. 실장은 얼떨떨한 얼굴로 받아 들며 눈을 고정했다. 화면에는 온강과 그 외 몇 개 기업의 입찰 담합 비리 의혹에 관한 기사가 떠 있었다.

"아니, 이런 게 언제……. 바로 내리도록 조치하겠습니다!"

"이딴 삼류 언론사가 설치는 걸 내가 봐야겠어요?"

그것도 JN이 빠져 있던 바로 그 방조제 공사 건에 관한 것이었다. 심지어 수주에 실패한 공사 건으로 귀찮아진 것이다. 아니, 사실 귀찮은 것보다, 솜방망이 같은 과징금보다 이 비리를 찔러 넣은 그 누군가에 대한 분노가 문제였다. 아무래도 찜찜하기 짝이 없었다. 희정은 당장 그 입찰 건을 담당했던 관계자들을 호출했다.

* * *

출근 직후부터 임원 회의가 있었다. 방조제 수주 성공 소식 이후 첫 미팅이라 꽤 좋은 분위기 속에 회의를 마치고 유안은 집무실로 돌아왔다. 자리에 앉자 지선이 차갑게 만든 허브티를 내주었다. 시원한 차를 마시며 유안은 방금 올라왔다는 기획안들을 살펴보았다. 그중엔 차수영의 것도 있었다. 신중하게 살펴보니 제법 괜찮은 세안시였디.

해외 출장 때는 언어 지원 업무 위주로 데려갔던 차수영이었는데 그 이상의 역할을 해 주어서 그녀에게도 기획안을 쓰게 했었다. 이렇게 검토해 보니 역시나 발전시켜 볼 여지가 있는 제안서임은 틀림없었다. 꽤 흡족한 얼굴로 기획안을 보고 있던 유안은 이내 모니터에서 시선을 떼고 책상 위에 있는 물건을 보았다.

옆에 있던 펜을 잡아 든 그는 골몰히 생각에 잠겼다. 그러다 문득 흥미롭게 눈을 빛냈다. 차수영을 부르면 되겠다. 이번 주에는 월요일 회의도 취소되었고 요 며칠간 그녀를 보지 못했었는데 마침 얼굴을 볼 기회였다. 유안은 망설임 없이 핸드폰을 들어 수영에게 전화를 걸었다.

한창 업무 중이었던 수영은 전화기가 울려서 눈을 내렸다. 발신자를 확인한 그녀의 동공이 반짝하고 빛났다. 내선 전화가 아닌 핸드폰으로 오고 있어서 어떤 개인적인 용건이라도 있는 걸까 봐 괜스레 더 두근거렸다.

"네, 차수영입니다."

-바쁜가요?

"괜찮습니다."

-그럼 지금 올라와 볼래요?

수영은 눈을 조금 크게 떴다가 곧바로 정중하게 대답했다.

"네. 바로 올라가겠습니다."

잔뜩 힘이 들어간 목소리였다. 사내에서 그를 대할 때는 유독 깍듯이 대하게 되었다. 전화가 끊어지자 수영은 곧바로 이사실로 향했다. 오늘은 또 무슨 일로 부르는 걸까. 며칠 만에 권유안을 만나기에 앞서 그녀는 사뭇 긴장하며 생각했다. 며칠 전 밤에 통화를 한 이후로는 한 번도 그를 본 적이 없고 다시 통화를 하지도 않았었다.

23층은 늘 그렇듯 조용하고 엄숙했다. 지선에게 묵례한 뒤 집무실에 노크를 했다. 문을 열고 들어가 보니 권유안은 어두운 원목 책상 앞에 반듯하게 앉아 있었다. 그는 문이 열리는 순간부터 그녀를 보고 있었다.

수영은 문득 가만하게 앉아 있는 그의 자태에서도 자연스러운 기품을 느꼈다. 여러 번 본 남자인데도 새삼 매료될 듯한 모습에 시선이 잠시 그에게 묶였다. 눈이 마주치자 유안은 은근하게 입가를 올리며 희미한 미소를 보였다. 비밀스러운 관계에 있는 남자를 회사에서 보는 거라서 그런지, 그래서 긴장한 탓인 건지 오늘은 유독 가슴이 두근거렸다.

며칠 만에 보는 그 미소도 유난히 요사스러워 보인다는 생각이 들었다. 제 기분 탓이었을까. 이상하게 그랬다. 수영은 오래 눈을 맞추지 않고 얼른 고개를 숙였다.

"안녕하셨습니까."

짧은 인사말 후에 유안의 책상으로 다가가는 동안 그는 빤히 그녀를 쳐다보고 있었다. 수영은 그의 미소에 오늘따라 홀릴 것 같아서 새삼 눈을 어디에 두어야 할지 몰랐다.

"루카스가 다음 달에 결혼한다고 하네요."

의외로 그는 바로 본론을 말했다. 능글맞은 멘트라도 던질까 봐 내심 우려했던 게 무색할 만큼 그의 첫말은 담박했다. 형식적으로 그녀의 안부를 묻는 과정도 없었다.

"아, 그분이 결혼하시는군요."

지난번 스페인 출장 때 수영이 유독 적극적이었던 미팅에서 만났던 기업이 최근 협력 업체로서의 파트너가 되었다. 그때 만나서 수영과 건축 디자인에 관한 대화를 나누었던 그 남자의 결혼 소식이었다.

"개인적으로 축하 선물이랑 간단한 카드를 보내려고 하는데……. 내가 직접 영어로 써 보다가 드는 생각이, 이왕이면 차수영 씨가 스페인어로 써 주는 게 더 좋을 것 같더라고요."

"아, 네, 그렇죠."

이제야 수영은 그가 저를 호출한 이유를 깨닫곤 고개를 끄덕였다.

"내가 쓴 메시지 좀 번역해서 써 줄래요?"

유안은 카드를 손에 들고 까닥까닥 흔들며 말했다.

"네."

수영은 유안이 그 카드를 자신에게 넘겨주길 기다렸다. 그런데 그의 손에 든 카드를 보고 있었지만 유안은 왜인지 그녀를 빤히 바라보며 카드를 까닥이고만 있었다. 그의 얼굴과 카드를 번갈아 가며 보던 수영은 그가 금방 주질 않자 어느 순간 그의 얼굴만 살펴보았다. 그녀가 길게 눈을 맞추자 유안이 씩 웃었다.

"이쪽으로 와서 받아 가요."

수영은 표정을 멈추었다. 어쩐지 평소와 달리 담백하게 흘러간다 싶었다.

"가까이 좀 와 봐요."

그의 채근에 수영은 잠시 머뭇거리다 발을 뗐다. 책상을 빙 돌아 자분자분 다가가자 유안은 앉은 자세 그대로 한 손을 내밀었다. 역시 조금 망설이다 그의 손바닥 위에 손을 슬쩍 올렸다. 그는 닿자마자 손을 꾹 잡고는 그를 향해 당겼다.

그에게 한 걸음 가까이 당겨지는 순간 허리에 그의 손이 감겼다. 그러자 그가 허리를 끌었고 또 한 걸음 더 가까이 당겨 가게 되었다. 그의 두 팔이 모두 다 허리에 감겨 왔고 수영은 그의 팔 안에 완전히 갇히게 되었다. 그와 닿을 만큼 가까이 서 있던 수영은 앞에 앉아 있는 남자를 내려다보았다. 자신보다 낮은 위치에 있는 남자는 제 얼굴을 물끄러미 올려다보고 있었다.

"왠지 오랜만에 보는 것 같네요."

유안은 한 손으로 수영의 등을 타고 올라가며 속삭였다. 수영은 왜인지 모르게 저 역시 오랜만인 듯 느끼는 것 같았으나 별다른 반응은 보이지 않았다.

"그런가요?"

회사였으므로 유난히 뚝뚝하게 대답하는데 그의 손길이 더욱 허리를 바짝 당겼다. 그러자 서로가 더 밀착되기에 이르렀다. 오랜만에 만난 것처럼 느껴지는 만큼 스킨십도 오랜만인 것처럼 느껴졌다. 몸에 닿는 그의 손길도 그새 조금은 생경해진 기분이었다.

미소를 머금고 수영을 쳐다보던 유안은 문득 시선을 떨구었다. 그러더니 그녀의 어깨에 머리를 살짝 기댔다. 수영은 어쩔 줄을 몰라 오도카니 서 있기만 했다. 제 어깨에 닿아 있는 남자의 몸에 손을 대야 어색하지 않을 것 같긴 한데 그저 손만 꼼지락거리다 말았다.

"그동안 나 안 보고 싶었어요?"

어깨에 기댄 남자의 얼굴이 보이지 않는 채로 나지막한 목소리만 들려왔다. 수영은 손가락만 꼼지락댄 채 대답을 하지 않았다. 어차피 어떤 대답도 하기가 어려웠다. 안 보고 싶었단 말은 차마 할 수가 없는 말이고, 보고 싶었단 말은 하기가 싫은 말이었다.

"또 나만 보고 싶었나 봐요."

수영이 조용하자 유안은 그녀의 표정이 궁금했는지 고개를 슬쩍 들고 보았다.

"난 차수영 씨의 모든 게 그리웠는데."

마주 본 채 그는 느릿한 손으로 그녀의 등을 쓰다듬기만 했다. 수영은 멍한 눈으로 그를 보다가 시선을 옆으로 살짝 피했다.

"차수영의 씨의 얼굴도……."

그 말을 하며 유안의 짓궂은 손은 블라우스 위의 척추골을 더듬더니 한순간 그 위에서 정말 부드럽고도 빠르게 브래지어 후크를 풀어 버렸다. 순간 당황한 수영은 피했던 눈을 다시 유안을 향해 휙 돌렸다. 입가를 올리고 있던 유안은 그녀의 표정을 고스란히 올려다보고 있었다. 속옷을 풀어 버린 짓궂은 손은 이내 앞으로 옮겨 와 블라우스 단추를 풀기 시작했다.

"차수영 씨의 여기도."

동시에 나지막한 그의 목소리가 속살거렸다.

"이럴 땐 바쁜 삶이 참 싫네요."

톡, 톡 풀어져 가는 자신의 단추를 내려다보던 수영은 집무실 문 쪽을 흘끗 보았다.

"이럴 생각으로 부르신 거예요?"

그녀는 작아진 목소리로 유안에게 물었다. 그러자 연신 능청스러운 얼굴을 하고 있던 유안이 받아쳤다.

"이럴 생각으로 부른 건 아닌데 차수영 씨를 보니까 이런 생각이 드는 거예요."

수영의 벌어진 블라우스 사이로 그의 손이 들어왔다. 그녀의 두 뺨은 연한 홍조로 물들기 시작했다. 헐렁하게 풀린 속옷 틈새로 비집고 들어온 남자의 손은 그녀의 가슴을 부드럽게 쥐었다. 남자와 접촉하는 순간 수영은 어깨를 약간 움츠리며 눈을 깜빡거렸다. 말캉한 살결이 그의 손 안에서 느리게 물결쳤다.

유안은 수영의 말캉한 피부에 붙었던 손을 떼더니 속옷을 올렸다. 들춰 올라간 속옷 아래 그녀의 가슴이 그의 눈높이와 같은 높이에서 훤히 드러났다.

"차수영 씨······. 왜 이렇게 야하죠? 여기서 보니까 더 야하네요."

짙어진 눈으로 응시하는 남자 앞에서 부끄럽고도 걱정스러운 표정을 짓던 수영은 다시 한 번 문 쪽을 살폈다.

"읏······."

잠깐 시선을 돌린 그 사이 젖가슴 끝에 찌르르한 감각이 관통했다. 수영은 황급히 고개를 원상 복귀하여 남자를 내려다보았다.

"걱정 말아요. 내 허락 없인 아무도 못 들어오니까."

입술을 뗀 유안이 수영이 우려하는 바를 눈치 채곤 여유롭게 말했다. 하지만 그러다 곧 그의 머릿속에 하나의 예외가 떠올랐다. 아, 단 한 명 있지.

유안은 수영을 슬며시 놔주고는 일어났다. 수영의 눈빛이 의아함으로 물드는 사이 그가 집무실 문을 잠갔다. 그의 그런 행동에 수영은 한결 더 긴장을 느꼈다. 다시 다가오는 남자를 보며 그녀는 얼른 그의 책상 위에 놓인 카드를 집어 들었다.

"몇 줄 안 되네요. 금방 번역할 수 있을 것 같습니다."

수영은 올라간 브래지어를 내리며 사무적으로 말했다. 유안은 그 모습을 보며 재미있다는 듯 픽 웃더니 다시 자리에 앉았다.

"그래요?"

그는 그 말과 동시에 수영의 허리를 다시 끌어당겼다. 아까보다 더 가까이 당기던 그는 그녀를 자신의 다리 위에 앉혔다. 별안간 놀란 수영은 몇 센티 앞에 와 있는 남자의 얼굴을 똑바로 바라보았다. 그녀가 앉아있는 남자의 다리는 단단하고도 따뜻했다.

"그럼 지금 해요."

유안은 그대로 태연하게 지시했다. 그러고는 그녀에게 손수 펜까지 쥐여 주는 것이었다.

"이러고요?"

"네."

"이사님. 여기 회사인데……."

"알아요. 회사인지. 이따 저녁에라도 차수영 씨 보러 갈 수 있다면 좋을 텐데 오늘도 그럴 시간이 없어요."

수영은 난감한 얼굴로 펜을 꾹 쥐었다. 자신을 꼭 안고 놔주지 않는 권유안의 해사한 얼굴을 보며 그녀는 하는 수 없이 그 자세 그대로 책상 위에 카드를 올려놓았다.

수영이 무릎 위에 앉아 펜을 굴리는 동안 그녀의 배를 끌어안고 있던 유안은 뒤에서 그 작업을 지켜보았다. 동글동글한 수영의 필체를 가만히 바라보며 혼자서 미소 짓던 그는 그녀의 목덜미를 입술로 지분거렸다. 잠깐 놀라며 펜을 멈추는 수영의 손이 보였다. 매끈하고 하얀 목덜미에 코를 묻자 그녀의 체향이 풍겼다. 어느새 조금씩 그의 기억에 저장되고 있는 향이었다. 좋은 향이다. 앞으로 더 익숙해지겠지. 아마 그럴 것이다. 혼자서 그런 생각을 하던 유안은 잠시 눈을 감았다.

남자의 지분거림을 근근이 느끼며 수영은 짧은 번역 작업을 마쳤다. 펜을 내려놓은 그녀는 낮은 한숨을 내쉬었다.

"다 했습니다."

"빨리 했네요."

"사실 이사님의 방해가 아니었다면 더 빨리 적을 수 있었습니다."

핀잔하듯 내뱉는 수영의 말에 유안은 바람이 빠지듯 웃고 말았다.

"미안하네요."

수영은 슬그머니 그의 무릎 위에서 일어났다. 그리고 그에게서 등을 돌린 채 그가 풀어 놓은 브래지어를 다시 채우고 블라우스 단추도 잠갔다. 그러나 수영은 뒤에서 유안이 그 광경을 흥미롭게 구경하고 있다는 것을 깨닫지 못하고 있었다. 옷매무새를 정리한 뒤 뒤돌아섰을 때 남자는 의자에서 일어나 있었다.

바로 뒤에 붙어 있어서 부딪칠 뻔한 수영은 조금 놀라 한 걸음 뒤로 물러났다. 어느새 껑충 높아진 남자의 얼굴을 올려다보며 수영이 조심스레 입을 열었다.

"그럼 전 다시 일하러 내려가도 될까요?"

하지만 거기에 대한 대답은 없이 잔잔하게 웃기만 하던 유안은 느릿하게 수영의 허리에 두 손을 얹었다. 그는 제 얼굴을 살피던 수영의 어깨를 잡고 다시 뒤로 돌게 했다. 수영이 얼떨떨한 표정으로 그를 돌아보자 유안이 그녀의 귓가에 대고 낮게 속삭였다.

"허리 좀 숙여 볼래요?"

순간 수영의 입이 작게 벌어졌다. 놀라서 쭈뼛거리던 그녀는 입술을 아름거렸다.

"여, 여기서요?"

"이상하게 자제가 안 되네요."

유안은 싱긋 웃으며 그녀의 골반에 손을 가져다 댔다.

"차수영 씨를 무릎에 앉혀 놓는 동안 더 걷잡을 수 없이 곤란해지고 말았어요."

그러자 커진 눈으로 그를 빤히 돌아보던 수영은 얼굴을 붉히며 중얼거렸다.

"그렇다고 회사에서……. 말도 안 돼."

"안 될 건 없죠."

유안은 그렇게 말하며 수영의 귓불에 입술을 가져다 댔다.

"지금 안고 싶어요."

속삭이는 그의 숨결을 느낀 수영은 다시 그로부터 고개를 돌려 앞을 보았다. 이미 숨이 차도록 심장은 빠르게 뛰고 있었다. 솔직히 아까부터 몸은 달아올라 있었다. 그의 무릎에 앉아 있을 때부터였나, 그가 가슴을 만질 때부터였나. 어쩌면 이 집무실에 들어오던 순간부터였던 걸지도. 며칠 만에 이 남자의 얼굴을 보는 순간 그의 모든 것에서 색기를 느꼈으니까.

거절하지 않는 암묵 가운데 그의 한 손이 그녀의 엉덩이를 움켰다. 다른 손으로는 그녀의 어깨를 설득하듯 부드럽게 누르자 자연스레 앞으로 밀렸다. 허리를 숙인 수영은 두 손으로 그의 책상 끝을 붙잡았다. 곧장 남자의 손이 선선하게 그녀의 스커트를 올렸다.

허리 위까지 말려 올라간 스커트 아래가 허전하게 느껴졌다. 부분적으로 드러난 부위에 더욱 휑한 공기가 느껴졌다. 오로지 하체의 살갗만 날것으로 드러나 있었다. 엄숙한 집무실에서 거기만 드러난 상태라니. 믿을 수 없는 상황에 혼자서 얼굴을 붉히고 있었다. 그사이 권유안은 뒤에서 콘돔을 뜯고 있었다. 이 상태로 그를 기다리는 시간이 길게 느껴졌다. 해서는 안 되는 공간이었기에 더욱 떨려서 그런 건지도 모르지만.

초조하게 허리를 숙이고 있는데 금세 남자가 가까이 와 닿았다. 헉 하고 놀라는 동시에 혼란한 감각이 몰려들기 시작했다.

"아……."

보이지 않는 뒤에서 시작을 한다는 건 역시나 꽤 긴장되는 것이었다. 첫 시전의 순간은 그 체감이 늘 곱절은 더 길게 느껴졌다.

"읏……."

수영은 신음이 터져 나올까 봐 입술 안쪽을 질겅질겅 씹었다. 불안한 장소이니만큼 남자는 늑장을 부리지 않고 곧장 격한 몸짓으로 치대기 시작했다. 초반부터 빠르게 달리는 움직임에 수영의 몸은 속절없이 흔들렸다. 수영은 한들거리는 몸을 지탱하기 위해 책상을 힘주어 꽉 붙잡았다. 흥분의 가속이 너무 빨라서 정신이 따라가지 못할 것만 같았다.

몽롱해지는 시야 속에 모니터 화면이 눈에 들어왔다. 지금 자신의 뒤에서 열심히 허리를 놀리고 계신 윗대가리 권유안 이사께서 좀 전까지 보고 있던 서류였다. 어딘가 활자들이 익숙하다 했는데 자신이 쓴 기획안이었다. 그 문서를 보니 새삼 회사에서 섹스를 하고 있다는 실감이 나서 뺨이 홧홧해지는 듯했다.

"제안서 괜찮았어요."

제 뒤에서 밀려들고 있는 남자 역시 같은 곳을 보고 있었나 보다.

"유 실장이랑 잘 피드백해 봐요. 맘에 드니까."

연신 반복되는 둔탁한 소리에 그의 말소리가 함께 섞여들었다.

"네, 아…… 알겠습…… 아!"

대답하기 위해 입술을 씹다 말고 입을 벌리니 신음도 함께 터져 나왔다. 수영은 다시 입을 꾹 닫고 말았다. 일이랑 섹스 둘 중에 하나만 하면 안 될까요. 그 말을 하고 싶었는데 신음을 참느라 스스로 입을 막아 버려 할 수가 없었다.

절정으로 치달을수록 남자 역시 말이 없었다. 정적이 내려앉은 집무실은 터질 듯한 긴장감으로 온통 바빴다. 수영은 끝까지 입을 앙다물고 소리를 내지 않았다. 너무 고요한 공간이라 질척이는 소리가 지나치게 청각을 자극했다. 온 신경이 오직 성감에만 집중되었다. 어느 순간 긴 왕복을 마친 남자는 한 번 깊숙이 몸을 움직댔다.

"흡……."

그는 이어서 움직임을 짧게 끊어 내고 있었다. 그가 절정이 폭발하고 있다는 걸 알 수 있었다. 유안은 몰아치는 나른함 속에 수영과 떨어지지 않은 채 그녀의 뒷모습을 응시했다. 멈추지 않는 절정의 기운으로 자잘하게 허벅지를 떠는 여자의 모습이었다. 반 묶음으로 묶인 머리칼 아래 흰 목덜미가 보였다. 고민 없이 고개를 숙인 그는 그녀의 뒷목에 입을 맞추었다.

호흡을 고르던 수영은 눈을 찡긋거렸다. 여전히 남자와 하나가 된 채 목에 닿는 그의 입술을 느꼈다. 남자의 몸이 떨어진 후에도 수영은 한동안 꼼짝을 하기가 어려웠다. 책상 위에서 천천히 손을 떼어 내자 본인의 옷을 추스른 남자가 티슈를 뽑아 그녀의 몸을 닦아 주었다. 정신을 차리며 몸을 세우고 있는데 뒤에 있던 권유안이 무릎 위에 걸려 있던 속옷까지 끌어 올려 주고 있었다.

"제가 할게요."

수영은 직접 자신의 속옷을 입고 스커트를 후딱 내렸다. 흐트러진 블라우스를 다시 치마 속에 단정하게 넣은 그녀는 유안을 돌아보지 않았다. 상기된 얼굴이 좀처럼 진정되지 않아 보여주기 싫었다.

"그럼 전 내려가 보겠습니다."

뒤늦게 여기서 방금 한 짓이 민망해져선 수영은 그의 얼굴도 안 보고 발걸음을 떼었다.

"잠깐만."

그런데 뒤에서 들려오는 나지막한 남자의 목소리에 금세 다시 발을 멈춰야 했다. 할 수 없이 슬쩍 뒤를 돌아보는데 남자가 저벅저벅 다가왔다. 순식간에 가까이 다가온 유안은 한 손으로 그녀의 머리를 감싸며 입을 맞추었다. 금세 삼키듯 입술을 머금자 수영은 눈을 잘근 감았다. 집무실엔 아직 섹스로 더워진 공기가 남아 있었고 그들의 몸 역시 아직 열기가 다 식지 않은 상태였다.

무언가 부족한 듯, 아쉬운 듯 알 수 없는 기분이 들었고 짧은 만남의 끝을 키스로 달랬다. 정말 달콤한 것을 음미하듯 수영의 입술을 정성스레 탐닉하던 유안은 갑작스럽지 않은 느린 동작으로 입술을 뗐다.

"생각해 보니 오늘은 섹스만 하고 키스를 한 번도 안 해서."

그는 조금 헝클어져 있던 수영의 머리칼을 쓸어내리며 문밖으로 소리가 들리지 않도록 작게 말했다.

"아……. 오늘은 그랬던가요."

중얼거리던 수영이 그를 올려다보았다. 그녀의 말간 눈을 내려다보던 유안은 여전히 작게 줄인 목소리로 말했다.

"보내기가 싫네요."

"너무 오래 있었습니다."

수영이 난감한 듯 눈동자를 내리뜨자 유안은 씩 웃으며 손수 문을 열어 주었다.

"잘 가요."

열린 문을 향해 발을 떼며 수영은 저를 에스코트해주는 그를 흘끔 올려다보았다. 그의 눈은 저를 내려다보며 눈웃음을 짓느라 살짝 접혀 있었다. 그의 친절하고도 색기 어린 눈을 마주 보다가 이내 묵례를 하고 나왔다. 나와서 문을 탁 닫자 지선이 이쪽으로 휙 눈길을 주었다. 괜히 뜨끔해서 어설프게 웃었는데 지선은 말없이 잔잔한 미소만 보내 주었다.

임 차장님은 몰랐······겠지? 아무래도 미친 거야. 권유안 때문에 나까지 과감해져서는 무슨 짓을 한 거야. 혹여나 제 얼굴에 붉은 기가 남아 있을까 봐 걱정했다. 수영은 지선의 앞을 지날 때 까딱 묵례만 하며 빠르게 그곳을 벗어났다.

복도로 나온 수영은 엘리베이터가 있는 방향을 향해 걸음을 돌렸다. 그런데 몇 발을 떼던 그녀는 문득 눈앞에서 누군가 걸어오는 모습을 발견했다. 복도 맞은편에서 한 여자가 걸어오고 있었다. 그녀는 수영의 걸음보다도 더 서두르는 걸음으로 다가오고 있었다. 마치 무슨 급한 일이 있는 사람처럼 빠른 움직임이었다.

가까이 다가오자 여자의 얼굴이 잘 보였다. 그녀 역시 자신을 쳐다보며 걸어오고 있었다. 미간을 좁히고 있던 여자의 얼굴에는 초조함이 가득했다. 전투적으로 걸어오던 여자는 수영을 가까이서 보자 안 그래도 좁혀진 미간을 꿈틀댔다. 그리고 정말 이상하게도 걷는 속도를 갑자기 줄이는 것이었다. 그러더니 빠르게 눈동자를 움직이며 수영을 스캔했다.

돌연 모르는 여자의 눈동자에 관찰 당하자 수영은 당혹스러웠다. 그녀와 스쳐 갈 때쯤 수영은 형식적으로 고개를 숙이며 적당히 예의 바르게 인사를 했다. 그러나 여자는 그런 수영을 보기만 할 뿐 인사에 아무런 대응도 없이 지나쳐 갔다. 수영은 왠지 그녀가 그런 인사를 받는 게 자연스러운 사람인 것 같다고 생각했다. 많아 봐야 서른 남짓해 보이는 젊은 사람이 타인을 당당하게 스캔하고, 인사해도 무시하고는 꼿꼿하게 지나쳐 가는 모습이 흔한 모습은 아닌 듯했으니까.

수영은 무심코 뒤를 돌아 지나쳐 간 여자를 바라보았다. 매끈하고 고급스러운 정장을 입은 뒤태가 깔끔했다. 그렇게 그녀를 물끄러미 보고 있던 찰나였다. 문득 수영의 눈이 약간 크게 뜨였다. 여자는 권유안의 집무실로 들어가고 있었다. 그것도 전투적으로 돌격하듯이 들이닥치는 것 같았다. 저 나이대라면 직급이 높아 봐야 대리급일 텐데 그럼 보통은 임원실에 들어가기에 앞서 조심스러운 모습을 보이는 게 일반적이다. 저 모습을 보니 더더욱 평범한 사원은 아닌 것 같아 보였다.

누구지?

수영은 혼자서 답도 알 수 없는 질문을 하며 다시 걸음을 옮겼다. 화가 난 것처럼 보였는데 설마 권유안이랑 싸우러 온 사람이기라도 한가. 엘리베이터를 기다리며 수영은 유안이 약간 걱정되기도 했지만 이내 애써 생각을 털어 버리려 했다. 어차피 내가 도

울 수 있는 일도 없는걸. 그 사람은 충분히 큰 힘이 있는 사람이
니까 알아서 잘하겠지.

희정이 들어오는 모습을 본 지선은 반사적으로 벌떡 일어났다.

"부사장님."

"유안 오빠는요?"

오늘은 더욱 매서운 눈빛으로 무장하고 있는 희정을 보며 지선
은 곧장 집무실 문에 노크를 했다. 지선은 수문장 같았던 지난번
과는 달리 순순히 유안에게 그녀의 방문을 전했다.

"들어가십시오."

희정은 지선이 열어 준 문으로 거침없이 들어갔다.

"내 전화 왜 이렇게 안 받아?"

들어가자마자 토해지는 말에 유안은 희정을 잠시 쳐다보았다.

"오늘은 또 무슨 일이신가요, 강희정 부사장님."

"오빠 네가 한 거니?"

그녀가 머리끝까지 차오른 화를 누르고 있는 모습이 보였다. 유
안은 가만히 앉은 채로 느른하게 내뱉었다.

"목적어가 빠져서 무슨 말인지 모르겠네요."

"익명의 제보자에게 녹취록까지 있다는데요, 권 이사님?"

희정은 분을 숨기지 못해 눈을 치뜨고 그를 쏘아보았다.

"난 부사장님이 도대체 무슨 말씀을 하고 있는지 모르겠는데요."

그러나 놀란 기색이란 일절 없이 유안이 되물었고 문득 희정의
눈빛이 예리하게 빛났다. 허, 하고 낮은 탄식을 흘리던 그녀는 눈
동자를 떨었다.

"진짜…… 오빠가 시킨 거였어?"

하기 싫은 확신을 하고 만 것이다. 그녀는 이어 따지고 들었다.

"왜?"

유안은 대답 없이 희정의 얼굴을 조용히 응시했다. 희정은 거칠어진 호흡을 내쉬며 곧 달려들 것 같은 모습으로 그를 노려보았다.

"오빠 정말 나한테 왜 이래?"

유안은 희정에게 두던 눈길을 휙 돌렸다. 희정의 원망스러운 시선을 피하며 그가 잠잠한 어조로 읊조렸다.

"이런 꼴 보기 싫으면 나를 안 보면 됩니다. 강희정 부사장님."

순간 희정의 눈이 왕방울만큼 커지며 그녀의 말문도 막혀 버렸다. 어이가 없어진 그녀는 잠시 눈알을 굴리며 생각에 잠겼다. 그 기사를 다룬 곳은 듣도 보도 못한 언론사였다. 큰 곳에 찌르려면 얼마든지 가능했을 텐데 그는 또 그러지 않았다. 그래서 금방 내릴 수 있었고 별로 세간에 화제가 되는 일은 없었다. 가만 보니 일부러 간질이듯 적당히 짜증을 돋운 거였나. 회장님들이 알게 될 만큼 크게 부스럼은 만들지 않으며 말이다.

"이렇게 은근히 나 엿 먹여서 떨어져 나가게 만들려고?"

그런데 그게 더 씁쓸했다.

"이러면 내가 오빠 포기할 거 같지?"

그 말을 하는 희정의 얼굴이 부르르 잘게 떨리고 있었다.

"오빠는 양가 회장님들에게 욕 안 먹고 싶으니까, 내가 알아서 파투 내라 이거지?"

사실 이런 기사 따위 권유안이 지금처럼 모른다고 잡아떼면 그만이다. 어차피 확실한 증거도 없고. 자신이 마음을 접으면 권유안은 끝내 온강에 크게 얼굴을 붉히지 않고 혼담을 무산시킬 수 있을 것이다. 자신이 끝내면 그가 거절한 게 아니게 되니까.

"오빠는 결국 권 회장님 말을 듣게 될 거야."

하지만 서러움에 속이 타던 희정은 눈물을 보이는 대신 마른 눈이 휘어지도록 미소 지었다.

"오빠는 아버지를 못 버릴 테니까."

유안은 다시 눈동자를 돌려 그녀를 보았다.

"오빠에겐 남은 가족은 이제 아버지밖에 없잖아? 엄마도, 누나도 오빠 곁을 떠났는데 아버지까지 등질 순 없잖아. 내 말이 틀려?"

희정은 퍽도 그를 설득하고 싶어 했다. 그가 싫어하는 얘기를 꺼내서라도.

"이만 나가 봐라."

부서질 듯 건조한 목소리가 그의 목을 긁었다. 그러나 쓸쓸한 표정을 짓던 희정은 그에게 더 가까이 걸음을 옮겼다.

"오빠. 우린 정말 닮았어. 안 그래?"

애석하다는 듯 그를 바라보는 눈빛엔 그와 저 자신, 둘에 대한 연민이 담겨 있었다.

"오빠만 버림받은 게 아니잖아."

함부로 내뱉는 희정을 향해 유안은 뾰족하게 눈을 치켜떴다. 그럼에도 희정은 멈추지 않았다.

"그 외에도 우린 닮은 게 정말 많아. 좋은 것도 나쁜 것도 많이 닮았지."

그녀는 그게 좋았는지 말끝에 흡족한 미소를 걸었다.

"유독 나쁜 건 더더욱. 그래서 난 오빠를 아주 잘 이해할 수 있어."

하지만 열심히 어필하는 희정의 말에도 유안은 꿈쩍하지 않았다. 첨예하게 그녀를 찌르던 눈동자를 거두지 않은 채 그는 낮게 읊조렸다.

"그래."

그는 부정하지도 않았다.

"닮아도 너무 닮았지. 그래서 끔찍해."

그에게 천천히 다가가던 희정은 주춤 발을 멈추었다. 서운한 표정을 감추지 못하던 그녀는 입을 어물거렸다. 아무 말 하지 못하는 그녀를 바라보며 유안은 자조하듯 입가를 올렸다.

"나 하나도 지겨운데 내가 왜 거울을 보고 살아야 해."

일순 희정은 아연하여 멈칫했다. 잠시 충격에 말을 멈추었던 그녀는 이내 고개를 절레절레 흔들었다.

"오빠는 너무 자신에게 환멸을 느껴. 제발 그러지 마."

"……."

"그래야 나도 나를 사랑하지. 그래야 오빠가 나도 사랑하지."

희정의 표정은 복잡했다. 초조함과 분노와 안타까움. 그녀는 자신이 가진 힘을 믿으면서도 늘 불안해했다.

"희정아. 사람이 모든 걸 다 가질 순 없어. 아무리 너라도."

조금 안타까웠던 유안은 그녀를 타이르듯 충고했다. 그러나 희정은 쓸쓸한 눈으로 그를 보며 입가를 비틀었다.

"오빠가 그런 말을 하니까 웃긴다. 오빠도 원하는 건 다 가지면서 살잖아. 이번 입찰도 그래. 이렇게 내 뒤통수를 칠 거면 나한테 공사라도 양보하든가."

유안은 희정의 말에 일순 주춤하며 금방 대꾸를 하지 않았다.

"방조제 공사를?"

이내 유안은 어이가 없다는 듯 비소를 지었다. 그러나 자신이 원하는 건 다 가지고 살고 있다는 희정의 말은 물론 틀리지 않았다. 그런 생각을 하자 돌연 한 사람이 떠올랐다. 원하는 걸 가지느라 기어코 가지고 말았던 여자. 어쩌면 희정이 이렇게 전전긍긍하는 모습에 자신의 모습이 투영되는 것인지도 모른다. 그래서 지금 희정을 보고 있는 게 더욱이 맘에 들지 않는 것일 수도 있다. 정말 거울 같아서. 자신 역시 어쩔 수 없는 포식자였다.

"오빠. 나만큼 오빠를 잘 이해할 수 있는 여자는 세상에 없어."

희정은 꼿꼿했다. 그녀는 정말 그렇게 믿었고 또 그건 사실일지도 모른다.

"내가 바라는 건 이해가 아니야."

하지만 유안은 나지막하게 중얼거렸다. 희정의 차게 굳어진 얼굴을 보면서도 그는 다른 누군가를 생각하고 있었다. 그 여자는 나를 이해하지 못한다. 하지만 이해하지 못해도 상관없다. 그녀는 이해 따위 하지 않아도 된다.

"그럼 오빠가 바라는 건 뭐야?"

그 질문을 하던 희정은 억울한 듯 작게 시근덕대고 있었다. 유안은 그녀를 똑바로 바라보다가 곧 무거운 어조로 대답해 주었다.

"내버려 두는 것."

유안의 단순한 대답에 그를 보던 희정의 눈동자가 더욱더 불안하게 굳어졌다.

* * *

　점심을 같이 먹자고 조르던 희정을 겨우 보냈다. 비리 기사 때문
에 씩씩대며 들어와서 분명 밥이 넘어갈 기분도 아니었을 텐데.
서로를 쏘아보면서라도 밥을 먹겠다니, 어찌 보면 이런 자신에게
관대한 건지. 그렇게 생각하면 참으로 애잔한 그녀에게도 미안함
이 느껴졌다.

　조용해진 집무실에 지선이 들어왔다. 유안의 얼굴을 살피던 그
녀는 설핏 웃었다.

　"무사히 지나간 건가요."

　"네. 너무 무사해서 문제네요. 아직 꼼짝을 안 해요. 쟤는 왜 저
렇게 단단할까요."

　"이사님이 그러실수록 오히려 더 버티시는 거 아닐까요."

　"그런 건가."

　유안은 또 다른 궁리를 할 생각에 낮은 한숨을 쉬었다. 인생에서
가급적이면 적을 만들지 않으려 해도 늘 그럴 수는 없었다.

　"좀 전에 메일을 받았습니다. 운신에 관한 자료가 도착했어요."

　지선이 눈을 빛내며 화제를 바꾸자 유안이 눈을 들어 올렸다. 지
선은 그의 책상 위에 어떤 문서를 올려 두며 말했다.

　"보십시오."

　유안은 그 종이 뭉치를 손에 들고 시선을 내리꽂았다.

　"수상한 점이 하나 발견되긴 했어요."

　불현듯 지선이 차분하게 입을 열었다.

　"뭔가요?"

유안이 바쁜 눈을 문서에서 떼지 않은 채 물었다.

"차수영 씨 부친 밑에서 몇 년 동안 일해 왔던 과장이 있었는데 최근 근황을 알아보니 그 사람이 지금은 운신에서 일하고 있더라고요."

그 말에 종이 위에 머물던 유안의 눈길이 불쑥 지선을 향했다.

"부도가 났을 당시엔 그 사람 소식이 끊겼었다고 해요. 다른 직원들과 연락이 되지 않았던 모양인데 그때는 다들 갑작스럽게 실직을 한 상태라 정신이 없었으니 아마 그렇게 흩어지고 서로 잊힐 때쯤 운신에 들어간 것 같습니다. 그것도 제법 괜찮은 한 자리를 받아서."

유안은 날카로운 눈을 빛내며 귀를 기울였다.

"부도나기 전까지 차 사장님의 측근이었던 거에 비하면 좀 이상하긴 하죠. 그때 실직한 직원들이랑 다 같이 운신에 이를 갈았다고 하던데."

유안은 그 말을 듣고 잠시 생각에 빠졌다.

"그렇게 들으니 수상하다면 수상할 법도 하네요."

"그래서 그 사람에 대해선 좀 더 알아보는 중이에요."

"잘하셨어요. 봐서 한번 만나 봐야겠어요."

유안은 다시 종이 위로 시선을 내렸다. 종이를 넘겨 가며 훑어보던 그는 어느 한 곳을 눈여겨보았다. 운신이 이제 막 관심을 두고 진행하고자 하는 한 사업에 관한 것이었다. 유안은 짧은 시간 동안 골똘히 생각에 잠겼다. 그러더니 지선에게 지시했다.

"조만간 중장비 팀 오 과장이랑 미팅 좀 해야겠네요."

"예, 일정 잡아 보겠습니다."

"어디 한번 우리도 똑같이…… 양아치처럼 놀아 줘 볼까요."

유안은 다소 삐딱한 미소를 입가에 걸며 중얼댔다. 지선은 그의 심중을 대략적으로 파악하고는 함께 미소 지었다.

"수고하셨어요, 임 차장님. 우리도 이만 점심이나 먹으러 가죠."

"네, 차 대기시키겠습니다."

"이건 바로 폐기하시고요."

유안은 방금 들여다본 문서를 지선에게 넘기며 말했다.

"네."

지선은 곧바로 그 자료를 파쇄기에 넣었다.

9. 역설

지천이 꽃빛이었다. 빨간 꽃잎을 틔우고 있는 장미꽃들이 차창 밖으로 보였다. 화사하고 따뜻한 빛깔의 계절이 완연했지만, 유안의 눈빛은 감흥 없는 빛으로 물들어 있었다.

권호찬 회장의 호출이 있는 날이었다. 권 회장이 유안뿐 아니라 지선도 함께 보자고 하는 바람에 오늘은 두 사람이 함께 본가로 향하고 있었다. 담벼락이 높은 주택가로 들어서며 차는 속도를 줄였다. 지선은 오늘 유안의 수행 기사를 무르고 자신이 직접 운전을 했다. 그녀는 왜인지 아까부터 유안의 눈치를 살피고 있었다.

"이사님."

조심스러운 부름에 뒷좌석에 앉은 유안의 눈길이 후사경에 비친 지선을 향했다. 유안은 그녀의 표정을 보며 어쩐지 느낌이 좋지 않았다. 그녀가 이렇게 저의 눈치를 보는 건 흔치 않았다. 그녀가 이럴 때면 그건 주로 그 이유 때문이었다.

"부산 사모님께 다시 연락이 왔었습니다."

그 사람을 언급해야 하기 때문이었다.

"다만……. 이번엔 이사님을 만나게 해 달라는 말씀은 하지 않았고 어찌 지내시는지 안부만 전해 들었네요."

유안은 그 안부란 것에 대해 굳이 묻지 않았다. 하지만 묻지도 않는 유안에게 지선이 그 근황을 전했다.

"그런데……. 건강이 별로 좋지 않으신 모양이에요."

근심 어린 지선의 목소리 끝에 정적이 흘렀다.

"자세히 말씀해 주지는 않으셨는데 목소리에 별로 기운이 없었어요."

가만히 듣던 유안은 말이 없었다. 그 말을 끝으로 지선이 조용하자 유안은 버튼을 눌러 차창을 열고 봄바람을 맞았다.

건강이 별로 좋지 않다는 그 사람. 어디가 안 좋은지, 얼마나 안 좋은지 묻지 않았다. 건강이 안 좋아서 심약해지니까 아들이 애틋해지기라도 한 건지, 그래서 저를 만나자고 한 건지, 왜 그 말조차 제게 직접 하지 못하고 지선에게 연락을 하는 건지. 단지 유안은 그런저런 생각을 두서없이 하고 있었다.

본가에 도착했을 때 권 회장은 응접실에서 지선을 먼저 따로 보았다. 지선이 방을 나간 뒤에야 유안을 불러들였다.

"임 차장에게 들었지?"

권 회장의 얼굴엔 복잡한 기색이 만연했다. 유안은 대답을 하는 대신 아버지의 얼굴을 빤히 보았다.

"네 엄마. 몸 상태가 안 좋다고 했다는데."

아버지는 늘 그 사람을 '네 엄마'라고 지칭했다.

"그랬나 봬요."

미적지근한 반응만 돌아오자 권 회장은 아들을 신중하게 바라보았다.

"조만간 한번 만나러 가 볼 생각이야."

유안은 무겁게 떨어지는 권 회장의 목소리에 미동하지 않았다. 권 회장은 생각이 많은 듯 눈동자를 정처 없이 굴렸다. 조금 머뭇대는 듯하던 그는 어딘가 착잡한 얼굴로 아들에게 권했다.

"너도 시간 맞춰서 같이 내려가자."

"전 됐어요. 아버지나 다녀오세요."

일언지하에 거절의 말이 흘러나왔지만, 권 회장에게 화가 난 기색은 없었다.

"걱정이든, 참회든 아버지는 가서 보여 주실 게 많잖아요."

회의적인 어조로 뱉어내는 아들의 말에도 권 회장은 입을 닫았다. 아들 앞에서도 할 말이 없었다.

"저는 가서 보여 줄 게 아무것도 없어서요."

유안의 말끝에 웃음기가 섞여 들어왔다. 누구를 비웃는지 모를 웃음이었다.

* * *

아침 9시가 조금 안 되었을 무렵 수영은 JN 본사 사옥의 1층으로 내려왔다. 오늘 미팅이 예정되어 있는 거래처 사람들을 회의실까지 인솔하기 위해서였다.

만나기로 한 장소였던 로비로 일찌감치 향했지만, 아직 거래처 사람들은 도착하지 않았다. 시간을 흘끗 보며 올 때가 되었다는 걸 확인한 수영은 무심코 정문 쪽을 바라보았다. 거기에도 거래처 사람들은 보이지 않았다. 그때 유리로 된 현관문 밖에 검은색 마이바흐가 서행하며 나타났다. 그러자 문 앞에 서 있던 몇 사람이 그 차를 보며 허리를 세웠다.

여자 한 명과 남자 한 명, 그리고 경비대장이 서 있었는데 여자의 옆얼굴이 보일 때 자세히 보니 임지선 차장인 것 같았다. 차량이 곧 멈추자 조수석에선 경호원으로 보이는 덩치가 건장한 남자가 내렸고 운전석에선 수행 기사로 보이는 듯한 정장 차림의 남자가 내리고 있었다. 경비대장이 뒷좌석의 오른쪽 문을 열자 열린 차 문 사이로 권호찬 회장의 모습이 보였다. 동시에 수행 기사가 왼쪽 뒷좌석 문을 열었고 거기서 내린 사람은 권유안이었다.

유안이 보이자 수영은 눈을 동그랗게 뜨고 그 광경을 지켜보았다. 어제는 본가에서 머물렀던 건가. 권호찬 회장과 권유안 이사가 내리자 임지선 차장과 아마도 권 회장의 비서인 듯한 남자가 두 사람을 보며 꾸벅 인사를 했다. 권 회장의 곁에 선 유안의 얼굴엔 오늘따라 표정이 없었다. 하지만 그는 역시 멀리서도 눈에 띄었다.

회장님과 함께 의전을 받고 있는 권유안의 모습을 보니 수영은 알 수 없는 기분에 사로잡혔다. 저 남자의 품에서 온기를 느끼며 잠들었던 게 불과 며칠 전인데 그 기억조차 까마득하게 느껴졌다. 알고도 새삼 그가 낯설어지는 기분이라고 해야 할지.

입을 굳게 다문 권호찬 회장의 얼굴은 유난히 엄해 보였다. 그를 눈여겨보니 그의 아들인 권유안이 어렵게 느껴지는 것도 당연한 일 같았다. 발이 붙어 버린 것처럼 그 자리에 서서 지켜보던 수영은 그들이 건물 안으로 들어오는 모습을 보고 나서야 진작 그 자리를 피하지 못한 게 후회되었다.

멀지 않은 위치에 서 있던 그녀는 어쩔 수 없이 자세를 바르게 했다. 권 회장과 나란히 들어오던 유안은 꼿꼿하게 고개를 들고 있었다. 그는 오늘도 절도 있는 자태로 걷고 있었고 적당히 거만해 보이는 그 모습은 늘 그렇듯 우아했다. 이윽고 유안이 로비 앞으로 다가왔다. 그리고 그는 수영이 있는 방향으로 무심한 시선을 던지게 되었다.

그의 시선이 날아오자 괜히 선뜩 놀란 수영은 평소 회사에서 그를 볼 때와 같이 고개를 꾸벅 숙여 묵례를 했다. 그리고 조금 천천히 눈을 들었다. 하지만 유안은 이쪽으로 시선을 두었던 흔적도 없이 이미 다른 곳을 보고 있었다. 그저 무표정으로 제 앞만 보며 걸어갔다. 그 모습을 보는 순간 서늘하게 가슴이 하강했다. 수영은 한결 더 뚜렷해진 눈으로 그를 응시했다.

못 본 건가. 아니다, 솔직히 그건 분명 아니었다. 그는 저를 보았고 분명히 눈이 마주쳤다. 하지만 눈빛으로조차 인사를 받아 주지 않고 모른 척하는 남자를 보며 수영은 그럴 수도 있다고 생각하려 했다. 지금 이곳에서의 저는 그의 앞에서 드러나선 안 되는 존재니까.

이내 그는 냉랭한 얼굴로 그녀를 지나쳐 가 버렸다. 수영은 저절로 그의 뒷모습을 따라 시선을 옮겼다. 그가 누군지 알면서도 이 기분은 무엇인지 모르겠다. 여기가 회사인 것도, 그가 사내에서 어느 위치에 있는지도 알지만, 이상하게도 박탈감이 차오르는 건 어쩔 수가 없었다.

이 상황에서 그가 친근하길 바라는 마음은 당연히 아니었다. 다만……. 꼭 무시하고 지나갔어야 하는 건지. 조금만 더 길게 눈을 맞추었어도 충분히 알은체해 주었다고 알 수 있었을 텐데. 이미 지나쳐 버린 사람에게 쓸데없는 미련이 일었다. 이 묘한 상실감이 생각보다 큰 것에 대해 불현듯 수영은 스스로 당황스러움을 느꼈다. 왜 질척이고 있지. 저 남자가 뭐라고. 하지만 수영은 멀어져 가는 그의 뒷모습에서 눈을 떼지 못했다. 그러고 싶지 않은데 그의 모습을 담은 눈이 시렸다. 그 모습은 여전히 근사해 보여서 괜히 더 야속했다.

* * *

PT가 예약되어 있는 날이었다. 퇴근 후 수영은 집에서 혼자 간단하게 저녁 식사를 했다. 쓸쓸한 식사 시간을 서둘러 마치고 몇 개 안 되는 식기의 설거지를 마친 뒤엔 나갈 채비를 했다.

드레스 룸에 들어가 사무용 복장을 벗고 운동복으로 갈아입었다. 한결 가벼워진 몸짓으로 드레스 룸을 나섰다. 그저 운동에나 집중하며 이 알 수 없는 울적함도 불안함도 외로움도 희미해지길 바랐다. 그러나 방에서 막 거실로 발을 내딛는 찰나 수영은 소스라치게 놀라고 말았다. 예상치 못한 광경이 눈에 들어왔다.

안에서는 미처 소리를 듣지 못했었는데 대체 언제 들어온 건지 권유안이 거실을 가로질러 걸어오고 있었던 것이다. 오늘은 온다는 말도 없었는데. 당황하여 우뚝 발을 멈춘 수영은 그녀를 보며 성큼성큼 디가오는 유안의 얼굴을 기긴 눈으로 쳐디보기만 했다.

며칠 전 정문 앞에서 권호찬 회장과 함께 의전을 받던 모습을 본 이후로는 그를 처음 만나는 거였다. 오늘 다시 보게 된 그의 얼굴은 어쩐지 그날처럼 사늘해 보였다. 그를 반기지도 냉대하지도 못하고 있던 수영은 그녀에게 가까이 다가오는 유안을 향해 입을 열었다.

"오셨네요. 오늘은 오시는 줄 몰……."

그 말은 끝까지 마치지 못하고 먹혀들어 갔다. 그녀의 얼굴을 두 손으로 감싼 남자에게 입술이 먹혔고 동시에 목소리도 사라져 버린 것이다. 사라진 말 뒤에는 급작스러운 정적만이 남겨졌다. 그의 입술의 격렬한 사위만이 그 공간을 메우게 되었을 뿐이었다.

과격하지만 한편으론 부드러운 입맞춤의 그 모순된 감각에 또 머릿속이 새하얘지고 있었다. 오늘 그의 키스는 다른 때에 비해 많이 격했다. 그는 섞인 입술을 떼지 않은 채 걸음을 앞으로 옮겼다. 몸이 그에게 밀리며 수영은 위태롭게 뒷걸음질을 쳤다.

유안은 그녀가 하느작거리지 않게 한 팔로 그녀의 허리를 감싸며 침실로 이끌었다. 침대에 도달하여 그에게 밀려들자 푹신한 침구 위로 수영의 몸이 풀썩 무너졌다. 누워 있는 그녀의 몸 위로 곧장 유안이 올라왔다.

순식간에 남자의 다리 사이에 갇힌 채 수영은 그를 올려다보았다. 한 손으로 침대 위를 짚고 있던 유안은 타들어 갈 듯한 눈빛으로 그녀를 내려다보며 다른 손으론 자신의 넥타이를 쭉쭉 잡아당겼다.

짚고 있던 팔을 떼고 잠시 몸을 세워 앉은 그는 여전히 자신의 굽힌 무릎 사이에 가둬 둔 수영을 빤히 내려다보며 제 셔츠의 첫 번째 단추를 풀었다. 그는 계속 수영을 응시한 채 정장 재킷을 벗어 침대 밖으로 아무렇게나 던졌다. 그의 열띤 시선을 수영도 피하지 않고 맞서듯 보았다. 내려다보는 남자의 눈빛 위로 며칠 전 로비 앞에서 제게 시선도 주지 않던 그의 모습이 오버랩 되었다. 지금은 이렇게 저를 태워 죽일 듯 시선을 내리꽂는 그가 그날은 저를 본체만체했다. 복잡한 심경으로 그와 눈을 맞추고 있는 이 순간이 영겁처럼 느껴졌다.

수영은 격식 있던 그의 쓰리피스 정장이 흐트러지는 모습을 혼란한 눈으로 지켜보았다. 갑옷 같은 정장을 한 꺼풀씩 벗어 던진 권유안은 몸을 숙였다. 몸과 몸이 겹쳐진 채 다시 그의 입맞춤이 들이닥쳤다. 진하게 키스를 하며 그녀의 양팔 위를 쓰다듬듯 올라가던 남자의 손바닥에 두 손목이 잡혔다. 동시에 그의 혀가 입 안으로 밀려 들어왔다.

그에게 잡힌 두 손이 곧 머리 위로 올려졌다. 그의 한 손 안에 양손이 포박된 채 끈적이는 키스가 계속되었다. 거대한 파도처럼 급작스레 덮쳐드는 그의 행위에 숨이 턱턱 막혔다. 어느 순간 입술을 뗀 유안은 다른 한 손을 이용하여 그녀의 티셔츠를 빠르게 위로 잡아당겼다. 그 손은 티셔츠 아래에서 드러난 스포츠 브라 역시 급하게 올렸다. 속옷 아래로 희고 볼륨 있는 맨 살결이 흘러나왔다. 그는 아름답고 풍만한 가슴을 눈에 담기가 무섭게 얼굴을 묻었다. 찌릿, 발끝까지 뻗치는 전율에 수영의 입이 열렸다.

"으응……."

수영의 신음은 그의 욕망에 기폭제로 작용했다. 그녀의 티셔츠를 빼내는 그의 손길이 다른 때보다 조급했다. 은밀한 부위를 가리고 있던 얇은 속옷도 순식간에 그의 손가락에 걸렸다. 거추장스럽던 옷들이 침대 밖 어딘가로 날아갔다. 그의 손은 다시 그녀의 몸을 움켜쥐었고 그의 입술은 그녀의 여린 피부 위에 내려앉았다.

수영은 오늘따라 심장이 꿰뚫릴 듯한 감각에 연신 눈앞이 혼미해질 것 같았다. 그 손은 이내 아래로 침범해 들어왔다. 가슴 위성감을 자극할 때 많이 흥분했었는지 몸의 반응은 이미 충분했다. 섬세한 악기를 연주하듯 건드리는 그의 손놀림에 수영은 자지러지듯 놀라 몸을 틩겼다.

"아!"

몸을 잠시 일으킨 그는 자신의 바지춤을 풀며 여성과 하나가 될 준비를 마쳤다. 그에게 다리가 밀리며 수영은 숨을 죽였다. 순간 수영은 긴장으로 몸이 굳었지만 그가 안쪽 다리를 꾹 잡자 의도적으로 힘을 풀었다.

"아웃!"

마음의 준비를 해도 늘 충격적인 느낌은 어쩔 수가 없었다. 다른 때보다 더 빠르게 하나가 된 그의 몸은 애가 닳아 있었던 듯 거침없이 움직였다.

수영은 제 몸에 들어선 권유안의 몸을 느끼며 여느 때처럼 그의 얼굴을 똑바로 보았다. 왜인지 오늘은 계속 냉랭한 얼굴이었다. 몸과 감정에 더해지는 자극에 그녀의 눈썹이 아래로 휘어져 내려갔다. 냉랭한 그를 쳐다보는 그녀의 감정 속에선 자꾸만 회사에서 마지막으로 그를 보았을 때의 기분이 생생하게 재현되고 있는 것이었다. 자신을 모른 척하던 남자. 자신의 시선을 무시하던 남자. 언제 그랬냐는 듯 지금은 제 몸에 그를 격렬하게 치대는 남자.

"아, 하아……."

그리고 지금 그의 눈동자는 오로지 저만을 찌르고 있다. 어떤 것에도 한눈을 팔지 않은 채로. 그날과 동떨어진 그의 시선에서 이상한 괴리가 느껴졌다. 그의 몸이 하나로 합쳐져 들어와 있는데도 그가 멀고도 멀었다. 이 남자는 이렇게 제게 뜨거운데도.

"아웅, 이사님, 조금만 천천히……."

수영이 흐느끼자 방금까지 고삐 풀린 짐승처럼 사납게 굴던 유안은 그제야 조금 속도를 늦추었다. 하지만 약간 유해진 움직임 속에서도 여전히 그는 깊게 들어왔다. 느릿해진 자극은 그거대로 몸이 저리도록 강했다.

"흐읍……."

수영은 눈앞이 몽롱해질 것 같은 기운에 저도 모르게 흐린 목소리를 토해 냈다. PT 강사와 약속이 되어 있는데. 연락해야 하는데. 그러나 정신없이 덮쳐드는 뜨거운 정사에 수영은 신음 외엔 다른 어떤 말도 할 수가 없었다. 결국 격하고도 끈끈한 행위가 모두 끝나고 나서야 수영은 침대 위에서 지친 몸을 늘어뜨린 채 PT

강사에게 메시지를 보낼 수 있었다.

유안은 그녀의 옆에 누워 차오른 숨을 내쉬고 있었다. 오랜 달리기를 완주한 사람처럼 그는 말없이 호흡을 고르고 있었다. PT 강사와 연락을 마친 수영은 협탁 위에 전화기를 대충 던져 놓고는 이불 속으로 파고들었다. 오늘은 왜 그러는지 권유안도 한참이 지나도록 말이 없었다. 그렇다고 일어나서 침대를 떠나는 것도 아니었다. 그는 계속 곁에 머물렀다. 다만 어떤 생각에 잠기기라도 한 건지 조용할 뿐이었다.

수영은 그를 등지고 누워 벽만 보고 있었다. 좀 전에 그에게 안기는 동안엔 혼돈을 무릅쓰고 그의 데일 듯한 눈을 마주했지만, 왠지 지금은 그의 얼굴을 보기가 두려웠다. 정확히는 보고 싶지 않았다. 지금은 그랬다. 사실 이전엔 이런 적이 없었다. 처음 그에게 안긴 날부터 시작해서 그가 저를 안을 때마다 이런 기분이 든 적이 없었다. 아무래도 그날 아침에 느꼈던 기분을 아직도 어쩌질 못하고 있는 것 같았다. 이래선 안 되는데. 방 안엔 열감이 서려 있었지만 분위기는 잔뜩 가라앉아 있었다.

둘 사이에 무거운 침묵이 흐르고 있었지만, 어느 때보다도 많은 상념들이 오가고 있는 듯했다. 왜인지 그는 오늘 저기압이었다. 기분이 안 좋은 건지 다른 날과 좀 달라 보였다. 이렇게 말이 없는 권유안은 처음 보는 것이었다.

"이사님……."

조용한 남자를 향해 결국 수영이 등을 돌린 채로 먼저 조그맣게 목소리를 냈다.

"무슨 일이라도 있으신 건가요?"

수영은 담담한 듯 차분하게 물었다.

"아니요."

어째서인지 한참 만에 그가 나지막하게 대꾸했다. 아니라고는 했지만, 그의 반응을 보면 꼭 고민이 있는 사람 같았다.

"왠지 기분이 안 좋아 보이셔서요⋯⋯."

여전히 그를 돌아보지 않던 수영이 작게 속삭이듯 말했다.

"그랬나요⋯⋯. 미안합니다."

그는 친절하게도 사과를 했다. 하지만 짧은 대답 후 다시 정적이 흘렀다. 그의 사과를 듣고 싶었던 게 아니었던 수영은 그 대답이 마음에 들지 않았다.

"지난번에⋯⋯ 회사 정문 앞에서 이사님을 봤어요."

그리고 참지 못하고 그 얘기를 꺼냈다.

"그때의 이사님은 꼭 모르는 분 같았어요."

수영은 서늘한 목소리로 조곤조곤 읊조렸다. 오늘은 왠지 그가 조금 미웠다. 이전에 그에게 안길 때는 비록 익숙한 남자가 아니어서 생경하긴 했으나 정말 솔직히 말하자면, 그가 미운 적은 없었다. 그가 두려웠던 거지 미웠던 거랑은 달랐다. 그런데 오늘은 그가 미웠다. 옆에 누운 유안은 그녀의 말을 묵묵하게 듣기만 했다. 그리고 계속 벽만 보고 있던 수영은 말을 멈추지 않았다.

"그날 이사님도 저를 보셨잖아요. 못 본 척하셨을 뿐⋯⋯."

그 말을 떼는 그녀의 목소리는 조금 더 떨리고 있었다.

"제 인사를 받을 필요도 없는 분이셨으니까요."

지금 권유안이 어떤 얼굴로 이 말을 듣고 있을지 상상이 되지 않았지만 수영은 돌아보지 않았다. 그때 유안의 침착한 목소리가 들렸다.

"사내에서 내 얼굴을 아는 직원만 수천 명입니다."

수영이 조금 감정적으로 나오고 있는 것에 반해 그의 목소리엔 감정이 없었다.

"그들이 인사를 할 때마다 내가 일일이 눈을 맞추고 대답해 줄 수 있을 거 같습니까."

남자의 담담한 목소리는 지독히도 시무적이었다.

"아니면, 내가 특별히 차수영 씨에게만 그렇게 해 줬어야 한다고 생각하는 건가요, 그것도 회장님 앞에서."

벽을 응시하던 수영의 눈이 크게 뜨여 있었다. 물론 그의 말이 맞다. 맞는 말을 듣고 있자니 새삼 자신이 괜한 투정을 한 것처럼 바보가 된 기분이었다.

나는 왜 이런 대화를 하고 있지.

"회사는 회사예요. 내가 연애하려고 회사 다니는 거 같습니까."

알고 있다. 알고 있는데……. 수영은 혼자서 눈을 질끈 감아 버렸다. 그래도. 그래도 그는 방금까지 저와 뜨겁게 몸을 섞었던 남자가 아닌가. 다른 사람도 아니고.

"네……. 어련하시겠어요."

수영은 힘없이 중얼거렸다.

"제가 공과 사를 구분 못 했네요."

회사는 회사다. 하지만 단지 공과 사의 문제였을까. 단순히 평사원과의 비밀스러운 사내 연애 중이었어도 이런 기분이었을까.

"제가 이렇게 대단한 집안의 남자를 만난 적이 없어서요. 못난 자격지심에 괜한 말을 한 것 같네요."

문제는 회사가 아니라 이 남자여서다. 그래서 적응이 안 되는 거라고 수영은 생각했다.

"그동안의 제 삶에는 이런 적이 없었으니까요."

어느 순간부턴 말없이 듣고만 있던 유안이 한숨을 내쉬는 소리가 들렸다.

"화났어요?"

그가 불쑥 물었다. 한결 누그러진 목소리였다.

"……"

말문이 막힌 수영은 뒤에서 이불이 뒤척거리는 걸 느꼈다. 이내 그녀의 등에 너른 온기가 닿았다. 이불 속으로 파고든 남자가 뒤에서 그녀를 감아 안고 있었다. 등에 닿은 남자의 가슴이 갑작스럽게도 너무 따뜻해서 수영은 더욱 울컥, 아무 말이 나오지 않았다. 언제나 준비도 없이 들어오는 다정함. 거기에 또 놀란다. 그리고 거기에 또 익숙해져 간다.

"우리, 회장님 앞에선 가급적 모른 척하는 게 좋을 거 같아요."

급격하게 가까워진 목소리가 귓가에서 맴돌았다. 그의 잔잔한 음성을 들으며 정체 모를 상실감에 가슴 한편이 싸했다.

"……"

수영이 더는 말이 없자 유안은 등지고 누운 그녀의 몸의 방향을 바꾸어 그를 향해 돌아눕게 했다. 수영은 굳이 버티지 않고 그가 하는 대로 두었다. 마주 눕게 되자 그녀는 눈을 살며시 들어 남자의 얼굴을 올려다보았다. 그의 내리뜬 까만 눈이 그녀에게 가만히 꽂혀 있었다. 비록 평소처럼 웃고 있지는 않았지만, 아까처럼 싸늘한 표정을 하고 있는 건 아니었다.

남자의 한 손이 올라오더니 그녀의 이마 옆 머리칼을 천천히 쓰다듬었다. 생각 많은 눈으로 저를 내려다보는 그의 눈빛이 어쩐지 너무 깊어서 수영은 피하듯 눈을 내려 버렸다. 그러자 남자의 강한 팔에 힘이 더 들어가더니 그녀를 그 품으로 바짝 끌어당겨 안았다. 그의 가슴팍에 푹 들어가게 된 수영은 그의 체향을 느낄 수 있었다. 이 순간엔 꼭 이 남자가 정말 저를 소중하게 안고 있는 것 같았다.

"미안해."

가슴을 서로 맞추고 있자 그의 목소리가 생생하게 울렸다. 무겁게 떨어지는 저음의 목소리는 감미로우면서도 어딘가 쓸쓸하게 들렸다.

"그게 내가 너를 지키는 방법이야……."

그 말에 그의 품속에 묻힌 수영의 내리깐 눈동자가 짙어졌다. 말을 끝냄과 동시에 그는 커다란 손으로 그녀의 머리를 찬찬히 감싸더니 그녀의 이마 위에 지그시 입술을 눌렀다. 그러자 그녀의 애잔하게 내리떴던 눈이 절로 감겼다. 그의 말과 행위에 마음이 시큰했다.

이마에 닿고 있는 남자의 입술은 그녀의 체온보다 높아서 따뜻했다. 그래서 더 뭉클한 걸까. 이마를 누르던 그의 입술이 떨어졌을 때 그가 문득 말했다.

"여러 사람과 일을 하다 보면 대개는 그래요. 솔직히 똑똑한 사람들은 그만큼 영악하고 멍청한 사람들은 순진한 경우가 많아."

수영은 다시 눈을 뜨고서 그의 말을 잠자코 들었다. 그가 왜 이런 말을 꺼내고 있는 건지.

“근데 왜 차수영 씨는 똑똑하고 순진해⋯⋯. 이상해.”

애석하다는 듯 내뱉어진 그의 말끝엔 웃음기가 서려 있었다. 수영은 눈을 치켜들며 그를 쳐다보았다.

“그래서 다루기가 참 어려운 사람이야.”

옅게 미소 짓던 유안은 손으로 수영의 볼을 만졌다. 수영은 말없이 눈만 깜빡거렸다.

“많이 서운했어요?”

유들유들하게 웃으며 그가 조용히 물었다. 그의 빤한 시선을 마주하던 수영은 그 대답을 피하듯 눈동자를 피했다.

“표정, 참 못 숨긴다니까.”

수영과 마주 보며 모로 누워 있던 유안은 상체를 조금 일으켰다. 그가 수영의 어깨를 침대 위로 누르자 그녀는 등을 대고 반듯하게 눕게 되었다. 천장을 바라보고 누운 그녀의 몸 위로 유안이 올라갔다. 그녀를 두 팔 안에 가두고는 그가 말했다.

“근데 그거 알아요?”

위에서 몸을 겹친 채 내려다보던 유안이 얼굴을 더 내려 가까이 다가왔다.

“그런 표정 보면 더 안고 싶어지는 거.”

수영의 눈동자가 설핏 흔들렸다. 그 모습을 보며 씩 웃던 유안은 곧장 입술을 내려 그녀의 입술을 덥석 물었다. 금세 맹렬하게 얽혀 드는 키스였다. 과연 안고 싶다는 말이 실감 날 만큼. 그는 그녀의 혀도 애타게 찾아 안고 끌어당겼다. 오랜 키스 후에 고개를 다시 들게 된 유안은 수영의 다리 사이를 넓히며 몸을 가까이 붙였다.

"매일 오고 싶은데 그러지 못해 아쉽네요."

그러곤 나지막하게 속삭였다.

"다시 들어가도 돼요?"

그 말이 조금 놀라웠던 수영은 대답 없이 머뭇대다 이불 속으로 손을 넣어보았다. 슬그머니 손을 내리던 그녀는 불쑥 놀라 눈동자가 얼어붙었다. 있는 대로 동해 있는 그의 몸이 느껴지는 것이다. 그녀는 놀라서 다시 손을 뗐다. 하지만 그녀의 행동이 퍽 자극적이었는지 남자의 미간이 살짝 구겨지는 게 보였다. 곧장 극단적으로 흥분한 그 자신을 들이밀었다. 대체 이 남자는 어느새 이렇게……. 수영이 의문을 갖는 사이 그가 거침없이 몸을 가르고 들어왔다.

"하앗……."

수영의 고르지 못한 호흡이 허공에 흩어졌다.

"이미 여러 번 안았는데도, 믿어지지가 않네요."

유안은 뻑뻑하게 그녀의 몸을 채우고는 탁한 목소리로 중얼거렸다.

"내가 차수영을 안고 있다는 게."

마주 보고 있던 수영의 눈동자가 반짝 빛났다. 그 눈빛은 크게 흔들렸다.

"내가 차수영 씨 못 가질까 봐 얼마나 초조했었는지 알아요?"

수영은 남자가 속살거리는 말에 가슴이 한없이 들렸다.

"그래서 잠을 이루지 못한 밤도 있었어요."

그는 조금 숨이 가쁜 듯한 목소리로 그 말을 했다. 믿을 수 없는 말에 수영의 두 눈이 연신 커져 있었다. 그는 곧 세차게 밀려들기 시작했다.

"아흐, 아아."

"다행이에요, 오래 걸리지 않아서. 차수영 씨가 나한테 오기까지."

유안은 그 말을 끝으로 더는 말을 하지 않고 허리만 더욱 강하게 놀렸다.

"앗, 으응……."

수영은 몸이 밀릴 때마다 신음을 흩뿌렸다. 공중에 어정쩡하게 머물던 그녀의 손이 남자의 몸을 잡을 뻔했지만, 이번에도 끝내 권유안을 만지지 않았다. 그런데 허공에서 어쩔 줄을 모르고 있던 수영의 손에 유안의 따스한 손이 겹쳐졌다. 유안은 그녀의 손바닥을 쓸며 깍지를 끼우고는 침대 시트 위로 그녀의 손을 누르며 붙였다.

아까도 그랬지만 오늘 그의 섹스는 다소 사납게 느껴졌다. 아마도 오늘은 자중하기 어려운 욕망이 그를 많이 앞서고 있는 느낌이었다. 이 남자와 누구보다도 친밀하게 살을 섞고 있지만 이 남자가 아득하게도 멀었다. 이 남자의 품속은 너무나 따뜻한데 왜 그에게 안겨 있어도 마음은 서늘한지 모르겠다. 이 남자의 말은 늘 달콤한데 왜 들을수록 더 슬퍼지는지 모르겠다.

* * *

오늘부터 중국에서 건설 기계 및 중장비 박람회가 개최되었다. 'JN 건설 기계'도 참가하여 부스에서는 여러 임직원들이 바삐 행사를 진행하고 있었다.

"안녕하십니까. 운신 공업의 최현수 실장입니다."

부스의 한편에선 운신의 최 실장이 JN의 오 과장에게 조심스레 명함을 건네고 있었다.

"아, 예."

심드렁한 얼굴의 오 과장은 귀찮다는 듯이 명함을 받았다. 이어지는 간략한 소개에도 잘 들어 주는 척은 했지만 정작 한 귀로 듣고 한 귀로 흘렸을 뿐이었다.

"잘 부탁드립니다!"

"예."

패기 있게 외치며 깍듯이 인사를 건네는 최 실장에게 그 역시 고개를 까닥했고 이내 최 실장은 자리를 떠났다.

"저기, 잠깐만요."

"예?"

그때 뒤에서 오 과장의 말이 들렸고 몇 걸음을 옮기던 최 실장은 그를 돌아보았다.

"운신이라고요?"

"예예!"

무심코 명함을 던져두려던 오 과장은 방금 들었던 기업명이 운신이라는 사실에 뒤늦게 명함을 들여다보았다.

"최 실장님? 지금 잠깐 얘기 좀 할 수 있을까요?"

"예, 예. 물론입니다!"

최 실장은 자세를 낮추며 다시 그에게 다가왔다.

"하도 많은 사람을 만나다 보니 그냥 지나칠 뻔했네요. 운신이라면 우리도 최근에 눈여겨보고 있던 기업 중 하나였거든요.”

“아! 그러셨습니까?”

“이쪽으로 와서 앉으세요.”

“예예!”

오 과장은 처음과는 달리 호의적인 태도로 최 실장과의 급작스러운 미팅 시간을 가졌다.

“그래서 지금 운신에서 생산하고 있는 제품에 대해 좀 더 자세히 얘기를 나눠 보고 싶습니다.”

그의 말에 최 실장의 광대가 은근하게 올라가고 있었다.

* * *

“정말이에요? 와, 타지에서 동향을 만나다니 더 반갑네요.”

살짝 취해 있던 최 실장은 더욱 싱글벙글하였다. 고향까지 같다니 기분이 더 좋아졌다. JN 건설 기계의 중장비 사업 팀 오 과장이 같은 호텔에 머물고 있다는 걸 박람회장에서의 대화 중에 알게 되었다. 그 기회를 놓치지 않고 영업용으로 사 두었던 진귀한 중국술을 미끼로 던져 보았다. 시간 되실 때 한잔하자며 건네는 말에 오 과장은 거절하지 않고 흔쾌히 좋다고 했었다. 우연이라도 타이밍을 만들어 보려고 해가 지면 로비에서 기다리다가 박람회의 마지막 날 그 기회를 잡을 수 있었다. 마침 호텔로 돌아오는 오 과장과 마주치는 데 성공했다.

다행히 오 과장은 술을 꽤 좋아하는 사람이어서 진귀한 술을 맛보고 싶어 했고 그 덕에 그와 어렵지 않게 술자리를 가질 수 있었다. 값비싼 술을 까긴 했지만, 이걸로 쓸모 있는 인맥을 얻을 수 있다면야. 최 실장은 연신 기분이 들떠 있었다. 비록 JN에 물꼬를 트는 것이 호락호락한 일은 아니었지만, 그래도 오늘의 시간이 좋게 기억된다면 적어도 한국에 돌아갔을 때 다시금 연락을 들이밀수는 있을지도 모른다.

"한국 돌아가면 더 제대로 대접해 드리겠습니다."

"귀한 술 맛보게 해 주셨는데, 한국 가면 제가 한번 쏘겠습니다. 최 실장님 댁은 대전이시라고요?"

"예예, 근데 일 때문에 서울에 자주 올라옵니다! 편하실 때 불러만 주십시오."

타국에서 만난 동향 사람과 술 한잔을 걸쳐서 그런지 분위기가 급격하게 친근하게 흘러갔다.

〈2권에 계속〉